HEYNE <

Das Buch

Lange Jahre hat der brillante Physiker Dennis Nuel am Zievatron gearbeitet – einer Maschine, mittels derer er in Parallelwelten reisen kann. Eines Tages landet er in einer Welt, die der unseren verblüffend ähnlich ist, bis auf einen kleinen, aber bedeutenden Unterschied: Die Naturgesetze sind dort förmlich auf den Kopf gestellt! Je länger Kleidung getragen wird, desto hochwertiger wird sie; Klingen stumpfen nicht ab, sondern werden mit der Zeit schärfer, und Werkzeuge werden durch häufigen Gebrauch effektiver. Zunächst ist Dennis völlig fasziniert, von den neuen Möglichkeiten, die sich ihm durch dieses Phänomen bieten, doch der sogenannte »Übungseffekt« hat auch seine Schattenseiten, und schon bald ist der Physiker aus der anderen Welt in einen tödlichen Konflikt verwickelt …

Der Autor

David Brin, 1950 im amerikanischen Glendale geboren, studierte Astronomie und Physik und arbeitete lange als Wissenschaftler und Dozent, bevor er sich ganz dem Schreiben widmete. Mittlerweile gehört er zu den bedeutendsten amerikanischen Science-Fiction-Autoren der Gegenwart und erobert regelmäßig die Bestsellerlisten. Besonders mit seinem Roman »Existenz« ist ihm eine der eindrucksvollsten Zukunftsvisionen der Science-Fiction gelungen. David Brin lebt in Südkalifornien.

Mehr über David Brin und seine Romane erfahren Sie auf:

DAVID

BRIN

DER ÜBUNGSEFFEKT

ROMAN

WILHELM HEYNE VERLAG
MÜNCHEN

Titel der Originalausgabe:
THE PRACTICE EFFECT
Deutsche Übersetzung von Rainer Schmidt

MIX
Papier aus verantwortungsvollen Quellen
FSC® C014496

Verlagsgruppe Random House FSC® N001967

Überarbeitete Neuausgabe 12/2016

Printed in Germany
Umschlaggestaltung: DAS ILLUSTRAT, München
Satz: Leingärtner, Nabburg
Druck und Bindung: GGP Media GmbH, Pößneck
ISBN: 978-3-453-31817-5

www.diezukunft.de

INHALT

Für die »Freitags«-Bande,
für Carol und Nora,
und für die Liebhaber
anderer Welten

ERSTER TEIL

SUUII GENERIS

1

Der Vortrag war *wirklich* langweilig.

Im vorderen Teil des matt erleuchteten Konferenzraumes schritt der füllige, grauhaarige Direktor des Sahara-Instituts für Technologie auf und ab. Sein Blick klebte an der Decke, und die Hände hatte er auf dem Rücken gefaltet, während er sich mit päpstlicher Gewichtigkeit über ein Thema verbreitete, das er offensichtlich selbst kaum verstand.

Zumindest sah Dennis Nuel es so, derweil er stumm leidend in einer der hinteren Reihen saß.

Früher einmal mochte Marcel Flaster zu den strahlenden Leuchten der Physik gezählt haben. Aber das war lange her – lange bevor einer der anwesenden jungen Wissenschaftler auch nur daran gedacht hatte, eine Karriere auf dem Gebiet der Realitätsphysik ins Auge zu fassen. Dennis fragte sich, was einen einstmals talentierten, scharfsinnigen Mann in einen langweiligen, tendenziösen Bürokraten verwandelt haben mochte. Er schwor sich, vom Gipfel des Mount Feynman zu springen, bevor er dieses Schicksal teilte.

Die sonore Stimme leierte eintönig weiter.

»Und so sehen wir denn, Leute, dass durch den Einsatz der Zievatronik alternative Realitäten nahezu in greifbare Nähe geraten und uns Möglichkeiten zur Umgehung von Raum und Zeit eröffnen …«

Am hinteren Ende des überfüllten Konferenzraumes pflegte Dennis seinen Kater, und er fragte sich, welche Macht der Welt ihn an einem solchen Montagmorgen hatte aus dem Bett zerren können, nur damit er hierherkam und Marcel Flaster lauschte, der von Zievatronik schwafelte.

Die Lider wurden ihm schwer. Er sackte auf seinem Stuhl zusammen.

»Dennis!« Gabriella Versgo rammte ihm den Ellbogen zwischen die Rippen und zischte: »Würdest du dich bitte gerade hinsetzen und aufpassen?«

Dennis setzte sich hastig auf und blinzelte. Jetzt wusste er wieder, welche Macht ihn hierher geschleift hatte.

Um sieben Uhr in der Frühe hatte Gabbie seine Zimmertür aufgetreten und ihn am Ohr unter die Dusche gezerrt, ohne sich um sein Protestgeheul oder sein Schamgefühl zu kümmern. Sie hatte ihren ungeheuerlichen Klammergriff an seinem Arm erst wieder gelöst, als sie beide hier im Konferenzraum von Sahara-Tech Platz genommen hatten.

Dennis rieb sich den Arm oberhalb des Ellbogens. Eines Tages, beschloss er, würde er sich in Gabbies Zimmer schleichen und all die kleinen Gummibälle wegwerfen, die der Rotschopf beim Studieren immer zwischen den Fingern zusammenzuquetschen pflegte.

Sie stieß ihn noch einmal an. »Wirst du jetzt stillsitzen? Du hast eine Konzentrationsspanne wie ein nervöser Otter. Oder möchtest du von den Zievatronik-Experimenten noch weiter ausgeschlossen werden?«

Wie gewöhnlich traf Gabbie seinen wunden Punkt. Er schüttelte den Kopf und bemühte sich, aufmerksam zuzuhören.

Dr. Flaster vollendete eben eine unklare Zeichnung in dem Holotank, der vorn im Seminarraum stand. Der Psychophysiker legte seinen Lichtstift auf das Katheder und wischte sich unbewusst die Hände an der Hose ab; dabei war das letzte Stück Kreide schon vor mehr als dreißig Jahren aus den Seminaren verbannt worden.

»*Das* ist ein Zievatron«, verkündete er stolz.

Dennis betrachtete die Lichtzeichnung ungläubig. »Wenn

das ein Zievatron ist, dann bin ich ein Abstinenzler«, flüsterte er. »Flaster hat die Pole umgedreht, und das Feld ist von innen nach außen gekehrt!«

Gabriella errötete, bis ihr Gesicht fast die Farbe ihres feurigen Haarschopfes angenommen hatte. Ihre Fingernägel bohrten sich lanzengleich in seinen Oberschenkel.

Dennis zuckte gepeinigt zusammen, aber es gelang ihm, den Ausdruck lammfrommer Unschuld auf seinem Gesicht zu bewahren, als Flaster kurzsichtig aufblickte. Dann räusperte sich der Direktor.

»Wie ich eingangs schon sagte, besitzt jeder Körper ein Massezentrum. Der Zentroid eines Objektes ist der Schwerpunkt, in dem sämtliche Nettokräfte sozusagen im Spiel sind ... wo seine *Realität* sich ermessen lässt. Sie dort, mein Junge ...« – er deutete auf Dennis – »... können Sie mir sagen, wo *Ihr* Zentroid ist?«

»Ähmm ...« Dennis überlegte nebelhaft. Allzu aufmerksam hatte er eigentlich doch nicht zugehört. »Ich glaube, ich habe ihn zu Hause gelassen, Sir.«

Ein Kichern erhob sich unter den übrigen Postdocs, die im hinteren Teil des Raumes saßen. Gabriella errötete noch mehr. Sie versank in ihrem Sitz und wünschte sich offensichtlich weit fort.

Der Chefphysiker lächelte unbestimmt. »Äh ... Nuel, nicht wahr? Dr. Dennis Nuel?«

Aus dem Augenwinkel sah Dennis, dass Bernald Brady auf der anderen Seite des Ganges ihn grinsend in seiner Not beobachtete. Der hochgewachsene, beagleäugige Mann war einmal sein Hauptrivale gewesen, bevor es ihm gelungen war, Dennis von der Arbeit im Zievatronik-Hauptlabor vollends auszuschließen. Brady bedachte Dennis mit einem Lächeln aus reinster Schadenfreude.

Dennis zuckte die Achseln. Nach allem, was im Lauf der letzten paar Monate geschehen war, glaubte er, kaum noch etwas zu verlieren zu haben.

»Äh, jawohl, Sir – Dr. Flaster. Es ist sehr freundlich, dass Sie sich an mich erinnern. Ich war leitender Assistent in Labor eins, falls Sie sich noch entsinnen.«

Gabriella setzte ihr Absinken in die Polster fort; sie gab sich alle Mühe, auszusehen, als sei sie Dennis noch nie im Leben begegnet.

Flaster nickte. »Ah ja. Ich entsinne mich. Im Übrigen ist Ihr Name erst kürzlich noch auf meinem Schreibtisch aufgetaucht.«

Bernald Bradys Gesicht leuchtete auf. Ganz offenkundig würde man ihm keinen größeren Gefallen tun können, als Dennis weit weg auf eine Sammelexpedition zu schicken … nach Grönland beispielsweise, oder auf den Mars: Solange er hier war, stellte Dennis eine Bedrohung für Bradys unablässige Bemühungen dar, sich einzuschmeicheln und auf der bürokratischen Leiter emporzuklimmen. Außerdem schien Dennis, ohne es wirklich zu wollen, ein Hindernis für Bradys romantische Ambitionen in Hinsicht auf Gabriella zu sein.

»Wie auch immer, Dr. Nuel«, fuhr Flaster fort, »Sie können Ihren Zentroiden ganz gewiss nirgends ›lassen‹. Ich glaube, wenn Sie einmal nachprüfen wollen, werden Sie ihn irgendwo in der Nähe Ihres Nabels finden.«

Dennis blickte auf seine Gürtelschnalle, und dann strahlte er den Direktor an.

Tatsächlich! Na, Sie können sicher sein, dass ich in Zukunft besser auf ihn achtgeben werde!

»Es ist enttäuschend, feststellen zu müssen«, erklärte Flaster in hörbar herzlichem Ton, »dass jemand, der so geschickt im Umgang mit einer behelfsmäßigen Schleuder ist, zugleich so wenig über das Massezentrum weiß.«

Dies war ein unmissverständlicher Hinweis auf ein Ereignis,

das eine Woche zuvor auf dem formellen Personalball stattgefunden hatte. Ein unangenehmes kleines Flugtier war durch ein Fenster hereingekommen und hatte die Menge rings um die Bowle terrorisiert. Dennis hatte seine Leibschärpe abgenommen, sie zu einer Schleuder gedreht und ein Schnapsglas damit hochkatapultiert, welches die fledermausähnliche Kreatur abgeschossen hatte, bevor sie mit ihrem rasiermesserscharfen Schnabel jemanden ernstlich hatte verletzen können.

Die improvisierte Aktion hatte ihn unter den Postdocs und Techs augenblicklich zum Helden gemacht und Gabbies derzeitige Kampagne »zur Rettung seiner Karriere« in Gang gebracht. Dabei hatte er die ganze Zeit über nichts weiter gewollt, als das Tier ein wenig näher betrachten zu können. Der kurze Blick, den er darauf hatte werfen können, hatte zahllose Möglichkeiten durch seinen Kopf wirbeln lassen.

Die meisten der Ballgäste hatten angenommen, es handele sich um ein entflohenes Experiment aus dem Genetikzentrum am anderen Ende des Instituts. Aber Dennis hatte andere Ideen gehabt.

Auf den ersten Blick hatte er gesehen, dass dieses Ding zweifellos nicht von der Erde stammte!

Schweigsame Männer von der Sicherheitsabteilung waren kurz darauf auf der Bildfläche erschienen, hatten das betäubte Tier in eine Kiste gepackt und fortgeschafft. Dennoch – Dennis war sicher, dass es aus Labor eins gekommen war … *seinem* alten Labor, in dem das Haupt-Zievatron stand … inzwischen gesperrt für jeden außer Flasters handverlesenen Busenfreunden.

»Nun, Dr. Flaster«, sagte Dennis mutig, »da Sie gerade davon sprechen – ich bin sicher, dass wir alle großes Interesse für den Zentroiden dieses bösartigen kleinen Fliegers aufbringen, der auf der Party herumschwirrte. Können Sie uns inzwischen verraten, was es war?«

Plötzlich war es sehr still im Konferenzraum. Es war äußerst unüblich, den Chefphysiker vor versammelter Mannschaft herauszufordern. Aber Dennis kümmerte das nicht mehr. Ohne erkennbaren Grund hatte der Mann ihn bereits von seinem Lebenswerk wegversetzt. Was sollte Flaster ihm darüber hinaus noch antun?

Flaster betrachtete Dennis mit ausdrucksloser Miene. Schließlich nickte er. »Kommen Sie eine Stunde nach dem Seminar in mein Büro, Dr. Nuel. Ich verspreche Ihnen, dass ich dann alle Ihre Fragen beantworten werde.«

Dennis blinzelte überrascht. Meinte dieser Kerl das ernst?

Er nickte, um damit zu verstehen zu geben, dass er kommen werde, und Flaster wandte sich wieder seiner Holzkiste zu.

»Wie gesagt«, nahm Flaster seinen Vortrag wieder auf, »eine psychosomatische Realitätsanomalie beginnt, wenn wir ein Massezentrum mit einem Unwahrscheinlichkeitsfeld umgeben, welches …«

Als die Anwesenden ihre Aufmerksamkeit wieder dem Vortrag zugewandt hatten, beugte Gabriella sich herüber und flüsterte Dennis noch einmal etwas ins Ohr. »Jetzt hast du's geschafft!«

»Hmm? Was hab' ich geschafft?« Unschuldig sah er sie an.

»Als ob du das nicht wüsstest«, versetzte sie bissig. »Er wird dich in die Qattara-Senke schicken, und da kannst du Sandkörner zählen! Wart's ab!«

Bei jenen seltenen Gelegenheiten, bei denen er daran dachte, seine Haltung zu korrigieren, war Dennis Nuel ein wenig größer als der Durchschnitt. Er kleidete sich lässig – manche mochten auch sagen, nachlässig. Sein Haar war etwas länger, als derzeit modern war, aber dies war eher das Resultat einer unbestimmten Sturheit als das irgendeiner echten Überzeugung.

Dennis' Gesicht nahm manchmal jenen träumerischen Ausdruck an, den man oft entweder mit genialer Begabung oder einer inspirierten Fähigkeit zu erfolgreichen Streichen in Verbindung bringt. In Wirklichkeit aber war er um eine Idee zu faul für das Erstere und um eine Idee zu gutmütig für das Letztere. Er hatte lockiges braunes Haar und braune Augen, die jetzt allerdings infolge einer Pokerrunde, die am Abend vorher zu lange gedauert hatte, ein wenig gerötet waren.

Nach dem Vortrag, als die Schar der schläfrigen Jungwissenschaftler sich zerstreute und jeder nach einem geheimen Eckchen suchte, um dort noch ein Nickerchen zu machen, blieb Dennis vor dem Schwarzen Brett der Abteilung stehen, in der Hoffnung, eine Anzeige von einem anderen Forschungszentrum zu finden, das sich ebenfalls mit Zievatronik beschäftigte. Natürlich gab es keine. Sahara-Tech war das einzige Institut, das wirklich fortgeschrittene Untersuchungen des Ziev-Effektes durchführte. Dennis musste das wissen; er war schließlich für einen großen Teil der Fortschritte verantwortlich gewesen. Bis vor sechs Monaten.

Als der Konferenzraum sich leerte, sah Dennis, wie auch Gabriella hinausging; sie schwatzte und hatte Bernald Brady die Hand auf den Arm gelegt. Bernald sah aus wie aufgepumpt – als habe er soeben den Mount Everest bezwungen. Offensichtlich war er über beide Ohren verliebt.

Dennis wünschte dem Knaben Glück. Es würde angenehm sein, wenn Gabriella ihre Aufmerksamkeit mal eine Weile jemand anderem widmen könnte. Natürlich war Gabbie an sich eine kompetente Wissenschaftlerin. Aber sie war ein bisschen zu anhänglich, als dass Dennis sich in ihrer Gesellschaft hätte entspannen können.

Er sah auf die Uhr. Es war an der Zeit, zu Flaster zu gehen und herauszufinden, was er wollte. Dennis drückte seine Schultern nach hinten. Er hatte beschlossen, sich nicht weiter mit Ausflüchten abspeisen zu lassen. Flaster würde ihm jetzt ein paar Fragen beantworten, oder Dennis würde kündigen!

2

»Ah, Nuel! Kommen Sie herein!«

Silberhaarig und mit einem kleinen Bäuchlein, erhob sich Marcel Flaster hinter der schimmernden, leeren Fläche seines Schreibtisches. »Setzen Sie sich, mein Junge. Zigarre? Frisch aus New Havanna, von der Venus.« Er wies auf den üppigen Sessel neben einer vom Boden zur Decke reichenden Lavalampe.

»Erzählen Sie, junger Mann – wie geht's voran mit diesem Projekt über artifizielle Intelligenzen, an dem Sie da arbeiten?«

Dennis hatte die letzten sechs Monate damit zugebracht, ein kleines AI-Programm zu leiten, das von einer unbeirrbaren alten Sitzung in Auftrag gegeben worden war – obwohl schon im Jahre 2024 nachgewiesen worden war, dass die Entwicklung einer echten künstlichen Intelligenz ein Holzweg war.

Er hatte immer noch keine Ahnung, weshalb Flaster ihn hatte kommen lassen. Er wollte nicht grundlos unhöflich sein, und so berichtete er über die jüngsten, bescheidenen Fortschritte, die seine Gruppe gemacht hatte. »Tja, ein wenig weiter sind wir wohl gekommen. Kürzlich haben wir ein neues, hochklassiges Mimikry-Programm entwickelt. In Telefontests hat es mit willkürlich ausgewählten Individuen im Durchschnitt sechs Komma drei Minuten lang gesprochen, bevor die Leute merkten, dass sie mit einer Maschine redeten. Richard Schwall und ich glauben …«

»Sechseinhalb Minuten!«, unterbrach Flaster. »Na, da haben Sie ja den alten Rekord um mehr als eine Minute überboten, schätze ich! Ich bin beeindruckt.«

Flaster lächelte herablassend. »Aber mal ehrlich, Nuel – Sie glauben doch nicht, dass ich einen jungen Wissenschaftler wie Sie mit Ihren offenkundigen Talenten ohne Grund einem Projekt mit so geringem langfristigen Potenzial zuteile, oder?«

Dennis schüttelte den Kopf. Er war schon längst zu dem Schluss gekommen, dass der Chefphysiker ihn in einen Winkel von Sahara-Tech abgeschoben habe, um im Zievatronik-Labor Platz für seine eigenen Busenfreunde zu schaffen.

Bis zum Tode seines alten Mentors, Dr. Guinasso, hatte Dennis im Mittelpunkt des aufregenden Gebietes der Realitätsanalyse gestanden.

Dann, innerhalb weniger Wochen nach dem tragischen Ereignis, hatte Flaster seine eigenen Leute hereingebracht und Guinassos Personal unerbittlich versetzt. Der Gedanke daran erfüllte Dennis noch immer mit Bitternis. Er war davon überzeugt gewesen, dass sie im Begriff waren, ungeheuerliche Entdeckungen zu machen, als man ihn von der Arbeit verbannt hatte, die er liebte.

»Ehrlich gesagt, ich konnte mir nie erklären, weshalb Sie mich versetzt haben«, sagte Dennis. »Es sei denn, Sie gedächten mich auf bessere Arbeiten vorzubereiten?«

Flaster überhörte den Sarkasmus. Er grinste. »Genauso ist es, mein Junge! Sie zeigen sich bemerkenswert einsichtig. Sagen Sie, Nuel – jetzt, da Sie ein wenig Erfahrung bei der Leitung einer kleinen Abteilung gesammelt haben … Wie würde es Ihnen gefallen, die Leitung des Zievatronik-Projektes hier in Sahara-Tech zu übernehmen?«

Dennis blinzelte; er war völlig überrascht.

»Äh«, antwortete er prägnant.

Flaster stand auf und begab sich zu einer verschlungen konstruierten Espresso-Maschine, die auf einem Sideboard stand. Er ließ dicken Atlas-Gebirgskaffee in zwei Mokkatassen laufen und reichte eine davon Dennis. Dieser nahm das kleine

Tässchen wie betäubt entgegen. Er schmeckte das schwere, süße Gebräu kaum.

Flaster kehrte an seinen Schreibtisch zurück und nippte zierlich an seinem Kaffee.

»Sie haben doch wohl nicht ernstlich geglaubt, wir ließen unseren besten Experten am Ziev-Effekt-Former für alle Zeiten auf dem Abstellgleis, oder? Natürlich nicht! Ich hatte ohnehin vor, Sie in ein paar Wochen nach Labor eins zurückzuversetzen. Und da sich nun diese Stelle im Subministerium ergeben hat …«

»Im was?«

»Im Subministerium! In der Regierung von Mediterranea haben sich erneute Veränderungen ereignet, und mein alter Freund Boona Calumny ist für das Wissenschaftsressort als Minister vorgesehen. Als er mich deshalb gestern anrief und um meine Hilfe bat …« Flaster spreizte die Hände, als verstehe sich der Rest von selbst.

Dennis traute seinen Ohren nicht. Er war sicher gewesen, dass der Alte ihn nicht mochte. Was um alles in der Welt konnte ihn dazu bringen, sich an Dennis zu wenden, als es um seine Nachfolge ging?

Dennis fragte sich, ob seine Abneigung gegen Flaster ihn womöglich gegen eine noble Seite dieses Mannes blind gemacht hatte.

»Ich nehme an, Sie sind interessiert?«

Dennis nickte. Es war ihm gleichgültig, welche Motive Flaster hatte, solange er nur das Zievatron wieder in die Hände bekäme.

»Ausgezeichnet.« Flaster hob seine Tasse. »Natürlich gibt es da noch eine Kleinigkeit, die zu überwinden ist – nichts Wichtiges eigentlich; nur etwas, das dem Labor Ihre Führungskraft demonstriert und sicherstellt, dass Sie von allen einmütig akzeptiert werden.«

»Aha«, sagte Dennis. *Ich hab's gewusst! Da ist er! Der Haken!* Flaster langte unter den Tisch und holte ein Glas hervor. Es enthielt ein pelzgeflügeltes, mit rasiermesserscharfen Zähnen bewehrtes kleines Ungeheuer, starr und leblos.

»Nachdem Sie uns am vergangenen Samstag geholfen hatten, es einzufangen, kam ich zu dem Schluss, dass es mehr Ärger machte, als es wert war. Also habe ich es unserem Präparator übergeben …«

Dennis versuchte, normal zu atmen. Die kleinen, schwarzen Augen starrten ihn gläsern an. Jetzt aber schien es weniger Bosheit, als vielmehr ein tiefes Geheimnis zu sein, was in ihnen lauerte.

»Sie wollten mehr über dieses Ding wissen«, sagte Flaster. »Als mein voraussichtlicher Erbe haben Sie ein Recht dazu.«

»Die anderen glauben, es stamme aus dem Genetikzentrum«, meinte Dennis.

Flaster lachte leise. »Aber Sie wussten es von Anfang an besser, stimmt's? Die Lebensmacher beherrschen ihre neue Kunst noch nicht gut genug, um etwas so Einzigartiges zustande zu bringen«, erklärte er genüsslich. »Etwas so Wildes. Nein – wie Sie ganz richtig vermuten, stammt unser kleiner Freund hier nicht aus dem Genetiklabor. Er stammt nicht einmal aus diesem Sonnensystem. Er kommt aus Labor eins – von einer der Anomaliewelten, in die wir uns mit dem Zievatron geklinkt haben.«

Dennis sprang auf. »Sie haben es zum Funktionieren gebracht! Sie haben sich in was Besseres eingeklinkt als in ein Vakuum oder einen blauen Dunst!«

Sein Kopf schwirrte. »Es hat Erdenluft geatmet! Es hat ein Dutzend Canapés verschlungen, und ein Stück von Brian Yens Ohr dazu, und es ist nicht eingegangen! Die biochemische Struktur dieses Dings muss …«

»Sie *ist* es … sie ist beinahe hundertprozentig terranisch.«

Flaster nickte.

Dennis schüttelte den Kopf. Schwer ließ er sich in den Sessel zurückfallen. »Wann haben Sie diese Stelle gefunden?«

»Bei einer zievatronischen Anomaliesuche vor drei Wochen. Nach fünf Monaten voller Fehlschläge will ich bereitwillig zugeben, dass wir erst Erfolg hatten, nachdem wir zu der Suchroutine zurückgekehrt waren, die Sie ganz zu Anfang entwickelt hatten, Nuel.«

Flaster nahm die Brille ab und polierte sie mit einem seidenen Taschentuch. »Die von Ihnen entwickelten Programme funktionierten beinahe sofort. Und sie stöberten eine ganz verblüffend erdähnliche Welt auf. Die Biologen sind geradezu ekstatisch – um es zurückhaltend zu formulieren.«

Dennis starrte auf das tote Geschöpf im Glas. *Eine ganze Welt! Wir haben es geschafft!*

Dr. Guinassos Traum war Wirklichkeit geworden. Das Zievatron war der Schlüssel zu den Sternen. Dennis' persönlicher Groll war verschwunden. Er war ehrlich entzückt über Flasters Erfolg.

Der Direktor erhob sich und ging noch einmal zu der Espresso-Maschine, um seine Tasse aufzufüllen. »Es gibt nur ein Problem«, stellte er nonchalant fest, ohne sich zu dem jüngeren Mann umzudrehen.

Dennis sah auf; in seinem Kopf drehte es sich immer noch. »Sir? Ein Problem?«

»Nun ja.« Flaster wandte sich um und rührte in seinem Kaffee. »Genau gesagt, es hat mit dem Zievatron selbst zu tun.«

Dennis runzelte die Stirn.

»Was ist mit dem Zievatron?«

Flaster hielt die Mokkatasse mit Daumen und Zeigefinger. »Tja«, seufzte er zwischen zwei Schlucken. »Wie es scheint, kriegen wir das verflixte Ding nicht mehr in Gang.«

3

Flaster hatte nicht gescherzt. Das Zievatron war kaputt.

Nachdem er fast einen ganzen Tag damit zugebracht hatte, in den Eingeweiden der Maschine herumzuwühlen, hatte Dennis sich noch immer nicht an die Veränderungen gewöhnt, die seit seiner Verbannung in Labor eins vorgenommen worden waren.

Die Hauptgeneratoren waren noch dieselben, ebenso wie die alten Realitätssonden, die er und Dr. Guinasso damals, in den Anfangstagen, so mühevoll mit der Hand justiert hatten.

Flaster und Brady hatten nicht gewagt, sich an ihnen zu schaffen zu machen.

Aber sie hatten so viele neue Geräte hereinschaffen lassen, dass sogar die Halle des Hauptlabors schier zu bersten drohte. So gab es beispielsweise genug Elektrophoresegeräte, um damit eine Bordoleser Bouillabaisse zu analysieren.

Das Zievatron selbst beanspruchte den größten Teil des Raumes. Weißbekittelte Techniker bewegten sich auf Laufstegen an der langgezogenen Front entlang und nahmen hier und dort Einstellungen vor.

Die meisten der Techniker waren heruntergekommen, um Dennis zu begrüßen, als er hereinkam. Offensichtlich waren sie erleichtert, weil er wieder da war. Schulterklopfen und Wiedersehensfreude hatten ihn fast eine Stunde lang von seiner geliebten Maschine ferngehalten, und Bernald Brady war stocksauer gewesen.

Als Dennis sich schließlich an die Arbeit hatte machen können, hatte er sich zunächst auf die beiden mächtigen Realitätssonden konzentriert. Wo sie sich, tief im Innern der Maschine, trafen, war ein Punkt im Raum, der weder exakt hier noch eigentlich woanders lag. Diesen anomalen Punkt konnte man zwischen der Erde und irgendwo anders hin- und herspringen lassen, je nachdem, welche Sonde gerade dominierte.

Vor sechs Monaten war hier eine kleine Luke gewesen, durch die man dem blauen Dunst und den seltsamen Staubwolken, die er und Dr. Guinasso gefunden hatten, Proben entnehmen konnte. Inzwischen war diese Luke durch eine große gepanzerte Luftschleuse ersetzt worden.

Dennis arbeitete dicht neben der schweren Schleusenluke, und er begriff, dass er nur durch diese Luke zu gehen brauchte, um in eine andere Welt zu gelangen. Es war ein merkwürdiges Gefühl.

»Ratlos, Nuel?«

Dennis sah auf. Bernald Bradys kleiner Mund schien immer in einem Anflug von Missbilligung geschürzt zu sein. Der Bursche hatte Anweisung, mit ihm zu kooperieren, aber von Höflichkeit war offenbar nicht die Rede gewesen.

Dennis zuckte die Achseln. »Ich habe das Problem eingekreist: Da stimmt etwas nicht mit dem Teil des Zievatrons, der in der Anomaliewelt steckt – der Rückkehrmechanismus. Kann sein, dass er sich nur vom anderen Ende aus reparieren lässt.«

Inzwischen war ihm klar, dass Marcel Flaster einen Preis dafür fordern würde, dass er ihm die Leitung des Labors übertrug. Wenn es Dennis nicht gelänge, einen Weg zu finden, das Ding von dieser Seite aus zu reparieren, würde er womöglich hindurchgehen müssen, um sich den Rückkehrmechanismus auf der anderen Seite höchstpersönlich vorzunehmen.

Er hatte noch nicht entschieden, ob es Faszination oder Entsetzen war, was diese Vorstellung in ihm weckte.

»Flasteria«, sagte Brady.

»Wie bitte?« Dennis blinzelte.

»Wir haben den Planeten Flasteria getauft, Nuel.«

Dennis versuchte, dieses Wort über die Lippen zu bringen, und gab auf. *Was du nicht sagst!*

»Wie auch immer«, fuhr Brady fort. »Eine große Entdeckung ist das nicht. Ich hatte bereits festgestellt, dass der Fehler beim Rückkehrmechanismus liegt.«

Allmählich ärgerte Dennis sich über das Benehmen dieses Knaben. Er zuckte die Achseln. »Natürlich haben Sie das festgestellt. Aber wie lange haben Sie dazu gebraucht?«

Er wusste, dass er einen wunden Punkt getroffen hatte. Brady lief rot an.

»Schon gut.« Dennis stand auf und klopfte sich die Hände ab. »Kommen Sie, Brady. Führen Sie mich durch Ihren Zoo. Wenn man wirklich erwartet, dass ich durch die Maschine gehe und diese Gegend besuche, dann will ich mehr darüber wissen.«

Säugetiere! Die gefangenen Tiere waren luftatmende, vierbeinige, behaarte Säugetiere!

Er betrachtete eines, das aussah wie ein kleines Frettchen, und ging dabei im Geiste eine kurze Checkliste durch. Da waren zwei Nasenlöcher über dem Mund und unter den nach vorn gerichteten Jägeraugen. An jeder Pfote saßen fünf krallenbewehrte Zehen, und ein langer, pelziger Schwanz war auch vorhanden. Eine Tomographie-Karte vorn am Käfig zeigte ein Herz mit vier Kammern, ein ziemlich irdisch aussehendes Skelett sowie anscheinend alle erforderlichen Eingeweide an allen erforderlichen Stellen.

Und trotzdem war es ein außerirdisches Wesen!

Das Geschöpf erwiderte Dennis' Blick einen Moment lang, gähnte dann und wandte sich ab.

»Die Biologen haben alles nach gefährlichen Bakterien und dergleichen untersucht«, beantwortete Brady die nächste Frage, die Dennis ihm stellte. »Die Meerschweinchen, die sie mit einem der Explorationsrobots hinüberschickten, lebten mehrere Tage lang auf Flasteria und kamen kerngesund zurück.«

»Und wie sieht's mit der Biochemie aus? Sind beispielsweise die Aminosäuren die gleichen?«

Brady nahm einen mächtigen, mehr als fünfzehn Zentimeter dicken Ordner zur Hand. »Doc Nelson wurde gestern nach Palermo gerufen, vermutlich im Zusammenhang mit der Regierungsumbildung. Aber hier ist sein Bericht.« Er ließ den schweren Band in Dennis' Hände fallen. »Studieren Sie ihn.« Dennis war eben im Begriff, Brady wissen zu lassen, wohin er sich diesen Bericht vorläufig schieben könne, als ein scharfes, schnappendes Geräusch vom hinteren Ende der Käfigreihe herüberhallte. Die beiden Männer drehten sich um und sahen, wie eine massive Holzkiste plötzlich zu zittern und zu knarren begann.

Brady fluchte lautstark. »Gottverdammt! Es kommt schon wieder raus!« Er rannte zu einer Wand und schlug auf einen Alarmknopf. Augenblicklich heulte eine Sirene auf.

»*Was* kommt raus?« Dennis wich zurück. Die Panik in Bradys Stimme hatte ihn erschreckt. »Was ist das?«

»Das *Biest!*« Brady brüllte in die Gegensprechanlage, was Dennis kaum als Beruhigung empfand. »Das Biest, das wir wieder eingefangen und in die provisorische Kiste gesperrt haben ... *jawohl,* das gerissene! Es kommt wieder raus!«

Holz splitterte, und ein Brett brach aus der Seitenwand der Kiste. Aus dem dunklen Inneren schimmerte ein Paar winziger, grüner Reflexe zu Dennis heraus.

Dennis konnte nur vermuten, dass es sich um Augen handelte, kleine Äuglein im Abstand von weniger als drei Zentimetern. Die grünen Funken schienen ihn zu fixieren, und er konnte seinen Blick nicht von ihnen wenden. Sie starrten einander an – der Erdenmann und der Alien.

Brüllend erteilte Brady Anweisungen an eine Arbeitskolonne, die hereingestürmt kam. »Rasch! Schafft die Netze her, falls es springt! Und passt auf, dass es nicht wieder die anderen Tiere herauslässt, wie beim letzten Mal!«

Dennis verspürte wachsendes Unbehagen. Das grünäugige

Starren war beunruhigend. Er suchte nach einem Platz, wo er das schwere Buch ablegen könnte.

Das Wesen schien einen Entschluss zu fassen. Es zwängte sich durch die schmale Lücke zwischen zwei Brettern und sprang dann gerade rechtzeitig davon, um einem herabsausenden Netz zu entgehen.

Mit einem schnellen Blick sah Dennis, dass die Kreatur einem winzigen, plattnasigen Schwein ähnelte. Aber dieses Schwein war einzigartig! Mitten im Sprung spreizte es die Beine und entfaltete ein Paar Membranen, die ihm als Gleitflügel dienten!

»Fangen Sie es ab, Nuel!«, schrie Brady.

Dennis hatte kaum eine andere Wahl. Das Alienwesen flog geradewegs auf ihn zu! Er wollte sich ducken, doch es war zu spät. Das »Fliegende Ferkel« landete auf seinem Kopf, krallte sich in sein Haar und quiekte wild.

Erschrocken ließ Dennis den Biochemiebericht fallen, und der schwere Band landete auf seinem Fuß.

»Autsch!« Er hüpfte umher und versuchte, seinen unwillkommenen Passagier zu fassen.

Aber das kleine Wesen fiepte laut und klagend. Es klang eher verängstigt als böse. Im letzten Moment besann sich Dennis und unterließ es, das Geschöpf gewaltsam herunterzureißen. Stattdessen gelang es ihm, eine häutige Pfote von seinem rechten Auge zu lupfen – gerade noch rechtzeitig, um sich vor einem Schraubenschlüssel zu ducken, den Bernald Brady ihm schwungvoll über den Schädel schlagen wollte! Dennis fluchte, und das »Schweinchen« quiekte, als die Waffe dicht über ihnen durch die Luft pfiff.

»Halten Sie doch still, Nuel! Fast hätte ich ihn gehabt!«

»Fast hätten Sie mir auch den Schädel eingeschlagen!« Dennis wich zurück. »Idiot! Wollen Sie mich umbringen?«

Brady schien dieses Ansinnen syllogistisch zu erwägen. Schließlich zuckte er die Achseln. »Also gut, Nuel. Kommen Sie langsam heraus, und wir packen ihn.«

Dennis trat vor. Aber als er sich den anderen Männern näherte, begann das Wesen, herzerweichend zu quieken und sich fester in sein Haar zu krallen.

»Halt mal«, sagte Dennis. »Es hat bloß Angst, das ist alles. Lasst mir einen Augenblick Zeit. Vielleicht kann ich es selber herunterholen.«

Dennis wich bis zu einer Kiste zurück und setzte sich. Behutsam hob er die Hand zum Kopf, um das Alienwesen noch einmal zu berühren.

Zu seiner Überraschung schien sich das zitternde Geschöpf bei seiner Berührung zu beruhigen. Er sprach leise vor sich hin, während er das dünne, weiche Fell streichelte, das die rosige Haut bedeckte. Nach und nach lockerte sich der panische Klammergriff. Schließlich konnte er das Wesen mit beiden Händen hochheben und auf seinen Schoß setzen.

Die Männer und Frauen der Arbeitskolonne jubelten. Dennis grinste sie an, aber er fühlte sich längst nicht so zuversichtlich, wie er aussah.

Es war genau die Sorte von Zwischenfall, die sich zur Legende entwickeln konnte. *»… jawohl, mein Sohn. Ich war dabei, als der alte Direktor Nuel eine rasende Alienbestie zähmte, die schon dabei war, ihm die Augen auszukratzen …«*

Dennis schaute hinunter auf das Ding, das er da »gefangen« hatte. Das Wesen schaute ihn an, und in seinem Blick lag etwas, das er ganz gewiss schon einmal irgendwo gesehen hatte. Aber wo?

Dann fiel es ihm ein. Zu seinem sechsten Geburtstag hatten seine Eltern ihm ein Bilderbuch mit finnischen Märchen geschenkt. Noch jetzt erinnerte er sich an viele der Bilder aus diesem Buch. Und dieses Wesen hier hatte das scharfzahnige, grünäugige, teuflische Grinsen eines Kobolds.

»Ein Koberkel«, verkündete er leise und streichelte das kleine Geschöpf. »Eine Kreuzung zwischen Kobold und Ferkel. Passt dir dieser Name?«

Es schien seine Worte nicht zu verstehen. Er bezweifelte, dass es überhaupt Verstand hatte. Aber irgendetwas schien ihm zu sagen, dass es *ihn* sehr wohl verstehen konnte. Es erwiderte sein Grinsen mit winzigen, nadelspitzen Zähnen.

Brady kam mit einem Jutesack heran. »Rasch, Nuel. Stecken Sie es hier rein, solange es so passiv ist!«

Dennis starrte den Mann an. Sein Vorschlag war keine Antwort wert. Er stand auf, und das Koberkel ruhte in seiner linken Armbeuge. Das Wesen schnurrte sanft.

»Kommen Sie, Brady«, sagte er. »Machen wir mit unserem Rundgang weiter, damit ich meine Ausrüstungsliste zusammenstellen kann. Und dann habe ich einiges vorzubereiten. Sie können unserem extraterrestrischen Freund hier danken, dass er mir die Entscheidung abgenommen hat. Ich werde durch das Zievatron gehen und für Sie seine Heimatwelt besuchen.«

4

Das Zievatron war zu einer Einbahnstraße geworden. Alles, was man durch die Luftschleuse beförderte, gelangte planmäßig auf die Anomaliewelt. Robots ließen sich immer noch transportieren, und man schickte seit einem Monat einen nach dem anderen auf die Reise. Aber nichts kam zurück.

Schwache Telemetriedaten wiesen hinreichend darauf hin, dass die Maschine immer noch mit derselben Anomaliewelt verbunden war – mit der Welt also, von der das fliegende Schweinchen gekommen war.

Aber das Zievatron war nicht mehr in der Lage, auch nur eine Feder zur Erde zu schicken.

Jede Maschine fällt früher oder später aus, wusste Dennis. Zweifellos würde das Problem sich auf einfache Weise lösen lassen, indem man ein ausgebranntes Modul ersetzte – eine Arbeit von zwei Minuten. Der Haken an der Sache war, dass man es mit eigener Hand tun müsste. Und um es mit der Hand zu tun, würde jemand durch das Zievatron gehen müssen.

Selbstverständlich hatte man ohnehin eine bemannte Expedition geplant. Dies waren nun nicht eben die günstigsten Umstände für einen solchen ersten Besuch, aber jemand würde es tun müssen, denn sonst wäre die Welt, die sie gefunden hatten, für immer verloren. Dennis hatte Bilder gesehen, die vor dem Ausfall von den Erkundungsrobots geschickt worden waren. Man würde womöglich hundert Jahre lang suchen müssen, bevor man ein zweites Mal auf einen für menschliche Bedürfnisse so geeigneten Planeten stieße.

Wie auch immer – er hatte sich entschlossen.

Die Ausrüstung, die Dennis angefordert hatte, lag säuberlich gestapelt vor der Schleusenluke. Das Tempo, mit dem man die Liste seiner Wünsche abgehakt hatte, war ein Hinweis darauf gewesen, wie sehr Dr. Flaster darauf brannte, möglichst bald Resultate in den Händen zu haben. Zudem hatte man Brady beauftragt, sich um die Beschaffung der Ausrüstung zu kümmern; auf diese Weise hatte Dennis ihn vom Halse gehabt, sodass er Muße hatte, seine Berechnungen dreimal zu überprüfen.

Er hatte auf einer langen Liste von Überlebensvorräten bestanden – nicht dass er damit rechnete, sie auf seinem ersten Ausflug auch zu brauchen. Selbst wenn er jedes Modul des Rückkehrmechanismus auswechseln müsste, dürfte dies nicht mehr als eine Stunde in Anspruch nehmen. Aber er wollte kein Risiko eingehen. Er hatte sogar Vitaminpräparate beschaffen lassen, für den Fall, dass er für längere Zeit stranden sollte; im Biologiebericht hatte die Kompatibilitätsrate der Anomaliewelt um eine Dezimalstelle neben den menschlichen Erfordernissen gelegen.

»Okay, Nuel«, sagte Brady; er sprach Dennis von links an. Das Koberkel hockte auf Dennis' anderer Schulter, beaufsichtigte hoheitsvoll die Vorbereitungen und zischte, wenn Brady sich näherte.

»Das Material, das Sie jetzt haben, genügt beinahe, um noch ein verdammtes Zievatron zu bauen, wenn Sie auf Flasteria angekommen sind. In fünf Minuten dürften Sie es hingekriegt haben. Wenn man die Überlebensausrüstung anschaut, die Sie da mitschleppen, könnte man denken, Sie wollten Robinson Konkurrenz machen. Aber das ist Ihre Sache.«

Der Kerl schien tatsächlich eifersüchtig zu sein. Aber Dennis hatte nicht gehört, dass er sich erboten hatte, selbst zu gehen. »Denken Sie nur daran, dass Sie als Erstes die Maschine reparieren!«, fuhr Brady fort. »Dann ist es nicht so schlimm, wenn Sie aufgefressen werden, während Sie versuchen, mit den einheimischen Tieren zu plaudern.«

Richard Schwall, einer der Techniker, mit denen Dennis in den Anfangstagen zusammengearbeitet hatte, blickte von einer Planzeichnung auf und bedachte Dennis mit einem mitleidsvollen Blick. Bradys sonniges Gemüt war im S.I.T. allgemein bekannt.

»Dennis!«

Gabriella Versgos Walkürengestalt schlängelte sich zwischen den Scharen der Techniker hindurch. Als einer von ihnen nicht flink genug aus dem Weg ging, wurde er durch einen gewandten Beckenschwung beiseitegeschleudert.

Brady strahlte, als sie herankam; er hatte große Ähnlichkeit mit einem liebeskranken Hündchen. Gabbie schenkte ihm ein strahlendes Lächeln und packte dann Dennis' rechten Arm mit einem Griff, der die Blutzufuhr zu seiner Hand teilweise unterband.

»Tja, Dennis«, begann sie, glücklich aufseufzend, »ich bin so froh, dass ihr beide wieder miteinander redet, du und Bernie!

Ich fand die Fehde zwischen euch beiden schon immer recht albern.«

Tatsächlich klang es, als fände sie diese Fehde entzückend. Dennis begriff, dass Gabbie dem Irrtum erlag, sie selbst sei der Grund für die Feindschaft zwischen ihm und Brady. Wenn es tatsächlich so gewesen wäre, hätte Dennis schon vor langer Zeit die Weiße Fahne gehisst und kapituliert.

»Ich bin nur vorausgelaufen, um euch zwei Jungs zu warnen: Dr. Flaster ist unterwegs hierher, um Dennis zu verabschieden. Und er bringt Boona Calumny mit!«

Dennis starrte sie einen Moment lang verständnislos an.

»Den neuen Wissenschaftsminister für Mediterranea!«, rief Gabbie. Sie zerrte an seinem Arm und bohrte ihm dabei unabsichtlich den Daumen in den Ellbogennerv, dass es wie ein Stromschlag durch seinen rechten Arm zuckte. Dennis ächzte, aber Gabbie redete weiter, ohne zu bemerken, welche Qualen er litt.

»Ist es nicht wunderbar?«, jubelte sie. »Ein so bedeutender Mann kommt her, um dabei zu sein, wenn der erste Mensch den Fuß auf eine Anomaliewelt setzt!« In einer letzten, schwungvollen Gebärde ließ sie seinen Arm fahren. Dennis unterdrückte einen Seufzer und massierte seinen Ellbogen.

Gabriella gurrte das Koberkel an und versuchte, es unter dem winzigen Kinn zu kraulen. Das kleine Geschöpf ertrug es ein paar Augenblicke lang, doch dann ließ es sich von einem gewaltigen Gähnen übermannen und offenbarte dabei zwei Reihen nadelspitzer Zähne. Gabbie zog hastig die Hand zurück. Sie begab sich auf die andere Seite, lehnte sich an Dennis und gab ihm einen züchtigen Kuss auf die Wange. »Muss jetzt los. Hab' einen wichtigen Kristall in einer Schwebezone. Gute Reise. Komm als Held zurück, dann gibt's eine ganz besondere Feier. Versprech ich dir.« Sie zwinkerte und stieß ihn mit der Hüfte an, woraufhin das Koberkel beinahe den Halt verloren hätte.

Brady beobachtete dies alles stirnrunzelnd, aber er strahlte sofort wieder, als Gabbie auch ihm – aus Gleichheitsgründen – einen Schmatzer auf die Wange versetzte. Dann schlenderte sie davon, zweifellos im vollen Bewusstsein der Tatsache, dass die Hälfte der Männer im Labor alles mit angesehen hatte.

Richard Schwall schüttelte den Kopf und brummte etwas in seinen Bart. »… Weib würde Lady Macbeth glatt an die Wand spielen …«, war alles, was Dennis verstehen konnte. Brady schnaufte indigniert und stolzierte davon.

Dennis wandte sich wieder seinen Berechnungen zu und versicherte sich ein letztes Mal, dass ihm nirgends ein Fehler unterlaufen war; das Koberkel verließ unterdessen seine Schulter und landete nach einem tiefen Gleitflug auf einer Stelle oberhalb von Richard Schwall. Es spähte dem schütterhaarigen Techniker über die Schulter und sah zu, wie er ein übertragbares elektronisches Zeichengerät einstellte, das Dennis mitnehmen wollte.

Seit zwei Tagen schon – seit Dennis das Wesen für zahm erklärt hatte – waren die Techniker daran gewöhnt, in das winzige grüne Augenpaar zu schauen, wann immer sie aufblickten. Mit unheimlich anmutender Sicherheit schien das Koberkel sich stets die kompliziertesten Einstellarbeiten auszusuchen, bei denen es dann zuschaute.

Die Vorbereitungsarbeiten schritten reibungslos voran, und im Laufe der Zeit wurde das Geschöpf zu einer Art Statussymbol. Die Techs benutzten Süßigkeiten, um es an ihre Arbeitsplätze zu locken. Es war zu einem Glücksbringer geworden – zu einem Kompaniemaskottchen.

Als Schwall aufblickte und das Koberkel sah, grinste er und hob den kleinen Alien auf, damit er besser sehen könne. Dennis ließ seine Aufzeichnungen sinken und sah den beiden zu.

Das Koberkel war anscheinend weniger gefesselt von dem, was Schwall tat, als davon, wie der Tech sich dabei fühlte. Wenn sein Gesicht Befriedigung zeigte, huschte der Blick des kleinen

Wesens rasch hin und her, von Schwall zu seinem Skizzenblock und wieder zurück.

Obgleich es ganz offensichtlich kein vernunftbegabtes Wesen war, fragte sich Dennis doch, wie intelligent der kleine Alien sein mochte.

»He, Dennis!« Schwall war plötzlich aufgeregt. »Sieh dir das mal an! Ich hab' ein prima Bild von dem Startturm in Ecuador gemacht! Weißt du – die Vanillenadel? Ich wusste gar nicht, dass ich das so gut kann! Dein kleiner Freund hier bringt wirklich Glück!«

Im hinteren Bereich des Labors erhob sich leise Unruhe. Dennis stieß seinen Kollegen in die Seite. »Komm, Rich«, sagte er. »Steh auf. Jetzt sind sie da.«

Eskortiert von Bernald Brady, näherte sich der Labordirektor dem Zievatron. Neben Flaster ging ein kleiner, rundlicher Mann mit dunklem Gesicht und eindringlichem Blick. Dennis war klar, dass dies der neue Wissenschaftsminister von Mediterranea sein musste.

Als man sie miteinander bekanntmachte, schien Boona Calumny geradewegs durch Dennis hindurchzuschauen. Seine Stimme war sehr hoch.

»Das also ist der tapfere junge Mann, der Ihre wunderbare Arbeit hier übernehmen wird, Marcel? Und er will sich gleich zu Anfang durch die Maschine zu jenem wunderbaren neuen Planeten begeben, den Sie entdeckt haben?«

Flaster strahlte. »Jawohl, Sir! Und wir sind außerordentlich stolz auf ihn.« Er zwinkerte Dennis verschwörerisch zu. Allmählich begriff Dennis, wie viel Flaster daran gelegen war, seine Amtszeit im S.I.T. mit einem Erfolg zu beenden.

»Sie werden vorsichtig sein da drin, nicht wahr, mein Junge?« Calumny deutete mit dem Zeigefinger auf die Luftschleuse. Dennis fragte sich, ob der Mann wirklich verstanden hatte, um was es hier ging.

»Jawohl, Sir, das werde ich.«

»Gut. Wir wollen, dass Sie heil und gesund zurückkommen.«

Dennis nickte freundlich und übersetzte den Satz des Politikers im Geiste automatisch aus der Beamtensprache ins Englische. *Er meint, wenn ich nicht zurückkomme, wird es hier unangenehmen Papierkram zu erledigen geben.*

»Ich verspreche es Ihnen, Sir.«

»Ausgezeichnet. Wissen Sie, gescheite junge Leute wie Sie sind heutzutage nur noch schwer zu finden.« *(Das heißt, Hampelmänner wie dich gibt's im Dutzend billiger, aber immerhin hilfst du meinem Kumpel aus der Patsche.)*

»Jawohl, Sir«, pflichtete Dennis erneut bei.

»Wir sind in der Tat knapp an wagemutigen, abenteuerlustigen Leuten, und ich bin sicher, Sie werden es noch weit bringen«, fuhr Calumny fort. *(Wir sind diesen Monat etwas knapp an Blödmännern. Vielleicht finden wir noch ein paar Himmelfahrtskommandos für dich, falls du von diesem hier zurückkommst.)*

»Das hoffe ich, Sir.«

Calumny bedachte Dennis mit einem überaus demokratischen Händedruck, und dann wandte er sich an Flaster und flüsterte ihm etwas zu. Der Direktor deutete auf eine Tür, und der Minister watschelte hinaus. Vermutlich um sich die Hände zu waschen, dachte Dennis.

»Also gut, Dr. Nuel«, begann Flaster fröhlich. »Nehmen Sie Ihren kleinen außerirdischen Freund, und machen Sie sich auf. Ich erwarte Sie in weniger als zwei Stunden zurück; länger dürften Sie kaum brauchen, sofern Sie Ihren Forschungsdrang im Zaum halten können. Wir werden Champagner kaltstellen, bis Sie wieder zurückkehren.«

Das Koberkel verließ Richard Schwall, und Dennis fing es aus der Luft. Das kleine Wesen zirpte aufgeregt. Nachdem die Kisten vor ihm eingeladen worden waren, betrat Dennis die Schleuse.

»Schließvorgang wird eingeleitet!«, verkündete einer der Techniker. »Viel Glück, Dr. Nuel!«

Schwall streckte einen Daumen in die Höhe.

Bernald Brady trat vor, um die schwere Tür zu schließen. »Tja, Nuel«, sagte er, während die Gleitrollen sich langsam drehten, »Sie haben alles überprüft, nicht wahr? Sie haben die Maschine von oben bis unten durchgecheckt und den Biologiereport gelesen, und Sie brauchten mich nicht ein einziges Mal um Rat zu fragen, nicht wahr?«

Dennis gefiel der Ton des Mannes nicht. »Worauf wollen Sie hinaus?«

Brady lächelte; er sprach so leise, dass niemand außer Dennis ihn hören konnte. »Ich habe es den anderen gegenüber nie erwähnt, da es mir so absurd erschien. Aber es ist nur fair, wenn ich es Ihnen sage.«

»Wenn Sie mir was sagen?«

»Oh, kann sein, dass es gar nichts ist, Nuel. Kann aber auch etwas ziemlich Ungewöhnliches sein … etwa die Möglichkeit, dass auf dieser Anomaliewelt andere physikalische Gesetze gelten als hier auf der Erde.«

Inzwischen hatte sich die Luke halb geschlossen. Die Zeituhr lief.

Das war lächerlich. Dennis würde sich von diesem Brady nicht nervös machen lassen. »Rutschen Sie mir den Buckel runter, Bernie«, antwortete er lachend. »Ich glaube kein Wort von Ihrem Quatsch.«

»Ach? Und erinnern Sie sich an den blauen Dunst, den Sie letztes Jahr entdeckt haben – mit der abstoßenden Gravitation?«

»Das war etwas völlig anderes. Auf Kobis Welt kann es keinen nennenswerten Unterschied in den physikalischen Gesetzen geben, der mich gefährden könnte – nicht, wenn die Biologie dermaßen kompatibel ist. Aber wenn es da etwas

Geringfügiges gibt, von dem Sie mir nichts erzählt haben«, fuhr Dennis fort, und er trat einen Schritt auf die Luke zu, »dann spucken Sie es besser jetzt aus, oder ich schwöre, ich werde Ihnen …« Seltsamerweise schien Bradys Feindseligkeit von ihm abzufallen, und stattdessen spiegelte seine Miene anscheinend echte Ratlosigkeit.

»Ich *weiß* nicht, was es ist, Nuel. Es hatte etwas mit den Instrumenten zu tun, die wir durchgeschickt haben. Ihre Leistungsfähigkeit schien sich zu verbessern, je länger sie da waren! Es war fast so, als sei eines der thermodynamischen Gesetze dort auf subtile Weise anders als hier.«

Zu spät begriff Dennis, dass Brady ihn nicht bloß ärgern wollte. Er hatte tatsächlich etwas entdeckt, und er war ehrlich ratlos. Aber jetzt hatte sich die Luke nahezu völlig geschlossen.

»Welches Gesetz, Brady? Verdammt, stoppen Sie den Schließvorgang und sagen Sie's mir! Welches Gesetz?«

Durch die schmale Ritze, die noch geblieben war, wisperte Brady: »Raten Sie mal.«

Seufzend rastete die Verriegelung ein, und die Schleuse war luftdicht versiegelt.

Im Zievatronik-Labor sah Dr. Marcel Flaster Brady an, der sich von der verschlossenen Luke der Anomaliemaschine abwandte. »Was war denn da los?«

Brady schrak zusammen. Flaster hätte schwören können, der Mann war noch bleicher geworden als sonst.

»Oh, nichts, wir haben uns nur unterhalten. Die Zeit vertrieben, bis die Luke sich schloss.«

Flaster runzelte die Stirn. »Na, ich hoffe, es gibt in diesem späten Stadium keine Überraschungen. Ich verlasse mich darauf, dass Nuel Erfolg hat. Ich brauche Flasteria unbedingt – im nächsten Monat habe ich meine Bestallungsanhörung.«

»Vielleicht schafft er's ja.« Brady zuckte die Achseln.

Flaster lachte. »Ja, das denke ich. Nach allem, was ich hier gesehen habe, wird er es ganz sicher schaffen. In den letzten paar Tagen hat er den Laden hier wirklich in Schwung gebracht. Ich hätte diesen Knaben schon vor Monaten wieder in dieses Labor zurückversetzen sollen.«

Brady zuckte noch einmal die Achseln. »Kann sein, dass Nuel Erfolg hat. Kann aber auch sein, dass er keinen hat.«

Flaster zog die Brauen hoch und lächelte. »Nun ja, wenn er scheitert, müssen wir eben jemand anderen schicken, nicht wahr?«

Brady schluckte und nickte. Er sah dem Labordirektor nach, der sich umdrehte und davonging.

Ob es richtig war, was ich getan habe?, dachte Brady. Jetzt hat Nuel die falschen Module für die Reparatur des Rückkehrmechanismus. Oh, er wird's irgendwann merken und sie hinbiegen; dazu braucht er nur die entsprechenden Chips zu vertauschen. Ich hab' es so gemacht, dass es aussieht wie ein Fabrikationsfehler. Auf mich werden sie dabei nicht kommen – auch wenn er es wahrscheinlich ahnt.

Und bis er die Module repariert hat, kann ich Flaster bearbeiten, und Nuel wird nicht mehr einen so großen Stein im Brett haben, wenn sich die Verzögerung über Wochen hinzieht, ganz gleich, was für eine Entschuldigung er dafür hat!

Brady verspürte leichte Gewissensbisse wegen seines Tricks. Es war ein hinterhältiger Streich. Aber alles deutete darauf hin, dass Flasteria eine ziemlich zahme Welt war. Die Robots hatten keine großen Tiere gesehen, und außerdem redete Nuel schließlich immer davon, was für ein toller Hecht er als Pfadfinder gewesen sei. Sollte er doch mal ein Weilchen in der Wildnis campieren!

Vielleicht würde er sogar herausfinden, was mit den Robots passiert war … diese merkwürdige Veränderung in den Effizienzprofilen.

Oh, Nuel würde zweifellos ruhmreich zurückkehren. Aber bis dahin würde er, Brady, Gelegenheit haben, die Gunst des Direktors zurückzugewinnen. Inzwischen wusste er, auf welche Knöpfe man hier zu drücken hatte.

Brady sah auf die Uhr. Gabriella hatte sich mit ihm zum Mittagessen verabredet, und er wollte nicht zu spät kommen. Er rückte seine Krawatte zurecht und eilte aus dem Labor. Bald darauf begann er zu pfeifen.

5

»*Welches Gesetz?* Du Sauhund …« Dennis hämmerte gegen die Tür.

Dann hörte er auf. Es hatte keinen Zweck. Inzwischen war die Sendesonde aktiviert. Er befand sich bereits *auf* der Anomaliewelt, bereits auf …

Dennis starrte auf die kahle Tür. Er tastete hinter sich und ließ sich schwer auf eine der Kisten sinken. Allmählich dämmerte ihm, in welcher Lage er sich befand, und plötzlich merkte er, dass er anfing zu lachen. Er konnte nicht aufhören. Seine Augen schwammen, und er ergab sich dem schwindelerregenden Gefühl.

Noch nie war jemand so vollständig von allem abgeschnitten gewesen wie er, von der Erde weg auf eine entlegene Welt geworfen.

Vielleicht lasen die Leute von Abenteuern auf fernen Welten, aber die Wahrheit war, dass die meisten von ihnen sich beim ersten Anzeichen einer *wirklichen* Gefahr in einem Loch verkriechen und nach der Mutter rufen würden.

Als erste Reaktion war Lachen also vielleicht gar nicht so übel. Zumindest fühlte er sich danach entspannter.

Auf einer Kiste neben ihm saß das Koberkel und beobachtete ihn mit sichtlicher Faszination.

Ich werde mir einen neuen Namen für diesen Planeten einfallen lassen müssen, dachte er, während er sich die Augen trocknete. Flasteria – das geht einfach nicht.

Die erste Krise der Isolation war vorüber. Er war jetzt in der Lage, nach links, auf die andere Tür, zu schauen, auf die einzige Tür, die sich jetzt öffnen würde – und hinter der eine andere Welt lag.

Bradys Gerede von »anderen physikalischen Gesetzen« beunruhigte ihn immer noch. Wahrscheinlich hatte Brady nur versucht, ihn zu ärgern. Und selbst wenn er die Wahrheit sagte, würde es sich um einen ziemlich geringfügigen Unterschied handeln, weil die biologischen Prozesse auf beiden Welten dermaßen kompatibel waren.

Dennis erinnerte sich an eine Science-Fiction-Story, die er einmal gelesen hatte, in der eine winzige Veränderung der elektrischen Leitfähigkeit zu einem zehnfachen Anwachsen der menschlichen Intelligenz geführt hatte. Ob so etwas hier denkbar war?

Dennis seufzte. Er *fühlte* sich jedenfalls nicht schlauer. Und die Tatsache, dass er sich an den Titel der Story nicht erinnern konnte, ließ diese Möglichkeit weiter schrumpfen.

Das Koberkel schwebte von seinem Platz herunter und landete auf seinem Schoß. Es schnurrte und blickte mit smaragdgrünen Augen zu ihm auf.

»Jetzt bin ich der Alien«, stelle Dennis fest. Er hob den kleinen Eingeborenen hoch. »Wie sieht's aus, Kobi? Bin ich willkommen? Hast du Lust, mir die Gegend zu zeigen?«

Kobi quiekte. Er schien darauf zu brennen, hinauszukommen.

»Okay«, sagte Dennis. »Gehen wir.«

Er schnallte seinen Werkzeuggürtel um und schob die Nadelpistole in den Halfter. Dann nahm er eine angemessene »Forscher«-

Haltung ein und legte den Hebel um, der die Außentür entriegelte. Zischend wurde der Druck ausgeglichen, und seine Trommelfelle knackten. Dann schwang die Luke auf, und herein drang der Sonnenschein einer anderen Welt.

ZWEITER TEIL

COGITO, ERGO TUTTI FRUTTI

1

Die Luftschleuse stand auf einem sanft geneigten, mit trockenem gelbem Gras bedeckten Hang. Die Wiese erstreckte sich bis zu einem grün gesäumten Wasserlauf, der ungefähr eine Viertelmeile weit entfernt dahinfloss. Jenseits des Flusses reichten lang gestreckte, schmale Hügelketten bis zum Fuße eines hoch aufragenden, weißbemützten Gebirges. Gelbe Grasflecken leuchteten ungleichmäßig verstreut zwischen grünen Teppichen in wechselnden Schattierungen. Bäume.

Ja, sie sahen aus wie echte Bäume, und der Himmel war blau. Weiße Zirruswolken lagen wie zarte Spitze über dem beinahe zyanblauen Himmelsgewölbe.

Eine ganze Weile herrschte unnatürliche, ja, gespenstische Stille. Er merkte, dass er den Atem angehalten hatte, seit die Tür aufgeschwungen war. Allmählich wurde ihm schwindlig. Er atmete ein und schmeckte die frische, saubere Luft. Eine leichte Brise wehte das Geräusch von rauschendem Gras und knarrenden Ästen heran. Und sie trug auch Düfte in seine Nase … den unverwechselbaren, muffigen Geruch von Chlorophyll und Humus, das Aroma von trockenem Gras und von etwas wie Eichenholz.

Dennis stand auf der Schwelle der Luftschleuse und betrachtete die Bäume. Sie sahen zweifellos aus wie Eichen. Die Landschaft erinnerte ihn an das nördliche Kalifornien.

War es möglich, dass er wirklich auf der Erde stand? Dennis überlegte. Hatte der Ziev-Effekt ihnen noch einen Streich gespielt? War es Teleportation, was die Maschine ihnen jetzt ermöglichte, und nicht mehr interstellares Reisen wie bisher? Es wäre sicher amüsant, jetzt per Anhalter zur nächsten Telefonzelle zu fahren und Flaster anzurufen, um ihm die Neuigkeit zu erzählen. Per R-Gespräch natürlich.

Dennis spürte ein scharfes Stechen, als feine Krallen sich in seine Schulter bohrten. Die Flügelmembranen des Koberkels schnappten mit einem Klapp auseinander, und das Wesen flog über die Wiese davon und auf die Baumreihe zu.

»He … Kobi! Wohin …«

Dennis blieben die Worte im Halse stecken, als er begriff, dass dies nicht die Erde sein konnte. Das hier war Kobis Heimat. Kleinigkeiten fielen ihm jetzt auf – die Form der Blätter, eine große, farnähnliche Pflanze am Fluss, ein Gefühl, das die Luft erfüllte.

Er vergewisserte sich, dass die Pistole in seinem Halfter leicht zu erreichen war und dass seine Stiefelränder ringsum von den Gamaschen bedeckt waren. Das trockene Gras knirschte unter seinen Füßen, als er die Schleuse verließ. Feine, summende Insektenlaute erfüllten die Luft.

»Kobi!«, rief er, aber das kleine Geschöpf war außer Sicht.

Dennis bewegte sich vorsichtig voran, und alle seine Sinne waren hellwach. Die ersten paar Augenblicke auf einer Alienwelt, vermutete er, konnten leicht auch die gefährlichsten sein.

Er war bemüht, den Himmel, den Wald und die Insekten ringsumher gleichzeitig zu beobachten, und so kam es, dass er den gedrungenen kleinen Robot überhaupt nicht bemerkte, bis er über ihn stolperte und der Länge nach hinschlug.

Instinktiv rollte er sich zur Seite, richtete sich geduckt auf und hatte die Nadelpistole in der Hand. Das Blut pochte ihm in den Ohren.

Er seufzte, als er die kleine Sahara-Tech-Forschungssonde erkannte.

Die Kameras des Robot verfolgten ihn mit kaum hörbarem Sirren. Der Beobachtungsturm drehte sich langsam. Dennis ließ die Nadelpistole sinken. »Komm her«, befahl er.

Der Robot schien den Befehl einen Augenblick lang abzuwägen. Dann kam er auf schwirrenden Ketten heran und blieb einen halben Meter vor Dennis stehen.

»Was hast du da?« Dennis streckte die Hand aus.

Der Robot hielt etwas in einem seiner Manipulatoren. Es war ein glänzendes Stück Metall mit einem klauenförmigen Greifer an einem Ende.

»Ist das ein Stück von einem anderen Robot?«, fragte Dennis, und er hoffte, er möge sich irren.

Verglichen mit einigen der hochentwickelten Maschinen, mit denen Dennis schon gearbeitet hatte, war dieser Erkundungsrobot nicht sonderlich helle. Aber ein Basisvokabular verstand er. Ein grünes Licht auf seinem Türmchen blinkte auf und signalisierte Bestätigung.

»Woher hast du das?«

Die kleine Maschine verharrte einen Moment lang, drehte sich dann um und streckte einen ihrer Manipulatorarme aus.

Dennis richtete sich auf und spähte in die Richtung, die der Robot ihm wies, aber er sah nichts. Vorsichtig stakste er durch das hohe Gras, bis er schließlich an eine flache, in der Vegetation verborgene Stelle gelangte. Hier blieb er stehen – und traute seinen Augen nicht.

Die Lichtung sah aus wie ein Ersatzteillager in der Wildnis … ein Grizzly-Adams-Schrottplatz … ein ländliches Tauschtreffen von Elektronikbastlern …

Ein – nein, *zwei* S.I.T.-Robots waren ziemlich taktlos auseinandermontiert worden; ihre Einzelteile lagen in säuberlichen Reihen zwischen den Grasbüscheln, anscheinend nach Größe und Form sortiert und geordnet.

Dennis kniete nieder und hob einen Kameraturm auf. Er war aus seinem Gehäuse gerissen worden, und die einzelnen Teile lagen auf dem Boden ausgebreitet wie auf dem Markt.

Der zertrampelte Lehmboden war mit Stroh, Drahtstücken

und Glassplittern übersät. Dennis schaute genauer hin. Hier und dort, zwischen Kettenspuren und zerfetzten Plastikteilen, sah er schwache, aber unverkennbare Fußabdrücke.

Dennis betrachtete die ordentlichen Reihen von Getriebeteilen, Rädern, Armaturen und Schalttafeln, auch die schwachen Spuren im Lehm – und alles, was ihm einfiel, war eine Grabinschrift, die er einmal auf einem Friedhof in Neuengland gesehen hatte.

Ich wusste, dass es eines Tages passieren würde.

Dennis hatte schon immer das Gefühl gehabt, dass es ihm irgendwie bestimmt sei, im Laufe seines Lebens etwas wirklich Ungewöhnliches zu erleben. Tja, und da war es nun, vor seinen Augen – der greifbare Hinweis auf außerirdische Intelligenz.

Die beruhigende, erdenähnliche »Gestalt« der Umgebung verflog wie ein Dunst. Er blickte auf das »Gras« und sah, dass es anders war als alles Gras, das er je gesehen hatte. Die Reihe der Bäume war jetzt ein dunkler, unbekannter Wald voller bösartiger Mächte. Dennis fühlte ein Kribbeln im Nacken.

Ein klickendes Geräusch ließ ihn herumwirbeln, und im Bruchteil einer Sekunde hielt er die Nadelpistole in der Hand. Aber es war nur wieder der überlebende Robot, der die Einzelteile seiner demontierten Kameraden durchwühlte.

Dennis nahm eine Elektroniktafel vom Boden auf. Sie war mit Gewalt aus ihrem Gehäuse gehebelt worden. Man hätte sie mit einer einfachen Drehung herausnehmen können, aber sie war mit grober Gewalt abgerissen worden, als habe das Wesen, das die Sektion vorgenommen hatte, noch nie etwas von Gewindemuffen oder Nieten gehört.

War dies also das Werk von Primitiven? Oder handelte es sich um eine Rasse, die so hoch entwickelt war, dass sie von simplen Dingen wie Schrauben nichts mehr wusste?

Eines stand jedenfalls fest: Das Wesen oder die Wesen, die

dafür verantwortlich waren, hatten keinen großen Respekt vor fremdem Eigentum.

Die Robots waren größtenteils aus Plastik gewesen. Er stellte fest, dass die meisten größeren Metallstücke überhaupt verschwunden waren.

Dennis hatte plötzlich eine sehr unangenehme Idee. »O nein!«, murmelte er. »Bitte mach, dass es nicht so ist!« Er erhob sich, und dumpfe Furcht erfüllte seine Magengrube.

Er ging zurück zur Luftschleuse. Dort bog er um die Ecke und blieb jäh stehen. Er stöhnte laut auf.

Die Deckplatte des Zievatron-Rückkehrmechanismus war abgenommen. Die Elektronikkammer war leer, die empfindlichen Komponenten lagen auf dem Boden wie Ausstellungsstücke in einem Ladenregal. Die meisten waren offensichtlich irreparabel zerstört.

Mit einer Eloquenz, die der Ironie entsprang, sagte Dennis schlicht: »Argh!« und wankte rückwärts gegen die Wand der Luftschleuse.

Ein neues Epigramm schwebte durch die Verzweiflung, die sein Gehirn auszufüllen schien – etwas, das ein Freund ihm einmal zur Phänomenologie des Lebens gesagt hatte.

»Ich denke, also schreie ich.«

2

Der Robot »piepste« und spielte die Sequenz noch einmal ab. Dennis konzentrierte sich auf die drei Tage alten Bilder, die über den kleinen Videomonitor der Maschine flimmerten. Etwas sehr Seltsames ging hier vor sich.

Auf dem kleinen Bildschirm sah man Gestalten, die aussahen wie verschwommene humanoide Wesen, die sich an der

Zievatronschleuse zu schaffen machten. Die Wesen bewegten sich auf zwei Beinen und schienen von mindestens zwei verschiedenen Sorten von Vierbeinern begleitet zu sein. Darüber hinaus konnte Dennis auf der unscharfen Vergrößerung kaum Details erkennen.

Das Wunderbare war, dass er überhaupt etwas sehen konnte. Den Aufzeichnungen seines Trägheitsrecorders zufolge hatte der Robot sich auf einem mehrere Kilometer weit entfernten Bergkamm befunden, als er bei der Luftschleuse eine Aktivität wahrgenommen und sich umgedreht hatte, um die Gestalten, die das Zievatronportal umdrängten, zu photographieren. Aus dieser Entfernung durfte der Robot eigentlich überhaupt nichts gesehen haben. Dennis vermutete, dass mit seinem internen Bewegungsaufzeichner etwas nicht stimmte und dass er tatsächlich gar nicht so weit weg gestanden hatte, wie er glaubte. Leider war dieses Video mehr oder weniger seine einzige direkte Informationsquelle. Die Aufzeichnungen der anderen Robots waren bei der groben Zerlegung vernichtet worden.

Er spulte die Robotaufzeichnungen zurück bis zu einem Punkt, der drei Tage zurücklag und an dem anscheinend alles begonnen hatte.

Als Erstes war eine kleine Gestalt in Weiß bei der Schleuse aufgetaucht. Sie ritt auf etwas, das einem sehr zottigen Pony oder einem sehr großen Schäferhund glich; Dennis vermochte nicht zu entscheiden, welcher Vergleich angemessener war. Alles, was sich über den Humanoiden sagen ließ, war, dass er schlank war und sich anmutig bewegte, als er das Zievatron von allen Seiten inspizierte, wobei er es kaum je berührte.

Die Gestalt in Weiß ließ sich vor der Schleuse nieder und schien für längere Zeit in Meditation zu versinken. Mehrere Stunden vergingen. Dennis ließ das Video im Schnellvorlauf weiterspulen.

Plötzlich brach ein Trupp berittener Eingeborener aus dem

Wald hervor und sprengte auf zottigen Tieren auf die Schleuse zu. Trotz des verschwommenen Bildes spürte Dennis die Panik des ersten Besuchers, als dieser auf die Beine sprang, hastig sein Reittier bestieg und nur wenige Meter vor seinen Verfolgern davongaloppierte.

Dennis sah nichts mehr von der Gestalt in Weiß. Eine Abordnung der Neuankömmlinge machte sich daran, den Flüchtling zu verfolgen, und die übrigen blieben bei der Schleuse.

Die meisten dieser Humanoiden schienen große, pelzige Köpfe zu haben, die hoch über ihre Schultern ragten. Inmitten ihrer Schar stieg ein kleinerer, rundlicher Zweifüßler, der in etwas Rotes gehüllt war, von seinem Tier und näherte sich zielstrebig der Schleuse.

So sehr er sich auch mühte, Dennis konnte das Bild nicht schärfer stellen.

Inzwischen war der Robot anscheinend zu dem Schluss gekommen, dass all dieses Treiben eingehendere Aufmerksamkeit verdiente. Er begann, den Hang hinabzurollen, um sich zu seiner Basis zurückzubegeben und die Sache näher in Augenschein zu nehmen. Nach wenigen Augenblicken war er unterhalb der Baumgrenze angekommen, und die Vorgänge am Zievatron waren außer Sicht.

Leider – vielleicht auch glücklicherweise – kam der kleine Robot auf dem unebenen Gelände nur langsam voran. Als er das Zievatron erreichte, hatten die Gestalten die Erdmaschinerie bereits zerlegt und sich verabschiedet.

Vielleicht waren sie erpicht darauf gewesen, sich an der Verfolgung der Gestalt in Weiß zu beteiligen.

Dennis ließ die Aufzeichnung noch einmal ablaufen. Er seufzte frustriert.

Beim Anblick der verschwommenen Gestalten war die Versuchung, sie als menschlich zu deuten, überaus verlockend gewesen. Aber er wusste, dass es besser war, sich ohne Vorurteile auf diese Dinge einzulassen. Es mussten Aliens sein, dem Koberkel ähnlicher als ihm.

Er zog die Aufzeichnungsplatte aus dem Robot und schob eine leere ein.

»Du wirst mein Scout sein müssen«, sinnierte er laut vor der kleinen Sonde. »Ich schätze, ich werde dich wohl vorausschicken, damit du die Bewohner dieser Welt für mich erkundest. Aber diesmal haben Unauffälligkeit und dein eigenes Überleben Priorität für dich, verstehst du? Ich will nicht, dass du auseinandergenommen wirst wie deine Brüder.«

Die kleine grüne Bestätigungslampe auf dem Turm des Robot leuchtete auf. Natürlich konnte der Robot nicht wirklich alles verstanden haben, was er gesagt hatte. Dennis hatte mehr oder weniger mit sich selbst gesprochen, um seine eigenen Gedanken zu sammeln. Später würde er seine Instruktionen sorgfältig in Robot-Englisch gliedern, aber zuvor würde er sich genau überlegen müssen, was die kleine Maschine eigentlich tun sollte.

Er stand vor einem echten Problem, und er war nicht sicher, ob er wirklich wusste, was zu tun war.

Klar, Brady hatte ihm »beinahe genug Material mitgegeben, um noch ein verdammtes Zievatron zu bauen …« Aber in der Praxis sah so etwas ganz anders aus. Um Himmels willen, es hatte sich doch niemand träumen lassen, dass er *Ersatzstromkabel* würde mitnehmen müssen! Die beiden großen Hochspannungssammelschienen aus Kupfer waren aus ihren Verankerungen gerissen und entwendet worden, und der größte Teil des Steckmaterials in der Elektronikkammer ebenfalls.

Selbst wenn er tatsächlich versuchen wollte, einen neuen Rückkehrmechanismus zu bauen und zu eichen – würde Flaster das Zievatron auch lange genug eingeklinkt lassen, um ihm die Rückkehr zu ermöglichen? Dennis hatte das Gefühl, ziemlich genau zu wissen, was den S.I.T.-Chef umtrieb. Der Bursche brauchte einen Erfolg, der seine ehrgeizigen Pläne weiter voranbringen würde. Vielleicht würde er Dennis sogar ausklinken, damit Labor eins nach einer neuen Anomaliewelt suchen könnte!

Und selbst wenn er versuchte, das zerstörte Gerät wieder zusammenzuflicken – würden die Eingeborenen ihn in Ruhe lassen, bis er fertig wäre?

Dennis nahm das einzige Alien-Artefakt zur Hand, das er gefunden hatte – ein Messer mit scharfer, gekrümmter Klinge, das ins hohe Gras gefallen und von den Vandalen offenbar dort zurückgelassen worden war.

Die lange, spitz zulaufende Klinge besaß die geschmeidige Schärfe eines guten Rasiermessers, und dabei war sie fast so biegsam wie Hartgummi. Der Griff war für eine kleinere Hand als die seine gedacht, aber offensichtlich sollte er gut und sicher in dieser Hand liegen.

Der Knauf war in eine Form geschnitzt, die aussah wie ein Drachenkopf. Dennis hoffte, dass es nicht das Abbild eines Eingeborenen war.

Es war ihm unbegreiflich, woraus das Ding gemacht war, aber er bezweifelte, dass man auf der Erde ein besseres Messer würde anfertigen können. Damit schien zumindest die Vorstellung, die Eingeborenen seien Primitive, widerlegt.

Vielleicht handelte es sich bei den Vandalen um das einheimische Äquivalent zu Kriminellen oder unartigen Kindern. (Und die Jagd, die er beobachtet hatte, war eine Art Spiel gewesen, wie »Fangen« oder »Verstecken«?)

Was sich hier ereignet hatte, war vielleicht gar nicht typisch für ihre Gesellschaft insgesamt. Dennis versuchte, optimistisch zu sein. Eigentlich brauchte er nichts weiter als ein bisschen Metall und zwei Tage in einer guten Maschinenbauwerkstatt; dann würde er einen Teil der größeren Teile leicht reparieren und justieren können. Das Messer schien darauf hinzuweisen, dass die Technologie der Eingeborenen hoch genug entwickelt war. Vielleicht wussten sie sogar manches, was die Menschen auf der Erde nicht wussten. Er bemühte sich um Optimismus und stellte sich vor, er sei der erste Erdling, der Kontakt zu einer hoch entwickelten extraterrestrischen Kultur fände.

»Vielleicht kann ich meinen Taschen-Stoppuhr-Nagelknipser gegen einen echten Gompwriszt oder eine K'k'glamtring eintauschen«, überlegte er. »Da bin ich im Handumdrehen steinreich! … Botschafter Nuel. Nuel, der Großunternehmer.«

Seine Moral hob sich ein wenig. Man konnte nie wissen …

Die Sonne sank in einer Himmelsrichtung, die Dennis Westen zu nennen beschloss. Eine hohe Bergkette zog sich dort am Horizont entlang: Sie erstreckte sich nach Süden und dann ostwärts rings um dieses Hochtal. Sonnenstrahlen schimmerten auf zahlreichen kleinen Gletschern. Grelle Reflexe blinkten auf einen gewundenen Fluss, der sich im Südosten durch das Gebirge schlängelte.

Dennis beobachtete die Reflexe auf diesem fernen Fluss. Die Schönheit dieses fremdartigen Zwielichts nahm der Einsamkeit auf dieser fremden Welt ein wenig von ihrer Schärfe.

Dennis runzelte die Stirn.

Etwas an der Art und Weise, wie der Fluss sich zwischen den Bergen dahinschlängelte, stimmte nicht. Er schien bergauf und wieder bergab zu fließen … bergauf und bergab …

Das ist gar kein Fluss, erkannte er schließlich.

Das ist eine Straße.

3

Nichts konnte einem die Handfestigkeit einer Welt deutlicher klarmachen als ein Loch, das man darin grub. Die Anstrengung, das Klirren von Metall auf Erde, der Schweißgeruch, der muffige, trockene Staub verlassener Insektennester – dies alles bestätigte die Realität eines Ortes besser, als irgendetwas anderes dies je vermocht hätte.

Dennis lehnte sich auf seinen Spaten und wischte sich den Schweiß von der Stirn. Harte Arbeit hatte die Betäubung durchbrochen, mit der er auf die Schocks des ersten Tages reagiert hatte. Es tat gut, aktiv zu sein und seine Situation zu verändern.

Er streute Erde rings um den flachen Hügel, klopfte sie fest und bedeckte alles mit einer Streu aus Gras.

Den größten Teil seiner Ausrüstung würde er auf seiner Wanderung nicht mitnehmen können. Aber alles in der Schleuse einzuschließen wäre auch keine gute Idee gewesen, denn wenn er dort auch nur ein Gramm zurückließe, würde dies die Leute in Labor eins daran hindern, womöglich einen zweiten Gesandten hinter ihm herzuschicken.

Er hatte eine Nachricht auf Isolierband geschrieben und an die Seitenwand der Schleuse geklebt; darin wies er auf die Stelle hin, an der sein detaillierter Bericht zusammen mit seinem Material vergraben lag.

Aber wie er Flaster und Brady kannte, würden sie eine geraume Weile verstreichen lassen, ehe sie sich zu einer zweiten Mission entschließen könnten. Wenn Dennis die Lage realistisch betrachtete, wusste er: Sollte überhaupt jemand den Rückkehrmechanismus reparieren, dann würde er es selbst tun müssen. Weitere Pannen konnte er sich nicht leisten.

Einen großen Fehler hatte er bereits begangen. Als er am Morgen die Schleusenluke geöffnet hatte und in die dunstige Dämmerung hinausgetreten war, hatte er feststellen müssen, dass der Robot verschwunden war. Eine Stunde lang hatte er sorgenvoll nach ihm gesucht, und dann war ihm klargeworden, dass sich das Maschinchen im Laufe der Nacht davongemacht hatte. Die Kettenspuren führten nach Westen.

Offenbar war der Robot der Spur der Humanoiden gefolgt, um so viel wie möglich über sie in Erfahrung zu bringen – so wie Dennis es ihm befohlen hatte.

Dennis verfluchte sich dafür, dass er am Tag zuvor in Gegenwart des Robots laut gedacht hatte. Aber mal ehrlich – wer hätte ahnen können, dass die Maschine ihre Befehle nicht nur in Robot-Englisch entgegennahm? Sie hätte seine Anweisungen als zu flexibel und unspezifisch zurückweisen müssen!

Er hatte dem Robot nicht einmal ein Zeitlimit gesetzt. Wahrscheinlich würde das Ding jetzt wegbleiben, bis seine Aufzeichnungskapazitäten erschöpft wären!

Irgendwo musste bei dem Robot ein Drähtchen locker sein. Es war kein Witz gewesen, als Brady behauptet hatte, mit den Maschinen, die sie hergeschickt hätten, stimme etwas nicht.

Damit hatte Dennis zwei Gefährten verloren, seit er auf diese Welt gekommen war. Er fragte sich, was aus dem Koberkel geworden sein mochte.

Wahrscheinlich war es wieder in seinem Element, heilfroh darüber, dass es aus der Gefangenschaft bei diesen verrückten Aliens entronnen war.

Als die golden-weiße Sonne über die Baumlinie im Osten heraufstieg, machte Dennis sich abmarschbereit. Er würde sich allein durchschlagen müssen.

Er musste die Tragegurte seines Rucksacks verknoten, damit sie nicht rutschten; anscheinend hatte Brady die billigste Ausrüstung zusammengekauft, die er hatte finden können. Dennis murmelte eine Bemerkung über die vermutliche Natur derer, die seinen Rivalen in die Welt gesetzt hatten. Er schnallte sich sein Gepäck auf den Rücken und marschierte in südöstlicher Richtung auf die Straße zu, die er am Tag vorher gesehen hatte.

4

Dennis wanderte auf schmalen Wildpfaden, stets auf der Hut vor möglichen Gefahren. Aber es war ein friedlicher Wald. Dem lärmigen Knarzen seines unbequemen Rucksacks zum Trotz genoss er den Sonnenschein und die frische Luft.

Er orientierte sich, so gut es mit dem billigen Kompass, den Brady ihm besorgt hatte, eben ging. Wenn er an den Ufern schmaler Bäche rastete, notierte er in einem Logbuch alles, was diese Welt von der Heimat unterschied. Bisher war die Liste kurz.

Die Vegetation war in der Tat äußerst irdisch. Die Bäume, die in dieser Gegend vorherrschten, sahen beispielsweise aus wie Buchen.

Dies konnte ein Anzeichen für parallele Evolution sein. Vielleicht aber eröffnete das Zievatron auch nur den Weg zu Alternativversionen der Erde selbst. Dennis wusste über den Ziev-Effekt genauso viel wie jeder andere zu Hause. Aber das war eben nicht allzu viel, wie er zugeben musste. Es war eben ein ganz neues Gebiet.

Immer wieder ermahnte er sich, Vorsicht walten zu lassen. Aber der Wald wurde ihm immer vertrauter, und bald ertappte er sich dabei, dass er sich in Gedanken die Zeit mit den Anomaliegleichungen vertrieb und versuchte, eine Erklärung zu finden.

Die Tiere des Waldes beobachteten den Erdenmann, der so gedankenverloren auf ihren Pfaden der aufgehenden Sonne entgegenwandelte, aus ihren Verstecken mit Argwohn.

Als schließlich der Abend herniedersank, lagerte Dennis unter den Bäumen am Ufer eines Baches. Ein Feuer war ihm zu riskant, und so fummelte er an dem klapprigen kleinen Gaskocher herum, den Brady beschafft hatte. Endlich erwachte ein winziges Flämmchen spotzend zum Leben und befähigte ihn, einen Klumpen lauwarmes, gefriergetrocknetes Ragout aufzurühren.

Bald, begriff er, würde er auf die Jagd gehen müssen. Ungeachtet des günstigen Biochemiereports verursachte ihm die Vorstellung Unbehagen, heimische Geschöpfe zu schießen. Was wäre, wenn die »Kaninchen« hier Philosophen waren? Konnte er überhaupt sicher sein, dass irgendetwas, auf das er zielte, nicht intelligent war?

Als er sein lauwarmes Mahl verspeist hatte, schaltete Dennis den Lagerwachalarm ein, ein Gerät, nicht größer als ein Kartenspiel mit einem kleinen Display und einer winzigen, rotierenden Antenne. Er musste ein paarmal dagegen klopfen, bis es sich in Gang setzte.

Offensichtlich hatte Brady auch hier Sahara-Tech-Geld gespart. Dennis seufzte. »Vielleicht gibt es mir ja wenigstens zwei Sekunden Vorwarnzeit, wenn ein Monstrum von der Größe eines Elefanten mein Gepäck durchwühlt.«

Mit der Nadelpistole neben sich legte er sich in seinen Schlafsack und betrachtete durch die Lücken im Astwerk über ihm die Sternkonstellationen, die jetzt sichtbar wurden. Sie waren ihm völlig fremd.

Damit war die Theorie von der Parallel-Erde ein für alle Mal erledigt. Dennis wischte drei Reihen Gleichungen von seiner geistigen Tafel.

Während er auf den Schlaf wartete, ließ er den Blick über den Himmel wandern und benannte die Sternbilder.

Über den Bergen im Süden rang Alfresco der Mächtige mit der Großen Schlange Stethoskop. Die bohrenden Augen des Helden leuchteten ungleichmäßig, das eine rot und zwinkernd, das andere hellgrün und stetig. Vielleicht war das grüne Auge ein Planet, überlegte Dennis. Wenn es sich in den kommenden Nächten bewegte, würde es einen eigenen Namen bekommen.

Oberhalb von Alfresco und Stethoskop sang der Chor der Zwölf Jungfrauen die Begleitmusik für Cosell den Geschwätzigen, der seine monotone Schilderung von Alfrescos machtvollem Kampf herunterleierte. Es war nicht wichtig, dass die Kombattanten sich seit Jahrtausenden nicht von der Stelle gerührt hatten; der Barde fand immer neue farbvolle Beschreibungen, um die Zeit auszufüllen.

Ganz oben rollte der Robot, gedrungen und unerschütterlich, über eine Straße aus Milliarden winziger Ziffern auf den Spuren des Mannes aus Gras … des Alien.

Dennis bewegte sich; er wollte sehen, welchem Ziel der Mann aus Gras so unbeirrbar zustrebte. Er wollte den Kopf drehen. Aber schließlich wurde ihm mit dem Wohlbehagen, das man manchmal im Traum empfindet, klar, dass er schon seit einer Weile schlief.

5

Am späten Nachmittag des vierten Tages erreichte er die Straße.

Sein Tagebuch strotzte von Aufzeichnungen über alles mögliche – über Bäume und Insekten; über Felsformationen und heimische Vogel- und Schlangenarten. Einmal hatte er sogar versucht, Steine von einer Klippe herunterzuwerfen, ihre Falldauer zu messen und so die hier herrschende Gravitation zu bestimmen. Alles, was er fand, schien die Theorie zu stützen, dass dieser Planet nicht die Erde war, aber er hatte große Ähnlichkeit mit ihr.

Etwa die Hälfte der Tiere schien Vettern auf der Erde zu haben. Die andere Hälfte war anders als alles, was er je gesehen hatte. Allmählich fühlte Dennis sich wie ein erfahrener Forscher – wie Darwin oder Wallace oder Goodall. Und was das Beste war: Nach und nach hatte er seine Stiefel eingelaufen.

Anfangs hatte er sie gehasst. Aber als er die ersten, schmerzhaften Blasen überstanden hatte, schienen sie von Tag zu Tag bequemer zu werden. Der Rest seiner Ausrüstung schaffte ihm immer noch Verdruss, aber langsam gewöhnte er sich an das Zeug.

Das Alarmgerät weckte ihn immer noch ein paarmal pro Nacht, aber wie es schien, war er auf dem besten Wege, die Tricks im Umgang mit den winzigen Armaturen zu erlernen. Wenigstens ging das Ding nicht mehr jedes Mal los, wenn nur ein Blatt über den Lagerplatz wehte.

Aber in der vergangenen Nacht war er erschrocken aufgewacht, und eine Herde haarhufiger Vierfüßer war um seinen Lagerplatz herumgestrichen. Sie hatten in den Lichtstrahl seiner Taschenlampe gestarrt, und sein Herzschlag hatte ihm in den Ohren gedröhnt. Dann waren sie davongaloppiert.

Wenn er es sich recht überlegte, hatten sie einen ganz harmlosen Eindruck gemacht. Aber wieso war der Alarm nicht losgegangen?

Dennis vergaß seine Ausrüstungssorgen, als er aufgeregt den letzten Kieshang zur Straße hinunterrutschte. Er warf sein Gepäck ab, trat an den flachen Straßenrand und kniete nieder. Es war eine sonderbare Straße, kaum breit genug für ein kleines Landcar von der Erde. Holprig und gewunden folgte sie den Konturen des Landes, statt sich geradewegs hindurchzuschneiden, wie es eine Landstraße auf der Erde getan hätte. Ihre Ränder waren zerklüftet, als habe sich niemand die Mühe gemacht, sie zu glätten, als man das Straßenbett gelegt hatte. Das glänzende Pflaster fühlte sich glatt, aber widerstandsfähig an. Dennis trat dagegen, und er ging ein paar Schritte. Er kratzte mit einer metallenen Schnalle daran, und er tröpfelte Wasser aus seiner Feldflasche darauf. Es schien schleuder- und wetterfest zu sein und bot elastische Bodenhaftung.

Zwei schmale Furchen – mit einem Abstand von exakt eins Komma vier Metern – verliefen in der Mitte der Straße und folgten jeder Windung und Biegung. Dennis ging in die Knie und spähte in einen der beiden schmalen Kanäle; sein Querschnitt war ein beinahe makelloser Halbkreis. Als er die Innenfläche berührte, fand er sie glatt, beinahe poliert.

Dennis setzte sich auf einen Felsbuckel neben der Straße und pfiff leise vor sich hin.

Diese Straße war ein hochentwickeltes Artefakt. Er bezweifelte, dass man auf der Erde eine solche Oberfläche zustande bringen könnte.

Aber warum die ungleichmäßigen Ränder? Wozu die Rillen? Weshalb die kurvenreiche, ineffiziente Trassenführung?

Es war rätselhaft, ebenso wie die unlogische Art und Weise, in der der Rückkehrmechanismus und die Robots auseinandergenommen worden waren. Die Einheimischen dachten offenbar anders als der Mensch.

Bei der Schleuse hatte Dennis festgestellt, dass der größte Teil des Metalls vom Zievatron fortgeschafft worden war. Dies, dachte er, bedeutete möglicherweise, dass er sich auf einer metallarmen Welt befand. Aber in den letzten drei Tagen hatte er mindestens drei Plätze gesehen, an denen Eisen- und Kupfererz offen zutage gelegen hatte.

Es war mysteriös. Und es gab nur eine Möglichkeit, mehr herauszufinden.

Nach Westen schlängelte sich die Straße höher ins Gebirge hinauf. Ostwärts führte sie anscheinend in eine weite Senke hinunter. Dennis nahm sein Gepäck wieder auf den Rücken und begann, die Straße entlangzuwandern, die Nachmittagssonne im Rücken – in die Richtung dessen, was hoffentlich eine Zivilisation sein würde.

6

Es war nicht leicht, sich an den Gedanken zu gewöhnen, aber Dennis kam allmählich zu dem Schluss, dass er Bernald Brady falsch beurteilt hatte.

Am Abend, nachdem er auf die Landstraße gestoßen war, dachte Dennis darüber nach, während er in dem Suppentopf auf seinem kleinen Kocher rührte. Vielleicht war er am Ende doch unfair gegen seine alte S.I.T.-Nemesis gewesen. In den ersten paar Tagen auf dieser neuen Welt hatte ihm die Qualität seiner Ausrüstung häufig Anlass zur Klage gegeben; er hatte Brady für seine Blasen verantwortlich gemacht, für seine wundgescheuerten Schultern, für seine lauwarmen Mahlzeiten. Aber im Laufe der Zeit hatten diese Probleme nachgelassen. Offenbar hatte er Zeit gebraucht, um sich einzugewöhnen. Brady und die Ausrüstung waren vermutlich nichts weiter als ein willkommenes Sortiment von Sündenböcken gewesen, denen er sein anfängliches Elend hatte zuschreiben können.

Jetzt, da er den Dreh offenbar gefunden hatte, funktionierte der kleine Kocher tadellos. Den ersten Brennstoffkanister hatte er in einem Tag aufgebraucht, aber der zweite hatte sehr viel länger gehalten und sein Essen weit besser erwärmt. Anscheinend war nichts weiter erforderlich gewesen als ein bisschen Übung. Übung, dachte er mit einer Spur von Unbescheidenheit – und ein wenig technisches Verständnis.

Während die Suppe kochte, betrachtete Dennis das kleine Alarmgerät mit neuem Respekt; er hatte mehrere Tage dazu gebraucht, aber schließlich hatte er herausgefunden, dass die Farben der kleinen Lichtpunkte auf dem Display ungefähr mit dem Grad des Fleischfressertums der Lebewesen in der näheren Umgebung korrespondierten. Die Korrelation war deutlich geworden, als er beobachtet hatte, wie eine Meute fuchsartiger

Geschöpfe einen Schwarm kleiner Vögel beschlich, und als er die entsprechenden Lichtsignale auf dem Display gesehen hatte. Vielleicht hing es mit der Körpertemperatur zusammen – jedenfalls hatte das Alarmgerät die beiden Gruppen auf dem Monitor eindeutig in rote und gelbe Punkte unterschieden.

Dennis ärgerte sich ein wenig darüber, dass er so lange gebraucht hatte, um das alles zu erkennen. Vielleicht hatte er auf seiner Wanderschaft zu viel Zeit damit verbraucht, Gleichungen in seinem Kopf hin und her zu wälzen.

Wie auch immer – bald würde seine Reise zu Ende sein. Den ganzen Tag über hatte er in den Hügeln der Umgebung Anzeichen dafür gesehen, dass hier Steine gebrochen worden waren, und die Straße hatte sich ein wenig verbreitert. Er wusste, er würde bald, vielleicht schon morgen, auf die Wesen treffen, welche diese Welt beherrschten.

Das Alarmgerät summte in seinen Händen, und die kleine Antenne schwenkte unvermittelt herum und deutete nach Westen. Der blasse Bildschirm leuchtete auf, und der Alarm begann leise zu schnarren.

Dennis stellte den Summer ab, griff nach dem Halfter und zog die Nadelpistole heraus. Er drehte den Kocher ab. Als das feine Seufzen der Flamme erstorben war, hörte Dennis nur noch das sanfte Rascheln des Windes in den Zweigen.

Der nächtliche Wald war ein dichtes Labyrinth aus schwarzen Schatten. Nur wenige blasse Sterne zwinkerten am Himmel durch die aufziehenden Wolken.

In der linken unteren Bildschirmecke des Alarmgerätes erschien eine kleine Gruppe winziger Lichtpunkte. Sie bildeten ein gewundenes Band, das sich langsam in die Mitte des Displays schlängelte.

Dann hörte er ein leises Knarren und sanftes Schnaufen in der Ferne.

Die Punkte auf dem Bildschirm nahmen verschiedene Farben

an. Mehr als ein Dutzend große, gelbe Lichtflecke bewegten sich in einer Reihe; offenbar folgte die Prozession der Landstraße.

Gelb war die Farbe, die, wie er inzwischen gelernt hatte, den Pflanzenfressern vorbehalten war. Zwischen den gelben Punkten verteilt sah er eine große Zahl von rosafarbenen und auch ein paar leuchtend rote. Und im Zentrum der Prozession bewegten sich zwei kleine, grüne Funken. Dennis hatte keine Ahnung, was sie zu bedeuten hatten.

In einigem Abstand hinter der Prozession folgte ein weiterer kleiner, grüner Lichtpunkt.

Sein Lagerplatz befand sich ein Stück weit abseits und oberhalb der Straße. Dennis legte das Alarmgerät beiseite und bewegte sich langsam und vorsichtig den Hang hinunter. Die nächtliche Stille schien das Knacken der Zweige zu verstärken, als er sich bemühte, möglichst lautlos zu einer Stelle zu gelangen, wo er die Straße besser übersehen könnte.

Er wartete einen Augenblick, und dann erschien zu seiner Linken ein schwaches Glimmen. Es wurde heller, bis schließlich ein schmerzhafter, greller, weißer Lichtstrahl sich wie eine Lanze in den Wald neben der Straße bohrte.

Scheinwerfer! Dennis blinzelte. Und wieso überrascht mich das? Dachte ich etwa, jemand, der eine solche Straße baut, kann sie dann nicht beleuchten?

Im Unterholz verborgen blinzelte er in den hellen Lichtstrahl. Dahinter marschierten nebelhafte Gestalten, zweifüßig, mit baumelnden Armen.

Langsam zog die Prozession unter seinem Versteck vorüber. Er hörte das leise, pustende Schnauben von Tieren. Wenn er seine Augen vor dem Licht der Scheinwerfer abschirmte, konnte er riesige Vierbeiner erkennen, die klobige, lautlos gleitende Fahrzeuge zogen. Jedes Gespann sandte einen gleißenden Lichtstrahl in die vor ihm liegende Dunkelheit.

Hinter jedem Fahrzeug marschierte eine Formation von

Zweifüßern. Hin und wieder erhaschte Dennis einen Blick auf schwere Kapuzenmäntel und etwas, das aussah wie scharfe, schimmernde Waffen, die hoch in die Luft ragten.

Aber immer wenn seine Nachtsicht allmählich zurückkehrte, bog ein neuer Riesenschlitten um die Ecke, dessen greller Lichtstrahl ihn blendete, sodass er sich flach an den Boden drückte. Es war frustrierend, aber anscheinend gab es keine Möglichkeit, die Prozession genauer in Augenschein zu nehmen.

Immer neue verhüllte Gestalten zogen mit wiegendem Gang vorüber, immer neue Vierfüßer erschienen, die massige, gespenstisch lautlose Wagen hinter sich herzogen. Räder waren weder zu hören noch zu sehen. Aber bei einem Luftkissenfahrzeug hätte man doch das Donnern der Kompressoren hören müssen, oder?

Antigravitation? Etwas anderes schien nicht übrig zu bleiben. Aber wenn es das war, weshalb benutzten sie dann Zugtiere? Ob dies die Abkömmlinge einer gefallenen Zivilisation waren, die mit den rohen Fragmenten der Wissenschaft ihrer Ahnen einen primitiven Handelsverkehr aufrechterhielten? Zu dem, was er hier sah, würde es passen.

Die Vorstellung von der Antigravitation erregte Dennis. War das vielleicht der Unterschied in den physikalischen Gesetzen, von dem Brady in jenen letzten Augenblicken auf der Erde gesprochen hatte?

Ein letzter Trupp der kapuzenverhüllten »Krieger« zog unten vorbei; diese allerdings gingen nicht zu Fuß – sie ritten. Ihre Reittiere schwenkten dicht bemähnte Köpfe auf und ab und wieherten. Sie hatten soviel Ähnlichkeit mit zottigen Ponys, dass Dennis seinen Beobachtungen zu misstrauen begann. Es war allzu verlockend, das, was er hier sah, mit terranischen Kategorien zu interpretieren.

Er rieb sich die Augen und starrte noch einmal angestrengt hinunter. Aber Silhouetten waren alles, was er erkennen konnte.

Eines unter den Reittieren trug eine kleinere Gestalt auf dem Rücken, die in einen fahlweißen Mantel gehüllt war, sodass sie von der tiefen Düsternis außerhalb des Scheinwerferlichtes abstach. Etwas an der Haltung dieses kleineren Wesens verriet, dass es sich um einen Gefangenen handelte; es trug keine schimmernden Waffen, und seine Hände lagen regungslos auf dem Hals des Tieres. Sein von einer Kapuze verhüllter Kopf hing niedergeschlagen auf die Brust.

Als die Reiter unten vorüberzogen, hob sich der weiß verhüllte Kopf des Gefangenen und begann sich zu drehen, als wolle er zu dem Gehölz heraufschauen, in dem Dennis sich verbarg! Dennis duckte sich, und seine Kehle wurde trocken.

Eine der dunklen Gestalten drehte sich im Sattel um und zerrte an einem Zügel. Das Reittier des Gefangenen stolperte voran, und gleich darauf war der Trupp vorüber.

Dennis blinzelte und schüttelte den Kopf, um seine Gedanken zu klären. Einen Augenblick lang hatte er, geblendet und verwirrt, eine eigenartige Illusion erlebt. Er hatte den Eindruck gehabt, dass der weiße Mantel des Gefangenen sich – für einen kurzen, zeitlosen Moment – geöffnet hatte, und was er da im Sternenlicht gesehen hatte, war das traurige, verzweifelte Gesicht eines wunderschönen Mädchens.

7

Eine ganze Weile noch schwebte dieses Bild in seinen Gedanken – so lange, dass Dennis das Ende der Prozession kaum wahrnahm.

Er fühlte sich ein wenig benommen. Ja, das war's wohl gewesen – zu viel Aufregung, und jetzt sah er Sachen, die nicht existieren konnten.

Dennis sah dem letzten Schimmer der Karawane nach, die hinter einer Biegung in der Ferne nach Osten verschwand. Noch immer wusste er so gut wie nichts über die Technologie und Kultur der Eingeborenen. Gelernt hatte er nur, dass diese Leute einige der weniger liebenswerten Gewohnheiten der Menschen ebenfalls an den Tag legten – beispielsweise die Art, wie sie einander behandelten.

Kurz darauf hallte ein leise murmelndes Geräusch von der Straße zu ihm herauf.

Dennis erinnerte sich plötzlich wieder an das Bild, das er auf dem Display des Alarmgerätes gesehen hatte. Da war noch ein winziger grüner Punkt gewesen, welcher der Karawane gefolgt war. In seiner Aufregung hatte er ihn ganz vergessen!

Er kroch vorwärts, um besser sehen zu können. Die hellen, blendenden Lichter waren vorübergezogen. Jetzt würde er vielleicht etwas sehen können!

Lautlos robbte er bis auf wenige Schritte an die Straße heran. Erst sah er gar nichts. Dann ließ ihn ein feines Geräusch nach rechts blicken.

In schimmerndem Glas und Plastik spiegelte sich der matte Lichtschein der Prozession in der Ferne. Ein dünner Gliederarm wedelte im sanften Schein der Sterne hin und her. Auf beinahe lautlos jagenden Laufketten sirrte der Sahara-Tech-Explorationsrobot über die außerirdische Landstraße nach Osten … er befolgte Dennis' Anweisungen buchstabengetreu … er erkundete, was es mit den Bewohnern dieser Welt auf sich hatte.

Mit Mühe und Not unterdrückte Dennis einen Schrei. *Idiotische Maschine!* Er stürzte auf die Landstraße zu, stolperte über eine Baumwurzel und rollte den letzten Teil des Weges über den Boden. Er konnte sich gerade noch rechtzeitig aufrappeln, um zu sehen, wie der Robot, der wie zum Abschied mit dem Arm winkte, hinter der Biegung verschwand.

Dennis fluchte leise, aber heftig: Die Aufzeichnungen des Robots enthielten zweifellos alle Informationen, die er brauchte. Aber er konnte ihn nicht verfolgen oder zurückrufen, ohne die Aufmerksamkeit der Karawaneneskorte zu erregen.

Er stand mitten auf der dunklen Straße und grummelte immer noch leise vor sich hin, als ihm plötzlich etwas Lebendiges von einem überhängenden Ast auf den Kopf sprang. Dennis schnappte erschrocken nach Luft, als das Ding ihm die Augen zudrückte, sodass er taumelnd ins Gebüsch stolperte.

8

»Was denkst du dir eigentlich, mich hier zu Tode zu erschrecken?«, schimpfte Dennis heiser und vorwurfsvoll. »Wenn ich gegen irgendetwas gerannt wäre, hätten wir uns beide verletzt!«

Der Gegenstand seines Zornes hockte ein paar Schritte weit vor ihm auf einem Felsen; in seinen grünen Augen spiegelte sich das Licht des Gaskochers. Das Koberkel gähnte wohlig; anscheinend war es der Meinung, dass Dennis viel Lärm wegen nichts machte.

»Zum Teufel mit allen Menschen und Eingeborenen! Wo hast du überhaupt in den letzten vier Tagen gesteckt? Da rette ich dich aus Bernald Bradys Händen, vor einem Schicksal, das schlimmer ist als Langeweile, und alles, was ich dafür verlange, ist ein Freund, der sich hier in der Gegend auskennt! Aber was passiert? Dieser ›Freund‹ geht auf und davon und lässt mich mutterseelenallein, bis die Isolation mich so weit bringt, dass ich mit mir selber rede … oder, was noch schlimmer ist, mit einem dicken, kleinen Flugschweinchen, das nicht einmal versteht, was ich sage …!«

Dennis merkte, dass seine Hände endlich aufgehört hatten zu zittern. Er goss sich eine Schale Suppe ein, blies darauf und brummte vor sich hin, während seine Wut allmählich verrauchte. »Dämliche, hinterlistige E.T.s … verfluchte, unzuverlässige Aliens …«

Er blickte über den Rand seiner Schale hinweg auf das eingeborene Kleintier. Es ließ die Zunge heraushängen und sah ihm in die Augen.

Dennis kapitulierte mit einem Seufzer. Er goss ein wenig Suppe in den umgedrehten Topfdeckel. Das Koberkel hüpfte herüber und schleckte sie anmutig auf. Ab und zu hob es den Kopf und sah ihn an.

Als sie beide aufgegessen hatten, spülte Dennis das Kochgeschirr aus und kroch in seinen Schlafsack. Dann nahm er das Alarmgerät zur Hand und machte sich an den Einstellknöpfen zu schaffen. Kobi sprang herbei und sah ihm zu.

Dennis bemühte sich, ihn zu ignorieren, aber er konnte seinen Groll nicht lange aufrechterhalten – nicht, wenn das kleine Geschöpf ihn so anschaute, schnurrte und mit sichtlicher Faszination beobachtete, wie er das kleine Gerät einstellte.

Dennis zuckte die Achseln und nahm das Koberkel auf. »Was ist das nur für eine Sache mit dir und den Maschinen? Benutzen kannst du sie jedenfalls nicht. Siehst du?« Er schüttelte die kleine Pfote. »Keine Hände!«

Er drehte den Gaskocher ab, und die Nacht des Waldes senkte sich herab. Auf ihrer kleinen Insel in der Stille war Dennis plötzlich dabei, dem Koberkel von den Sternbildern zu erzählen, und von all den anderen Dingen, die er entdeckt hatte.

Und er begriff, dass es doch gut tat, wieder Gesellschaft zu haben, selbst wenn es ein Alien war, der nicht einmal verstand, was er sagte.

DRITTER TEIL

NOM DE TERRE

I

Am folgenden Tag führte die Straße bergab in ein weites Flusstal.

Das Koberkel saß zwitschernd auf Dennis' Schulter und pflückte sich eine Beerenrispe von einem überhängenden Zweig. Es stopfte sich ein paar der purpurroten Früchte in den Mund und kaute darauf herum. Der Saft rann ihm übers Kinn. Als es Dennis ein paar Beeren anbot, lehnte dieser höflich ab.

Dennis fühlte sich ziemlich wohl. Seine alten Pfadfindertalente waren offenbar wieder erwacht. Jetzt, da er die richtigen Knoten gefunden hatte, saß der Rucksack bequem. Seine Stiefel – die nun vollends eingelaufen waren – fühlten sich an wie geschmeidige Erweiterungen seiner eigenen Füße, als er über die federnde Landstraße marschierte. Er kam flott voran.

Aber er wusste, dass er den Wald bald hinter sich lassen würde. Noch immer stand er vor dem Problem, was er tun würde, wenn er in eine zivilisierte Gegend gelangte.

Was für Wesen mochten die Autochthonen sein? Würden sie über die Technologie verfügen, die er benötigte, um seine Hälfte des Zievatrons zu restaurieren?

Oder – eine noch wichtigere Frage – würden sie es vorziehen, seine Einzelteile nach Form und Farbe zu sortieren, wie es bereits jemand mit dem Zievatron getan hatte?

Vielleicht wäre es eine gute Idee, die Eingeborenen zunächst ein wenig auszuspionieren.

»Nichts leichter als das«, verhöhnte Dennis sich selbst. »Wenn sich ihre Gesichtszüge von meinen ein wenig unterscheiden, nehme ich einfach ein bisschen Flussschlamm, mache mir daraus falsche Antennen und Stielaugen – und schon bin ich im

Geschäft! Es kann natürlich sein, dass ich meine Nase entfernen und meinen Hals etwas verlängern muss, aber das schlimmstenfalls um ein paar Zentimeter. Allerdings frage ich mich, ob ich Schuppen brauchen werde …«

Und während er wanderte, kamen ihm immer neue fantastische Szenarien in den Sinn.

Ich weiß! Ich werde nach dem Landsitz des exzentrischen Wissenschaftlers, Hochwohlgeboren G'zvreep, Ausschau halten. Ich werde ihn an der Observatoriumskuppel erkennen, die deutlich sichtbar auf dem Westflügel des Herrenhauses thront.

Genau, Dennis. Wenn du anklopfst, wird der herzensgute, alte, weise Eingeborene dir eigenhändig auftun, weil er die Dienerschaft bereits zu Bett geschickt hat, während er den Himmel noch nach Kometen absucht. Wenn er deine beiden abstoßend flachen Augen und die Millionen feiner Kranialtentakel auf deinem Kopf erblickt, wird er vor Abscheu mit dem Brustpanzer klappern. Aber wenn du dann in der universalen Geste des Friedens die Hand hebst, wird er dich rasch hereinbitten und sagen: »Tretet nur immer ein! Gixgax sei Dank, dass er Euch zuerst hat hierherkommen lassen!«

Auf einer Wiese neben der Straße fand Dennis die Überreste eines Lagers. Die Asche in der Feuerstelle war noch warm.

Dennis ließ sein Gepäck zu Boden gleiten. Er stellte das Alarmgerät auf einen großen Stein und setzte das Koberkel auf einen anderen. »Alsdann, Strahlauge«, sagte er zu dem kleinen Wesen. »Mal sehen, ob du nur zum Gesellschafter taugst oder ob du noch mehr kannst. Halte die Augen offen, während ich ein bisschen ernsthafte Detektivarbeit verrichte.«

Kobi legte fragend den Kopf schief und gähnte dann.

»Hmmmph. Na, daran sieht man nur, dass du überhaupt keine Ahnung hast. Ich habe nämlich schon was gefunden.« Dennis deutete auf den Boden. »Sieh mal. Fußspuren!«

Kobi schnüffelte, sichtlich unbeeindruckt. Dennis seufzte.

Wann hatte man schon mal ein verständiges Publikum, wenn man eines brauchte?

Der Boden war übersät von tiefen Abdrücken – anscheinend stammten sie von den großen Zugtieren – und kleineren Hufspuren, wie ein unbeschlagenes Pony sie hinterlassen mochte. Auch die Exkremente, die herumlagen, ließen darauf schließen, dass es auf dieser Welt ein dem Pferd weitgehend analoges Lebewesen geben musste.

Nachdem er sich die Tierspuren lange genug angeschaut hatte, suchte er nach einem deutlichen Satz Zweifüßerabdrücke, und bald erkannte er, dass alle Mitglieder der Karawane Schuhe getragen hatten.

Die scharfkantigen Umrisse der geriffelten Sohlen deuteten darauf hin, dass diese Leute Stiefel verwendeten, die große Ähnlichkeit mit seinen eigenen aufwiesen! Die Sohlenmuster waren allesamt *identisch* … als habe ein Computer ein perfektes Design entwickelt, das daraufhin in die Massenproduktion gegeben worden war. Er lief umher und betrachtete die Abdrücke, bis ihm ein Gedanke kam.

Er packte seinen linken Fuß. Ungelenk bog er ihn hoch und versuchte, seine eigene Schuhsohle zu betrachten; dabei bewegte er sich zu hastig, verlor das Gleichgewicht und fiel auf den Rücken.

Er starrte auf das Muster seiner eigenen Stiefelsohle und seufzte. Es war das gleiche. Entweder hatten die Computer hier das gleiche Design wie die auf der Erde entwickelt, oder …

Er blickte umher. Die Spuren waren überall. Zweifellos stammten so gut wie alle von ihm.

Ein Schnattern ertönte, das verdächtige Ähnlichkeit mit Gelächter besaß. Dennis drehte sich um und funkelte das Koberkel an. Es trug sein gewohntes Grinsen zur Schau.

»Wage es nicht, auch nur ein einziges Wort zu sagen!«, warnte er das Tier.

Zur Abwechslung gehorchte das Koberkel einmal.
Viel mehr fand er nicht. Am Feuer stieß er auf ein paar bröckelige Streifen Dörrfleisch. Drüben, wo die Tiere angebunden gewesen waren, lagen ein paar Körner am Boden.

Neben einem hohen Baum entdeckte Dennis einen roten Flecken auf der Erde. Er fühlte sich klebrig an, wie Blut.

Schürfspuren bedeckten den Boden, und überall lagen lose Pelzflocken. Dann fiel sein Blick auf eine lange, goldene Strähne, die im Morgenlicht schimmerte. Er betrachtete sie eine ganze Weile, und dann stopfte er sie sorgfältig in eine zuknöpfbare Schultertasche.

Ein Stück weit näher beim Wald fand er ein totes Tier.

Es sah aus wie ein größerer Vetter des Koberkels. Es hatte die gleiche stumpfe Nase und auch die nadelspitzen Zähne, aber in Größe und Körperbau ähnelte es eher einem Mastiff.

Der Kopf starrte ihn mit dumpfen Augen an; er lag ungefähr einen Schritt weit vom Körper entfernt. Er war mitsamt einem Teil der Schulter abgetrennt worden, wie mit einer Guillotine – oder einem Hochleistungslaser.

Er starrte den zerschnittenen Kadaver an, bis er das Summen des Alarmgeräts bei der Feuerstelle hörte. Beunruhigt blickte er auf. Was näherte sich da?

Als er sich umdrehte, tauchten sechs hundeähnliche, zottige Wesen zwischen den Bäumen auf. Es blieb ihm nicht genug Zeit, sich ein genaueres Bild von ihnen zu machen; sie knurrten – es war ein tiefer, knirschender Laut – und griffen sogleich an.

Die Nadelpistole war in seiner Hand, bevor er einen klaren Gedanken fassen konnte. In den letzten Tagen hatte er während des Wanderns immer wieder geübt, die Waffe zu ziehen und Baumstämme zu Klump zu schießen. Wahrscheinlich rettete ihm dieses Training jetzt das Leben.

Dennis stand fest und breitbeinig, richtete die Waffe auf einen Punkt dicht vor den Bestien und feuerte.

Der Boden vor der Meute explodierte, aber die rasenden Tiere galoppierten durch die Wolke von Lehm und Gras, die vor ihnen aufsprühte, und stürmten unbeirrt weiter. Dennis hatte keine Wahl. Er hob die Pistole und schoss noch einmal.

Die Meute überschlug sich und wurde zu einer heulenden Masse. Beinahe augenblicklich spaltete sie sich in flüchtende und tote Tiere.

Dennis sah den Überlebenden nach, die schmerzerfüllt heulend davonhinkten, während ihre Gefährten regungslos in ihrem Blute liegen blieben. Dann schaute er auf die kleine Waffe in seiner Hand.

Mit der Energie von gespeichertem Sonnenlicht schälte diese Pistole winzige Splitter von einem beliebig geformten Metallklumpen, den er in die Munitionskammer schob, und verschoss sie mit hoher Geschwindigkeit. Als er das Zievatron verlassen hatte, war dieses Ding für Dennis kaum mehr als ein Spielzeug gewesen, aber bei seinen Übungen während der Wanderschaft hatte er allmählich Zutrauen gefasst.

Jetzt starrte er die Waffe staunend an.

Was für ein Killer!, dachte er.

2

Bald zweifelte er nicht mehr daran, dass er sich der Zivilisation näherte.

Die Landstraße verbreiterte sich merklich, als sie vom Gebirgspass hinunter ins Tal führte. Einige der Hangwiesen zeigten jetzt Spuren von Landwirtschaft. Eine dichte Hecke trennte die Straße vom offenen Feld zu beiden Seiten. Wenn er zwischen den Zweigen hindurchspähte, sah er grasende Herden auf den Hängen.

Nicht mehr lange, und die Straße würde sich beleben. Aber eine zufällige Begegnung auf einer Landstraße wäre nicht die beste Art, den ersten Kontakt herzustellen. Es gelüstete ihn nicht danach, der Waffe gegenüberzutreten, die dem Tier auf dem Lagerplatz den Kopf abgeschnitten hatte. Deshalb kam Dennis zu dem Schluss, es sei am besten, die Reise vorläufig ein Stück weit abseits der Straße fortzuführen.

Er suchte nach einer Lücke in der Hecke. Kobi, der oben auf dem Rucksack geschlummert hatte, erwachte, als Dennis die Machete zog und auf eine dünne Stelle in dem Windbrecher einzuhacken begann. Das kleine Tier sprang auf einen hohen Ast, duckte sich dort zusammen und starrte vorwurfsvoll zu Dennis herunter, weil er seine Siesta gestört hatte.

Wie sich herausstellte, war es nicht leicht, eine Lücke in das Gestrüpp zu schlagen. Die schwere Klinge prallte federnd von dem Astwerk ab und hinterließ kaum eine Spur in der Rinde.

Angewidert betrachtete Dennis sein Buschmesser. Bis jetzt hatte er es kaum benutzt. Es war von Rostflecken übersät, und die Schneide war stumpf. Dennis verfluchte Bernald Brady und schöpfte so viel Trost wie nur möglich aus der Tatsache, dass er diesen Kerl also doch nicht falsch beurteilt hatte.

Während er an den Kratzern auf seinem rechten Handrücken lutschte, hatte er plötzlich eine Idee. Was war denn mit dem wunderbaren Eingeborenenmesser, das er bei der Schleuse gefunden hatte? Mit den Schultern wackelnd, streifte er den Rucksack ab und zog das in ein Tuch gewickelte Artefakt aus einer der unteren Taschen. Er warf einen wachsamen Blick über die Straße, legte das Tuch auf den Boden und faltete es auseinander.

Seine Augen weiteten sich.

Vor einer Woche hatte er ein wunderschönes, scharfes, elastisches Messer eingepackt, offensichtlich das Produkt einer hoch technisierten Handwerkskunst.

Was jetzt vor ihm lag, war immer noch beeindruckend, aber jetzt sah es eher aus wie ein sauber zurechtgeschnittenes Stück Obsidian, das mit straff gewickelten Lederstreifen an einem Holzgriff befestigt war. Es war scharf und gut gearbeitet, aber längst nicht das hoch entwickelte Werkzeug, an das er sich erinnerte.

Ein leichter Schwindel überkam ihn. *Ein Phänomen,* stellte er fest, und behutsam berührte er das Objekt.

Ein flötender Schrei erscholl über ihm und riss ihn in die Gegenwart zurück. Das Koberkel zwitscherte ihn zweimal an und schüttelte heftig den Kopf. Dann schwang es sich in die Lüfte und verschwand im Dickicht.

Dennis griff in seine Schenkeltasche und zog das Alarmgerät hervor. Auf dem kleinen Display blinkten rote Lichter; sie näherten sich auf der Straße.

Er wickelte das Artefakt wieder ein. Dieses Geheimnis würde ihm nicht weglaufen. Er nahm den Rucksack wieder auf, packte die Machete und hackte mit größerer Entschlossenheit auf die Hecke ein. Er *musste* von der Straße weg!

Dornen zerrten an seinem Rucksack und an seinem Arm, den er vor sein Gesicht hielt, um sich zu schützen, als er sich durch das Dickicht drängte. Schließlich flog er wie ein Kern, den man aus einer Melone quetscht, auf die Wiese hinaus und fiel der Länge nach ins Gras.

Schwer atmend rollte er zur Seite.

Zumindest werde ich sie mir jetzt mal genau ansehen, dachte er, während er sich kriechend von dem Loch in der Hecke entfernte. *Dann weiß ich wenigstens, wie die Eingeborenen aussehen!*

Wieder holte er sein Alarmgerät hervor. Das Display zeigte eine große Zahl von gelben Lichtpunkten, anscheinend waren es die Herden grasender Tiere, die Dennis auf den Hängen gesehen hatte. Am Rand des Bildschirms sah er zwei rote und zwei gelbe Punkte, die auf der Straße herannahten.

Zwei Reiter.

Kobis grüner Punkt war nirgends zu sehen. Die wankelmütige Kreatur hatte ihn anscheinend schon wieder verlassen.

Er konzentrierte sich so angestrengt auf die roten Punkte, die sich auf der Straße bewegten, dass er erst nach einer Weile bemerkte, dass sich von einer nicht weit im Süden stehenden Herde gelber Punkte zwei rosafarbene Fünkchen gelöst hatten. Sie näherten sich mit großer Geschwindigkeit dem Mittelpunkt des Bildschirms.

Der Mittelpunkt, begriff Dennis ... *bin ich!*

»Haaa-aayy-oooaaoo!!«

Es kam von hinten – ein hoher, schriller Schrei, der ihm einen Schauer über den Rücken laufen ließ. Der Kriegsruf wurde begleitet von schnellen Schritten. Jemand attackierte ihn von hinten!

Dennis' Finger krallten sich in seinen Halfter, und er hatte wenig Hoffnung, dass es ihm rechtzeitig gelingen würde, herumzufahren. Jeden Augenblick erwartete er einen jäh aufblitzenden Todesstrahl, mit dem die Alienwaffe ihm den Garaus machen würde.

»Haaayyoo-oh!«

Von seinem Rucksack behindert, wälzte er sich auf den Bauch und versuchte, die Waffe hochzureißen. Mit zitternden Händen streckte er den Nadler vor sich und richtete die Mündung auf – den Hund.

Er blinzelte, die Waffe schussbereit vor sich ... auf den kleinen Hund gerichtet, der ihn anknurrte und dann rückwärts sprang und hinter einem Paar kurzer Beine in Deckung ging ... hinter den rundlichen Beinen und den aufgescheuerten Knien eines kleinen Jungen.

Dennis hob den Kopf und riss die Augen auf. Die bedrohlichste Waffe weit und breit war ein Schäferstab in der Hand eines nicht einmal anderthalb Meter großen Flachskopfes mit schmutzigem Gesicht.

Der erste vernunftbegabte Extraterrestrier, mit dem Dennis Kontakt hatte, strich sich eine Strähne seines struppigen Blondhaars aus den Augen und schnappte nach Luft. *»... Ayoo-missah ...«,* keuchte der Junge aufgeregt. *»Siwon'zumam'papa?«*

Leicht benommen vor Überraschung begriff Dennis, dass es vermutlich albern aussah, wie er hier lag. Langsam, um das Kind nicht zu erschrecken, rappelte er sich auf.

Er beschloss, sich nicht einen Augenblick lang den Kopf über diese unglaubliche Begegnung zu zerbrechen – ein Menschenjunge, anscheinend ungefähr acht Jahre alt, hier auf einer Alienwelt! Es hätte keinen Sinn. Stattdessen zwang er sich zur Konzentration auf das Sprachproblem. Etwas an den Lauten, die der Junge hervorgebracht hatte, war ihm merkwürdig vertraut vorgekommen, als habe er dergleichen schon einmal irgendwo gehört.

Er versuchte, sich an ein paar Einzelheiten aus dem Linguistikkurs zu erinnern, den er auf dem College belegt hatte, um dem infamen Professor Labelle und seinem »Englisch 7« zu entrinnen. Es gab, so hatte er damals gelernt, ein paar Laute, die bei den Menschen universale Bedeutung besaßen. Anthropologen verwendeten diese Laute bei ihren ersten Kontakten mit neuentdeckten Stämmen.

Dennis schluckte und versuchte es mit einem dieser Laute.

»Hä?«, sagte er.

Inzwischen war der Junge wieder zu Atem gekommen. Mit einem übertrieben geduldigen Seufzer wiederholte er seine Äußerung.

»Sie woll'n zu mei'm Papa, Mister?«

Dennis klappte der Kiefer herunter. Schließlich gelang es ihm, den Kopf auf und ab zu bewegen und auf diese Weise zu nicken.

3

Kläffend umsprang das Hündchen ihre Beine. Der Junge – Tomosh, sagte er, sei sein Name – ging ernsthaft neben Dennis her und führte ihn über die hügelige Wiese zu seinem Heim. Unterwegs sah Dennis auf der Landstraße zwei Reiter vorbeiziehen. Hin und wieder konnte er durch Lücken in der Hecke einen Blick auf sie erhaschen, und es zeigte sich, dass die Verursacher der bedrohlichen roten Punkte, die ihn wenige Minuten zuvor in Deckung hatten springen lassen, zwei Bauern waren, die auf zottigen Ponys vorübertrotteten.

Nur langsam fand er sich in all dem zurecht. Unter allen Möglichkeiten des ersten Kontaktes war diese hier zweifellos die freundlichste und zugleich die verwirrendste.

Dennis hatte nicht die leiseste Ahnung, wie sich Menschen hierher hatten verirren können.

»Tomosh«, begann er.

»Ja, Sirrr?« Der Junge rollte seine Rs in einem Akzent, an den Dennis sich nur langsam gewöhnte. Erwartungsvoll sah der Kleine zu ihm auf.

Dennis zögerte. Wie konnte er anfangen? Es gab so viele Fragen. »Äh … wird deiner Herde nichts passieren, wenn du mich zu deiner Familie begleitest?«

»Oh, die Rickel kommen schon zurecht. Die Hunde passen ja auf. Ich muss nur zweimal am Tag raus und sie zählen, und wenn eins fehlt, geb ich Alarrm.«

Schweigend gingen sie ein Stück weiter. Dennis hatte nicht viel Zeit, sich auf seine erste Begegnung mit Erwachsenen vorzubereiten. Plötzlich war er furchtbar nervös.

Bevor er auf den Jungen gestoßen war, hatte er sich damit abgefunden, ein auffälliger Alien zu sein und einfach sein Glück versuchen zu müssen. Wenn er beispielsweise von säugetierhassenden Ameisenmännern erschlagen würde, dann hätte er eben unvermeidbares Pech. Dagegen würde sich nichts tun lassen.

Aber wie eingeborene *Menschen* auf ihn reagierten, würde er durch winzige Nuancen seines Verhaltens beeinflussen können. Eine schlichte Unhöflichkeit zum Beispiel, eine unachtsame Unterlassung, konnte ihn Kopf und Kragen kosten. Und in diesem Fall würde der Fehler bei ihm liegen.

Vielleicht konnte er einem Kind Fragen stellen, die bei einem Erwachsenen Argwohn erregen würden.

»Tomosh, gibt es in dieser Gegend viele Bauernhöfe?«

»Nein, Sirrr, nur ein paar.« Es klang stolz, wie der Junge das sagte. »So weit draußen wie wir sind nur wenige! Der König will, dass nur Bergleute und Händler ins Gebirge gehen, wo die L'Toff leben. Baron Kremer sieht das natürlich anders. Mein Papa sagt, der Baron hat kein Recht, Waldarbeiter und Soldaten hier raufzuschicken …«

Und Tomosh plapperte über den einheimischen Overlord: Wie hart und grausam er sei, und wie der König, der weit weg im Osten lebte, den Baron eines Tages zur Rechenschaft ziehen werde. Nach und nach verfiel er in einen Tratsch, der für einen kleinen Jungen recht verwickelt zu sein schien … wie »Lord Hern« nach und nach im Namen des Barons alle Bergwerke übernommen habe, und wie wegen der Auseinandersetzungen mit dem König schon seit über zwei Jahren kein Zirkus mehr in die Gegend gekommen sei. Obgleich es kaum möglich war, bis ins letzte Detail zu verstehen, wovon er redete, entnahm Dennis den Erzählungen des Jungen, dass es sich bei dem herrschenden System um eine Feudalaristokratie handelte und dass Krieg anscheinend gang und gäbe war.

Leider aber verriet der Kleine ihm nichts über die entscheidende Frage nach der einheimischen Technologie. Seine Kleider waren zwar staubig, aber sie schienen ordentlich gearbeitet zu sein. Er hatte keine Taschen, aber der Gürtel mit den knöpfbaren Börsen schien geradewegs aus dem Kelty-Katalog zu stammen. Tomoshs Schuhe hatten große Ähnlichkeit mit den unverwüstlichen alten Latschen, die Dennis als Kind getragen hatte.

Als sie einen flachen Hügel erklommen hatten, kam ein ausgedehnter Bauernhof in Sicht. Haus, Scheune und Speicherschuppen lagen etwa hundert Meter entfernt hinter der Windhecke entlang der Straße. Der Hof war von einem hohen Lattenzaun umgeben. Auf Dennis machte das Anwesen einen recht wohlhabenden Eindruck. Tomoshs Aufregung wuchs, und er zerrte an Dennis' Hand. Dennis folgte dem Jungen voller Unbehagen bergab.

Das Wohnhaus war ein niedriges, weitläufiges, von Erdwällen geschütztes Gebäude mit einem flachen, schräg abfallenden Dach, das in der Nachmittagssonne schimmerte. Zunächst vermutete Dennis, das Schimmern komme von einer Aluminiumverkleidung, aber als sie näher kamen; sah er, dass die Wände in Wirklichkeit aus laminierten Holztäfelungen bestanden, die überaus geschickt zusammengefügt und poliert worden waren.

Die Scheune war in ähnlicher Weise erbaut. Beide Gebäude sahen aus wie Photographien aus einer Illustrierten. Dennis blieb vor dem Tor stehen. Dies war die letzte Gelegenheit für dumme Fragen.

»Ach, äh . . Tomosh«, begann er. »Ich bin fremd hier in der Gegend …«

»Oh, das hört man. Sie reden komisch!«

»Hmm, ja. Nun, genau gesagt, ich komme aus einem Land, das weit weg von hier liegt … im Nordwesten.« Dem Geschwätz des Jungen hatte Dennis entnommen, dass dies eine Himmelsrichtung war, über welche die Einheimischen sehr wenig wussten: »Deshalb bin ich natürlich ein bisschen neugierig, was euer Land betrifft«, fuhr er fort. »Könntest du mir zum Beispiel sagen, äh … wie das Land hier heißt?«

Ohne zu zögern, antwortete der Junge: »Es heißt Coylia!«

»Euer König ist also der König von Coylia?«

Tomosh nickte und setzte eine übertrieben geduldige Miene auf. »Richtig.«

»Gut. Weißt du, es ist schon eine komische Sache mit Namen, Tomosh. Die Leute in den verschiedenen Ländern haben verschiedene Namen für die Welt. Wie nennt man sie bei euch?« Dennis war entschlossen, »Flasteria« ein für allemal zur ewigen Ruhe zu betten.

»Die Welt?« Der Junge zog ein ratloses Gesicht.

»Die ganze Welt.« Dennis umfasste Erde, Himmel und Hügel mit einer weiten Gebärde. »Alle Meere und Königreiche. Wie nennt ihr sie?«

»Ach so. Tatir«, antwortete der Kleine ernsthaft. »Das ist der Name der Welt.«

»Tatir«, wiederholte Dennis. Er gab sich Mühe, nicht zu lächeln. Viel besser als ›Flasteria‹ war das nicht.

»Tomosh!«

Der schrille Ruf kam aus dem Bauernhaus. Eine ziemlich vierschrötige junge Frau trat auf die Veranda heraus und rief noch einmal: »Tomosh! Komm her!«

Der Junge runzelte die Stirn. »Das ist Tante Biss. Was macht die denn hier? Und wo sind Mom und Pop?« Er lief auf das Haus zu und ließ Dennis beim Tor stehen.

Offenbar stimmte hier etwas nicht. Die Tante des Jungen machte ein besorgtes Gesicht. Sie kniete nieder und hielt ihn bei den Schultern, während sie ihm ernsthaft etwas erklärte. Nach wenigen Augenblicken kämpfte Tomosh mit den Tränen. Dennis' Unsicherheit wuchs. Sich zu nähern, bevor die erwachsene Frau ihn dazu aufforderte, schien ihm nicht angebracht zu sein. Aber einfach davonspazieren konnte er jetzt auch nicht. An Haus und Hof war nichts Auffälliges zu entdecken. Kleine Hühner spazierten pickend umher, daneben eine Herde von Vögeln, die aussahen wie winzige, zahme Strauße.

Die Wege, die den Hof durchzogen, bestanden anscheinend aus dem gleichen elastischen, hoch entwickelten Material wie die Landstraße. Auch sie hatten unregelmäßige Ränder, die mit Lehmboden und Gras beinahe verschmolzen.

Anscheinend war das ganze Anwesen auf diese Weise angelegt. Die Fenster im Haus waren klar und sauber eingepasst, aber an Kategorien wie »plan« oder »quadratisch« hatte man sich auf mannigfache Weise angenähert. Große und kleine Fenster waren ohne ein erkennbares Muster nebeneinandergesetzt worden.

Tomosh klammerte sich an den Rock seiner Tante; er war jetzt in Tränen ausgebrochen. Dennis war beunruhigt. Den Eltern des Jungen musste etwas zugestoßen sein.

Schließlich beschloss er, ein paar Schritte weiter heranzugehen. Die Frau blickte auf.

»Ihrr Name ist Dennis?«, fragte sie kühl; auch sie sprach den merkwürdigen Dialekt dieser Gegend.

Er nickte. »Jawohl, Ma'am. Ist mit Tomosh alles in Ordnung? Kann ich irgendetwas tun?«

Sein Angebot schien sie zu überraschen. Ihre Miene taute ein wenig auf. »Die Eltern des Jungen sind fort. Ich bin gekommen, um ihn mitzunehmen. Seien Sie willkommen, wenn Sie bleiben und etwas essen wollen – bis mein Mann kommt, um die Habe abzuholen und das Haus zu verschließen.« Dennis hätte gern weitere Fragen gestellt, aber ihr strenger Gesichtsausdruck ließ ihn verstummen. »Setzen Sie sich hier auf die Treppe, und warten Sie«, wies sie ihn an, und dann führte sie den Jungen ins Haus.

Dennis war nicht beleidigt, weil die Frau ihn als Fremden mit Misstrauen behandelte. Wahrscheinlich trug auch sein Akzent nicht dazu bei, ihren Argwohn zu lindern. Er setzte sich auf die Stufe, die sie ihm angewiesen hatte.

Ein Werkzeuggestell stand auf der Veranda neben der Eingangstür. Zunächst ließ Dennis seinen Blick geruhsam darüber hinstreifen, während er an andere Dinge dachte. Dann aber sah er genauer hin und runzelte die Stirn. »Kurioser und kurioser«, sagte er.

Ein merkwürdigeres Sortiment von Gerätschaften hatte er noch nirgends gesehen.

Neben der Tür hingen eine Hacke, eine Axt, eine Harke und ein Spaten, allesamt anscheinend glänzend und neu. Er berührte eine Schere, die daneben baumelte. Ihre Schneiden waren scharf, und sie wirkten sehr kräftig.

Die Handgriffe waren aus glattem, dunklem Holz, was nicht weiter verwundern konnte. Aber die Schneiden schienen nicht aus Metall zu bestehen. Die rasiermesserscharfen Klingen waren *durchscheinend,* und er sah, dass sie von zarten Adern und Facetten durchzogen waren.

Dennis starrte sie mit offenem Mund an. »Die sind aus Stein!«, flüsterte er. »Wahrhaftig, ich glaube, es sind Halbedelsteine – ja, vielleicht sind es gar ganze *Kristalle!*«

Er war völlig verdattert. Eine Technologie, die einem Bauern solche Werkzeuge zur Verfügung stellen konnte, vermochte er sich nicht vorzustellen. Die Qualität der Werkzeuge, die hier neben der Tür hingen, war unfassbar!

Aber das war nicht die letzte Überraschung. Als er seinen Blick über das Werkzeuggestell wandern ließ, überkam ihn ein eigenartiges Gefühl, das immer stärker wurde: Zwar schienen auch die Werkzeuge, die am weitesten von der Tür entfernt hingen, aus Stein zu bestehen, aber darüber hinaus hatten sie mit den wunderbaren Klingen neben dem Eingang nichts gemeinsam.

Dennis blinzelte; auf das, was er hier sah, konnte er sich keinen Reim machen. Ganz links hing noch eine Axt. Und diese sah aus, als stamme sie aus der Jungsteinzeit!

An zwei Stellen war der rohe Holzstiel glattgeschliffen, aber hier und da hing sogar die Rinde noch daran. Die Klinge bestand anscheinend aus einem behauenen Feuerstein, der mit ledernen Riemen befestigt war.

Die Beschaffenheit der übrigen Werkzeuge lag zwischen diesen beiden Extremen. Einige waren so plump, wie man es sich nur denken konnte; andere waren offensichtlich Produkte einer hoch entwickelten Materialforschung, von Designcomputern entworfen.

Gedankenverloren berührte Dennis die Feuersteinaxt. Sie sah aus, als sei sie von derselben Hand angefertigt worden, die auch das geheimnisvolle Messer zusammengefügt hatte, das eingewickelt in seinem Rucksack steckte.

»Stivyung übt in dieser Gegend am besten«, sagte eine Stimme hinter ihm.

Er drehte sich um; so tief war er in Gedanken versunken gewesen, dass er nicht gehört hatte, wie Tante Biss auf die Veranda herausgekommen war. Die Frau reichte ihm eine Schüssel und einen Löffel, und automatisch nahm er das Dargereichte entgegen. Sogleich löste der duftende Dampf Hunger in ihm aus.

»Stivyung?« Er wiederholte den Namen mit Mühe. »Der Vater des Jungen?«

»Yah. Stivyung Sigel. Ein tüchtiger Mann – Sergeant bei den Königlichen Pfadfindern, bevor er meine Schwester Surah heiratete. Der Ruf, den er sich im Üben erworben hatte, war sein Verderben. Der und die Tatsache, dass er gebaut ist wie der Baron – so groß und so schwer. Heute morgen sind die Männer des Barons gekommen und haben ihn geholt.«

Anscheinend glaubte sie, dass es verständlich sei, was sie da erzählte. Dennis wagte nicht, ihr zu sagen, dass sie sich irrte. Seine Ratlosigkeit mochte ohnehin zu einem großen Teil auf den starken Akzent zurückzuführen sein, mit dem die Frau sprach.

»Was ist denn mit der Mutter des Jungen?«, erkundigte er sich. Er blies auf einen Löffel Suppe. Es war eine einfache Suppe, aber im Vergleich mit den Überlebensrationen, von denen er sich über eine Woche lang ernährt hatte, schnitt sie vorteilhaft ab.

Tante Biss zuckte die Achseln. »Als sie Stivyung holten, kam Surah rübergerannt, um mir Bescheid zu sagen. Dann hat sie gepackt und ist in die Berge geflohen. Sie wollte die L'Toff um Hilfe bitten.« Biss schnaufte. »Das wird ihr 'ne Menge nützen.«

Allmählich schwirrte Dennis der Kopf von all den Andeutungen über Dinge, von denen er nichts wusste. Wer waren die *L'Toff?* Und was um alles in der Welt war *Üben?*

Was die Geschichte von der Verhaftung des Mannes betraf, so leuchtete es Dennis ein, dass der Stolz des Bauern ihm Schwierigkeiten mit dem regionalen Herrscher einbringen konnte. Aber wieso hatte man Stivyung Sigel festgenommen, weil er »gebaut war« wie sein Overlord? War das hier etwa ein Verbrechen?

»Ist mit Tomosh alles in Ordnung?«

»Yah. Er will Ihnen Auf Wiedersehen sagen, bevor Sie gehen.«

»Bevor ich gehe«, wiederholte Dennis. Er hatte auf ein wenig einheimische Gastfreundschaft gehofft, einschließlich eines großen Bettes und einer Probeunterhaltung, bevor er sich an eine größere Ansiedlung herantraute. Das Leben hierzulande schien nicht eben friedlich zu sein. Er wollte herausfinden, wer diese fantastischen, hoch technologischen Gegenstände herstellte, und dann wollte er sich geradewegs zu diesem Element der Gesellschaft begeben. An den Baron Kremers dieser Welt lag ihm nichts.

Aber Tante Biss nickte mit Nachdruck. »Bei mir daheim haben wir keinen Platz. Und mein Mann Bim wird das Gatter hier morgen verschließen. Wenn Sie Arbeit suchen, werden Sie in Zuslik welche finden.«

Dennis starrte auf seine Schüssel. Plötzlich erschreckte ihn der Gedanke an eine weitere Nacht in der Wildnis. Sogar das Glucken der Hühner erweckte das Heimweh in ihm.

Tante Biss schwieg einen Augenblick lang. Dann seufzte sie. »Ach, was soll's. Tomosh glaubt, Sie sind 'n echter Pilger und nicht einer von den Landstreichern, die manchmal von Osten rüberkommen. Ich schätze, es kann nicht schaden, wenn Sie 'ne Nacht in der Scheune schlafen. Aber Sie müssen sich anständig benehmen und mir versprechen, dass Sie morgen früh friedlich abziehen.«

Dennis nickte hastig. »Vielleicht kann ich Ihnen noch ein wenig Arbeit abnehmen …?«

Biss überlegte. Dann drehte sie sich um und nahm die Feuersteinaxt von dem Gestell herunter. »Ich glaube nicht, dass es noch zu was gut sein wird, aber Sie können 'n bisschen Holz hacken.«

»Na ja … also, versuchen kann ich's ja …« Er warf einen Blick auf die wunderschöne Edelsteinaxt neben der Tür.

»Nehmen Sie die hier«, befahl Biss mit Nachdruck. »Wir wollen sie wahrscheinlich bald verkaufen, jetzt, wo Stivyung nicht mehr da ist. Hinten liegt 'n Stapel Holz. Gutes Üben wünsch' ich Ihnen.« Sie nickte und wandte sich ins Haus.

Wieder dieses Wort. Dennis war sicher, dass ihm eine wichtige Information fehlte. Aber vorläufig hielt er es für das Beste, Tante Biss nicht weiter auszufragen.

Eins nach dem anderen also. Er aß die Suppe auf und leckte die Schüssel sauber aus. Sie fühlte sich an wie das unzerbrechliche Geschirr, das man überall in den Häusern auf der Erde finden konnte. Aber als er sie näher betrachtete, sah er, dass die Schüssel aus Holz war, hauchdünn geschliffen und makellos poliert.

Wenn ich das Zievatron je wieder hinkriege und wenn wir jemals Handelsbeziehungen mit dieser Kultur etablieren, dann werden sie uns Millionen von diesen Dingern verkaufen können! Ihre Fabriken werden Überstunden machen müssen!

Dann fielen ihm die Zugtiere wieder ein, die lautlose Schlitten durch die Nacht gezogen hatten.

Was ist hier nur los?

Er warf einen wehmütigen Blick auf die wunderbare Steinaxt neben der Tür, nahm resigniert den Prügel »Marke Höhlenmensch« auf und begab sich zu dem Holzstapel hinter dem Haus.

VIERTER TEIL

DER BESTE WEG ZUR CARNEGIE-HALL

1

Die Stadt Zuslik lag auf dem Grunde eines weitläufigen Tales, wo sich die flachen Hügel zu beiden Seiten dicht an einen breiten, träge dahinfließenden Fluss heranschoben. Das Land war dicht bewaldet, und Ackerland verteilte sich gleichmäßig zwischen dunklen Waldflecken. Die Stadt am Ufer des Flusses lag an der Kreuzung mehrerer Straßen. Von einem Hang westlich von Zuslik aus konnte Dennis sehen, dass die mit einer Mauer gesicherte Ortschaft rings um einen Hügel lag, der eine Flussbiegung beherrschte. Auf dieser Anhöhe, die Stadt überragend, stand ein dunkler, gedrungener Turm, der aus übereinanderliegenden, flachen Schichten bestand – wie ein finsterer, brütend hockender Hochzeitskuchen. Durch sein Sahara-Tech-Fernrohr sah Dennis Kolonnen von Männern, die wie Ameisen durch die Höfe rings um die Festung marschierten. Gelegentlich blitzte ein Sonnenstrahl auf den Reihen aufwärtsgerichteter Waffen. Wimpel flatterten oben auf dem Turm in der Brise, die durch das Tal wehte.

Es gab keinen Zweifel daran, wo hier der Oberhäuptling hauste. Dennis hoffte nur, dass seine Suche nicht erfordern würde, ihn dort zu besuchen – nicht nach den Geschichten, die er über den Mann gehört hatte.

Zwei Abende zuvor, als Dennis es sich auf dem Heuboden des Sigel-Hofes bequem gemacht hatte, war der kleine Tomosh in die Scheune herausgekommen, vorgeblich, weil er dem Gast eine gute Nacht hatte wünschen wollen; aber Dennis hatte rasch begriffen, dass der Kleine Trost und Mitgefühl suchte. Seine kühle Tante vermittelte ihm davon vermutlich nicht allzu viel.

Schließlich war Tomosh zwei Stunden geblieben, und sie hatten einander Geschichten erzählt. Es war ein fairer Tausch gewesen. Dennis hatte Gelegenheit gefunden, seinen Akzent zu üben und sich mit der schwerfälligen, fremdartigen coylianischen Version des Englischen vertraut zu machen, und Tomosh hatte zu seinem großen Vergnügen manches über Tun und Treiben des Bruders Hase und über fliegende Elefanten gelernt.

Über coylianische Technologie hatte Dennis nicht viel in Erfahrung bringen können – aber das hatte er auch nicht erwartet, als er sich mit dem Jungen unterhielt. Gleichwohl hatte er aufmerksam gelauscht, als Tomosh ›gruselige‹ Geschichten über ›Blecker‹ und andere berüchtigte Butzemänner und über uralte, freundliche Drachen erzählt hatte, auf denen die Menschen durch den Himmel reiten konnten. Dennis speicherte diese Geschichten in seinem Gedächtnis, denn man konnte nie wissen, was sich hier als brauchbare Information erweisen würde und was nicht.

Wichtiger aber, vermutete er, waren die Bemerkungen über Baron Kremer, die Tomosh hin und wieder einstreute. Dessen Großvater hatte offenbar eine Generation zuvor einen Stamm von Hügelbewohnern aus dem Norden heruntergeführt und dem alten Herzog die Stadt Zuslik weggenommen. Aus Tomoshs Erzählungen war zu schließen, dass man Kremer tunlichst aus dem Weg ging, zumal nach dem, was der Bursche der Familie des Jungen angetan hatte.

Soviel ihm auch daran gelegen war, mehr zu erfahren, Dennis wusste doch, dass Baron Kremer nicht das geeignete Gesprächsthema war. So lenkte er den Jungen mit einem alten Pfadfinderlied von seinen Sorgen ab, und schon bald klatschte der Kleine lachend in die Hände. Als er schließlich im Heu einschlief, hatte er die schrecklichen Neuigkeiten des Tages vergessen.

Dennis kam sich vor, als habe er eine gute Tat verrichtet. Er wünschte nur, er hätte mehr für den kleinen Bengel tun können.

Tante Biss, schweigsam bis zum Schluss, gab Dennis etwas Käse und Brot in einem Tuch als Reiseproviant, als er früh am nächsten Morgen aufbrach. Tomosh zwinkerte mannhaft die Tränen zurück, als er sich verabschiedete. Die Wanderung von dem Bauernhof hierher hatte nur einen Tag und den darauffolgenden Vormittag beansprucht.

Auf dem Weg zur Stadt hatte Dennis immer wieder nach einem rosafarbenen kleinen Geschöpf mit grünen Augen Ausschau gehalten. Aber das Koberkel tauchte nicht wieder auf. Es sah so aus, als habe das kleine Wesen ihn diesmal endgültig verlassen.

Von der Anhöhe außerhalb der Stadt verschaffte sich Dennis zunächst einen Überblick über Zuslik. Irgendwo dort in der Zitadelle wurde der Vater des Jungen gefangen gehalten, weil er mysteriöse Verbrechen begangen hatte, die Dennis noch immer nicht verstand … weil er ›gebaut war‹ wie sein Overlord, und weil er etwas von Werkzeugen verstand … Erleichtert hatte Dennis zur Kenntnis genommen, dass er selbst nicht die geringste Ähnlichkeit mit dem hohen Herrn besaß.

Er kam zu dem Schluss, dass er mehr über Zuslik würde herausfinden können, wenn er es aus einiger Entfernung studierte. Deshalb erhob er sich und schickte sich an, seinen Rucksack wieder auf den Rücken zu nehmen.

In diesem Moment nahm er eine huschende Bewegung an der Peripherie seines Gesichtsfeldes wahr. Er drehte sich um … und sah etwas Großes, Schwarzes und *Schnelles* über den Baumwipfeln im Sturzflug auf ihn herabstoßen!

Dennis warf sich zu Boden und schmiegte sich an den Grashang; das riesige fliegende Ding schoss dicht über seinem Kopf dahin. Der Schatten war gewaltig, und ein flatterndes, pfeifendes Rauschen ließ die Schauer der nahenden Katastrophe über seinen Rücken laufen, während er sich angstvoll ins Gras wühlte.

Dann war der Augenblick des Schreckens vorüber. Als die Katastrophe auszubleiben schien, hob er schließlich den Kopf und sah sich hastig nach dem Ungeheuer um. Aber das Ding war verschwunden!

Tomosh hatte am Abend von Drachen erzählt – von großen, wilden Kreaturen, die einst, wie es hieß, die Menschen von Tatir gegen ihre Todfeinde verteidigt hatten. Aber Dennis hatte den Eindruck gehabt, dass sie in der fernen Vergangenheit zu Hause waren, wo die Fabelwesen der Kindermärchen schließlich hingehörten!

Er suchte den Horizont ab, und dann hatte er die schwarze Gestalt gefunden. Sie sank auf die Stadt herunter. Seine Kehle war noch trocken, als er das Fernrohr hervorzog und damit mühsam das Kastellgelände anvisierte.

Dennis blinzelte. Es dauerte ein paar Augenblicke, bevor er – einigermaßen erleichtert – begriff, dass es doch kein »Drache« gewesen war. Sein ebenholzschwarzes Monstrum war eine *Flugmaschine.* Aus einer Reihe von Baracken im Hof der Festung rannten winzige Gestalten auf das Flugzeug zu, während es federleicht ausrollte und zum Stehen kam. Zwei Leute – vermutlich die Piloten – stiegen herab und gingen mit raschen Schritten auf die Burg zu, ohne sich umzuschauen.

Dennis ließ das Fernglas sinken. Er kam sich albern vor, weil er übermäßig dramatische Schlüsse gezogen hatte, während es sehr viel simplere Erklärungen gab. So überraschend war es ja eigentlich nicht, dass die Eingeborenen Flugzeuge besaßen, oder? Schließlich hatte er schon zahllose Anzeichen für eine hochentwickelte Technologie gefunden.

Dennoch, das Flugzeug war beinahe lautlos über ihn hinweggestrichen. Maschinengedröhn war nicht zu hören gewesen. Es war verwirrend. Vielleicht war die Theorie der Antigravitation ja doch noch eine Überlegung wert.

Es gab nur einen Weg, mehr darüber herauszufinden. Er stand auf und klopfte sich den Schmutz von den Kleidern. Dann schulterte er sein Gepäck und machte sich an den Abstieg zur Stadt.

2

Der Markt vor der Stadtmauer sah beinahe so aus wie ein beliebiger Uferbasar auf der Erde. Gebrüll und Geschrei erfüllten die Luft, und plötzlich auftauchende Banden rennender Jungen führten offensichtlich nichts Gutes im Schilde. Läden und Lagerschuppen verströmten durchdringende Gerüche von würzigem Essen und den beißenden Moschusgestank der meckernden Ziegen.

Er betrat den Basar mit einer Miene, die – wie er hoffte – aussah wie die eines Mannes, der zuversichtlich seinen Geschäften nachging. Angesichts der Vielfalt der Gewänder, die er hier sah, fühlte Dennis sich nicht auffällig fremdländisch gekleidet. Stiefel, Hemd und Hose schienen durchaus gebräuchliche Kleidungsstücke zu sein, und manche Leute trugen sogar Gepäck auf dem Rücken, genau wie er.

Er kam an einigen Männern vorüber, die an den Tischen eines Straßencafés herumlungerten, und der eine oder andere schaute ihn an. Aber in keinem der Blicke schien mehr als flüchtige Neugier zu liegen.

Dennis fing an, leichter zu atmen. *Vielleicht kann ich mich durchmogeln, bis ich das gefunden habe, was hierzulande als Universität gilt,* dachte er hoffnungsvoll. Er hatte eine klare Vorstellung von der Natur der Individuen, mit denen er in dieser Kultur Bekanntschaft schließen wollte.

Selbst in den alten Feudalgesellschaften der Erde hatte es

stets Enklaven der Aufklärung gegeben, und dieses Volk hier verfügte offensichtlich über eine höher entwickelte Technologie und Kultur als jene alten Gesellschaftsformen auf der Erde. Das Flugzeug hatte Dennis in seiner Hoffnung, die Art Hilfe, die er brauchte, zu finden, beträchtlich gestärkt.

Der scharfe Dunst von Dörrfisch und gegerbten Häuten schlug ihm entgegen, als er am Hafen ankam. Die Piers waren solide wirkende Zapfen-und-Dübel-Konstruktionen. Sie sahen beinahe neu aus, bis hinunter zu den glänzenden Pfählen, auf denen sie standen. Die Oberflächen waren mit dem gleichen elastischen Material überzogen, aus dem auch die coylianischen Straßen bestanden.

Er blieb stehen und betrachtete eines der Boote. Dennis war selbst schon genug gesegelt, um eine ausgefeilte Schiffskonstruktion zu erkennen, wenn er eine zu Gesicht bekam. Der Rumpf war schmal, leicht und schlank. Der Mast stand elegant und ein wenig verwegen über dem Schwerpunkt.

Auch dieses Boot war aus wunderbar glänzendem laminiertem Holz.

Aber wenn sie über die Technologie verfügten, mit der man solche Boote baute, weshalb benutzten sie dann Segel? Gab es für die Bewohner von Coylia vielleicht so etwas wie ein Tabu im Hinblick auf Maschinen? Vielleicht standen ja ihre einzigen Maschinen in den Fabriken, in denen sie diese prachtvollen Dinge produzierten.

Dennis hatte große Lust, eine dieser Fabriken zu finden und mit den Menschen zu reden, die sie leiteten.

Ganz in der Nähe schleppte eine Arbeitskolonne schwere Säcke aus einem Lagerschuppen heraus und verstaute sie im Laderaum eines wartenden Bootes. Jeder dieser Säcke musste mindestens vierzig Kilo wiegen. Die untersetzten, breitschultrigen Männer summten vor sich hin, während sie, gebückt unter ihrer schweren Last, über den Kai schlurften.

Dennis schüttelte den Kopf. Ob der Gebrauch einer Schubkarre wohl gegen ihre Religion verstieß?

Die Stauer kehrten, wenn sie ihren Sack im Laderaum untergebracht hatten, nicht über die schmale Gangway zum Kai zurück, sondern kletterten stattdessen über die Reling des Bootes. Im Takt zu dem ächzenden Summen seiner Gefährten sang jeder von ihnen einen kurzen Vers und sprang dann ins Wasser, um dem nächsten Mann Platz zu machen.

Es schien in der Tat ein guter Gedanke zu sein, ein kurzes Bad zu nehmen, bevor man um den Pier herumschwamm und sich wieder einen der schweren Säcke aufbürden ließ. Dennis suchte sich seinen Weg um die wartenden Frachtstapel herum, bis er dicht genug herangekommen war, um zu hören, was da gesungen wurde. Es klang wie eine gelegentlich leicht abgewandelte, ständige Wiederholung der Worte *»Ah Hee Hum!«*

Die Arbeiter schlurften im steten Takt des Gesanges über den Pier. Als Dennis näher kam, warf eben ein Riese mit blauschwarzem Schnurrbart einen Sack in den Laderaum und schwang sich dann leichtfüßig auf die Reling. Mit einer Hand hielt er sich in den Wanten fest, und mit der anderen trommelte er sich auf die Brust, während die Männer sangen.

»Ah Hee Hum!«

Der Riese sang:

»Klug ist der Bürgermeister, doch wir wissen Bescheid: Tatsächlich ist er …

(Ah Wee Huum?)

Was an Weisheit ihm fehlt, das wiegt auf seine Masse!

(Ah Hee Hum!)

Nur zwei Teile von ihm kriegen Übung genug …

(Ah Wee Huum?)

Der eine ist sein Mund und der andere sein …«

Das letzte Wort wurde von einem hastigen »Ah Hee Hum!« übertönt. Der große Bursche ließ sich mit lautem Klatschen ins

Wasser fallen. Während er zu einer Leiter hinüberschwamm, nahm ein hochgewachsener Mann mit schütterem Haarkranz seinen Platz auf der Reling ein. Seine Stimme klang merkwürdig tief.

»Oh, die Frau bleibt daheim und sitzt vor dem Spiegel …
(Ah Wee Huum?)
Sie hält sich wohl für 'n Hut, für 'ne Tür oder 'n Besen!
(Ah Hee Hum!)
Dinge üben sich gut, aber Menschen sind da schlechter …
(Ah Wee Huum?)
So sehr sie sich auch putzt, sie sieht doch aus wie 'ne Hu …
(Ah Hee-e-e *Huum!*)«

Dennis lächelte zurückhaltend wie jemand, der merkte, dass ein ziemlich guter Witz erzählt worden war, aber die Pointe nicht recht begriffen hatte.

3

Eine kleine Karawane zog langsam durch das Haupttor in die Stadt hinein. Fußgänger mit Lasten stellten sich der Reihe nach vor einer Art Zollbaracke an, anscheinend um ihr Gepäck inspizieren zu lassen. Eine Handvoll Männer ritt auf struppigen Ponys durch das Tor, ohne dass die Wachen sie belästigten; offenbar waren sie in offiziellen Angelegenheiten unterwegs. Gespanne von schwerfälligen, nashornähnlichen Vierfüßern standen geduldig scharrend draußen vor dem Tor. Ihre Geschirre waren an riesigen Schlitten befestigt, offenbar solchen, wie Dennis sie in jener Nacht auf der Landstraße gesehen hatte. *Jetzt werden wir ja sehen, ob es sich um Antigravitation handelt!* Eifrig hastete Dennis auf die Fahrzeuge zu. Gleich würde er das Geheimnis lösen.

Ein paar der wartenden Fußgänger schimpften kurz, als er sich an ihnen vorbei zu den Lastschlitten drängte, aber niemand hielt ihn auf. Seine Aufregung wuchs, als er sich einem der schimmernden, hochwandigen Gefährte näherte.

Wie er vermutet hatte, besaß das Ding keine Räder. Die Ladung war auf eine geneigte Plattform geschnallt; deren vier Ecken in kleinen Kufen ausliefen. Diese wiederum passten haargenau in die beiden makellosen Rillen, die sich über jede Straße zogen, die Dennis auf Coylia bisher gesehen hatte.

Der Fahrer brüllte dem Tier etwas zu und schnalzte mit den Zügeln. Das schnaubende, büffelähnliche Tier stemmte sich in sein Geschirr, und der Schlitten setzte sich geschmeidig gleitend in Bewegung. Dennis folgte ihm gebückt, um besser sehen zu können.

War hier ein Magnetkissen im Spiel? Oder glitten die winzigen Laufkufen auf elektrischen Kraftfeldern? Solche Fahrzeuge gab es auf der Erde, aber keines davon war so kompakt. Das System schien von eleganter Einfachheit und zugleich unglaublich raffiniert zu sein.

Verschwommen drang ihm ins Bewusstsein, dass die Leute hinter ihm rüpelhafte Bemerkungen über sein Benehmen machten. Einige lachten, und andere gaben im einheimischen Dialekt ungezogene Kommentare von sich. Doch Dennis kümmerte sich nicht darum. Schematische Gleichungen und Diagramme kreisten in seinem Kopf umeinander, während er Erklärung um Erklärung für diese wundervolle Schlitten-Schienen-Kombination erwog und verwarf.

So viel Spaß hatte er seit Wochen nicht mehr gehabt!

In einem entlegenen Winkel seines Verstandes begriff er, dass er in einen merkwürdigen Bewusstseinszustand hinübergeglitten war. Die Spannung der letzten beiden Wochen war gebrochen, und derjenige Aspekt seiner Persönlichkeit, der für diese Situation am besten gerüstet war – der eifrige Wissenschaftler –, war zum Vorschein gekommen und hatte fast alles andere beiseitegedrängt. Ob zum Guten oder zum Schlechten – dies war seine Methode, mit allzu viel Fremdartigkeit auf einmal fertigzuwerden.

Dennis kauerte sich auf alle viere nieder und betrachtete die feine Kufe in ihrer Schiene aus nächster Nähe. Als der Schlitten sich langsam vorwärtsbewegte, stieß Dennis einen leisen Überraschungsschrei aus. Eine klare *Flüssigkeit* quoll unter der Kufe hervor, als sie durch die Rinne glitt. Die Flüssigkeit verschwand rasch; sie versickerte in der Rinne.

Er berührte den feuchten Streifen, den die Kufe hinterließ, und zerrieb einen Tropfen davon zwischen Daumen und Zeigefinger. Beinahe augenblicklich überzogen sich seine Fingerspitzen mit einem glänzenden Schimmer, und er stellte fest, dass er sie nicht mehr aneinanderdrücken konnte, ohne dass sie seitlich aneinander vorbeiglitten. Dabei fühlten sie einander kaum.

Diese Flüssigkeit war ein perfektes Schmiermittel! Einen Augenblick lang war ihm fast schwindelig vor Entzücken, doch dann durchwühlte Dennis eine seiner Schenkeltaschen nach einem Probefläschchen. Als er das Röhrchen gefunden hatte, hielt er es in der linken Hand, während er vergebens versuchte, die Rechte am Hosenbein abzuwischen, um die glitschige Schicht loszuwerden. Schließlich zog er den Stopfen mit den Zähnen heraus.

Auf allen vieren kroch er hinter dem langsam dahingleitenden Schlitten drein, schob die Phiole hinter der Kufe her und fing ein wenig von der glatten, flüchtigen Flüssigkeit ein. Nach kurzer Zeit hatte er ungefähr fünfundzwanzig Milliliter beisammen, fast genug für eine Analyse …

Er stieß mit dem Kopf gegen den Schlitten, als das Gefährt abrupt anhielt. Ein sanfter Regen von kirschenähnlichen Früchten rieselte von dem überladenen Fahrzeug auf ihn herab.

Von vorn erschollen neue Stimmen. Man hörte jemanden laut sprechen, und die Menge wich zurück.

In seinem exaltierten Geisteszustand ließ Dennis sich nicht ablenken. Wonnetrunken vor Glück über seine Entdeckung kauerte er am Boden und hoffte, dass der Schlitten sich bald wieder in Bewegung setzen möge, damit er noch ein winziges bisschen von dem Gleitmittel einsammeln könnte.

Eine Hand legte sich auf seine Schulter. Dennis streifte sie ab. »Moment«, sagte er gespannt. »Ich komme gleich.«

Die kräftige Hand verstärkte ihren Griff und zog ihn herum. Dennis sah blinzelnd auf.

Ein sehr großer Mann stand über ihm, unverkennbar in eine Art Uniform gekleidet. Das Gesicht des Mannes zeigte eine seltsame Mischung aus Verblüffung und beginnendem Zorn.

Drei weitere Soldaten standen grinsend daneben. Einer lachte. »Recht hat er, Gil'm. Lass ihn! Siehste nich', dass er beschäftigt is'?« Ein Wachmann, der aus einem großen Bierkrug getrunken hatte, verschluckte sich und spuckte prustend das Bier wieder aus. Feixend stand er da.

Ein Funkeln trat in »Gil'ms« Augen. Er packte den aufgeblähten Stoff von Dennis' Buschjacke und hob ihn auf die Beine. In der Rechten hielt der hünenhafte Soldat einen zwei Meter langen Knüppel mit einer funkelnden Hellebardenklinge an einem Ende. Die schimmernde Schneide zog Dennis' Blick auf sich. Sie sah scharf genug aus, um einen Knochen ebenso leicht durchschneiden zu können wie ein Stück Papier.

Gil'm rief einen der Witzbolde herbei, ohne sich umzudrehen oder Dennis aus den Augen zu lassen. *»Fed'r«,* ertönte seine tiefe Stimme. »Komm her, und halt meinen Thenner fest. Ich will seine Übung nich' dadurch versauen, dass ich was zu Matschiges damit umbringe. Mit dem hier werd' ich auch mit bloßen Händen fertig.«

Ein grinsender Soldat kam herbei und nahm Gil'm die Waffe ab. Der Riese krümmte und streckte Finger wie Bratwürste und packte Dennis' Jacke noch fester.

O je. Endlich gelang es Dennis, die geistesabwesende Trance wenigstens halbwegs abzuschütteln. Allmählich dämmerte ihm, wie groß der Schaden hätte sein können, den er jetzt um Haaresbreite angerichtet hätte.

Unter anderem hätte er beinahe die Gelegenheit versäumt, die Rede zu halten, die er sich für seine erste Begegnung mit den Behörden sorgfältig zurechtgelegt hatte. Hastig versuchte er den Fehler auszubügeln.

»Ich bitte um Vergebung, geschätzter Herr! Ich hatte ja keine Ahnung, dass ich schon vor den Toren Ihrer wunderschönen Stadt angelangt war! Sehen Sie, ich bin nämlich ein Fremder aus einem fremden Land. Ich bin gekommen, die Philosophen Ihres Landes kennenzulernen, und ich hoffe, viele Dinge von großer Wichtigkeit mit ihnen erörtern zu können. Dieses fabelhafte Schmiermittel beispielsweise. Haben Sie gewusst, dass … *Ak!*«

Das Gesicht des Soldaten war merkwürdig purpurrot angelaufen, während Dennis redete. Dies bedeutete zweifellos, dass er doch nicht den richtigen Ton getroffen hatte. Dennis duckte sich mit knapper Not unter einer fleischigen Faust weg, die durch die Stelle sauste, an der sich eben noch seine Nase befunden hatte.

Das Gesicht des Soldaten war kaum drei Handbreit von seinem entfernt; der Kerl stank aus dem Mund, dass allein ein Bericht darüber einen ganzen Brief nach Hause füllen würde.

»Na komm schon, Gil'm! Kannste nich' mehr 'n kleinen Zusliker verhauen?« Inzwischen war fast die komplette Wache herangekommen, um den Spaß nicht zu versäumen; keiner war mehr auf seinem Posten am Tor, ein Dutzend Schritte weit entfernt. Sie lachten, und Dennis hörte, wie einer eine Wette darüber anbot, wie weit der Kopf des Gremmies fliegen würde, wenn Gil'm einmal richtig Maß nähme.

Die Zivilisten in der Karawane wichen zurück und sahen furchtsam zu.

»Halt schon still, Gremmie«, knurrte Gil'm. Er nahm die Faust zurück; diesmal zielte er sorgfältig und genüsslich. Sein Gesicht nahm einen geduldigen, beinahe glückseligen Ausdruck der Erwartung an.

Das könnte ernst werden, dachte Dennis.

Er sah den Soldaten an, und dann die vierschrötige Hand, die seine Jacke umklammert hielt. Er hatte keine Zeit, seine Nadelpistole zu ziehen – als ob es ihm etwas hätte nutzen können, seinen Besuch damit zu beginnen, dass er die Soldaten der örtlichen Wachgarnison umbrachte.

Aber plötzlich fiel ihm ein, dass er doch etwas in der Hand hatte: Ein offenes Reagenzglas.

Ohne lange nachzudenken, goss er den Inhalt des Glasröhrchens über die Pranke, die seine Jacke umklammert hielt. Der Riese hielt inne und starrte ihn an. Eine derartige Attacke hatte er noch nicht erlebt. Gil'm dachte einen Augenblick lang darüber nach und kam dann zu dem Schluss, dass sie ihm nicht besonders gut gefallen hatte. Er knurrte noch einmal und schlug zu … und gleichzeitig glitt Dennis ihm aus der Hand wie ein Butterflöckchen. Die Normannenfaust zischte über seinem Kopf durch die Luft, und sein Haar wehte in ihrem Luftzug.

Gil'm glotzte auf seine leere Hand! Sie schimmerte in einer hellen Flüssigkeit, die sie in einer dünnen Schicht überzog. »He!«, beschwerte er sich. Dann drehte er sich um – gerade noch rechtzeitig, um zu sehen, wie der Gremmie durch das Tor in die Stadt verschwand.

4

Dennis wäre es sehr viel lieber gewesen, wenn er den ersten Rundgang durch die coylianische Stadt in größerer Gelassenheit hätte vornehmen können.

Hinter ihm, am Tor, herrschte massive Verwirrung. Die anfängliche Heiterkeit der Leute in der Karawane verflog in Geschrei und Gebrüll, als die Wachen mit ihren Knüppeln loszuschlagen begannen.

Dennis trödelte nicht lange, um sich das Handgemenge anzusehen. Er stürmte im Galopp über eine wunderschön verzierte Brücke, die bogenförmig einen Kanal überspannte. Fußgänger starrten ihm nach, als er zwischen bunt bemalten Marktständen hindurchhastete und hakenschlagend um Händler und ihre Kunden herumjagte. Dicht hinter ihm ertönte das Zeter und Mordio der Wachen, die ihm auf den Fersen waren. Zu seinem Glück wandten sich die meisten Bürger hastig ab, um nicht in irgendwelche Unannehmlichkeiten verwickelt zu werden.

Dennis sprang an einem Jongleur an der Straßenecke vorbei, duckte sich unter seinen wirbelnden Keulen hindurch und verschwand in einer Gasse hinter einem Zuckerbäckerstand.

Er hörte Stiefelgedröhn auf einer Brücke nicht weit hinter ihm. Geschrei erhob sich, als die Wachen über den unseligen Gaukler und seine Keulen stolperten. Dennis zog sich tiefer in die gewundenen Sträßchen und Gassen zurück.

Die Gebäude von Zuslik waren hoch aufragende Stufenpyramiden, wobei einige mehr als ein Dutzend Stockwerke besaßen. Allesamt erinnerten in ihrer Bauweise an Hochzeitskuchen. Die engen Gassen waren so verschlungen wie die Politik zwischen den einzelnen Abteilungen daheim in Sahara-Tech.

In einer menschenleeren Gasse machte er eine Pause und wartete, bis das Seitenstechen nachließe. Man lief nicht eben leichtfüßig mit einem so schweren Rucksack auf dem Rücken. Als er schließlich weiterlaufen wollte, hörte er plötzlich dicht vor sich eine frischvertraute Stimme fluchen.

»... wirklich Lust, diese ganze verdammte Stadt bis auf die Grundmauern niederzubrennen! Ihr meint, *keiner* von euch hat diesen Gremmie gesehen? Und auch die Diebe nicht, die sich in unser Wachhaus geschlichen haben, als wir gerade nicht aufpassten? Keiner hat irgendwas gesehen? Ihr verdammten Zusliker! Ihr seid allesamt nur 'n Haufen Diebe! Aber 's is' komisch, wie ein oder zwei Schläge 'n schlechtes Gedächtnis auf Trab bringen können!«

Dennis wich rückwärts in die Gasse zurück. Eines stand fest: Er würde seinen Rucksack loswerden müssen. Er fand eine dunkle Ecke, schnallte die Riemen auf und ließ das Gepäck zu Boden gleiten. Dann kniete er daneben nieder, zog seinen Notfallbeutel hervor und schnallte ihn an seinem Gürtel fest. Er sah sich um und suchte nach einem geeigneten Versteck für seinen Rucksack.

Die Gasse lag voller Abfall, aber ein richtiges Versteck fand sich leider nirgends.

Das erste Stockwerk des Gebäudes, vor dem er stand, war weniger als zweieinhalb Meter hoch; das nächste wich um einen oder zwei Meter zurück, und direkt über seinem Kopf befand sich eine kleine Brüstung. Dennis trat einen Schritt zurück und wuchtete seinen Rucksack auf das Sims hinauf. Dann wich er noch ein Stück weiter zurück und sprang hoch, um sich an der Kante festzuhalten.

Er wollte das rechte Bein über die Brüstung schwingen, doch da merkte er, dass seine Hand abrutschte. Er hatte vergessen, dass seine Rechte immer noch mit dem Schlittenöl beschmiert war. Seine Finger waren zu glatt, so konnte er sich nicht halten und fiel mit einem schmerzhaften Bums auf die Straße zurück.

So gern er auch ein Weilchen stöhnend liegen geblieben wäre – dazu war keine Zeit. Zittrig rappelte er sich hoch und versuchte es ein zweites Mal.

Da hörte er Schritte hinter sich.

Er fuhr herum und sah den Wachmann Gil'm, der kaum zehn Meter weit entfernt in die Gasse einbog. Der Hüne grinste beglückt und hob seine Waffe hoch. Die Klinge der Hellebarde glänzte bedrohlich.

Dennis fiel auf, dass Gil'm die linke Hand nicht benutzte, und er vermutete, dass sie ebenfalls noch mit dem Schlittenöl überzogen war. Das Zeug war hartnäckig.

Dennis ließ die Klappe seines Halfters aufschnappen und zog den Nadler heraus. Er richtete ihn auf den Soldaten. »Also gut«, sagte er. »Bleib da stehen. Ich möchte dich nicht gern verletzen, Gil'm.«

Der Soldat kam weiter auf ihn zu. Der Gedanke, Dennis gleich entzweischlagen zu können, ließ ihn erwartungsfroh grinsen. Dennis runzelte die Stirn. Selbst wenn hier noch nie jemand eine Handfeuerwaffe gesehen hatte, hätte doch zumindest seine Selbstsicherheit dem Kerl für einen Augenblick Einhalt gebieten müssen.

Vielleicht mangelte es Gil'm an Fantasie.

»Ich glaube, du weißt nicht, was ich hier in der Hand habe«, erklärte Dennis.

Gil'm kam immer näher, die Waffe in der erhobenen Hand. Dennis sah, dass er keine Wahl hatte: Er musste seinen Trumpf ausspielen. Panik wallte in ihm auf, als sein öliger Daumen zweimal vom Sicherungshebel abglitt. Dann aber klickte es. Er zielte und drückte ab.

Ein knatterndes Stakkato dröhnte durch die Gasse, und mehrere Dinge passierten gleichzeitig.

Das polierte Holz des Hellebardenstiels zerbarst in tausend Splitter, als die Hochgeschwindigkeits-Metallspäne durch die erhobene Waffe fuhren. Gil'm duckte sich und wich seitwärts aus, als die glitzernde Klinge herabfiel. In dumpfer Verblüffung starrte der Soldat auf den zersplitterten Stumpf, den er in der Hand hielt.

Aber Dennis konnte die Nadelpistole nicht festhalten – der Rückschlag riss ihm die Waffe aus der ölverschmierten Hand.

Sie prallte gegen seine Brust und flog dann klappernd vor ihm auf den Boden.

Er und Gil'm bildeten einen Augenblick lang ein regungsloses Tableau. Beide waren unverhofft waffenlos. Das Gesicht des Soldaten war ausdruckslos, und Dennis sah das Weiße in seinen Augen. Er rührte sich nicht.

Dennis bewegte sich langsam vorwärts; er hoffte, die Verblüffung des Riesen werde ihn lange genug lähmen, dass er seine Waffe aufheben könnte. Die Nadelpistole war gegen die Hellebardenklinge geprallt und dort liegen geblieben – auf halber Strecke zwischen ihm und dem Soldaten.

Dennis streckte eben die Hand danach aus, als zwei weitere Soldaten mit hohen Bärenfellmützen an der Ecke auftauchten. Sie schrien überrascht auf.

Dennis packte die Pistole und riss sie hoch. Aber in diesem endlosen Sekundenbruchteil merkte er, dass er es nicht über sich brachte, zu töten. Dies war, begriff er, ein Defekt in seiner Persönlichkeit, aber im Augenblick konnte er nichts dagegen tun.

Er wandte sich um und wollte davonrennen, aber er kam nur ein Dutzend Schritte weit. Dann traf ihn der Knauf eines Wurfmessers seitlich am Kopf und schleuderte ihn nach vorn in die finsteren Schatten.

5

»Na, na, na. Gaanz ruhig. Morgen haste 'n Auge wie 'n Leuchtfeuer. Das wird vielleicht 'n Veilchen!«

Die Stimme kam von irgendwo dicht neben ihm. Knochige Finger umfassten seinen Arm, als Dennis sich schwerfällig aufsetzte. Sein Schädel brummte.

»Jawoll, ein erstklassiges Veilchen. Wenn du gründlich übst, kannste damit wahrscheinlich im Dunkeln sehen!« Die Stimme gackerte in generöser Heiterkeit über den eigenen Scherz. Mit Mühe und Not konnte Dennis die Person ins Auge fassen. Er rieb sich das Gesicht und wäre fast in Ohnmacht gefallen, als er den Bluterguss an der linken Seite berührte.

Verschwommen sah er einen älteren Mann, der ihn mit halb zahnlosem Mund angrinste. Ein neuerlicher Schwindelanfall ließ ihn seitwärts kippen, aber der Alte fing ihn auf.

»Ruhig, hab' ich gesagt, oder? Lass dir Zeit, und gleich sieht die Welt besser aus. Hier – trink was.«

Dennis schüttelte den Kopf, und dann hustete und würgte er, als seine selbsternannte Krankenschwester ihn beim Schopf packte und ihm lauwarme Flüssigkeit in den Mund goss. Das Zeug schmeckte widerlich; aber Dennis packte den rauen Krug mit beiden Händen und schluckte gierig, bis ihm das Gefäß weggenommen wurde.

»Das reicht erst mal. Bleib da sitzen, damit du wieder zu dir kommst. Du brauchst erst am zweiten Tag mit der Arbeit anzufangen – zumindest, wenn sie dich so verschrammt hier reinbringen.« Der Mann rückte ein raues Kissen unter seinem Kopf zurecht.

»Ich heiße Dennis.« Seine Stimme war ein kaum hörbares Krächzen. »Wo sind wir hier?«

»Ich bin Teth, und du bist im Knast, Kerlchen. Erkennst du 'n Knast nicht, wenn du einen siehst?«

Dennis blickte nach rechts und nach links, und allmählich sah er klarer. Sein Bett war eine in einer langen Reihe rohgezimmerter Pritschen, die im Schutze eines überhängenden Holzdaches standen. Das Dach saß auf einer Fachwerkmauer hinter ihm. An der offenen Vorderseite des Schuppens lag ein weiter Hof, umgeben von einem hohen Palisadenzaun.

Zur Rechten erhob sich eine weit eindrucksvollere Mauer,

die im hellen Sonnenschein nahtlos schimmerte. Es war die unterste und breiteste in einer Reihe von Wänden, die mindestens ein Dutzend Stockwerke weit in die Höhe ragten. Vor der glänzenden Wand in der Mitte stand ein kleines Häuschen für die Torwache. Zwei gelangweilte Soldaten lümmelten dort auf Bänken herum.

Im Hof waren Männer – vermutlich seine Mitgefangenen – damit beschäftigt, Tätigkeiten nachzugehen, die Dennis nicht weiter zu identifizieren vermochte.

»Von was für einer Arbeit redest du?«, fragte er den Mann. Er fühlte sich noch ein wenig schwindelig und auf eigenartige Weise losgelöst von der Wirklichkeit, eine Empfindung, die er schon früher verspürt hatte. »Was macht ihr denn hier – individuelle Nummernschilder?«

Es kümmerte ihn nicht, dass der Alte ihn verdutzt anschaute. »Sie lassen uns hart arbeiten, aber wir *machen* doch nichts. Großenteils sitzt hier Gesindel aus den unteren Klassen – Landstreicher und so was. Die meisten von uns würden gar nich' wissen, wie man was *macht.* 'türlich sind auch 'n paar hier, weil sie Ärger mit den Gilden hatten. Und andere haben dem alten Herzog gedient, lange bevor Kremers Vater herkam und die Macht übernahm. Von denen wissen vielleicht welche, wie man Sachen macht, könnt' ich mir denken …«

Dennis schüttelte den Kopf. Teth und er schienen nicht auf derselben Wellenlänge zu reden. Vielleicht hörte er auch noch nicht gut genug. Sein Kopf schmerzte, und er war verwirrt.

»Wir pflanzen an, was wir essen – zum Teil wenigstens«, fuhr der Alte fort. »Ich kümmere mich um neue Gremmies wie dich. Aber die meiste Zeit üben wir für den Baron. Wie sollen wir sonst für unseren Lebensunterhalt arbeiten?«

Da war es wieder, dieses Wort … *üben.* Allmählich hatte Dennis die Nase voll davon. Immer wenn er es hörte, verspürte er ein bohrendes Gefühl, als versuche sein Unterbewusstsein, ihm etwas mitzuteilen, das es bereits herausgefunden hatte – etwas, das ein anderer Teil seiner selbst ebenso natürlich zurückwies.

Mit einiger Mühe setzte er sich auf und schwang die Füße über den Rand der Pritsche.

»He, halt! Damit sollst du noch ’n paar Stunden warten. Leg dich wieder hin!«

Dennis schüttelte den Kopf. »Nein! Mir reicht’s!« Er wandte sich dem alten Mann zu, der seinen Blick mit schlichter Besorgnis erwiderte. »Ich hab’s satt, mit eurem verrückten Planeten Geduld zu haben, hörst du? Ich will wissen, was hier los ist, und zwar sofort! Jetzt sofort!«

»Immer mit der Ruhe«, begann Teth. Dann quäkte er, als Dennis ihn beim Hemd packte und zu sich heranzog. Ihre Gesichter waren nur wenige Zoll voneinander entfernt.

»Fangen wir mit den simpelsten Grundlagen an«, flüsterte Dennis mit zusammengebissenen Zähnen. »Dieses Hemd, beispielsweise. Woher hast du es?«

Teth blinzelte, als sei er einem Wahnsinnigen in die Klauen geraten. »Das is’ nagelneu. Sie haben’s mir gegeben, damit ich’s zutrage! Zutragen is’ eine meiner Aufgaben!«

Dennis packte das Hemd fester. »Das hier? *Neu?* Es ist kaum mehr als ein Lumpenfetzen! Es ist so grob gewebt, dass es bald auseinanderfällt!«

Der Mann schluckte und nickte. »Na und?«

Dennis riss dem Mann etwas Buntes von der Hüfte. Es war ein viereckiges Stück Stoff, hauchdünn und durchschimmernd. Es war zart gemustert und fühlte sich an wie feine Seide.

»He! Das is’ meins!«

Dennis schüttelte das wunderschöne Tuch unter Teths Nase hin und her. »Sie ziehen dir Lumpen an, und so was darfst du behalten?«

»Ja! Ein paar von unseren persönlichen Sachen dürfen wir

behalten, damit sie nich' schlecht werden, weil wir nich' dran arbeiten. Die sind vielleicht niederträchtig, aber so niederträchtig sind sie auch wieder nich'!«

»Und das hier ist vermutlich *nicht* neu!« Das Taschentuch sah aus, als komme es geradewegs aus einem teuren Geschäft.

»*Palmi,* nein!« Teth machte ein schockiertes Gesicht. »Das is' seit fünf Generationen in meiner Familie!«, protestierte er stolz. »Und die ganze Zeit is' es ohne Unterbrechung benutzt worden! Ich weiß nich', wie oft ich es jeden Tag anschaue und mir die Nase damit schnäuze!«

Dies war eine so unfassbare Behauptung, dass Dennis seinen Griff lockerte. Teth rutschte auf den Boden und starrte ihn an.

Benommen schüttelte Dennis den Kopf. Er stand auf und stolperte hinaus. Die Helligkeit ließ ihn blinzeln. Unsicher wankte er an Gruppen arbeitender Männer vorbei – alle in Gefangenenkleidung –, bis er an die Stelle kam, wo der Palisadenzaun an die schimmernde Wand des Kastells stieß.

Mit der linken Hand berührte er die rauen Baumstämme, aus denen die Palisade bestand. Sie waren roh behauen und mit Lehm verschmiert. Mit der Rechten strich er über die Burgwand – eine glatte, metallharte Fläche, deren durchscheinender Glanz an einen massiven, hellbraunen Halbedelstein erinnerte … oder an den polierten Stumpf eines versteinerten Mammutbaumes.

Er hörte, wie sich jemand von hinten näherte. Er drehte sich um und sah, dass es Teth war, begleitet von zwei weiteren Gefangenen, die ihn neugierig beäugten.

»Wann war der Krieg?«, fragte Dennis leise und wandte sich wieder der Wand zu.

Sie sahen einander an. Ein großer, kräftiger Mann antwortete: »Äh … von welchem Krieg redest du, Grem? Es gibt 'ne Menge davon, andauernd. Meinst du den, wo der Vater des Barons den alten Herzog verjagt hat? Oder meinst du den Streit zwischen Kremer und dem König …?«

Dennis drehte sich um und brüllte: »Ich meine den *Großen Krieg,* ihr Idioten! Den Krieg, der eure Vorfahren vernichtet hat! Den Krieg, der euch so weit zurückgeworfen hat, dass ihr jetzt von dem lebt, was eure Vorväter euch hinterlassen haben! Eure Vorväter, von denen ihr die selbstschmierenden Straßen habt … die unzerstörbaren Taschentücher …!«

Er hob die Hand an die schmerzende Stirn, als ihn ein neuer Schwindelanfall überkam. Die anderen sprachen flüsternd miteinander.

Schließlich zuckte ein kleiner, dunkelhaariger Mann mit einem tiefschwarzen Bart mit den Achseln und meinte: »Keine Ahnung, wovon du redest, Mann. Wir haben's besser, als unsere Vorväter es je gehabt haben. Und unsere Enkel werden es besser haben als wir. Das nennt man Fortschritt. Schon mal was vom Fortschritt gehört? Kommst du aus 'ner Gegend, wo sie Ahnenkult betreiben oder sonst was Rückständiges?«

Er musterte Dennis mit echtem Interesse. Dennis stieß einen leisen Seufzer der Verzweiflung aus und schwankte weiter, gefolgt von einer wachsenden Menschenmenge.

Er kam an Gefangenen vorbei, die in einem Gemüsegarten arbeiteten. Die säuberlichen Reihen der grünen Setzlinge machten einen völlig normalen Eindruck. Aber die Werkzeuge, welche die Männer benutzten, gehörten zu der Feuerstein-und-Knüppel-Kategorie, die er bei Tomosh Sigels Haus gesehen hatte. Er deutete auf die Harken und Hacken.

»Diese Werkzeuge sind neu. Stimmt's?«, fragte er Teth.

Der Alte zuckte die Achseln.

»Dacht' ich's mir doch! Alles Neue ist roh und kaum besser als Knüppel und Steine, und die Reichen horten die besten Stücke von dem, was eure Vorfahren euch …«

»Äh …« Der kleine Dunkelhaarige unterbrach ihn. »Diese Werkzeuge sind für die Reichen bestimmt, Gremmie.«

Dennis riss einem der Gartenarbeiter, die vor ihm standen,

eine Feuersteinhacke aus den Händen und schwenkte sie vor der Nase des Kleinen hin und her. *»Das hier?* Für die Reichen? In einer offensichtlich hierarchisch organisierten Gesellschaft wie eurer? Dieses Werkzeug ist roh, barbarisch, ineffizient, plump …«

Der dicke Gärtner, dem er die Hacke weggenommen hatte, protestierte. »He, ich tue mein Bestes! Ich hab' schließlich eben erst angefangen, um Himmels willen! Das wird schon noch! Was, Jungs?« Er schniefte. Die anderen murmelten zustimmend. Anscheinend kamen sie zu dem Schluss, dass Dennis offenbar einer war, der gerne andere Leute drangsalierte.

Dennis runzelte die Stirn. Die Reaktion des Gärtners war unverständlich; über ihn hatte er doch kein Wort gesagt. Wieso also nahm der Mann es persönlich?

Er sah sich suchend nach einem anderen Beispiel um, nach irgendeiner Möglichkeit, zu diesen Leuten durchzudringen. Er drehte sich um und entdeckte eine Gruppe von Männern am anderen Ende des Hofes, die keine rauen, hausgewebten Kleider trugen, sondern feinste Stoffe in den strahlendsten Farben, eine Wohltat für das Auge.

Die Männer waren mit spielerischen Fechtübungen beschäftigt, aber sie benutzten hölzerne Stäbe, keine Schwerter. Ein paar Wachen standen um sie herum und sahen ihnen zu.

Dennis hatte keine Ahnung, weshalb diese Aristokraten und ihre Leibwachen sich hier im Gefängnishof aufhielten, aber er nahm die Gelegenheit beim Schopf. *»Da!«,* rief er und streckte die Hand aus. »Die Kleider, die diese Leute tragen, sind *alt,* nicht wahr?«

Die Männer um ihn herum waren inzwischen weniger freundlich, aber sie nickten zustimmend.

»Also haben eure Vorfahren sie gemacht, ja?«

Der kleine dunkelhaarige Mann zuckte die Achseln. »Vermutlich kann man es so sagen, ja. Aber was soll's? Es ist nicht wichtig, wer etwas *macht*. Ob man es gut hält – darauf kommt es an!«

Waren diese Leute blind gegenüber der Geschichte? Hatte der Feuersturm, dem die wundervollen alten Wissenschaften dieser Welt zum Opfer gefallen waren, bei ihnen ein solches Trauma hinterlassen, dass sie vor der Wahrheit zurückschreckten? Zielstrebig marschierte er auf die geckenhaft gekleideten Fechter bei der Palisade zu. Ein gelangweilter Wächter blickte träge auf und döste dann weiter.

Dennis war mittlerweile ziemlich außer sich. Er brüllte die Gefangenen, die ihm folgten, an. »Ihr bestreitet doch nicht, dass die Aristokraten das Beste und zufällig auch das Älteste von allem bekommen, oder?«

»Na ja, sicher …«

»Und diese Aristokraten hier tragen nur alte Sachen. Richtig?«

Die Männer brachen in Gelächter aus. Auch ein paar der Buntgekleideten unterbrachen ihre ernsthaften Kammerspiele und lächelten. Der alte Teth schenkte Dennis ein zahnloses Grinsen. »Das sind doch keine reichen Leute, Dennis. Das sind arme Gefangene wie wir. Sie sind bloß gebaut wie ein paar Freunde des Barons. ›Wenn du die Kleider eines Reichen tragen *kannst,* dann *wirst* du die Kleider eines Reichen tragen – ob du willst oder nicht.‹« Es klang wie ein Aphorismus.

Dennis schüttelte den Kopf. Sein Unterbewusstsein schwirrte und versuchte anscheinend, ihm etwas zu sagen.

»Im Gefängnis, weil er gebaut ist wie der Baron … Das ist aus Tomosh Sigels Vater geworden, hat seine Tante gesagt …« Jemand unter den Umstehenden schnappte nach Luft, aber Dennis redete weiter vor sich hin, schneller und immer schneller.

»Die Reichen zwingen die Armen, ihre bunten Kleider für sie zu tragen, tagein, tagaus. Aber dadurch verschleißen die Kleider nicht – im Gegenteil … stattdessen …«

Jemand neben ihm redete eindringlich auf ihn ein, aber

Dennis' Gedanken waren mit anderen Dingen beschäftigt. Er schlenderte ziellos umher, ohne darauf zu achten, wohin er ging. Die Gefangenen machten ihm Platz, wie man es für Heilige oder für Wahnsinnige tut.

»Nein«, murmelte er, »die Kleider verschleißen nicht, weil die Reichen jemanden finden, der gebaut ist wie sie und der ihre Kleider ständig trägt, damit sie in …«

»Verzeihung, Herr – erwähnten Sie eben den Namen …«

»… damit sie in *Übung* bleiben!« Sein Kopf schmerzte. »Übung!«, wiederholte er, und er presste die Hände an den Kopf, weil das Wort ein Gefühl des Wahnsinns in ihm erweckte.

»… erwähnten Sie eben den Namen Tomosh Sigel?«

Dennis blickte auf und sah einen hochgewachsenen, breitschultrigen Mann vor sich, der die Gewänder eines sagenhaft reichen Magnaten trug – obgleich Dennis jetzt wusste, dass auch er ein Gefangener war wie alle anderen. Das Gesicht des Mannes hatte etwas Vertrautes an sich. Aber Dennis' Gedanken waren zu sehr ineinander verheddert, als dass er sich mehr als einen Augenblick lang darum hätte bekümmern können.

»Bernald Brady!«, schrie Dennis und schlug sich mit der Faust in die flache Hand. »Er hat gesagt, es gebe hier einen subtilen Unterschied bei den physikalischen Gesetzen! Er hat erzählt, die Roboter seien anscheinend immer besser geworden …«

Dennis klopfte suchend seine Jacke und seine Hose ab. Er fühlte ein paar klobige Gegenstände. Die Wachen hatten ihm den Gürtel mit dem Beutel abgenommen, aber den Inhalt seiner Taschen hatten sie nicht angerührt.

»Natürlich nicht. Sie haben sie nicht bemerkt«, flüsterte er hektisch. »Schließlich haben sie noch nie Taschen mit Reißverschlüssen gesehen! Und seit ich hier bin, haben diese Reißverschlüsse genug Übung gehabt, um immer besser zu werden!«

Die Menge ringsumher verstummte, als er den Reißverschluss

einer Tasche aufzog und sein Logbuch herausholte. Dennis blätterte die Seiten um.

»Tag eins«, las er laut. »Ausrüstung erbärmlich. Billiger ging's nicht. Ich schwöre, eines Tages werde ich's diesem Lumpenhund Brady heimzahlen …« Grimmig lächelnd sah er auf. »Das werde ich wahrhaftig.«

»Herr«, drängte der hoch gewachsene Mann beharrlich. »Sie erwähnten den Namen …«

Dennis blätterte weiter und riss dabei die Seiten ein. »Tag zehn … Ausrüstung viel besser, als ich dachte … Habe mich anfangs vermutlich geirrt …«

Er hatte sich nicht geirrt! Das Zeug war einfach *besser geworden!*

Dennis klappte das Notizbuch zu und hob den Kopf. Zum ersten Mal, seit er auf dieser Welt angekommen war, *sah* er etwas.

Er sah einen Turm, der im Laufe vieler Generationen zu einem mächtigen Kastell geworden war – weil man ihn so lange *geübt* hatte!

Er sah Gartengeräte, die durch den Gebrauch jeden Tag besser werden würden, bis sie den Wunderwerken glichen, die er auf der Veranda vor Tomosh Sigels Haus gesehen hatte.

Er drehte sich um und betrachtete die Männer, die ihn umringten. Und er sah …

»Höhlenmenschen!« Er stöhnte.

»Hier werde ich weder Wissenschaftler noch Techniker finden, denn hier gibt es keine! Ihr habt überhaupt keine Technologie, was?«, bezichtigte er einen der Gefangenen. Der Mann wich zurück. Offensichtlich hatte er keine Ahnung, wovon Dennis da redete.

Dennis fuhr herum und deutete mit dem Zeigefinger auf einen anderen. »Du da! Du weißt nicht mal, was ein Rad ist, oder? Streit's nur ab!«

Die Gefangenen starrten ihn an.

Dennis taumelte. Sein Bewusstsein flackerte wie eine verlöschende Kerze.

»Ich hätte … ich hätte bei der Schleuse bleiben sollen und mir mein verdammtes Zievatron alleine bauen sollen! Das Koberkel und der Robot hätten mir vermutlich mehr geholfen als ein Haufen verdammter Wilder, die mich höchstwahrscheinlich zum Abendessen verspeisen werden … und die dann mit meinen Gebeinen *üben,* bis Messer und Gabeln draus geworden sind und bis meine Schulterblätter sich in feinstes Porzellan verwandelt haben …«

Die Beine versagten ihm den Dienst, er fiel auf die Knie und kippte dann mit dem Gesicht voran in den Sand.

»Das is' meine Schuld«, sagte jemand über ihm. »Ich hätte ihn nich' aufstehen lassen dürfen – mit so 'ner Beule am Kopf!«

Dennis fühlte, wie starke Hände ihn bei den Beinen und Schultern packten. Die Welt schwankte um ihn herum.

Höhlenmenschen. Wahrscheinlich würden sie ihn jetzt auf eine Holzpritsche legen, und er brauchte bloß drin zu liegen, um ihr so viel *Übung* zu verschaffen, dass sie sich in ein Federbett verwandelte.

Dennis lachte benommen. »Ah, Dennis … sei fair … 'n *bisschen* besser als Höhlenmenschen sin' sie schon. Immerhin haben sie gelernt, dass Übung den Meister macht …«

Dann verlor er vollends das Bewusstsein.

6

Im TriV-Spätprogramm gab es eine Talkshow. Die Gäste waren vier prominente Philosophen.

Desmond Morris, Edmund Hubble, Willard Gibbs und

Seamus Murphy waren eben interviewt worden. Als der Werbespot vorüber war, wandte sich der Moderator diabolisch lächelnd den Holokameras zu. »Ja, meine Damen und Herren, jetzt haben wir von diesen vier Herren einiges über ihre berühmten *Gesetze der Thermodynamik* gehört. Vielleicht ist dies nun eine gute Gelegenheit, auch die andere Seite einmal zu Wort kommen zu lassen. Mit großem Vergnügen stelle ich Ihnen deshalb unseren heutigen Überraschungsgast vor. Bitte einen Begrüßungsapplaus für Mr. Pers Peter Mobile!«

Die vier Philosophen standen wie auf ein Kommando auf und protestierten.

»Dieser Scharlatan?« – »Fälscher!« – »Mit diesem Trickzauberer teile ich nicht das Studio!«

Aber während sie wutentbrannt schimpften, begann das Orchester mit einer munteren, frechen Melodie. Unter Fanfarenklängen rollte ein Schimpanse mit hoher Stirn auf die Bühne. Er grinste ein zähnebleckendes Grinsen und verneigte sich vor dem jubelnden Publikum.

Auf dem Kopf trug er eine Karnevalsmütze mit einem Spielzeugpropeller.

Der Schimpanse fing das Mikrofon auf, das ihm aus den Kulissen zugeworfen wurde. Er tanzte zu den Klängen der Musik und ließ dabei mit einem Finger den Propeller an seiner Kappe kreisen. Dann begann er mit rauer, aber merkwürdig anrührender Stimme zu singen.

Warum es so ist?
Oh, warum es so ist?
Es geht ganz leicht,
das sag' ich euch gleich,
wenn ihr das, was ich längst schon weiß, wisst!

Der Refrain war einprägsam und mitreißend. Pers Peter Mobile grinste und sang ein paar Strophen.

Oh, Ed Hubble, der alte Hase, blies 'ne kosmische Blase,
und er sagt, sie ist ihm gleich zerknallt!
'ne Sauerei gab's im Nu,
doch das gibt er nicht zu,
aber hier wird's doch fürchterlich kalt!

Und Willard Gibbs, dieser schreckliche Fips,
betrachtet's wohl eher ökonomisch.
Auf den Zeitpfeil kommt's an,
erzählt uns der Mann,
und das Debit ist alleweil chronisch.

Der Schimpanse tollte zu der Musik auf der Bühne umher, aber er vergaß nie, den kleinen Propeller rotieren zu lassen. Der Anblick des verschwommenen Kreises über seinem Kopf bekam geradezu hypnotische Wirkung – wie das Fließen und Gleiten eines Moiré-Musters.

Hingegen erwog der Pop-Anthropolog,
dass der Mensch sich durch's Werkzeug definiert.
Denn uns helfen sie
gegen die Entropie,
doch selbst sie sind von Regeln regiert.

Und Murphy, ganz kritisch, ganz klar analytisch,
ruft laut, pessimistischen Muts:
Die Entropie, für gewöhnlich,
die meint das persönlich …
und was schiefgehn kann – ja, das tut's!

Die Musik schwoll an, begleitet vom lauter werdenden Sirren des Propellers. Schließlich gelangte der tanzende Affe wieder zu seinem Refrain.

Warum es so ist?
Oh, warum es so ist?
Es ist kaum zu ertragen,
das muss ich schon sagen …
aber es gibt ein Geheimnis, dass ihr's wisst!

Das Schwirren über seinem Kopf brauchte den Finger nicht mehr, um in Gang zu bleiben – ja, es war überhaupt kein Spielzeugpropeller mehr! Die Narrenmütze hatte sich in einen Raumhelm verwandelt, und die kreisenden Propellerblätter erhoben ihn in die Luft – sehr zum Verdruss der übrigen Gäste. Die Kamera fuhr dicht an das Gesicht des Schimpansen heran. Zwei Reihen großer, gelber Affenzähne grinsten das Publikum an. Die Musik schwoll crescendohaft an.

Oh, die Weisen sagen, es gibt für alles
eine Zeit und einen Ort.
Und kommt es mal vor,
dass die Regeln dir nicht passen,
dann murre nicht – flieg einfach fort!

Der Schimpanse sauste durch das Studio, und seine Kappe war zu einem vollständigen Ornithopter-Anzug geworden. Er surrte um die wütenden Philosophen herum und ließ sie empört hinter ihren Sesseln in Deckung gehen. Dann machte er eine scharfe Kehrtwende und schoss geradewegs auf die Kamera zu, und dabei lachte, heulte und kreischte er vor Entzücken.

Flieg einfach foooo-o-o-o-r-rt!!

»Ah!« Dennis schlug um sich und klammerte sich mit beiden

Händen an den Rand seiner Pritsche. Lange starrte er in die Finsternis, und sein Atem ging schwer. Schließlich ließ er sich seufzend auf das Bett zurücksinken.

Es gab also doch keinen magischen, negentropischen Schimpansen. Aber der erste Teil des Traumes war wahr. Er war auf einer fremdartigen Welt im Gefängnis. Höhlenmenschen, die nicht die leiseste Ahnung hatten, dass sie Höhlenmenschen waren, hielten ihn gefangen. Er war mindestens fünfzig Meilen weit von seinem zerstörten Zievatron entfernt und auf einer Welt, wo die fundamentalsten Naturgesetze, an die zu glauben man ihn erzogen hatte, auf gespenstische Weise verdreht waren.

Es war Nacht. Das Schnarchen vieler Männer hallte durch die Gefängnisbaracke. Dennis lag regungslos im Dunkeln, bis er merkte, dass jemand auf der benachbarten Pritsche saß und ihn beobachtete. Er drehte den Kopf und sah die Umrisse eines großen, muskulösen Mannes mit dunklem, lockigem Haar.

»Sie haben schlecht geträumt«, sagte der Mann.

»Ich war im Delirium«, korrigierte Dennis. Angestrengt spähte er durch die Dunkelheit. »Sie kommen mir bekannt vor. Waren Sie unter den Männern, die ich angebrüllt habe, als ich meinen Tobsuchtsanfall hatte? Waren Sie einer der … Kleider-Über?«

Der große Mann nickte. »Mein Name ist Stivyung Sigel. Ich hörte, wie Sie von meinem Sohn erzählten.«

Dennis nickte. »Tomosh. Ein sehr guter Junge. Sie sollten stolz auf ihn sein.«

Sigel half Dennis, sich aufzurichten. »Geht es Tomosh gut?«, fragte er. Seine Stimme klang besorgt.

»Machen Sie sich keine Sorgen. Es ging ihm ausgezeichnet, als ich ihn sah.«

Sigel neigte dankbar den Kopf. »Haben Sie auch meine Frau Surah gesehen?«

Dennis runzelte die Stirn. Es fiel ihm schwer, sich an das zu erinnern, was man ihm erzählt hatte. Das alles schien sehr lange her zu sein, und es war nur beiläufig erwähnt worden. Er wollte Sigel nicht beunruhigen. Andererseits verdiente der Mann, dass er ihm sagte, was er wusste. »Hmm … Tomosh wohnt bei seiner Tante Biss. Sie hat davon gesprochen, dass Ihre Frau losgegangen sei, um Hilfe zu holen … zu jemandem oder etwas namens Latuff? Likoff?«

Der andere wurde bleich. »Zu den L'Toff!«, flüsterte er. »Das hätte sie nicht tun sollen. Die Wildnis ist gefährlich, und so verzweifelt ist die Lage nicht!«

Sigel stand auf und begann, am Fußende von Dennis' Bett auf und ab zu gehen. »Ich muss hier raus. Ich *muss!*«

Dennis war dieser Einfall ebenfalls schon in den Sinn gekommen. Jetzt, da er wusste, dass es keine eingeborenen Wissenschaftler gab, die ihm helfen konnten, musste er sehen, dass er zu seinem Zievatron zurückkam und auf eigene Faust einen neuen Rückkehrmechanismus zusammenschusterte – mit oder ohne Ersatzsammelschienen. Sonst würde er nie von dieser verrückten Welt herunterkommen.

Vielleicht würde er sich den Übungseffekt zunutze machen können, wenngleich er den Verdacht hegte, dass er sich bei einem komplizierten Gerät ganz anders auswirken würde als bei einer Axt oder einem Schlitten. Aber die ganze Idee war noch zu frisch und zu verwirrend, als dass der Wissenschaftler in ihm sich ernsthaft damit hätte beschäftigen können.

Im Grunde wusste er nur eines genau: Er bekam Heimweh. Und er schuldete Bernald Brady einen Schlag aufs Auge.

Er versuchte aufzustehen, und Stivyung Sigel sprang ihm zur Seite, um ihn zu stützen. Sie traten zu einem Pfeiler, wo Dennis sich anlehnte und auf den Palisadenzaun starrte. Zwei kleine, helle Monde beleuchteten das Gelände.

»Ich glaube«, sagte er mit leiser Stimme zu dem Bauern, »ich könnte unter Umständen in der Lage sein, Ihnen hier rauszuhelfen, Stivyung.«

Sigel sah ihn an. »Einer von der Wache hat behauptet, Sie seien ein Zauberer. Als wir heute sahen, wie Sie sich benahmen, dachten wir, es stimmt vielleicht. Können Sie tatsächlich von hier entkommen?«

Dennis grinste. Der Spielstand bis jetzt war: Tatir viele, Dennis Nuel keinen. Allmählich war er an der Reihe. Was, so fragte er sich, konnte ein promovierter Wissenschaftler mit dem Übungseffekt nicht alles anstellen, wenn diese Leute hier nicht mal das Rad kannten?

»Kleine Fische, Stivyung.«

Bei diesem Ausdruck zog der Bauer ein verwirrtes Gesicht, aber er lächelte hoffnungsvoll.

Eine Bewegung zog Dennis' Blick auf sich. Er drehte sich um und schaute hinauf zu dem Stufenbau der Festung zur Rechten, deren Wände im Mondschein schimmerten.

Auf der dritten Ebene, hinter einer mit Gittern gesicherten Brüstung, stand eine einsame, schlanke Gestalt. Ein durchscheinendes Gewand und eine Kaskade von langen blonden Haaren wehten im Wind.

Die Frau war zu weit entfernt, als dass er sie in der nächtlichen Dunkelheit deutlich hätte erkennen können, aber er sah doch mit Entzücken, wie hübsch sie war. Außerdem hatte er das sichere Gefühl, sie schon einmal gesehen zu haben.

In diesem Augenblick schien sie zu ihnen herunterzuschauen. Lange stand sie so da, das Gesicht im Schatten, und vielleicht sah sie, wie sie zu ihr hinaufstarrten.

»Prinzessin Linnora«, erklärte Sigel. »Sie ist eine Gefangene wie wir. Tatsächlich ist sie der Grund dafür, dass ich hier bin. Der Baron wollte sie mit seinen Besitztümern beeindrucken. Ich soll ihm helfen, seine persönliche Habe bis zur Vollendung einzuüben.« Sigel klang verbittert.

»Ist sie bei Tag so schön wie im Mondschein?« Dennis konnte den Blick nicht von ihr wenden.

Sigel zuckte die Achseln. »Oh, sie ist schon hübsch, würde ich sagen. Aber ich weiß nicht, was der Baron sich dabei denkt. Sie ist eine Tochter der L'Toff. Ich kenne diese Leute besser als die meisten anderen, und ich kann mir kaum vorstellen, dass eine von ihnen sich mit einem Menschen verheiratet.«

FÜNFTER TEIL

TRANS ZAUN DENTAL

»Sie patrouillieren draußen vor dem Zaun, um die Leute fernzuhalten«, sagte der kleine Dieb. »Viele der Gefangenen haben ja Familien und Freunde draußen, und bei einem Ausbruchsversuch würde deshalb ein großer Teil der Bevölkerung von Zuslik helfen. Auch nach dreißig Jahren sind Kremers Nordmänner hierzulande nich' allzu beliebt.«

Dennis nickte. »Aber inspizieren die Wachen den Zaun denn draußen so gründlich wie drinnen?«

Das Ausbruchskomitee zählte fünf Mitglieder. Sie hatten sich zum Mittagessen um einen klapprigen Tisch versammelt. Die Gefangenen saßen auf wackligen, unbequemen Stühlen. Es wäre besser gewesen, wenn sie hätten stehen können, aber die Stühle zu üben, gehörte zu ihren Aufgaben.

Gath Glinn, das jüngste Mitglied der Gruppe, hockte im Schatten an der nahen Festungsmauer und beugte sich über den Prototyp des Fluchtapparates, den Dennis entwickelt hatte. Der sandblonde junge Mann hatte die Idee des Erdenmannes als Erster begriffen, und so hatte er den Auftrag bekommen, sie zu erproben. Er hörte auf zu arbeiten und deckte das Gerät zu, wenn die anderen ihm signalisierten, dass Wachen in der Nähe waren.

Jetzt aber bewegten sich seine Hände flink hin und her, und das kleine Werkzeug, das er »übte«, gab leise, wieselnde Geräusche von sich.

Der kleine, dunkelhaarige Mann, den Dennis, wie er sich verschwommen erinnerte, an seinem ersten Tag im Gefängnis angebrüllt hatte, schüttelte den Kopf und beantwortete die Frage, die Dennis gestellt hatte. »Nein, Dennis. Manchmal nehmen sie uns gruppenweise mit nach draußen, und dann müssen wir Steine gegen die Zäune werfen. Aber meistens lassen sie uns von drinnen üben.«

Dennis war noch immer ein wenig verwirrt, wenn seine Mitgefangenen ihm etwas über das »Üben« erzählten. Offenbar sahen sie es ihm an.

Stivyung Sigel blickte verstohlen nach links und rechts, um sich zu vergewissern, dass sich niemand näherte. »Arth meint, dass es zu unseren Aufgaben gehört, die Zäune und Wände zu üben, damit sie besser werden.«

Der Bauer schien begriffen zu haben, dass Dennis aus einer fernen Gegend kam, in der manches sehr viel anders war als hier. Es schien ihn zu verblüffen, dass es in einem Land, in dem die Dinge nicht besser wurden, wenn man sie benutzte, so etwas wie eine Zivilisation geben konnte, aber anscheinend war er bereit, Dennis im Zweifel Glauben zu schenken.

»Ich verstehe.« Dennis nickte. »Deshalb dürfen die Leute auf die Zäune einschlagen, ohne dass die Wachen sie daran hindern.« Er hatte gesehen, wie Gruppen von Gefangenen mit plumpen Hämmern kraftlose Attacken gegen die Palisade und die Festungsmauer selbst geführt hatten, und er hatte sich gefragt, weshalb man es ihnen gestattete.

»Richtig, Dennis. Der Baron will, dass die Mauern stärker werden, und deshalb dürfen seine Gefangenen daran kratzen.«

Achselzuckend erklärte Stivyung solche fundamentalen Fakten. »Selbstverständlich achten die Wachen darauf, dass sie dazu keine *guten* Werkzeuge benutzen. Auf diese Weise wird die äußere Wand im Laufe der Zeit immer mehr Ähnlichkeit mit der Wand hinter uns bekommen. Eines Tages werden sie ein Dach darüber decken, und schon ist die Festung wieder viel größer geworden.«

Dennis sah zu dem Palast auf. Jetzt leuchtete ihm die Hochzeitskuchengeometrie ein. Wenn die Coylianer ein Gebäude errichteten, war es zu Anfang nicht mehr als eine roh zusammengezimmerte Hütte. Wenn es schließlich, nach jahrelangem ›Üben‹, zu einem soliden, einstöckigen Haus geworden war, baute man darauf eine neue, einfache Hütte. Während die Qualität des zweiten Stockwerks sich besserte, verstärkte sich das Dach des ersten, sodass es eine immer größere Last zu tragen vermochte, und gleichzeitig verbreiterte die untere Ebene sich durch immer neu hinzugefügte Anbauten nach außen.

Solange danach jemand darin wohnte, wurde das Gebäude hinreichend ›geübt‹, sodass es zusammenhielt. Erst wenn es leerstände, würde es sich langsam zurückentwickeln und schließlich zu einem Haufen von Holzbalken, Lehm und Tierhäuten zusammenfallen.

Dennis vermutete, dass Archäologen auf dieser Welt nicht viel finden würden, wenn eine große Stadt erst verlassen wäre.

»Und sie sorgen auch dafür, dass wir die *ganze* Wand üben«, fügte Arth hinzu. Der kleinwüchsige Dieb behauptete, Anführer aller Einbrecher und Diebe der Stadt Zuslik zu sein. Angesichts der Ehrerbietung, die ihm von den übrigen Gefangenen erwiesen wurde, zweifelte Dennis nicht daran.

»'türlich achten wir immer darauf, dass bestimmte Stellen im Zaun sich wieder in alte Bohlen verwandeln können, und an solchen Stellen könnten wir tatsächlich durchbrechen. Die Streife hingegen sucht nach solchen Übungslücken. Es ist ein Gerissenheitswettstreit.« Er grinste, als sei er sicher, dass dieser Wettstreit früher oder später zu gewinnen war.

Das zirpende Geräusch hinter ihnen endete plötzlich mit einem scharfen *schnapp.* Der junge Gath hielt ein abgesägtes Stück Holz in die Höhe und strahlte Dennis bewundernd an.

»Die ›flexible Säge‹ hat funktioniert!«, flüsterte er aufgeregt. Nachdem er sich vergewissert hatte, dass keine Wachen in der Nähe waren, reichte er Dennis das Werkzeug.

Die Zähne waren noch warm von der Reibung. Auf der

Erde wären sie deutlich abgenutzt gewesen, auch wenn sie nur ein so kleines Stück Holz durchschnitten hätten. Aber Gath hatte bei der Arbeit unablässig »Schneiden! Schneiden!« gedacht, und nun war der Reißverschluss, dank der behutsamen Übung, noch ein wenig schärfer als zuvor.

Dennis schüttelte den Kopf. Eine irrwitzige Verwendung für einen Reißverschluss! Die Taschenverschlüsse seines Overalls bestanden allesamt aus weichem Plastik; deshalb hatte er den Metallreißverschluss aus seiner Hose herausreißen müssen. Den Hosenschlitz hatte er jetzt mit drei groben Knöpfen verschlossen, die sich hoffentlich mit einigem Gebrauch verbessern würden. Unter keinen Umständen jedenfalls würde er den Reißverschluss wieder seinem alten Verwendungszweck zuführen …

»Gute Arbeit, Gath. Wir werden dich auf die Krankenliste setzen lassen, damit du diese Säge bis zur Vollendung üben kannst. An dem Abend, an dem sie fertig ist …«

Arth unterbrach ihn plötzlich mit einer Bemerkung über das Wetter. Einen Augenblick später schlenderten zwei Wachen vorüber. Die Gefangenen widmeten sich interessiert ihrem Essen, bis die beiden verschwunden waren.

Als die Luft rein war, wollte Dennis die neue Säge am Tisch herumgehen lassen, aber alle außer Stivyung Sigel lehnten es höflich ab, sie in die Hand zu nehmen. Anscheinend hegte der Durchschnittsmensch hier einen milden Aberglauben hinsichtlich derer, die einem Werkzeug die »Essenz« eingaben – hinsichtlich der eigentlichen Handwerker also, die ein Werkzeug »machten«, bevor es bis zur Perfektion geübt wurde. Wahrscheinlich sahen sie darin etwas Magisches, denn dieses Werkzeug basierte auf einem Prinzip, das sie noch nie gesehen hatten.

Dennis gab Gath den Reißverschluss zurück, und dieser nahm ihn eifrig entgegen.

Dann war die Mittagspause vorüber, und die Wachen riefen sie zur Arbeit zurück.

Zur Zeit hatte Dennis die Aufgabe, mit einem stumpfen, hohlen Speer auf Panzerrüstungen einzudreschen – während die Soldaten, ihre Besitzer, sie am Leibe trugen! Es war eine Arbeit, die Genauigkeit erforderte. Wenn er den Soldaten so kräftig schlug, dass es weh tat, versetzte man ihm einen Peitschenhieb. Wenn er zu sanft prügelte, brüllten die Wachen ihn an und drohten ihm Schläge an.

»Von jetzt an passen wir abwechselnd auf Gath auf, damit er ungestört üben kann«, befand Dennis und erhob sich. »Und wir achten darauf, dass ihm das Holz zum Sägen nicht ausgeht. Den Rest des Planes besprechen wir später.«

Das Fluchtkomitee nickte. Soweit es sie betraf, war Dennis der große Zauberer.

Wieder riefen die Wachen, und Dennis eilte zu seinem Arbeitsplatz zurück. Eine der Strafen für Saumseligkeit bestand darin, dem Gefangenen die privaten Besitztümer abzunehmen. Obwohl er jetzt wie alle anderen grobgewebte Kleidung trug, hatte man ihm den Overall gelassen, damit er ihn in seiner Freizeit »üben« könne. Dass man ihn beschlagnahmte, war das Letzte, was er sich wünschte.

Drei Stunden nach dem Mittagessen läutete eine Glocke und rief zu einer religiösen Zeremonie. Ein rotgewandeter Gefängniskaplan errichtete neben dem Festungstor einen Altar, und dann wurden die Gläubigen zusammengerufen.

Wer nicht an der Zeremonie teilnahm, musste weiterarbeiten, und deshalb ließen die meisten Gefangenen augenblicklich ihr Werkzeug sinken und schlenderten herbei. Zwar herrschte allenthalben unandächtiges Gekicher, aber die Mehrheit zog die Zeremonie der Arbeit vor.

Einige wenige allerdings, unter ihnen Arth, der Dieb, blieben bei ihrer Arbeit im Garten, schüttelten missbilligend die Köpfe und murrten vor sich hin.

Dennis hätte der Zeremonie gern zugeschaut, aber er sah, dass es unmöglich war, als bloßer Zuschauer danebenzustehen. Die Frommen verneigten sich singend vor einer Reihe von Götzenbildern aus Holz und Stein.

Schließlich beschloss er, in Sigels Nähe zu bleiben; eine Stunde zuvor hatte man sie zum Holzhacken befohlen, und unter den Augen eines Soldaten hatten sie mit Steinzeitäxten gearbeitet. »Es sieht nicht so aus, als ob viele unserer Mitgefangenen die Staatsreligion sonderlich ernst nähmen«, bemerkte Dennis mit leiser Stimme, zu Stivyung gewandt.

Sigel reckte seine kräftigen Schultern und ließ die Axt in weitem Bogen niedersausen, dass die Holzsplitter in alle Richtungen flogen. Es war ein groteskes Bild, wie er in Baron Kremers prächtigen Gewändern Holz hackte, aber das alles gehörte zu seiner Arbeit. Der Overlord von Zuslik hatte es nicht gern, wenn seine Kleider starr waren. Nach dieser Übung würden sie überaus geschmeidig sein.

»Unter dem alten Herzog hatten die Zusliker ein ziemlich zwangloses Verhältnis zur Religion«, sagte Sigel. »Aber nachdem Kremers Vater und Großvater einmarschiert waren, war ihre erste Amtshandlung, den Kirchen und den Gilden ihre Privilegien zu verleihen. Eigentlich ist das komisch, denn vorher waren die Bergbewohner aus dem Norden eigentlich nicht sonderlich fromm.«

Dennis nickte. Das Muster war ihm vertraut. In der Geschichte der Erde hatten Barbaren nicht selten den rechten Glauben eines Volkes, das sie unterworfen hatten, am hitzigsten verteidigt.

Er hob seine Axt und schlug auf den Holzklotz vor ihm ein. Die stumpfe Steinklinge prallte von dem Holz ab und hinterließ kaum eine Kerbe.

»Ich nehme an, du bist auch kein Gläubiger«, sagte er zu Sigel.

Der andere zuckte die Achseln. »In all diesen Göttern und Göttinnen liegt eigentlich nicht sehr viel Vernunft. In den

Städten des Königreiches drüben im Osten verlieren sie immer mehr Anhänger. Bei manchen Leuten erwacht sogar allmählich ein Interesse für den Alten Glauben, den die L'Toff nie aufgegeben haben.«

Dennis wollte fragen, was es mit dem »Alten Glauben« auf sich habe, aber da knurrte der Wächter sie an: »Heda! Beten oder arbeiten, ihr zwei! Aber nich' quatschen!«

Dennis konnte den gutturalen Akzent des Nordmanns nur mühsam verstehen, aber es war ohnehin klar, was gemeint war. Er schwang seine Axt. Diesmal flogen tatsächlich ein paar Splitter durch die Luft, aber er versuchte gar nicht erst, sich selber weiszumachen, dass das Werkzeug sich spürbar verbessert habe.

Trotz des Übungseffekts ging es nur langsam voran. Hoffentlich hatte der junge Gath mit seiner Reißverschlusssäge mehr Glück als er mit seinem dreimal verdammten Feuersteinbeil!

2

An den folgenden drei Abenden, wenn Gath oder Sigel unter ihren Wolldecken die kleine Säge übten, schlich Dennis sich aus dem Schuppen und ging im Gefängnishof spazieren. Meistens war er um diese Zeit müde, aber noch nicht so erschöpft, dass er sich nicht an den faulen Wachen am inneren Kontrollpunkt hätte vorbeidrücken können.

Er verbrachte seine Tage nicht nur damit, Äxte und Rüstungen zu üben, sondern nahm außerdem Unterricht in der coylianischen Schriftsprache. Stivyung Sigel, der unter allen Gefangenen die beste Bildung besaß, war sein Tutor.

Dennis hatte sich gezwungen gesehen, seine anfängliche Meinung ein wenig zu modifizieren. Kulturell standen diese Leute doch um einiges höher als der ›Höhlenmensch‹. Sie hatten

Musik und Kunst, Handel und Literatur. Was sie nicht hatten, war eine »Technologie«, die das Niveau der Jungsteinzeit überstieg. Sie brauchten anscheinend keine.

Alles, was nicht lebte, konnte man »üben«; also machte man alles aus Holz, Stein oder Leder, und nur hin und wieder verwendete man auch kleine Stücke von gehämmertem, einheimischem Kupfer oder Meteoriteneisen – beides sehr teure Materialien. Gleichwohl war es ein Wunder, was sich ohne Metall alles bewerkstelligen ließ.

Ihr Alphabet bestand aus simplen Silbenzeichen, die einfach zu lernen waren. Sigel war in gewisser Weise gebildet, obwohl er Bauer und Soldat und kein Wissenschaftler gewesen war. Er war ein geduldiger Lehrer, aber auch er konnte nur wenig Licht in die dunkle Herkunft der Menschen auf Tatir bringen. Dies, erklärte er, sei die Domäne der Kirchen … oder der Legende. Stivyung erzählte Dennis, was er wusste, obwohl es ihn anscheinend verlegen machte, einem Erwachsenen etwas zu erzählen, was offenbar im Wesentlichen als Märchen betrachtet wurde. Aber Dennis hatte darauf bestanden und aufmerksam zugehört, und er hatte sich in seinem kleinen Buch Notizen gemacht.

Schließlich und nach einigem Zögern kam Dennis zu dem Schluss, dass die Schöpfungsgeschichten hier ebenso widersprüchlich waren, wie sie es einst auf der Erde gewesen waren. Wenn es zwischen den beiden Welten eine Verbindung gegeben hatte, dann war sie im Dunkel der Vergangenheit verloren. Dennis fiel allerdings auf, dass einige der ältesten Legenden – vor allem diejenigen, die mit dem sogenannten »Alten Glauben« zu tun hatten – von einem Großen Fall zu berichten wussten, bei dem die Menschheit auf Betreiben ihrer Feinde die Macht über die Tiere und über das Leben selbst einbüßte.

Stivyung kannte diese Sage wegen seiner langen Beziehungen zu jenem mysteriösen Stamm, den L'Toff. Handfeste Anhaltspunkte bot sie nicht. Vielleicht war es wirklich nichts weiter als eine Sage, genau wie die Geschichten über die freundlichen Drachen, die Tomosh ihm erzählt hatte.

Also versuchte Dennis allein, den Problemen auf den Grund zu gehen. Im Zwielicht nach dem Abendessen kritzelte er enge Reihen von mathematischen Gleichungen in sein Notizbuch. Aber bis jetzt hatte er nicht einmal den Ansatz zu einer Theorie des Übungseffekts finden können. Immerhin half die Mathematik ihm, seine Gedanken zu beruhigen.

Er brauchte den Ruhepunkt der Wissenschaft. Hin und wieder spürte er, wie jene merkwürdige, schwindelerregende Orientierungslosigkeit zurückkehrte, die er bei seiner Ankunft in Zuslik und dann noch einmal auf dem Gefängnishof erlebt hatte.

In den Fantasy-Romanen, die er gelesen hatte, hatten die Autoren nie erwähnt, wie schwierig es für einen normalen Menschen tatsächlich war, die Erkenntnis zu verarbeiten, dass er sich in Lebensgefahr an einem ganz und gar fremden Ort befand.

Jetzt, da er allmählich wenigstens ein paar der herrschenden Regeln begriff, und vor allem, da er Kameraden gefunden hatte, glaubte er zuversichtlich, dass alles gut werden würde. Aber hin und wieder überlief es ihn noch immer eiskalt, wenn er daran dachte, in welch unheimlicher Situation er sich befand.

Es war seine vierte Nacht im Gefängnis. Dennis hatte sich an den inneren Wachtposten vorbeigeschlichen und spazierte im matten Zwielicht zwischen den grünen Sprösslingen im Garten umher. Während er so dahinschlenderte, vernahm er leise Musik.

Es war bezaubernde Musik. Die Anomalieberechnung, mit der er gerade beschäftigt war, löste sich auf wie Nebelfetzen, die in einer frischen Brise verwehten.

Die Klänge kamen von einem Punkt über dem hinteren Ende des Gefängnishofes. Eine hohe, klare Frauenstimme sang, begleitet von einer Harfe. Das Instrument hallte klagend durch die Nacht, sanft und zugleich mit elektrischer Schärfe. Dennis folgte der Musik wie in Trance.

Er kam zu der Stelle, wo die neue Wand an die alte stieß. Zwei Stockwerke hoch über ihm, die Saiten eines blassen, lautenähnlichen Instrumentes zupfend, stand das Mädchen, das er in jener Nacht auf der Straße kurz erblickt hatte, das Mädchen, das Stivyung Sigel Linnora genannt hatte – die Prinzessin der L'Toff.

Mit spitzen Dornen bewehrte Holzgitter sicherten den Balkon, auf dem sie stand. Die schimmernden Stäbe reflektierten das Mondlicht beinahe so hell wie ihr honigblondes Haar. Dennis lauschte verzaubert, obgleich er die Worte des Liedes nicht verstehen konnte.

Das Lauteninstrument musste generationenlang geübt worden sein, um solche Kraft zu erlangen. Ihre Stimme erfüllte ihn mit Staunen, wenngleich er die Sprache, in der sie sang, kaum verstand. Die Musik schien ihn unwiderstehlich anzuziehen.

Das Mädchen hörte abrupt auf zu singen und drehte sich um. Eine dunkle Gestalt stand plötzlich in der unbeleuchteten Tür an der rechten Seite des Balkons. Das Mädchen wandte sich dieser Gestalt zu.

Es war ein großer, breitschultriger Mann, der heraustrat und sich verneigte. Hätte Dennis Stivyung Sigel nicht erst wenige Augenblicke zuvor noch gesehen, hätte er schwören mögen, es sei sein Freund, der sich dort oben der schlanken Prinzessin näherte. Die Gewänder des großen Mannes waren ebenso fein wie die der Prinzessin Linnora, wenn sie auch offensichtlich für größere Strapazen gedacht waren. Dennis hörte eine tiefe Stimme, aber verstand kein Wort.

Langsam schüttelte die Prinzessin der L'Toff den Kopf. Der Mann wurde zornig. Er trat auf sie zu und schüttelte etwas, das er in der Hand hielt. Sie wich unwillkürlich einen Schritt zurück, doch dann blieb sie entschlossen stehen: Sie schien es zu verschmähen, sich unwürdig an die Wand drängen zu lassen.

Dennis' Herz schlug schneller. Er empfand das wilde Bedürfnis, hinaufzueilen und ihr zu Hilfe zu kommen … als wäre sie für ihn noch etwas anderes als nur eines der vielen Rätsel dieser Welt. Nur die Einsicht, dass jeder Rettungsversuch sinnlos sein würde, hielt ihn zurück.

Die Stimme des großen Mannes wurde immer herrischer. Er drohte dem Mädchen erbost. Dann warf er etwas auf den Boden, drehte sich auf dem Absatz um und verschwand, wie er gekommen war. Vorhänge wehten hinter ihm her.

Linnora sah ihm eine Zeit lang nach; dann bückte sie sich und hob auf, was er weggeworfen hatte. Sie richtete sich auf und verließ den Balkon durch eine kleine Tür auf der linken Seite. Das Instrument blieb zurück; es schimmerte im Mondschein.

Dennis blieb im Schatten der Wand stehen. Er hoffte, sie werde noch einmal zurückkehren.

Als sie schließlich wirklich noch einmal herauskam, sah er mit Bestürzung, dass sie geradewegs an das Gitter vor der Brüstung trat und zu ihm in den Gefängnishof herunterschaute. Sie hielt ein Bündel in der Hand und blickte umher, als suche sie jemanden oder etwas in der Finsternis unten im Hof.

Dennis konnte nicht länger widerstehen und trat aus dem Schatten hinaus ins helle Mondlicht. Sie sah ihn an und lächelte leise, so als habe sie ihn längst erwartet.

Die Prinzessin schob den Arm durch das Gitter und warf das Bündel herunter. Es segelte über die unteren Stockwerke hinweg, verfehlte knapp die Brüstung des Erdgeschosses und landete zu seinen Füßen.

Dennis bückte sich und hob die zerrissenen Überreste einer seiner Gürteltaschen auf. Sie war mit einer Kordel verschnürt. Er löste den Knoten und fand ein paar der Dinge, die man ihm weggenommen hatte. Einiges war in dem ungeschickten Bemühen, herauszufinden, wie es funktioniere, zerbrochen worden. Das Kristall seines Kompasses war zerschlagen, und Medizinfläschchen waren ausgegossen worden.

Zwischen seinen Sachen fand er eine Nachricht in fließenden coylianischen Schriftzeichen. Während das Mädchen das Instrument wieder in die Hände nahm und leise zu spielen begann, konzentrierte Dennis sich auf das, was Stivyung ihm beigebracht hatte, und langsam las er, was in dem Brief stand.

Er ist ratlos. Ich könnte ihm nicht sagen, was diese Dinge sind, selbst wenn ich es wollte. Er hat die Geduld verloren, und als Nächstes wird er dich selbst fragen. Morgen sollst du gefoltert werden, auf dass du sagst, was du weißt – vor allem über jene schreckliche Waffe, die auf den Druck des Fingers hin tötet. Wenn du tatsächlich ein Gesandter aus dem Reiche der Lebensmacher bist, dann fliehe jetzt. Und sprich den Namen Linnoras laut draußen in den Hügeln.

Eine kursiv geschwungene Unterschrift beschloss die Nachricht. Dennis blickte zu ihr auf, den Kopf voller Fragen, die er nicht stellen konnte, und voller Mitgefühl und Dank, den er ihr nicht übermitteln konnte.

Ihr trauriges Lied war zu Ende. Linnora stand auf. Sie hob die Hand zum Abschied, drehte sich um und verschwand.

Dennis stand noch lange da und sah, wie der Nachtwind mit dem Vorhang spielte.

»Aufstehen!« Er schüttelte Arth. Ein paar Schritte weiter war Stivyung Sigel leise dabei, Gath, Mishwa Qan und Perth, die übrigen Mitglieder des Fluchtkomitees, zu wecken.

»Wa… wa…?« Der kleine Dieb fuhr kerzengerade in die Höhe und hielt einen scharf geschliffenen Stein in der Hand.

Arth behauptete, einer langen Ahnenreihe zu entstammen, deren Angehörige bei den alten Herzögen von Zuslik als Leibwächter gedient hätten – bevor es Kremers Vater durch Verrat gelungen war, das Land an sich zu reißen. Der kleine Mann verfügte über drahtige Kräfte, wie man sie angesichts seiner Statur nicht vermutet hätte. Er blinzelte kurz, nickte dann und stand rasch und lautlos auf.

Die Verschwörer sammelten sich beim Palisadenzaun.

»Wir haben keine Zeit mehr für weitere Vorbereitungen«, teilte Dennis ihnen mit. »Die Monde sind eben untergegangen. Heute Nacht muss es geschehen.«

»Aber du hast gesagt, die ›Säge‹ sei noch nicht gut genug!«, protestierte Gath. »Und wir hätten noch anderes vorzubereiten!«

Dennis schüttelte den Kopf. »Heute Nacht oder nie. Ich kann es jetzt nicht erklären. Ihr müsst mir einfach glauben. Arth, du solltest losgehen und das Werkzeug stehlen.«

Der kleine Dieb grinste und verschwand wieselflink in dem Schuppen, in dem die Gartengeräte aufbewahrt wurden – dicht neben dem erleuchteten Fenster der Wächterbaracke. Arth würde nicht viel Zeit brauchen, um ein paar Werkzeuge zu stibitzen, die man nötigenfalls als Waffen würde gebrauchen können. Dennis hoffte inständig, es möge nicht nötig sein.

»Gib mir die Säge.«

Gath reichte ihm behutsam den ehemaligen Reißverschluss. Dennis hielt ihn hoch, um ihn anzuschauen. Die Zähne schimmerten sogar in der Dunkelheit, und sie fühlten sich sehr scharf an.

Aus seinem Overall zog er eine Rolle Zahnseide, die – wie seine Zahnbürste – in seiner Tasche und nicht in seinem Gepäck gesteckt hatte, als er gefangen genommen worden war. Er verknotete zwei vorher abgemessene Enden fest mit den Enden der Säge.

»Okay«, flüsterte er. »Los geht's.«

Dennis war froh, dass diese Leute wenigstens Seile und Lassos kannten. Stivyung Sigel nahm ihm die Säge ab, trat zurück und ließ sie über seinem Kopf kreisen. Er spulte mehr und mehr von dem Faden ab, und die Schlinge wurde größer.

Die Wachen durchsuchten die Gefangenen routinemäßig nach Waffen, Schneidewerkzeugen und Schnüren jeder Art, die sich durch eifriges Üben in Kletterseile verwandeln ließen. Aber die Zahnseide war ihrer Aufmerksamkeit entgangen. Zwei Tage lang hatte Dennis in seiner Freizeit daran gezogen und sie so für diesen Fluchtversuch eingeübt.

Zum Klettern würden sie den Faden allerdings nicht benutzen; Dennis bezweifelte, dass er dazu geeignet wäre. Außerdem hatte er eine bessere Idee.

Sigel holte noch einmal Schwung und ließ dann los. Die Schlinge segelte hinauf und legte sich um die scharfe Spitze eines Palisadenstammes. Dennis nahm ihm die Fadenenden ab und zog sie zurecht.

»Auf die Posten!«, flüsterte er. Der Dieb Perth huschte davon, um nach Patrouillen Ausschau zu halten und, falls nötig, die Wachen abzulenken. Stivyung, Gath und Mishwa verdrückten sich in den Schatten und überließen es Dennis, als Erster mit der Säge zu arbeiten.

Dennis schwitzte, bevor er auch nur sicher war, dass die Zähne richtig standen. Er wickelte sich grobe Lappen um die Hände, schlang die Seidenfäden mehrmals herum und zog dann behutsam hin und her – wie man mit einem Stück Zahnseide vorsichtig die Lücken zu beiden Seiten eines Zahnes reinigte. Wenn die Säge an der richtigen Stelle saß, dann würde sie jetzt die Verbindungen aus Leder und Lehm durchschneiden, mit denen dieser Palisadenstamm an seinen beiden Nachbarn befestigt war.

Die Sägearbeit begann an der schwächsten Stelle – oben, wo der Zaun die wenigste ›Übung‹ hatte. Die Säge müsste um so besser werden, je tiefer sie käme, und das Gewicht des Stammes selbst würde an den verbliebenen Befestigungen zerren.

Zumindest hoffte er, dass die Physik auf diesem verrückten Planeten wenigstens noch so viel Gültigkeit haben möge. Dennis hockte sich geduckt auf den Boden und steigerte langsam den Druck, je tiefer sich die Säge in den Zaun schnitt. Er verfiel in einen gleichmäßigen Rhythmus, und bald hatte er Zeit zum Nachdenken – über die Patrouillen der Wache und über das Mädchen oben auf dem Balkon.

Woher hatte sie gewusst, dass er dort unten in der Dunkelheit stehen würde? Was hatte Stivyung gemeint, als er angedeutet hatte, die Prinzessin der L'Toff sei nicht ganz menschlich?

Die stille, schwüle Nacht wusste keine Antworten, und Dennis überlegte, ob er je Gelegenheit haben würde, die richtigen Fragen zu stellen.

Er versuchte, sich auf die Aufgabe zu konzentrieren, die er jetzt zu bewältigen hatte, und er dachte angestrengt an das Sägen. Viele belächelten diese Idee, aber manche vertraten nachdrücklich die Auffassung, ein konzentrierter Geist beschleunige das Üben.

Er sägte, bis seine Arme schmerzten, und er merkte, dass die Erschöpfung seine Leistung beeinträchtigte. Inzwischen aber vertraute er der Reißfestigkeit seiner Zahnseide und war bereit, jemand anderen mit dem Sägen zu betrauen. Er winkte Sigel herbei, damit er ihn ablöse. Der große Mann eilte heran und half ihm, die Hände wieder auszuwickeln.

Dennis verzog schmerzlich das Gesicht, als der Blutkreislauf wieder in Gang kam, und er beneidete Stivyung um seine rauen Bauernschwielen. Er hastete hinüber in den Schatten der Wand, wo auch Gath und Mishwa warteten.

Eine Zeit lang saßen sie schweigend beieinander und sahen zu, wie der Bauer geduldig den Faden hin und her zog. Sigel saß wie ein schwarzer Klumpen in der Dunkelheit. Es war verblüffend, wie er mit seiner Umgebung verschmolz.

Die Minuten verstrichen. Einmal hörten sie, wie Arth einen Warnruf ausstieß – er imitierte einen Nachtvogel. Sigel schmiegte sich flach auf den Boden, und einen Augenblick später erschien eine Patrouille an der Ecke. Die Wachen trugen eine Laterne bei sich. Falls sie damit herüberleuchteten, würde der Lichtstrahl sie erfassen. Dennis und seine Gefährten hielten den Atem an.

Aber die Streife zog vorüber, nachdem sie die Gefangenen im Schuppen gezählt hatte – einschließlich der Lumpenbündel, die das Flüchtlingskomitee unter die Bettdecken gestopft hatte.

Anscheinend hatte die Routine die Wachen träge werden lassen, wie Arth es vorausgesagt hatte.

Als der kleine Dieb ihnen signalisierte, dass die Gefahr vorüber sei, richtete Sigel sich auf und machte sich unermüdlich wieder an die Arbeit. Dort, wo die anderen kauerten, hörte man ein leises, schwirrendes Geräusch, während die Säge mit jedem Zug tiefer schnitt.

Der junge Gath rückte ein wenig dichter an Dennis heran. »Stimmt es, dass die Prinzessin dir eine Nachricht heruntergeworfen hat?«, wisperte der Junge.

Dennis nickte.

»Kann ich sie sehen?«

Zögernd reichte Dennis das raue Papier herüber. Gath brütete darüber, stirnrunzelnd bewegte er dabei die Lippen. Schreiben und Lesen waren in dieser Feudalgesellschaft keine verbreiteten Künste. Dennis las jetzt schon ebenso gut wie dieser Junge.

Gath gab ihm den Brief zurück und flüsterte: »Eines Tages möchte ich die L'Toff mal besuchen. Ich hab' gehört, früher, als der alte Herzog noch hier war, hatte man mehr Kontakt mit ihnen. Weißt du, dass sie manchmal ganz normale Menschen adoptieren?«, fuhr der Junge fort. »Die L'Toff würden mich willkommen heißen, das weiß ich! Ich will ein ›Macher‹ werden.«

Gath traf diese Feststellung, als vertraue er Dennis damit ein gewaltiges Geheimnis an.

Dennis schüttelte den Kopf. Noch immer machte ihn die Art und Weise manchmal ratlos, wie die Menschen von Tatir mit dem Übungseffekt umgingen. »Ein Macher«, wiederholte er. »Ist das jemand, der ein Werkzeug zum ersten Mal zusammensetzt? Jemand, der ›Anfänger‹ macht?« »Anfänger« nannten die Leute einen neuen Gegenstand, ein Werkzeug, das noch nie geübt worden war. »Ich dachte, das ›Machen‹ sei bestimmten Kasten vorbehalten.«

Gath nickte. Er akzeptierte Dennis' Naivität als das Privileg eines Zauberers. »Jawohl. Es gibt die Kaste der Steinhauer, die Kaste der Holzschnitzer, es gibt Gerber, Zimmerleute und andere.« Er schüttelte den Kopf. »Die Kasten sind für Neulinge geschlossen, und sie tun alles auf die alte Art. Nur Bauern wie Stivyung können ihre Anfänger selber machen, wie sie Lust haben, ohne dass es ihnen an den Kragen geht, weil sie draußen auf'm Land sind, wo keiner sie dabei erwischen kann.«

»Wieso ist das wichtig?«, fragte Dennis leise. »Ein neues Werkzeug passt sich nach kurzer Zeit demjenigen an, der es übt, und mit dem Gebrauch wird es besser. Man könnte ein Feigenblatt in eine Seidenbörse verwandeln, wenn man nur lange genug daran arbeitet.«

Der Junge lächelte. »Die ursprüngliche *Essenz* in einem Anfänger bestimmt seine endgültige Form … Eine Axt kann man nur aus einer Anfänger-Axt machen – nicht aus einem Anfänger-Besen oder einem Anfänger-Schlitten. Ein Ding wird nie zu was, bloß weil man es übt, wenn es nicht schon von Anfang an ein bisschen nützlich ist.«

Dennis nickte. Sogar hier, wo eine Technologie nicht existierte, hatten die Menschen das Muster von Ursache und Wirkung entdeckt. »Weshalb bist du im Gefängnis, Gath?«

»Weil ich ohne Erlaubnis der Kasten Anfänger-Schlitten

›gemacht‹ habe«, antwortete der Junge. Er zuckte die Achseln. »Es war dumm von mir, mich erwischen zu lassen. Bis du kamst, dachte ich mir, wenn ich rauskomme, werde ich versuchen, zu den L'Toff zu gelangen. Aber jetzt möchte ich lieber für dich arbeiten!«

Er strahlte Dennis an. »Wahrscheinlich verstehst du mehr vom ›Machen‹ als die L'Toff und alle Kasten zusammengenommen! Vielleicht brauchst du ja 'n Lehrling, wenn du wieder in deine Heimat zurückkehrst. Ich würde hart arbeiten! Wie man Feuerstein zuschlägt, weiß ich schon. Und Töpfe drehen kann ich auch. Ich hab' mich mal reingeschlichen, wo ...«

Der Junge wurde ein wenig zu aufgeregt, und so hob Dennis die Hand, um ihn zum Schweigen zu bringen. Gath verstummte gehorsam, aber seine Augen glänzten immer noch.

Dennis dachte über das nach, was Gath gesagt hatte. Wahrscheinlich verstand er tatsächlich mehr vom ›Machen‹ als alle anderen auf dieser Welt zusammengenommen. Aber über den ›Übungseffekt‹ wusste er so gut wie nichts. Hier und jetzt konnte sich solche Unkenntnis als tödlich erweisen.

»Wir werden sehen«, sagte er zu dem Jungen. »Wenn wir hier rauskommen, werde ich es möglicherweise eilig haben, nach Hause zu kommen, und vielleicht kann ich tatsächlich Hilfe brauchen.« Er dachte an die Hügel im Nordwesten ... und an das Zievatron.

Allmählich bereitete es ihm Kopfzerbrechen, dass er so viel Zeit damit zugebracht hatte, eine Mechanikerzivilisation auf diesem Planeten aufzustöbern. Ob Flaster noch jemanden durch die Maschine geschickt hatte? Es würde zu dem Burschen passen, zunächst einmal zu zaudern und zu trödeln und erst nach einer ganzen Weile anzufangen, nach einem »Freiwilligen« zu suchen.

Eine andere Möglichkeit war, dass Flaster überhaupt aufgegeben und das Zievatron ausgeklinkt hatte, damit das Team in

Sahara-Tech die Suche unter den Anomaliewelten von neuem beginnen könnte … natürlich unter Verwendung des Such-Algorithmus, den Dennis Nuel entwickelt hatte.

Vielleicht muss ich den Rest meines Lebens hier verbringen, erkannte er.

Ungerufen erschien vor seinem geistigen Auge das Bild von goldenen Haaren im Mondschein, und es kam ihm der Gedanke, dass diese Welt womöglich auch ihre Attraktionen besaß.

Mit einem Schauder rief er sich ins Gedächtnis, dass er vor nur zwei Stunden aber auch vor einer bevorstehenden Folter gewarnt worden war.

Tatir hatte eben auch seine Nachteile.

Stivyung Sigel hatte noch nicht nach Ablösung gerufen. Er arbeitete mit fieberhafter Intensität, die Dennis in ehrfürchtiges Staunen versetzte. Er sah auf, um festzustellen, welche Fortschritte der Bauer machte.

Verblüfft starrte er auf den Zaun. Die Säge war bereits halb unten! Wie …?

Er schaute Sigel an und rieb sich die Augen. Es *musste* an der Dunkelheit liegen: Irgendwie sah es so aus, als sei die Luft rings um den Bauern von einem schwachen Flimmern erfüllt. Es war, als kreisten kleine Luftstrudel um ihn herum. Dennis wandte sich an Gath, um ihn zu fragen, ob er es auch sehe.

Der junge ›Macher‹ sah es in der Tat. Von grenzenlosem Staunen erfüllt, starrte er Sigel an, und auch Mishwa, der andere Dieb, hatte die Augen weit aufgerissen.

»Was ist das?«, flüsterte Dennis drängend. »Was geht da vor?«

Ohne den Blick abzuwenden, antwortete Gath: »Das ist eine echte ›Felthesh‹-Trance! Es heißt, man kann von Glück sagen, wenn man einmal im Leben eine miterlebt.«

Dennis schaute wieder zu Sigel hinüber. Der Mann arbeitete mit dämonischer Intensität. Seine Arme pumpten so schnell auf und ab, dass sie verschwammen. Während sie ihn beobachteten, schien das matte Phosphoreszieren, das ihn umgab, an dem feinen Seidenfaden emporzuklettern wie der Ionisationsschimmer an einer Hochspannungsleitung.

Was immer es mit dieser mysteriösen ›Felthesh-Trance‹ auf sich haben mochte, man sah, dass Sigel und die Säge auf die Befestigungen des Palisadenpfahles verheerende Wirkung ausübten. Ein sanfter Staubregen rieselte von den immer tiefer reichenden Lücken zu beiden Seiten des Stammes herab.

Dies, fand Dennis, war in der Tat ehrfurchterweckend. Aber seine unmittelbare Besorgnis galt den Wachen und der Möglichkeit, dass dieses Phänomen ihre Aufmerksamkeit erregte!

Er kam zu dem Schluss, es sei an der Zeit, die Dinge voranzutreiben.

Er winkte dem Dieb Mishwa Qan. Dieser Gefangene war ein Riese – größer noch als der Soldat Gil'm. Mishwa grinste und erhob sich anmutig. Auf Dennis' Zeichen hin duckte er sich am Fuße des Zaunes zusammen, stemmte sich mit dem Rücken gegen den Pfahl und drückte. Die Verbindungen ächzten leise. Sigel arbeitete ohne Pause, ohne um Ablösung zu bitten. Inzwischen war die Säge beinahe auf Manneshöhe heruntergekommen, wurde jetzt aber langsamer. Der Zaun hatte in dieser Höhe mehr Übung gehabt und war deshalb fester.

Mishwa grunzte und stemmte sich erneut gegen den Pfahl. Mit einem leisem Klagelaut neigte sich das Holz ein Stück weit nach außen, und jetzt machte sich sein Eigengewicht hilfreich bemerkbar.

Dennis winkte Gath hinzu, damit er Mishwa helfe. Gleich darauf drückten beide pustend gegen den Stamm, der immer lauter ächzte.

Er neigte sich weiter – und dann sah Dennis etwas, das ihn zusammenschrecken ließ. Da bewegte sich etwas – oben auf den Zacken der Palisade!

Eine dunkle Silhouette, ein wenig größer als ein Ochsenfrosch, beugte sich über die immer weiter klaffende Lücke und spähte hinunter auf die matt schimmernde Reißverschlusssäge, die weiter hin und her schnitt. Der Nimbus der »Feltheshtrance« spülte darüber hinweg, und die kleine Gestalt und die Säge erstrahlten in sanftem Licht.

Grüne Augen funkelten im Dunkeln. Scharfe kleine Zähne blitzten amüsiert.

Dennis schüttelte den Kopf. »Kobi, du verfluchter Voyeur! *Jetzt* beliebst du aufzutauchen! Wann wirst du je mal zu was nütze sein, hmm?«

Er drehte sich um und half den anderen, die sich angestrengt gegen den knarrenden Pfosten stemmten. Jedes Mal, wenn er sich bewegte, erscholl ein Getöse, das vermutlich noch auf der anderen Seite des Tales zu hören war, wie Dennis befürchtete.

Arth verließ seinen Posten und eilte herbei. »Ich glaube, sie haben etwas gehört!«, flüsterte er. »Sollen wir nicht mal für'n Weilchen Pause machen?«

Dennis warf einen Blick auf den Pfahl. Sterne glitzerten in der Lücke. Auf Stivyung Sigels Gesicht lag ein wilder, leuchtender Ausdruck, der Dennis einen kalten Schauer über den Rücken laufen ließ. Die Arme des Bauern wirbelten, und die Säge zischte mit beinahe ununterbrochenem, leisem Schwirren hin und her.

Dennis wagte nicht, Sigel zu stören. Er schüttelte den Kopf. »Wir können nicht. Alles oder nichts! Wenn die Wache kommt, musst du sie eben ablenken.«

Arth nickte knapp und huschte davon.

Zwischen zwei Stößen warf Dennis einen Blick hinauf zu dem nadelzahnigen Grinsen, welches ihm verriet, dass das Koberkel noch da war und ihnen bei ihrer Plackerei zuschaute. *Hoffentlich amüsierst du dich gut,* wünschte er dem Geschöpf in Gedanken, und dann stemmte er sich noch einmal gegen den Stamm.

Der Zaun ächzte, und diesmal war es wirklich laut. Jemand brüllte zwischen den Baracken hinter ihnen, und Schatten hasteten durcheinander. Dann erhob sich beinahe überall Geschrei und Gebrüll.

»Fester!«, drängte er. Alle wussten, dass sie jetzt nur noch wenig Zeit hatten.

Mishwa Qan brüllte auf und warf sich gegen die Barriere, die zwischen ihm und der Freiheit stand. Gath und Dennis wurden beiseite geschleudert.

Flammen flackerten in den Baracken auf – Arths Ablenkungsmanöver hatte begonnen. Schatten bewegten sich vor dem Feuer hin und her. Knüppel wurden erhoben, als Wachen und panische Gefangene aneinandergerieten. Arth und Perth, die beiden Diebe, tauchten plötzlich aus dem Schatten auf. Der kleine Mann keuchte. »Hab' uns damit vielleicht zweihunnert Herzschläge rausgeschunden, Dennis – nich' mehr.«

Wieder ächzte der Pfahl wie ein sterbendes Tier, und wieder kippte er um zehn Grad. »Sagen wir, *ein*hunnert«, korrigierte Arth trocken.

Sigel krümmte sich zusammen, und die Säge sirrte noch schriller. Turbulenzen schienen den Mann zu umtosen, und Lichtflocken schwebten von dem Seidenfaden herunter.

Mishwa Qan trat ungefähr drei Meter weit zurück, scharrte mit der Fußspitze über den Boden und stürmte mit einem wilden Kriegsschrei auf den wankenden Pfahl los. Krachend brach das Holz heraus, und plötzlich klaffte vor ihnen eine Öffnung in dem Palisadenzaun. Der Lärm hallte durch die Nacht, und die Reaktion der Wachen war nicht zu missdeuten: Sie vergaßen Feuersbrunst und Aufruhr, brüllten einander zu und deuteten auf Dennis und seine Kameraden.

Sigel starrte erschöpft auf sein Werk. Seine Hände hingen schlaff an seinen Seiten. Er wirkte ausgepumpt, aber seine Augen frohlockten.

Drei Soldaten stürmten aus dem flackernden Lichtschein der Baracken herüber, die Knüppel hoch erhoben. Plötzlich stieg vor ihnen ein Schatten am Boden auf, gerade hoch genug, um einen von ihnen zum Stolpern zu bringen. Arth packte den linken Fuß des zweiten, der an ihm vorüberrennen wollte, und auch dieser schlug der Länge nach in den Sand.

Der dritte stürzte sich mit wildem Kampfgebrüll auf Dennis.

»Ach, zum Teufel«, seufzte Dennis. Er fing den Arm mit dem erhobenen Knüppel ab und versetzte dem Soldaten einen Hieb auf die Nase, der den Mann von den Beinen riss, sodass er flach auf den Rücken fiel und benommen liegenblieb.

Immer mehr Soldaten rannten herbei. Dennis fühlte einen scharfen Luftzug, als Arth an ihm vorbeihetzte.

»Los doch!« Dennis brüllte Sigel an. Er zerrte den Bauern zu dem schmalen Portal in die Freiheit.

Mit einem satten *zunk!*, fuhr ein Speer neben ihnen in den Zaun. Stivyung schüttelte sich, dann grinste er Dennis an und nickte. Hintereinander zwängten sie sich durch die Lücke und rannten hinaus in die Nacht.

Während sie hinausdrängten, erhaschte Dennis einen Blick auf etwas, das halb unter dem umgestürzten Stamm am Boden lag, glitzernd wie ein Diamantenhalsband im Sternenlicht.

Aber jetzt zögerten sie nicht mehr. Sie rannten davon, und schon bald schlüpften sie durch die Gassen von Zuslik, die Verfolger dicht hinter sich.

SECHSTER TEIL

BALLON D'ESSAI

I

Leuchtsignale blinkten von der Festung herunter zu allen Toren. Die Wachmannschaften wurden verdoppelt, und jeder, der die Stadt verlassen wollte, wurde gründlich durchsucht. Hoch am Himmel suchten die Luftpatrouillen des Overlords die Umgebung ab, bis es dunkel wurde und sie landen mussten.

»Noch nie hat der Baron einen solchen Aufwand veranstaltet, wenn ihm jemand ausgekniffen ist. Nicht, dass er es je freundlich aufgenommen hätte – aber wieso diesmal eine derartige Menschenjagd?« Perth, der einäugige Dieb, spähte aus einem hoch gelegenen Fenster in einem von Zusliks neueren – und somit schäbigeren – Hochhäusern. Die blinkenden Lichtsignale und die vorübermarschierenden Truppen der Nordmänner mit ihren hohen Bärenfellmützen beunruhigten ihn.

Arth, der kleine Räuberhauptmann, winkte seinen Kumpan vom Fenster weg. »Hier finden sie uns nie. Haben Kremers Nordlichter schon jemals eins von unseren kleinen Verstecken aufgestöbert? Mach die Läden dicht und setz dich hin, Perth.«

Perth gehorchte, doch nicht ohne einen Seitenblick auf die übrigen Ausbrecher zu werfen, die plaudernd an einem Tisch neben der Küchentür saßen, während Arths Frau etwas zu essen zubereitete. »Du und ich, wir wissen, wen die suchen«, sagte er zu Arth. »Der Baron verliert nich' gern einen seiner besten Über. Und was noch dazukommt: Er verliert auch nich' gern 'n Zauberer.«

Arth musste ihm beipflichten, ob er wollte oder nicht. »Ich wette, Baron Kremer bereut es schon, dass er Dennis so lange im Knast hat sitzen lassen. Wahrscheinlich hat er gedacht, er könnte sich so viel Zeit lassen, wie er will, bevor er ihn foltert.«

Arth rieb mit den Händen über die üppig gepolsterten Armlehnen seines Sessels. Einmal täglich hatte eines seiner in Freiheit befindlichen Bandenmitglieder darin gesessen, damit der Sessel für ihn in Übung bliebe. Arth war darüber erfreut, denn es zeigte ihm, dass sie darauf vertraut hatten, ihn bald wiederzusehen. »Na«, sagte er zu Perth, »jedenfalls schulden wir den dreien unsere Freiheit, also woll'n wir ihnen die Wut des Barons nicht zum Vorwurf machen.«

Perth nickte, aber zufriedengestellt war er nicht. Mishwa Qan und die meisten der anderen Diebe waren unterwegs und durchkämmten die Stadt nach den Gegenständen, um die Dennis Nuel gebeten hatte. Es passte Perth nicht, dass ein Ausländer die Diebe von Zuslik herumkommandierte – ob er nun ein Zauberer war oder nicht.

Gath blickte zwischen Dennis' Zeichnungen und dem Erdenmann hin und her. Der Junge vermochte seine Aufregung kaum noch zu bändigen. »Der Sack hat also keine Flugessenz, ehe man die heiße Luft hineingetan hat? Und dann wird er wirklich fliegen? Wie ein Vogel? Oder wie ein Kinderdrachen, oder wie ein Drache aus der Sage?«

»Das werden wir herausfinden, sobald Lady Aren mit dem ersten Sack zurückkommt, Gath. Wir werden mit einem Modell experimentieren und feststellen, wie viel Übung es über Nacht bekommt.«

Gath grinste bei der Erwähnung der alten Näherin. Offenbar hielt der Junge nicht allzu viel von Lady Aren und ihren merkwürdigen Wahnvorstellungen. Die alte Frau lebte unten am Gang und verdiente ihren kargen Lebensunterhalt als Näherin. Gleichwohl bewahrte sie sich erstklassige Manieren, und sie bestand darauf, dass man sie immer noch so anredete wie damals, als sie Hofdame beim alten Herzog gewesen war. Im Augenblick hing ihr gesamter Plan von der Geschicklichkeit einer verrückten alten Dame ab.

Stivyung Sigel saß neben Gath; er paffte ruhig an seiner Pfeife und begnügte sich damit, zuzuhören und hin und wieder eine Frage zu stellen. Von den Auswirkungen seiner Felthesh-Trance schien er sich gänzlich erholt zu haben, ja, er hatte seine ursprüngliche Idee, die Stadtmauern zu überklettern, nur aufgegeben, weil Dennis ihm versichert hatte, dass es einen besseren Weg gebe, aus der Stadt zu entkommen und nach seiner Frau zu suchen.

Arth und Perth gesellten sich zu den dreien am Tisch. Dennis und Gath räumten die Zeichnungen beiseite, und Arths Frau, Maggin, tischte ihnen einen gebratenen Vogel und Krüge mit Bier auf.

Arth riss dem Tier eine Keule ab und machte sich daran, seinen Bart damit einzufetten; dass er sich dabei Nahrung zuführte, war ein eher zufälliger Nebeneffekt dieses Unterfangens. Die anderen machten sich, wie es die Höflichkeit erforderte, erst nach ihrem Gastgeber über den Bratvogel her. Maggin trug noch eine dampfende Schüssel mit gekochtem Gemüse auf und setzte sich zu ihnen.

Mit vollem Mund verkündete Arth: »Da ist ’n Bote von den Jungs gekommen, während du so beschäftigt mit deinen Zeichnungen warst, Dennis.«

Dennis blickte hoffnungsvoll auf: »Haben sie meinen Rucksack gefunden?«

Arth schüttelte den Kopf. »Besonders klare Angaben hast nich’ gemacht, Dennis«, mampfte er hervor. »Ich meine, ’s gibt ’ne Menge Häuser beim Westtor, und bei nich’ wenigen werden die Vorsprünge als Balkone oder Dachgärten benutzt. In so ’nem Fall is’ dein Rucksack sowieso längst weg.«

»Überhaupt keine Spur? Keine Gerüchte?«

Arth setzte seinen Krug an die Lippen, und rotes, schäumendes Bier rann ihm über die Mundwinkel in den Bart. Offenbar genoss er die Küche seiner Frau nach der Zeit, die er im

Gefängnis verbracht hatte. Er wischte sich den Mund mit dem Ärmel ab. Dennis stellte fest, dass anscheinend alle Hemden, die Arth besaß, an ihren linken Ärmeln eingearbeitete Schwämme entwickelt hatten.

»Na, ich will mal sagen, es schwirren da schon ein paar merkwürdige Gerüchte herum. Angeblich hat jemand 'n Krenegee-Biest durch die Stadt schleichen sehen. Andere sagen, sie seien dem Geist des alten Herzogs begegnet, der gekommen is', um sich an Baron Kremer zu rächen. Und man hört sogar Geschichten über'n ganz merkwürdiges Vieh, das nie frisst, aber das die Leute durch die Fenster bespitzelt und dann schnell wie der Blitz verschwindet. So was is' noch nie da gewesen – mit fünf Augen!« Arth spreizte die Hand mit aufwärtsgereckten Fingern über seinem Kopf, ließ sie dort kreisen und machte dabei ein pfeifendes Geräusch. Perth hustete in sein Bier und feixte. Maggin und Gath lachten laut.

»Aber mein Rucksack ...?«

Arth breitete die Arme aus: Er hatte nichts gehört.

Dennis nickte düster. Er hatte gehofft, die Diebe würden ihm seinen Rucksack unversehrt wiederbeschaffen, oder sie würden, falls dies nicht mehr möglich wäre, an der Nachrichtenbörse der Unterwelt wenigstens Hinweise auf einzeln aufgetauchte Stücke seines »Aliengepäcks« bekommen. Immerhin hätte es sein können, dass man ein oder zwei Dinge im Basar zum Verkauf angeboten hätte.

Wahrscheinlicher aber war, dass der Rucksack inzwischen Baron Kremer in die Hände gefallen war. Dennis fragte sich, ob Kremer nicht sogar in diesem Augenblick der L'Toff-Prinzessin Linnora seinen Campingkocher oder sein Rasierzeug unter die hübsche Nase hielt und von ihr wissen wollte, wozu diese Dinge gut seien.

Trotz ihres Rufes als geheimnisumwobenes Volk würden die L'Toff angesichts der Gegenstände aus Dennis' Gepäck ebenso ratlos sein wie jeder andere auf Tatir. Linnora würde Kremer nicht weiterhelfen können. Dennis hoffte nur, nicht zur Verschlimmerung ihrer Haft beigetragen zu haben, indem er ihren Kerkermeister verärgerte.

Es klopfte leise an die Tür. Die Männer strafften sich, bis es noch fünfmal und dann, im richtigen Takt, noch zweimal geklopft hatte.

Perth ging zur Tür und schob den Riegel zurück. Eine alte Frau in einem eleganten, schwarzen Gewand trat ein. Sie stellte einen großen Sack ab, während die Männer vom Tisch aufstanden und sich höflich verneigten.

»Meine Herren«, sagte die alte Dame mit einem Knicks, »der kugelförmige Teppich, um den Sie gebeten haben, ist fertig. Wie Sie es wünschten, habe ich nur die allerzartesten Umrisse von Wolken und Vögeln hineingestickt; Sie mögen diese Bilder dann selbst bis zur Vollkommenheit üben. Wenn Ihnen diese kleine Kugel zur Zufriedenheit gereicht, werde ich mich an das größere Stück begeben, sobald Sie mir den nötigen Stoff ausgehändigt haben.«

Arth nahm das Gebilde aus fein vernähten Samtbahnen auf und tat, als betrachte er es einen Augenblick lang prüfend. Dann reichte er es an Dennis weiter, der es begierig entgegennahm. Arth verbeugte sich vor Lady Aren.

»Eure Ladyschaft sind zu gütig«, erklärte er, und seine Sprache klang plötzlich beinahe aristokratisch. »Wir werden Eure Hände nicht mit Papiergeld oder Bernstein besudeln, doch unsere Dankbarkeit wird ihren Ausdruck finden. Dürfen wir vielleicht einen kleinen Beitrag zu Eurem Haushalt leisten, wie wir es schon in der Vergangenheit getan?«

Die alte Dame verzog das Gesicht in gespieltem Widerwillen. »Man möchte meinen, es wäre nicht unschicklich, würde man so verfahren.«

Am nächsten Morgen würde wie durch Zauberei ein Korb

mit Lebensmitteln vor ihrer Tür erscheinen. So blieb der Schein stets gewahrt.

Dennis verfolgte die Transaktion nicht. Er bestaunte den »kugelförmigen Teppich«.

Coylianer verfügten sehr wohl über eine Anzahl beachtlicher Technologien. Es gab gewisse Dinge, die von dem Tage an, da sie »gemacht« wurden, benutzbar sein mussten und nicht »geübt« werden konnten, ohne dabei unbrauchbar zu werden. Papier beispielsweise gehörte zu diesen Dingen. Es war leicht möglich, dass ein Stück Papier wochen- oder monatelang in einer Schublade lag und wartete, bis es für eine Notiz oder einen Brief benötigt wurde.

Dann aber musste seine ganze »Papierheit« augenblicklich gebrauchsbereit sein. Wenn es einmal beschrieben war, wurde es womöglich jahrelang aufbewahrt, bevor es nötig wurde, dass man las, was darauf stand. In dieser Zeit durfte es sich aber nicht verschlechtern, wie es hier diejenigen Dinge, die nur infolge von Übung existierten, zu tun pflegten, wenn man sie vernachlässigte.

Kein Wunder, dass man hier Papiergeld benutzte, ohne dass sich darüber jemand beklagte. Das Material besaß einen intrinsischen Wert, der fast so groß war wie der von Bernstein oder Metall.

Aber man machte nicht nur Papier, sondern auch Filz. Dennis hatte die Diebe gebeten, ihm ein Dutzend Quadratmeter vom feinsten Filz zu ›besorgen‹, den sie finden konnten. Wenn das Experiment erfolgreich wäre, würden sie später buchstäblich den gesamten Filzvorrat dieser kleinen Metropole stehlen müssen.

Dennis nahm mit milder Überraschung zur Kenntnis, wie wenig Gewissensbisse es ihm bereitete, an einem größeren Diebstahlsunternehmen beteiligt zu sein. Auch dies gehörte zu seiner allgemeinen Reaktion auf diese Welt, begriff er mit einem Anflug von Bitterkeit. Die Menschen auf der Erde hatten jahrtausendelang experimentieren und sich abmühen müssen, um zu einem Komfort zu gelangen, den diese Leute hier fast ohne Nachdenken erreichten. Mühelos fand er rationale Entschuldigungen dafür, dass er sich von ihnen nahm, was er brauchte.

Überdies war der größte Filz- und Papierhändler von Zuslik ein Busenfreund des Barons. Seine Monopolstellung und sein prunkhafter Reichtum boten Grund genug dafür, dass nur wenige in der Unterstadt Mitleid mit ihm haben würden.

Der »kugelförmige Teppich« war ein aus papierleichtem Stoff genähter Ball mit einem Loch an einer Seite. Ringsum war er skizzenhaft mit Wolken und Vögeln bestickt. Eigentlich waren die Stiche ziemlich ungleichmäßig, obwohl Lady Aren sich offenbar für eine Künstlerin hielt.

Aber wenn diese Bilder von verständigen Augen lange genug geübt würden, müssten sie irgendwann beinahe lebendig wirken. Nicht nur die Wissenschaften, hatte Dennis erfahren, sondern auch die Künste standen im Genuss des segensreichen Übungseffekts.

Dennis, Sigel und Gath warteten, während Lady Aren noch ein Weilchen mit Arth und Maggin plauderte. Sigel bedachte Gath mit einem scharf zurechtweisenden Blick, als der Junge anfing, mit den Fingern auf den Tisch zu trommeln. Es war, als müssten sie endlos warten. Arth jedenfalls schien keine Eile zu haben – anscheinend bereitete dem kleinen Dieb das Warten sogar Vergnügen.

Dennis zwang sich, gelassen zu bleiben. Wahrscheinlich würde ihm ein kleiner Schwatz genauso viel Spaß machen, wenn er nach langer Gefangenschaft wieder daheim wäre, und er merkte plötzlich, dass er sich danach sehnte, zu erfahren, wer zu Hause im alten Sahara-Tech wem was angetan hatte.

Müßig fragte er sich, ob Bernald Brady wohl inzwischen das Herz der schönen Gabriella glücklich hatte für sich gewinnen können. Er hob seinen Becher und trank auf Bradys Erfolg in diesem Kampf.

Endlich zog sich die alte Dame zurück. »Alsdann«, sagte Dennis. »Bringen wir's zu Ende.«

Er breitete die schlaffe Kugel auf dem Tisch aus. Gath und Sigel nahmen ein paar weiche Talgkerzen zur Hand und begannen, den papierdünnen Filz damit vorsichtig einzureiben und ihn so mit einer zarten Wachsschicht zu bedecken. Unterdessen band Dennis eine kleine Gondel aus Bindfaden und Rinde sorgfältig an das offene Ende. Er hatte bereits eine Kerze in dem kleinen Korb befestigt, als die beiden anderen meldeten, dass sie fertig seien. Arth, Perth und Maggin schauten mit verständnislosen Mienen zu.

Dennis und Gath trugen das Gebilde in eine Ecke, in der ein roher Holzrahmen bereitstand.

»Man nennt es ›Ballon‹«, erklärte Dennis, während er die Stoffkugel über den Rahmen drapierte.

»So viel wissen wir bereits«, erwiderte Perth ein wenig schnippisch. »Und du hast gesagt, es wird fliegen. Ein *gemachtes* Ding, das fliegt ... und noch dazu im Zimmer, wo kein Wind weht ...« Offenbar glaubte er nicht daran. Hier auf dieser Welt gab es nur eine Art zu fliegen: Man baute einen großen Drachen an einer Leine, den man dann langsam übte.

Vor langer Zeit hatte irgendein coylianisches Genie, das nicht gern nass geworden war, einen Schirm erfunden – inzwischen ein Gebrauchsgegenstand, den fast jeder besaß. Einige Zeit später, nachdem ein heftiger Sturm einen großen Schirm in die Lüfte erhoben und seinen Besitzer einen kurzen, haarsträubenden Flug hatte absolvieren lassen, war jemandem ein zweiter Ideensprung gelungen. Dies war die Geburtsstunde des Drachenflugs auf Tatir gewesen. Heftiges Üben führte bald zu der Entwicklung von leinengesteuerten Drachen, die einen Mann hoch in die Luft trugen, sodass er von dort aus die Gegend weithin überblicken konnte.

Diese Drachen hatten Baron Kremers Vater, einem kleinen Adeligen aus den Bergen im Norden, zum Sieg über den alten

Herzog verholfen, und mit ihrer Hilfe hatte er den König von Coylia gezwungen, ihm die Herrschaft über das Tal des oberen Fingal zu übertragen.

Erst vor wenigen Jahren war der Schritt zu echten Gleitern vollzogen worden – und zwar durch Baron Kremer selbst. Inzwischen verfügten zwar auch andere Armeen über Drachen, aber derzeit besaß er – und nur er – eine echte Luftwaffe. Dies aber war ein beträchtlicher Vorteil in seinem augenblicklichen Konflikt mit der königlichen Autorität.

Dennis fragte sich, weshalb wohl sonst keiner einen Gleiter entwickelt haben mochte. Vielleicht hatte es etwas mit den Vorstellungen zu tun, die zustande kamen, wenn jemand einen Gegenstand übte. Man musste ein Bild von dem, was man erreichen wollte, im Kopf haben. Vielleicht konnten die Leute sich einen leinenlosen Drachen nur als tödliche Gefahr für seinen Passagier vorstellen, und so war er eben auch eine – bis Kremer der Durchbruch gelang.

Dennis stellte die Kerze direkt unter die Öffnung an der Unterseite des Versuchsballons. Er lächelte Zuversicht erweckend. »Du wirst es gleich sehen, Perth. Halte du nur die Wassereimer griffbereit, für den Fall, dass etwas schiefgeht.«

Er gab sich optimistisch, aber ganz sicher war er seiner Sache nicht. In einer Science-Fiction-Story, die er als Junge gelesen hatte, war ein Erdling wie er selbst auf eine andere Welt verschlagen worden, auf welcher gleichfalls andere physikalische Gesetze herrschten. In dieser Story hatte *Zauberei* funktioniert, aber das Schießpulver und die Streichhölzer des Helden hatten versagt!

Dennis vermutete, dass der Übungseffekt von Tatir die Physik, die ihm geläufig war, nur ergänzte, nicht aber unwirksam machte. Ganz gewiss *hoffte* er, es möge so sein.

Feiner Rauch erhob sich über der Kerze und drang durch das Loch in der Unterseite in den Ballon ein.

Arth lud Dennis und Stivyung ein, in seinen bequemsten Sesseln Platz zu nehmen, und zog für sich und Perth ein paar aus Latten und Schnüren roh zusammengezimmerte Stühle heran, die, wie er beharrlich erklärte, ›sowieso noch 'ne Menge Arbeit‹ nötig hatten. Er reichte Dennis und Stivyung zwei sehr hübsche Pfeifen und paffte selber munter an einem Ungetüm aus einem hohlen Zweig und einem Maiskolben, welches er langsam zur Vollkommenheit brachte – falls er nicht nur den allmählichen Rückfall in die Unbrauchbarkeit bekämpfte.

Dennis schüttelte den Kopf. Der Übungseffekt erforderte einiges an Gewöhnung.

»Könnte mir jemand erklären, was Baron Kremer eigentlich im Schilde führt?«, fragte Dennis, während sie darauf warteten, dass der Ballon sich füllte. »Wenn ich recht verstehe, widersetzt er sich der zentralen Autorität – dem König?«

Stivyung Sigel sog missmutig an seiner Pfeife, bevor er schließlich antwortete.

»Ich war bei den Königlichen Pfadfindern, Dennis – bis ich heiratete und meinen Abschied nahm. Der Baron hat uns königlichen Siedlern draußen an der Westgrenze das Leben schwergemacht. Es liegt ihm nichts daran, mich und meinesgleichen in seiner Nähe zu wissen, denn auf unsere Loyalität kann er nicht zählen. Der Baron hat die Unterstützung der Machergilden. Den Gilden wiederum passt es nicht, wenn die Kleinbauern sich allzu weit außerhalb der Städte niederlassen. Wir machen unsere Anfänger selber – wir behauen unseren Feuerstein, gerben unsere Häute und Seile, weben unsere Kleider. Um die Wahrheit zu sagen: Vor Kurzem erst haben wir sogar herausgefunden, wie man Papier macht.«

Arth und Perth blickten auf. Ihr Interesse war geweckt. Gath blinzelte überrascht. »Aber die Papiergilde ist die geheimste von allen! Woher habt ihr …?« Er schnippte mit den Fingern. »Natürlich! Die L'Toff!«

Sigel paffte nur an seiner Pfeife. Er schwieg, bis er merkte, dass alle Blicke auf ihm ruhten und man offenbar erwartete, dass er weitersprach.

»Der Baron weiß es jetzt«, sagte er achselzuckend. »Und die Gilden auch. Warum soll es nicht auch das gemeine Volk erfahren? Was da draußen passiert, ist die Speerspitze einer großen Sache, die langsam auch in den Ländereien und Städten drüben im Osten Gestalt annimmt. Die Leute haben es satt, sich von den Gilden, den Kirchen und den kleinen Baronen herumschubsen zu lassen. Die Beliebtheit des Königs ist sprunghaft angestiegen, seit er den Vermögensvorbehalt bei der Stimmabgabe für die Wahlmänner entschärft hat und in jedem Frühling eine Versammlung einberuft, statt wie früher nur alle zehn Jahre.«

Dennis nickte. »Lass mich raten: Kremer ist ein Vorkämpfer für die Sache des Adels und seiner Rechte.« Eine solche Geschichte hörte er nicht zum ersten Mal.

Sigel nickte. »Und es sieht aus, als sei diese Seite die stärkere. Die Pfadfinder und Garden des Königs sind natürlich die besseren Soldaten, aber das Heer der Feudalherren ist sechs oder sieben zu eins in der Übermacht. Und jetzt hat Kremer diese frei fliegenden Drachen, mit denen seine Späher fliegen können, wohin sie wollen. Die Opposition hat eine Heidenangst vor den Dingern, und die Kirchen verbreiten das Gerücht, die alten Drachen seien nach Tatir zurückgekehrt … ein Beweis dafür, dass Kremer die Gunst der Götter besitzt. Und eins muss der Neid ihm lassen: An Gleiter hat noch niemand gedacht – nicht einmal die L'Toff.«

Die neuerliche Erwähnung der L'Toff ließ Dennis' Gedanken wieder zu Prinzessin Linnora zurückkehren, die als Gefangene des Barons in der Festung saß. Sie hatte begonnen, ihm im Traum zu erscheinen. Er schuldete ihr seine Freiheit, und es gefiel ihm nicht, sie in der Macht des Tyrannen zu wissen.

Wenn es nur einen Weg gäbe, ihr ebenfalls zu helfen, dachte er.

»*Ballon* ist fast voll«, meldete Gath, wobei er das Wort wie einen richtigen Namen benutzte.

Der Sack begann, sich unter dem Druck der warmen Luft in seinem Innern zu strecken; er bildete keine gleichmäßige Kugel. Aber bei den meisten ›gemachten‹ Gegenständen lohnte es sich hier ohnehin nicht, allzu viel Aufmerksamkeit auf das Aussehen zu verwenden, solange sie brauchbar genug waren, um »geübt« zu werden.

Die Kerze war nicht einmal halb heruntergebrannt: Der Ballon tanzte an seinem Rahmen und zog an den Schnüren der winzigen Gondel, diese prallte zwei, dreimal auf den Boden und stieg dann endgültig auf.

Einen Augenblick lang herrschte Stille. Dann begann Maggin laut zu lachen, und Arth schlug Dennis auf den Rücken. Gath kroch unter den Ballon, als wolle er sich seine Konstruktion aus jeder Perspektive ins Gedächtnis einprägen.

Stivyung Sigel blieb regungslos sitzen, aber seiner Pfeife entströmte aromatischer Rauch, und seine schwarzen Augen schienen zu leuchten.

»Aber dieses Ding kann doch keinen Menschen tragen!«, wandte Perth ein.

Arth wandte sich an seinen Untergebenen. »Woher weißt du, was es am Ende können wird? Es is' ja noch nich' mal *geübt* worden! Warst du nich' derjenige, der so verächtlich über ›Neugemachtes‹ gegrinst hat?«

Perth duckte sich nervös und fuhr sich mit der Zunge über die Lippen, während er in abergläubischem Staunen den langsam emporsteigenden Ballon beobachtete.

»Aber Perth hat recht«, stellte Dennis fest. »Wenn wir ihn üben, wird dieser hier wahrscheinlich mehr tragen als ein ähnlicher Ballon auf der … in meiner Heimat. Aber um mehrere Männer zu befördern, müssen wir einen sehr viel größeren

Ballon machen – in dem leeren Lagerschuppen, von dem du mir erzählt hast, Arth. Dort können wir ihn auch üben, und dann werden Gath und Stivyung und ich ihn benutzen, um nachts zu entfliehen, wenn das Fliegerkorps des Barons am Boden ist.«

Ein habgieriges Funkeln trat in Arths Auge. »Du und Gath und Stivyung, ihr vergesst aber nich', was ihr den L'Toff auszurichten habt, oder?«

»Selbstverständlich nicht.« Alle drei hatten gute Gründe, sich schnurstracks zu dem geheimnisvollen Stamm in den Bergen zu begeben, wenn sie die Stadt erst hinter sich gelassen hätten. Dennis gedachte, ihnen von der gefangenen Prinzessin zu berichten und Vorschläge zu ihrer Rettung zu unterbreiten.

Arth erwartete, für seine Mithilfe bei all dem eine hübsche Belohnung von den L'Toff kassieren zu können und zugleich das Vergnügen zu haben, dem Baron in einem Aufwasch *tsuris* zu geben.

Der Ballon dümpelte unter der Decke. »Okay«, sagte Dennis. »Ihr wollt mir gemeinsam beibringen, wie man sich so konzentriert, dass das Üben möglichst zweckdienlich ist. Warum fangen wir nicht einfach damit an?«

Alle setzten sich. Stivyung Sigel war anerkanntermaßen der beste Über von allen, und so machte er den Anfang.

»Zunächst einmal, Dennis – du *musst* dich nicht konzentrieren. Man braucht ein Werkzeug nur zu benutzen, und es wird besser. Aber wenn du deine Aufmerksamkeit auf das Ding und auf das, was du damit bewerkstelligen willst, lenkst, dann geht das Üben schneller vonstatten. Du gibst deinem Werkzeug immer schwerere Aufgaben, über Wochen und Monate hinweg, und dabei denkst du daran, wie es sein könnte, wenn es vollkommen wäre.«

»Was ist mit der Trance, in die du im Gefängnis versunken bist? Da hast du die Säge innerhalb von Minuten bis zur Vollendung geübt!«

Stivyung überlegte. »Ich habe die *Felthesh* schon einmal mit angesehen, als ich eine Zeit lang unter den L'Toff lebte. Aber selbst bei ihnen kommt sie selten vor. Sie ereignet sich nach jahrelangem Training oder unter noch selteneren Umständen. Ich habe mir nicht träumen lassen, dass ich selbst einmal in diesen Zustand geraten würde. Vielleicht war es ein Zauber, der in diesem Augenblick lag, in unserer verzweifelten Not.« Stivyung versank für ein Weilchen in tiefes Nachdenken. Schließlich schüttelte er sich und sah Dennis an. »Jedenfalls können wir nicht damit rechnen, dass die Axt zweimal haargenau denselben Punkt trifft. Wir müssen den Normalfall zugrunde legen, wenn wir deine ›Ballons‹ üben. Warum erklärst du uns nicht noch einmal, was dieses Exemplar hier tut und wie es allmählich dazu kommen könnte, es besser zu tun? Dabei darfst du dem, was es ist, nicht allzu weit vorauseilen, denn dann funktioniert es nicht. Versuche einfach, den nächsten Schritt zu beschreiben.«

Das Ganze kam Dennis wie ein Spiel für Kinder vor, aber er wusste, dass das »Wünschen und Gestalten« hier eine sehr ernste Seite hatte. Mit schmalen Augen betrachtete er den Ballon … versuchte, ein Ideal zu sehen. Und dann begann er, etwas zu beschreiben, das die anderen sich in ihren kühnsten Träumen nicht vorgestellt hatten.

2

Zwei Tage später hatte man die Suche nach den Ausbrechern endlich eingestellt. Die Wachen an den Stadttoren arbeiteten zwar noch besonders gründlich, aber die Patrouillen in den Straßen wurden wieder auf ein normales Maß reduziert. Endlich kam Dennis dazu, sich die Stadt Zuslik einmal anzuschauen.

Bei seinem ersten Versuch, nach seiner Ankunft vor zwei Wochen, hatte Dennis den Kopf voller unbestimmter Ideen darüber gehabt, wie man sich in einer fremden Stadt durchschlagen konnte.

(Man suchte eine örtliche Vereinigung seiner Berufsgenossen auf, stellte sich vor und hoffte darauf, dass ein einheimischer Kollege darauf beharren würde, den Fremden bei sich aufzunehmen – und ihm möglicherweise seine bezaubernde Tochter als Fremdenführerin offerieren würde. Hatte er es sich nicht vor Kurzem noch so vorgestellt?)

Seine Pläne waren gescheitert, noch bevor er das Stadttor hatte durchschreiten können. Dennoch hatte er vermutlich intimere Kenntnisse der lokalen Machtstrukturen erlangt, als es einem Touristen je möglich gewesen wäre … und das ohne die typischen Heimsuchungen, die gaffende Urlaubsreisende sonst zu plagen pflegten – wunde Füße, Bettler und Diebe.

Er speiste mit Arth in einem Straßencafé an einer betriebsamen Marktstraße. Dennis spülte den letzten Bissen von seinem Rickelsteak mit einem großen Schluck von dem dunkelbraunen, am Ort gebrauten Bier herunter. Nachdem er einen langen Tag und eine Nacht damit zugebracht hatte, den Ballon zu üben, hatte er einen herzhaften Appetit entwickelt.

»Mehr davon«, rülpste er und setzte den Bierkrug mit einem Knall auf den Tisch.

Sein Gefährte starrte ihn kurz an, und dann schnippte er mit den Fingern nach dem Kellner. Dennis war etwas größer als der männliche Durchschnitts-Coylianer, aber dessen ungeachtet bildete sein Appetit eine kleine Sensation für sich.

»Du solltest dich nich' übernehmen«, mahnte Arth. »Wenn ich das hier alles bezahlt habe, werd' ich mir nich' mehr leisten können, dich zum Arzt zu bringen, wenn du dir den Magen verdorben hast.«

Dennis grinste und zupfte einen unförmigen Zahnstocher

aus einem Becher. Dabei beobachtete er einen schweren Frachtschlitten, der beinahe geräuschlos auf einer der selbstschmierenden Straßen an dem Gasthaus vorüberglitt, gezogen von einem geduldigen, schwerfälligen Zugtier.

»Haben deine Jungs schon etwas mehr von dem Gleitöl sammeln können?«, fragte er den Dieb.

Arth zuckte die Achseln. »Nicht allzu viel, nein. Wir schicken die Straßenbengels zum Sammeln los, aber die Fahrer beschmeißen sie inzwischen mit Steinen. Außerdem vergeuden die Lümmel 'ne Menge von dem Zeug, weil sie Glitscheschweinchen damit spielen. Wir haben jetzt erst ungefähr 'n Viertelscheffel, mehr nich'.«

Mehr nicht! Das war rund ein Liter des besten Schmiermittels, das Dennis je gesehen hatte! So gelassen hatte Arth sich allerdings nicht benommen, als Dennis ihm das Zeug zum ersten Mal vorgeführt hatte. Vor Aufregung war er fast übergeschnappt.

Natürlich würde es eine nützliche Handelsware darstellen. Aber auch für einen Einbrecher würde es große Erleichterungen mit sich bringen … bis die Ladenbesitzer anfingen, ihre Türen zu üben, damit sie dem Zeug widerständen. Der Filzraub der vergangenen Nacht hatte ganz und gar von dem überraschenden Einsatz des Schlittenöls abgehangen.

Dennis fragte sich, weshalb diese Leute die Substanz, aufgrund derer ihre Straßen funktionierten, niemals entdeckt hatten. Waren sie so wenig neugierig? Oder lag es daran, dass sie hinsichtlich der Funktionsweise des Universums von gänzlich anderen Voraussetzungen ausgingen?

Natürlich zeigte die Geschichte, dass die meisten Kulturen der Erde Kastenstruktur gehabt hatten und dass sich jahrhundertealte Gewohnheiten nur langsam geändert und gebessert hatten. Hier, wo Innovationen weit weniger notwendig waren, hatten die Menschen auch erst kürzlich begonnen, eine Tradition dafür zu entwickeln. Der Krieg zwischen Baron Kremer und dem König schien ein Teil dieses Wandels zu sein. Am Morgen hatten er und Arth einen Lagerschuppen gemietet. Die wachsende Kriegsangst hatte ein Nachlassen des Handelsverkehrs auf dem Fluss bewirkt, und der Besitzer hatte verzweifelt nach einem Mieter für seinen Schuppen gesucht, denn schließlich musste jemand das Gebäude benutzen und in brauchbarem Zustand halten, bis sich die Zeiten wieder gebessert hatten. Schon waren die Wände hier und dort rau und knarrend, und die Ähnlichkeit mit Holzbalken wurde immer größer.

Arth war ein begabter Feilscher. Der Besitzer würde ihnen tatsächlich eine kleine Summe zahlen, wenn sie den Schuppen einstweilen benutzten!

In der vergangenen Nacht hatte dann der große Filzdiebstahl stattgefunden. Arths Diebe waren verstohlen zum Lagerschuppen gekommen und hatten Ballen dieses feinen Stoffes herbeigeschleppt. Lady Aren und mehrere Helferinnen, samt und sonders aus Familien, die von Kremers Vater deklassiert worden waren, hatten sich unverzüglich an die Arbeit gemacht. Und der junge Gath war in diesem Augenblick dabei, eine Gondel für den großen Ballon zu bauen. Der Bursche war beinahe ekstatisch vor Begeisterung über die Gelegenheit, etwas Neues zu »machen« – etwas, das schon vor dem ersten »Üben« brauchbar sein würde!

Arth bezahlte die Speisenrechnung und murrte über die Summe. »Und was jetzt?«, fragte er.

Dennis wedelte unbestimmt mit den Händen. »Was schon? Zeig mir alles.«

Arth seufzte resigniert.

Ihr erster Weg führte sie in den Basar der Händler und Über.

Anders als andere Freiluftmärkte mit ihren selbst zu übenden Waren bot dieses Einkaufszentrum qualitativ hochstehende Güter an. Das Ganze war in schimmernden, geschmackvoll ausgestatteten Stufenpyramiden untergebracht. Die unteren Stockwerke, die zur Straße hin offen waren, wurden von geschwungenen, kannelierten Säulen getragen. Gut gekleidete Männer und Frauen hielten auf langen Tischen vor den Eingängen ihre Waren feil.

Dennis betrachtete scharfkantige Meißel und geschliffene Rasiermesser, Seile, die unglaublich stark und zugleich federleicht waren, Pfeile und Bogen, die offenbar Tausende von Malen im Zielschießen geübt worden waren und auf der Erde eine hübsche Stange Geld eingebracht hätten.

Nirgends waren Schrauben oder Nägel zu entdecken; Metall war überhaupt selten. Nichts hatte auch nur die geringste Ähnlichkeit mit einem Rad.

An einem Ende gab es billigere Waren – plumpe Äxte und Panzerhemden aus gegerbten, zusammengenähten Lederstreifen. Unten an jedem Tisch befand sich das Siegel der entsprechenden Machergilde zum Zeichen dafür, dass die hier angebotenen »Anfänger« von rechtlich einwandfreier Herkunft waren. Ein Dröhnen ließ Dennis aufblicken. Zwei Männer schlenderten lässig auf dem Vorsprung des dritten Stockwerks umher und schlugen mit Knüppeln gegen die Wand.

Arth erklärte es ihm. »Die Knüppel werden so zu guten Vorschlaghämmern, und die Wände werden sicherer gegen Leute, die sie mit Vorschlaghämmern einschlagen.« Er zwinkerte. »Leute wie wir.«

Einbrecher drangen meistens in ein Haus ein, indem sie die Wand einschlugen, wenn der Besitzer verreist war. Manchmal vergaßen die Leute nämlich, dass das Bewohnen ein Haus nur darin übte, festzustehen und den Regen abzuhalten – mehr nicht.

Die Besitzer dieses Gebäudes hatten das offensichtlich nicht vergessen.

Im Einkaufszentrum drängten sich Aristokraten aus der Oberstadt und von Landgütern außerhalb der Stadtmauern. Sie waren in Begleitung ihrer Dienstboten.

Zumeist waren Herr und Lakai identisch gekleidet, und meistens waren sie auch von gleicher Größe und Gestalt. Sie unterschieden sich nur durch die herrischen Manieren der Edelleute, durch die Frisuren und durch den Metallschmuck, den sie trugen.

Auf der Erde pflegten die Reichen ihren Status damit zu demonstrieren, dass sie große Mengen von Gegenständen erwarben, die nur selten benutzt wurden. Hier aber hätten solche Gegenstände bald wieder ihren ursprünglichen, rohen Zustand angenommen. Um also den Schein zu wahren, benötigte der Wohlhabende eine Schar von Dienern, die nicht nur für die Haus- und Gartenarbeit und Ähnliches zuständig waren, sondern auch den Besitz ihrer Herren für sie übten.

Einige der gesellschaftlichen Implikationen eines solchen Systems lagen auf der Hand. Wenn die Diener stets damit beschäftigt waren, die Kleider ihrer Herren zu üben, dann hatten sie praktisch keine Zeit, ihre eigenen zu tragen. So mochten sie zwar ständig wunderbar gekleidet sein, aber die feinen Tücher, in die sie sich hüllten, gehörten ihnen nicht, und wenn sie ihren Arbeitgeber verließen, würden sie nichts Eigenes mehr besitzen!

Natürlich würde es unter den Reichen ein Statussymbol sein, in der Öffentlichkeit niemals etwas zu tragen oder zu benutzen, das tatsächlich des Übens *bedurfte.*

Neben Lebensmitteln und Land, Metall, Papier und Filz war die bedeutendste Ware von Wert die menschliche Arbeitszeit. Selbst wenn ein Leibeigener von seinem harten Tagewerk auf den Feldern erschöpft war, gehörte seine Zeit nicht ihm. Wenn er sich ausruhte, übte er das Sofa seines Herrn; wenn er aß, übte er das überschüssige Geschirr. Er konnte keine Ersparnisse ansammeln, um sich freizukaufen, denn alles, was man zurücklegte, musste entweder geübt werden, oder es verfiel.

Kein Wunder, dass sich im Osten Unruhe zusammenbraute. Aber die Kombination von Gilden, Kirche und Aristokratie würde dafür sorgen, dass der Wandel, wenn überhaupt, nur mühsam vonstatten gehen würde.

»Fixxels Übungsparadies« am Nordende des Einkaufszentrums war ein Hochhaus, das Dennis an zu Hause erinnerte.

Zum einen waren die Wände großenteils spiegelblank und durchsichtig als bestünden sie aus klarem Glas, leicht nur getönt, um das Licht der Nachmittagssonne zu mildern.

Arth erläuterte, dass die Scheiben anfangs zusammengenähte Papierbahnen gewesen seien, die man während der trockenen Jahreszeit ausgiebig geübt hatte, bis sie durchsichtig und wetterfest geworden waren. Seit vielen Jahren schon betrieb man diese Prozedur, und vermutlich waren die Fenster inzwischen besser als die, welche es auf der Erde gab.

In den Schaufenstern am Boulevard prangten Männer- und Frauenkleider, Werkzeuge, Töpfe und Teppiche. »NICHTS NEUES! ALLES ALT UND GEBRAUCHT!«, verkündete ein Schild stolz.

Die Auslagen wurden ständig ausgewechselt. Arbeiter nahmen Waren aus den Fenstern und ersetzten sie durch andere, während Dennis sie noch betrachtete.

Die Pracht der hier angebotenen Dinge war schwindelerregend. Lebensechte Puppen waren in Stoffe gehüllt, die aussahen wie exquisite Seiden und Brokate. Einige dieser Roben hätten bei Neiman-Marcus sicherlich Tausende gekostet.

»Komm schon«, sagte Arth und stieß ihn in die Seite. »Wir wollen dem alten Fixxel doch keinen Gratisschubs geben.«

Dennis blinzelte. Die wunderschönen Dinge hatten ihn verzaubert. Dann begriff er plötzlich, was Arth meinte. Voller Bewunderung für diese Bauernfängerei lachte er laut auf. Indem er die Waren anschaute und sich für ihre Schönheit empfänglich zeigte, trug er ein wenig dazu bei, diese Schönheit zu steigern. Kein Wunder, dass die Puppen so echt aussahen! Generationen von Passanten hatten sie geübt!

Welch ein Geschäft!

Trotzdem – Dennis wünschte sich unwillkürlich, er hätte

mit seinem Gepäck nicht auch seine Kamera eingebüßt. Allein die Kleidermodelle hätten ihm daheim auf der Erde ein Vermögen einbringen können!

Auf Dennis' Drängen hin begaben sie sich auf die Rückseite des Gebäudes, wo die große Übungsarena lag. Ein Anblick von furioser Aktivität bot sich ihnen.

Kolonnen von Männern und Frauen gossen Wasser in lange Reihen von Krügen, Bechern und Pokalen und füllten sie dann wieder auf, oder sie zersägten mächtige Holzblöcke zu feinen Spänen und übten damit glänzende Werkzeuge.

Auf einer weiten, freien Fläche saßen in mehrere Schichten von Tüchern gehüllte Männer auf halbfertigen Stühlen und warfen mit Waffen auf Ziele. Plumpe Messer flogen dabei gegen beinahe fertige Panzerwesten aus glänzendem Leder.

Kein Wunder, dass sich hier nie eine echte Technologie entwickelt hatte! Es lohnte sich nicht, sich auf irgendetwas zu spezialisieren. Wo immer man drei oder vier Dinge gleichzeitig üben konnte, machte es sich bezahlt. Die Feinheiten der Konzentration schienen weniger wichtig zu sein als die Möglichkeit, viele Dinge gleichzeitig im Einsatz zu halten.

Das hier war also das Äquivalent zu einer Fabrik. Aber Dennis fand, dass etwas furchtbar Vergebliches in all dem lag. Die ganze harte Arbeit wäre umsonst, wenn die unablässige Wartung nur für ein paar Wochen oder Monate unterbrochen würde. Wenn man es nur lange genug sich selbst überließe, würde jedes dieser Produkte sich zu seinem Urzustand zurückentwickeln.

Immerhin, dachte Dennis, gab es hier auch keine großen Müllberge, keine gigantischen Deponien, auf denen sich abgenutzte, unbrauchbare Dinge häuften. Fast alles, was diese Leute hervorbrachten, kehrte irgendwann schließlich zur Natur zurück.

Auf keiner der beiden Welten aber, so schien es, gab es so etwas wie ein freies Mittagessen.

Später, in einem anderen Teil der Stadt, schauten Dennis und Arth zu, wie eine religiöse Prozession über einen der großen Plätze zog. Drei gelb gewandete Priester und ihre Jünger trugen eine mit Kissen gepolsterte Plattform, auf der ein schimmerndes Schwert ruhte. An den vier Ecken dieses Palankins lagen frisch abgeschnittene Menschenköpfe.

»Priester des Mlikkin«, identifizierte Arth sie. »Verdammte Kuppler. Mit ihrem mörderischen Scheißdreck sind sie was für die mieseren Bürger von Zuslik.« Er spuckte aus.

Dennis zwang sich, hinzusehen, obwohl ihm der grässliche Anblick schier den Magen umdrehte. Nach allem, was er in der vergangenen Woche aufgeschnappt hatte, betrieben diese Priester eine Kampagne, mit der die Einwohner der Stadt mit der Vorstellung von Tod und Krieg vertraut gemacht werden sollten.

Als die Prozession bei einem Podium am Ende des Platzes anhielt, reckte der Oberpriester jedenfalls das Schwert empor, welches offensichtlich seit Generationen durch Mlikkins Akolythen täglich geübt wurde – und redete einpeitschend auf die johlende Menge ein, die zusammengeströmt war. Dennis verstand nicht viel, aber offenbar hielt der Kerl keine großen Stücke auf das »Gesindel im Osten«. Als er anfing, König Hymiel zu schmähen, blickten sich einige seiner Gläubigen nervös an, aber niemand äußerte laut einen Widerspruch.

Eine ganze Anzahl von Zuslikern jedoch, die stirnrunzelnd in einiger Entfernung gestanden hatten, eilten jetzt empört davon und überließen den Platz der getreuen Gemeinde.

Bis auf eine. Dennis bemerkte eine alte Frau, die in einer entlegenen Ecke der Plaza vor einer Nische mit einer staubigen Statue kniete. Mit altersrunzligen Händen räumte sie Lagen von Abfall beiseite und ersetzte die Blumen, die auf dem gedrehten, spiralförmigen Sockel standen.

Etwas in der Form des Schreins bewirkte, dass Dennis'

Nackenhaare sich kribbelnd sträubten. Er setzte sich in Bewegung, und Arth trottete nervös hinter ihm her und meinte vorwurfsvoll, dies sei kein gesunder Ort für Leute wie sie.

»Was ist das?«, fragte Dennis und wies mit dem Kopf auf den Schrein.

»Das gehört zum Alten Glauben. Manche sagen, es war schon hier, bevor Zuslik gegründet wurde. Die Kirchen haben versucht, es abreißen zu lassen, aber es is' so lange geübt worden, dass man es nich' mal ankratzen kann. Also kippen sie Müll drauf, und sie haben Schlägerbanden, die jeden, der hier beten will, schikanieren.«

Kein Wunder, dass die alte Frau sich immer wieder nervös umblickte, während sie ihre frommen Rituale vollzog. »Aber wieso kümmern sie sich darum …«

Dennis blieb stehen, zwanzig Schritte vor dem Bildstock. Er erkannte die Figur, die auf dem Sockel stand. Es war ein *Drache.* Einen ähnlichen hatte er am Griff des Eingeborenenmessers gesehen, das er beim Zievatron gefunden hatte.

Im grinsenden Maul des Drachen stak eine boshafte, dämonische Gestalt – ein »Blecker«, meinte Arth. Obgleich der Drache von Schmutz und Kritzeleien bedeckt war, zwinkerte er den Passanten mit starrem Auge zu. Das andere, offene Auge glitzerte wie ein heller Edelstein.

Aber es war das Podest unter der mythischen Bestie, was Dennis' Aufmerksamkeit erregte. Es war eine geriefte Säule, eine anmutige Doppelhelix, deren beide Stränge von zierlich verknoteten Sprossen zusammengehalten wurden, sodass sie aussahen wie eine spiralförmige Leiter.

Es war eine DNS-Kette – oder Dennis wollte der leibliche Onkel des Koberkels sein!

Er spürte, wie das nervöse Gefühl der Unwirklichkeit zurückkehrte, das ihn plagte, seit er auf diesem Planeten angekommen war. Langsam näherte er sich dem Schrein, und er fragte sich, wie diese Leute jemals etwas über Genetik hatten wissen können, wenn es ihnen sowohl an den erforderlichen Gerätschaften als auch an den Geistesdisziplinen ermangelte.

»Hssst!« Arth stieß ihn in die Seite. »Soldaten!« Er nickte zur Hauptstraße hinüber, wo ein kleiner Trupp auf sie zugeschlendert kam.

Dennis warf noch einen sehnsüchtigen Blick auf die Statue, aber dann nickte er und folgte Arth eilig in eine Seitengasse. Sie drückten sich in den Schatten und spähten hinaus, als die Patrouille vorüberging. Die Einheit bewegte sich hochmütig über den Platz, ihre »Thenner« hoch erhoben. Der bullige Feldwebel, Gil'm, marschierte neben den Soldaten her und überhäufte die Zivilisten, die nicht flink genug beiseitesprangen, mit Schmähungen.

Aus der Art, wie die Stadtbewohner auseinanderstoben, schloss Dennis, dass Kremers Klansleute aus dem Norden sich immer noch nicht als Zusliker betrachteten, obwohl die Stadt schon seit einer Generation die Hauptstadt des Barons war.

Als Dennis wieder zu dem kleinen Bildstock trat, war die alte Frau verschwunden; zweifellos hatte sie es mit der Angst zu tun bekommen. Mit ihr war die beste Gelegenheit verschwunden, mehr über den Alten Glauben in Erfahrung zu bringen.

Dem Trupp der Soldaten folgte eine Gruppe von beinahe zwanzig jungen Zivilisten, die bedrückt und mit aneinandergefesselten Handgelenken dahertrotteten.

»Zwangsrekrutierte!«, flüsterte Arth heiser. »Kremer verstärkt die Miliz. Anscheinend gibt's wirklich bald Krieg!«

Das erinnerte Dennis daran, dass er immer noch ein Gejagter war. Er blickte auf und sah hoch am Himmel ein Paar breite, schwarze Flügel, die in einem Aufwind schwebten. Zwei winzige menschliche Gestalten saßen in einem Korbrahmen unter dem Gleiter und steuerten ihn träge auf eine Thermalströmung im Süden der Stadt zu. Die Unterseite der Flügel war bemalt und glich ledernen Schwingen; auf diese Weise machte man sich die traditionelle Drachenverehrung zunutze, welche die coylianischen Sagen durchzog.

Zum Glück hatten diese Menschen niemals ein Teleskop entwickelt. In Zusliks verkehrsreichen Straßen würden diese Späher sie niemals entdecken. Nur die Fußpatrouillen boten ihm und Arth Anlass zur Besorgnis.

Aber wenn sie ihren Durchbruchsversuch mit dem Ballon unternähmen, sähe die Sache anders aus. Dann würden diese Gleiter womöglich zu einem Problem werden.

Diskretes Verhalten schien ratsam zu sein. Er folgte Arth, und sie verließen den betriebsamen Platz, aber er beschloss bei sich, später zurückzukehren und die Statue ein wenig genauer zu untersuchen.

Die Halle der Stuhlmachergilde wimmelte von Kindern.

Die Stuhlmachergilde war die ärmste unter den Macherkasten. Anders als die Steinhauer, die Tür- und Angelbauer und die Papiermacher hatte sie keinerlei Geheimnisse zu schützen. Jedermann konnte einen Stuhl- oder Tisch-Anfänger machen, man brauchte ja nur Latten und Schnur dazu. Es war nur das Gesetz, das dieser Gilde ihr Monopol bewahrte.

Große und auch kleinere Kinder erfüllten das ganze Gebäude. Der Fußboden war von Schnurenden und Rindenfetzen übersät. Arth erklärte ihm, dass offene Gilden wie die der Stuhlmacher meistens Kinder und alte Leute beschäftigten, die für hochvolumiges Üben, wie es in den Salons bei Fixxel stattfand, nicht geeignet waren.

Unter der Oberaufsicht einiger weniger Stuhlmachermeister bauten Jungen und Mädchen die Möbel-Anfänger zusammen, die dann in die Häuser der Bedürftigen geliefert wurden. Nachdem die Armen solche Tische und Stühle etwa ein Jahr lang benutzt hatten, verkauften sie die geübten Modelle an wohlhabendere Leute und erwarben mit einem Teil des Erlöses eine neue Garnitur roher Anfänger. So stiegen die Möbelstücke auf der sozio-ökonomischen Leiter langsam immer höher, je älter und besser sie wurden – und so gab es wenigstens für die Dinge Aufstiegsmöglichkeiten, wenn schon nicht für Menschen.

Ein Priester in roten Gewändern bewegte sich zwischen den Kindern umher, begleitet von zwei Stuhlmachermeistern, und er segnete die fertiggestellten Anfänger. Dennis wusste nicht mehr, welche Gottheit die rote Robe repräsentierte, aber die Farbe erinnerte ihn an etwas. Was war es nur?

»Da is' wieder 'ne Patrouille, Dennis.« Arth machte ihn auf eine Streife aufmerksam, die durch eine Nebenstraße marschierte. »Vielleicht sollten wir machen, dass wir nach Hause kommen.«

Dennis nickte zögernd. »Na gut«, sagte er. »Gehen wir.«

Der Fluchtversuch würde frühestens in einer Woche stattfinden, und so würde er noch andere Gelegenheiten finden, die Stadt zu erkunden. Sie drückten sich in eine Seitengasse und gelangten auf die Allee des Zuckerwerks. Arth kaufte ein paar Süßigkeiten, und Dennis versuchte, einen Sinn in das chaotische, aber anscheinend zweckmäßige Muster der Schlittenschienen zu bringen, während sie die Straße entlangschlenderten.

Aber das Bild des rotgewandeten Priesters ging ihm nicht aus dem Sinn. Irgendwie machte es ihn gleichzeitig ärgerlich und frustriert.

Arth griff nach Dennis' Arm, als sie die Gegend erreichten, in der der kleine Dieb wohnte. Argwöhnisch spähte er die Straße hinauf und hinunter. »Nehmen wir 'ne Abkürzung«, sagte er, und er führte Dennis zwischen zwei Ständen hindurch in eine enge Gasse.

»Was ist denn los?«

Arth schüttelte den Kopf. »Vielleicht bin ich bloß nervös.

Aber wenn du fünfmal 'ne Falle witterst und dich viermal irrst, hast du immer noch Grund, auf der Hut zu sein.«

Dennis beschloss, sich darauf zu verlassen, dass Arth wusste, was er tat. Er war schließlich der Fachmann hier. An der Wand eines der Hochzeitskuchenhäuser stand ein Stapel Kisten. »Komm«, sagte er, »ich habe ein Werkzeug, das sich ausgezeichnet dazu eignet, Fallen zu entdecken. Wir können es auf dem Dach benutzen.«

Sie zogen sich auf den ersten Vorsprung hinauf und erklommen dann über ein Rankenspalier den zweiten. Dennis griff unter das Gewand, das Arth ihm geliehen hatte, und zog das Alarmgerät aus einer der zahlreichen Taschen seines Overalls.

Arth starrte gebannt auf die blinkenden Lichter. Er schien der Magie des Erdenmannes restlos zu vertrauen und fest daran zu glauben, dass Dennis mit Hilfe seines Zaubers wissen würde, wann sie sich wieder auf die Straße hinauswagen könnten.

Dennis drehte an den kleinen Reglern. Aber auf dem Bildschirm flimmerte ein unlesbares Chaos von Lichtpunkten. Das Alarmgerät, das seit einer Woche nicht mehr geübt worden war, wollte immer wieder lossummen, was Dennis auch mit ihm anstellen mochte.

Dennis seufzte und griff in eine andere Tasche. Auch das schlanke, zusammenschiebbare Fernglas war in dem Päckchen gewesen, das Linnora ihm heruntergeworfen hatte. Zum Glück war es durch Kremers vergebliche Versuche, es zu öffnen, nur angekratzt worden.

Dennis schaute hindurch und suchte die Straßen unter ihnen ab.

Menschen drängten sich überall auf dem großen Boulevard – Bauern, die ihre Produkte verkaufen und Anfänger erstehen wollten, Aristokraten mit ihrem klonhaften Gefolge, und hier und dort ein Wachsoldat oder ein Kirchenmann. Dennis suchte nach verdächtigen Knäueln von Aktivität.

Er richtete das Glas auf eine Gruppe von Männern am hinteren Ende der Straße. Sie lungerten vor einer Kneipe herum. Anscheinend hatten sie nichts zu tun.

Aber durch das Fernglas bot sich ein anderes Bild. Die Männer waren bewaffnet, und sie musterten die Vorübergehenden intensiv. Sie hatten die hohen Wangenknochen von Kremers Nordmännern.

Dennis stellte die Schärfe nach. Ein hochgewachsener, bewaffneter Mann mit dem Aussehen eines Aristokraten trat aus einem Gebäude hinter den Männern. Ein kleiner Bursche mit hochgezogenen Schultern und einer Augenklappe folgte ihm. Sie sprachen erregt miteinander. Der Einäugige wies dabei immer wieder in die Richtung des Flusses. Der Aristokrat schien ebenso beharrlich darauf zu bestehen, dass sie warten würden, wo sie jetzt standen.

»Ach, äh ... Arth ...« Dennis hatte einen trockenen Mund. »Ich glaube, du solltest dir das hier mal ansehen.«

»Was denn? Das kleine Röhrchen? Guckst du *durch,* oder ist da was drin?«

»Ich gucke hindurch. Es ist eine Art Zauberrohr – es macht Dinge, die weit entfernt sind, größer. Kann sein, dass du einen Moment brauchst, um dich dran zu gewöhnen, aber wenn du damit zurechtkommst, solltest du dir das Wirtshaus am Ende der Straße ansehen.«

Arth hockte sich nieder und nahm das Teleskop entgegen. Dennis zeigte ihm, wie er es halten sollte. Arth wurde aufgeregt.

»He! Das is' ja toll! Ich kann sehen wie der sprichwörtliche Adler von Crydee! ... Ich kann die Bierkrüge da drüben auf dem Tisch zählen ... *Großer Palmi!* Das is' *Perth!* Und er redet mit Lord Hern selbst!«

Dennis nickte. Er hatte ein hohles Gefühl in der Brust, als habe sich eine zerbrechliche Hoffnung plötzlich in etwas Schweres, Hartes verwandelt.

»Dieser Drecksack!«, schimpfte Arth. »Er verpfeift uns! Dabei hat sein Vater mit meinem unter dem alten Herzog gedient! Ich werd' ihm die Gedärme rausreißen und zu Kabeltrossen üben! Ich werd' …«

Dennis ließ sich rückwärts gegen die Wand sinken. Jetzt fiel ihm nichts mehr ein. Es schien keine Möglichkeit zu geben, die Freunde in Arths Wohnung oder in dem Lagerhaus am Wasser, wo sie eben mit dem Bau des Fluchtballons begonnen hatten, zu warnen.

Er fühlte sich derart hilflos, dass ihn erneut dieses merkwürdige Gefühl, sich von der Realität zu lösen, überkam. Es war ihm unmöglich, sich dagegen zu wehren.

Arth hatte das Fluchen zu einer hohen Kunst entwickelt, und er verfügte über ein umfangreiches Vokabular von Schmähwörtern. Eine Zeit lang war er damit beschäftigt, es auszuschöpfen, während dem Erdenmann einfach elend zumute war.

Dann blinzelte Dennis. Ein kurzer, scharfer Reflex von einem benachbarten Dach war ihm ins Auge gefallen. Er richtete sich auf und spähte hinüber. Etwas Kleines bewegte sich zwischen Abflussrohren und Dachmüll.

»Sie haben einen!«, stellte Arth fest, noch immer die Szene vor dem Gasthaus durch das Fernrohr beobachtend. »Sie holen ihn aus meiner Wohnung raus …« Arth jauchzte. »Aber sie haben bloß einen! Die anderen müssen ausgerückt sein! Perth sieht aber gar nich' glücklich aus. Jetzt zupft er Lord Hern am Arm und zeigt zum Wasser rüber. Ha! Bis sie da sind, werden alle unsere Leute ausgebüxt sein! Geschieht ihnen recht!«

Dennis hörte kaum zu. Er richtete sich langsam auf und starrte die Gestalt auf dem wenige Blocks weit entfernten Dach an; sie funkelte und huschte von einem Versteck zum anderen.

»Es is' Mishwa, den sie da haben!«, rief Arth. »Und … jetzt hat er sich losgerissen und fällt über Perth her! Pack ihn dir,

Mishwa! Sie wollen ihn wegreißen, bevor er – He! Dennis, gib das wieder her!«

Dennis hatte ihm das Fernrohr entrissen. Ohne auf Arths Proteste zu achten, versuchte er, das Glas, ohne zu zittern, auf das hundert Meter weit entfernte Dach zu richten. Etwas Flinkes huschte undeutlich erkennbar durch sein Gesichtsfeld.

Es dauerte ein paar Augenblicke, bis er die richtige Stelle gefunden hatte. Dann sah er ein paar Sekunden lang nichts weiter als den Entlüftungskamin, hinter dem das Ding sich verborgen hatte.

Endlich erhob sich etwas dahinter – *ein Auge* auf einem schlanken Stiel, das sich spähend nach links und rechts drehte. »Also, ich will der Sohn eines blaunasigen Erdhörnchens sein …«

»Dennis! Gib mir das Rohr zurück! Ich muss wissen, ob Mish diese Ratte Perth erledigt hat!«

Arth zerrte an seinem Hosenbein.

Dennis riss sich los und richtete das Teleskop wieder auf das Ding auf dem Dach.

Was schließlich hinter dem Abluftrohr hervorkam, hatte sich subtil verändert, seit Dennis es zuletzt gesehen hatte – auf einer Landstraße im Mondschein. Es war blasser geworden und verschmolz mit den Farben der Gebäude ringsum. Seine Greifarme und die Kameras richteten sich auf die Menschenmenge unten auf der Straße, während es auf dem glatten Dach dahinglitt.

Und oben drauf saß ein Passagier.

»Kobi!«, fluchte Dennis. Der kleine Voyeur hatte den perfekten Komplizen für seine Lieblingsbeschäftigung gefunden: Für die Gehwegbeobachtung. Er ritt auf Dennis' Sahara-Tech-Explorationsrobot, als sei er sein höchsteigenes Reittier!

Der mehrfache Zufall und die Ironie, die in all dem lagen, waren überwältigend. Dennis wusste nur, dass der Robot der Schlüssel zu allem war … zur Rettung seiner Freunde und der

Prinzessin ... zu seiner Flucht aus Zuslik, zur Instandsetzung des Zievatrons ... *zu allem!*

Was konnte ein Mann, der wusste, was er tat, nicht alles erreichen, wenn er sich den Übungseffekt bei einer hochentwickelten kleinen Maschine wie dieser zunutze machte! Sie würde ihm helfen können, weitere Maschinen zu bauen, ja, sogar einen neuen Rückkehrmechanismus zu konstruieren!

Er brauchte diesen Robot!

»Kobi!«, brüllte Dennis. »Robot! Komm her zu mir und berichte! Sofort! Hörst du? Augenblicklich!«

Arth packte ihn erschrocken beim Arm. Die Leute auf der Straße blickten neugierig herauf.

Das seltsame Paar auf dem Dach dort hinten schien kurz innezuhalten und sich ihm zuzuwenden.

»Vorherige Anweisungen sind aufgehoben!«, schrie Dennis. »Komm sofort her!«

Er hätte weitergebrüllt, aber Arth versetzte ihm einen heftigen Tritt in die Kniekehlen, und Dennis ging zu Boden. Der kleine Dieb war drahtig und stark.

Als es Dennis endlich gelungen war, sich loszureißen und hinüberzuschauen, waren der Robot und das Koberkel nirgends mehr zu sehen.

Arth beschimpfte ihn herzhaft. Dennis schüttelte den Kopf, während er sich aufrichtete, und rieb sich die Schläfen. Der Anfall von Tunnelsicht war beinahe so plötzlich verflogen, wie er gekommen war.

Aber jetzt war es vielleicht schon zu spät.

Ach du liebe Güte, dämmerte es ihm. *Was hab' ich jetzt angestellt!*

»Schon gut«, sagte er zu Arth. »Lass mich los. Wir können jetzt gehen.«

Aber wenige Augenblicke später, als die Soldaten auf das Dach gestiegen kamen, begriff Dennis, dass er sich schon wieder geirrt hatte.

SIEBTER TEIL

PUNDIT NERO

1

Am Morgen nach dem Abend seiner zweiten Einkerkerung erwachte Dennis mit einem Krampf im Nacken und einem Strohhalm im Ohr, während draußen vor seiner Zelle Stimmen durch den Gang schallten.

Er versuchte sich aufzurichten, aber die Blutergüsse schmerzten bei jeder Bewegung, und er zuckte zusammen. Seufzend ließ er sich ins Stroh zurücksinken.

»Arth«, stellte er bündig fest.

Es fiel ihm überraschend leicht, seine Umgebung zu erkennen. Obgleich er noch nie in einem Kerker gewesen war, hatte er schon unzählige gesehen, in Geschichten und Filmen. Er ließ seinen Blick durch diesen hier wandern und sah beeindruckt, wie authentisch er wirkte.

Anscheinend war er ausgiebig als Kerker geübt worden. Er war feucht, kalt und offenbar von Läusen verseucht. Dennis kratzte sich.

Er *klang* sogar wie ein Kerker. Langsam und monoton tropfte Sickerwasser von den Wänden, schwere Stiefel hallten hohl durch den Gang, und die Wachen redeten draußen mit rauen Stimmen.

»… verstehe gar nich', wieso sie uns 'n komischen Ausländer runterschicken müssen, damit er uns hilft. Auch wenn er piekfeine Referenzen hat«, hörte er einen Soldaten sagen.

»*Yeah*«, pflichtete ein anderer bei. »Uns ging's doch prima … ein paar Folterungen, ein paar günstige Unfälle, leichte Übung. Aber es is' 'n lausiger Laden geworden, seit Yngvi hier is' …« Die Stimmen verhallten, und die Schritte entfernten sich.

Dennis setzte sich schaudernd auf. Er war splitternackt – ein zweites Mal würden sie nicht den Fehler begehen, einem Zauberer seine Habseligkeiten zu lassen. Er tastete umher und suchte nach der schmierigen Wolldecke, die ihm seine Kerkerwächter gegeben hatten.

Schließlich fand er sie; sein Zellengenosse hatte sich hineingehüllt. Dennis stieß den Burschen mit dem Fuß an. »Arth! Arth! Du hast zwei Decken! Gib mir meine zurück!«

Der kleine Dieb klappte die Augen auf und starrte Dennis einen Moment lang ausdruckslos an. Dann klärte sich sein Blick. Er schmatzte mit den Lippen.

»Warum sollte ich? Deinetwegen bin ich hier. Ich hätte dir Lebewohl sagen und dich deiner Wege gehen lassen sollen, gleich nachdem wir aus dem Knast heraus waren.«

Dennis zog die Schultern hoch. Arth hatte natürlich recht. Er war nicht bei Sinnen gewesen, als er das Koberkel und den Robot angeschrien hatte. Ein Held aus einem Abenteuerbuch hätte sich so jedenfalls nicht aufgeführt.

Aber Dennis war ein Mensch. Er unterlag dem psychologischen Druck seiner ungewöhnlichen und höchst gefährlichen Situation. Er mochte *glauben,* er habe sich daran gewöhnt, auf einer fremden Welt mit fremden Regeln gestrandet zu sein und aus Gründen, die er nur halb begriff, von Feinden gesucht zu werden – doch dann warf ihn ein Unglück aus dem Gleichgewicht, und er reagierte verwirrt, desorientiert und kopflos.

Aber Arth konnte er dies alles nicht begreiflich machen. Nicht, solange er vor Kälte zitterte. Ohnehin würden sie kooperieren müssen, wenn sie überhaupt eine Chance haben wollten. Und das bedeutete, dass Arth seine Rechte würde respektieren müssen.

»Es tut mir leid, dass es so gekommen ist, Arth. Du hast mein Magierwort, dass ich es eines Tages wiedergutmachen werde. Aber jetzt gib mir meine Decke zurück, oder ich verwandle dich in einen Frosch, und dann nehme ich sie mir alle beide.«

Er sprach diese Drohung so gleichmütig und gelassen aus, dass Arth die Augen weit aufriss. Zweifellos war Dennis seit der Episode auf dem Dach in seiner Achtung tief gesunken. Aber er hatte nicht vergessen, welche Tricks der Fremde in der Vergangenheit vorgeführt hatte.

Arth schnaufte empört und warf Dennis eine Decke zu. »Weck mich, wenn das Frühstück kommt, Dennis. Dann werden wir sehen, ob du das in was Essbares verwandeln kannst!« Er drehte sich unter seiner Decke auf die andere Seite.

Dennis hüllte sich ein, so gut es ging, und versuchte, die Decke zu »üben«, während er darauf wartete, dass Baron Kremer über sein Schicksal entschied.

Die Zeit verging langsam. Die öde Stille wurde durch gelegentliche Schritte von Gefängniswärtern in den Gängen unterbrochen. Die Wachen murmelten ständig vor sich hin. Schließlich gelang es Dennis zu verstehen, was sie da unablässig wiederholten: Es waren wehmütige Beschreibungen der Lage, in der ihre Klienten sich befanden.

»Is' wirklich feucht und finster hier drin«, bemerkte Wächter eins im Vorübergehen.

»Jawoll. Feucht. Finster«, bestätigte der zweite.

»Möchtste wirklich kein Gefangener sein. Is' ja furchtbar hier unten.«

»Isses. Furchtbar.«

»Hörst du jetzt mal auf, dauernd zu wiederholen, was ich sage? Muss ich denn die ganze Arbeit alleine machen? Das nervt wirklich!«

»Mhm. Nervt. Echt.«

Nun, damit war wenigstens ein Geheimnis gelüftet. Die Kerkergewölbe wurden geübt, indem man die Wachen auf ihren Rundgängen unaufhörlich erklären ließ, wie grässlich es hier unten sei. Vermutlich waren die Gefangenen zu sehr abgelenkt, als dass sie großen Widerstand hätten leisten können.

Vielleicht heuerte Kremer sogar einheimische Masochisten an, die sich hier unten einen schönen Tag machen konnten …

Es war ein unerquickliches Anwendungsgebiet des Übungseffekts, und Dennis wünschte sich, er hätte es nie kennengelernt.

Zwei Tage später, als er den abendlichen Fraß heruntergewürgt hatte, kamen sie ihn schließlich holen. Dennis stand auf, als der hölzerne Riegel sich hob und die Tür aufschwang. Arth beobachtete ihn missmutig aus der Ecke.

Ein Offizier in strenger, eleganter Uniform trat lässig in die Zelle. Hinter ihm standen zwei große Soldaten, deren kegelförmige Bärenpelzmützen die Decke im Gang berührten.

Der hochgewachsene Aristokrat kam ihm bekannt vor. Dann erinnerte Dennis sich daran, dass er ihn am Tage ihrer Gefangennahme auf der Straße gesehen hatte, im Gespräch mit dem Verräter Perth.

»Ich bin Lord Hern«, erklärte der Offizier. »Wer von euch ist der Zauberer?«

Keiner der beiden antwortete.

Lord Hern warf einen Blick auf Arth und fasste einen Entschluss. Mit einer gelangweilten Geste winkte er Dennis, ihm zu folgen.

»Viel Glück, Arth«, sagte Dennis. »Bis später.« Der kleine Dieb verdrehte wortlos die Augen und seufzte.

Die Sonne ging hinter den Bergen im Westen unter, als sie auf einen der unteren Vorsprünge hinaustraten. Dennis beschirmte die Augen mit der Hand, weil er so lange in der Finsternis des Kerkergewölbes gehockt hatte.

Zwei weitere Wachen schlossen sich ihnen an. Dennis wurde durch Dienstbotenkorridore und dann eine Treppe hinauf in einen eleganten Gang geführt. Keiner der Bediensteten würdigte den in eine Decke gehüllten, schäbigen Kerl, der da vorbeieskortiert wurde, eines Blickes.

Eine Tür am Ende des Ganges war von zwei weiteren Wachen flankiert. Auf ein Kopfnicken von Lord Hern hin öffneten sie die beiden Flügel.

Dennis folgte seinem Begleiter in einen großzügig ausgestatteten Raum ohne Fenster. Er erblickte ein großes Bett mit einer üppigen, eleganten Brokatdecke. Eine hübsche junge Dienerin legte ein elegantes, braunes Gewand mit weiten Ärmeln zurecht. Durch eine Tür an der anderen Seite des Zimmers wallte Dampf, und man hörte Wasser fließen.

»Sie werden heute Abend mit dem Baron dinieren«, ließ Lord Hern ihn wissen. »Sie werden sich gut benehmen. Es ist schon vorgekommen, dass Gäste, die sich in Anwesenheit des Barons unbedacht verhalten haben, auf Nimmerwiedersehen verschwunden sind.«

Dennis zuckte die Achseln. »Ist mir nicht neu. Vielen Dank. Kommen Sie auch?«

Lord Hern blickte an seiner Nase entlang. »Ich werde leider nicht das Vergnügen haben, da ich in diplomatischem Auftrag unterwegs sein muss. Vielleicht ein andermal.«

»Ich freue mich darauf.« Dennis nickte liebenswürdig.

Der Aristokrat erwiderte das Nicken kaum merklich. Wortlos ging er hinaus.

Die Coylianer waren anscheinend ein fantasieloses, unbedarftes Volk. Die beiden Wachen warfen ihm jedenfalls nur einen verwunderten Blick zu, als Dennis hinter dem Rücken des sich entfernenden Lords eine sonderbare Gebärde mit ausgestrecktem Arm und Mittelfinger vollführte.

Man brauchte ihm nicht erst zu sagen, dass nebenan ein Bad eingelassen wurde. Dennis ließ die Decke fallen, beförderte sie mit einem Fußtritt in die Ecke und folgte dem Plätschern des Wassers.

2

Höhlenmenschen, erinnerte Dennis sich immer wieder, als er zum Bankettsaal unterwegs war.

Vergiss nicht, mein Junge: Sie sind nichts als Höhlenmenschen. Aber es war schwer, das nicht zu vergessen. Der grandiose Korridor war abwechselnd von schimmernden Spiegeln und zierlichen Gobelins gesäumt. Seine Stiefel und die seines Begleiters klapperten über einen Mosaikfußboden, der glitzernd das Licht von funkelnden Kronleuchtern reflektierte.

Wachen in sonnenhellen Lederrüstungen und mit schimmernden Hellebarden standen in gleichmäßigen Abständen in starrer Habachtstellung.

Dennis fragte sich, ob es eine demonstrative Zurschaustellung sein mochte, wenn die Männer hier zu stehen hatten, während doch selbst die Freizeit nutzbringender damit zugebracht werden konnte, dass sie Dinge übten.

Doch dann fiel ihm ein, dass sie ja sehr wohl etwas übten: den Korridor selbst. Sie *betrachteten* die Spiegel, die Wandbehänge und die Uniformen ihrer Kameraden, und sie machten dies alles schöner, indem sie seine Schönheit auf sich wirken ließen. Vermutlich, begriff er, standen diese Wachen hier nicht wegen ihrer Tapferkeit, sondern wegen ihres guten Geschmacks.

Seine Eskorte warf ihm einen kurzen Blick zu, als er einen anerkennenden Pfiff ausstieß.

Während sie auf eine hohe, massive Doppeltür zumarschierten, versuchte Dennis, sich zu entspannen.

Wenn der Lokalbonze hier einen Zauberer erwartet, dann liegt meine Chance darin, mich zu *benehmen* wie ein Zauberer. Vielleicht ist dieser Baron Kremer ja gar nicht so unvernünftig. Vielleicht kann ich einen Handel mit ihm abschließen: Freiheit für mich und meine Freunde und Hilfe bei der Reparatur des

Zievatrons, und dafür unterweise ich eine der Machergilden in den Grundlagen des Rades?

Dennis fragte sich, ob der Edelmann wohl Prinzessin Linnora gegen die Essenz des »Leichter-als-Luft«-Fluges eintauschen würde.

Die mächtigen Türflügel öffneten sich lautlos, und Dennis wurde in einen weiträumigen Speisesaal mit einer gewölbten, von freiliegenden Balken durchzogenen Decke geleitet. Das Zentrum dieses Raumes wurde von einem prachtvollen, aus unglaublich schönem, schwarzem Holz geschnitzten Tisch beherrscht. Drei schwere Kandelaber verbreiteten gedämpftes Licht. Das Kristall auf der bestickten Tischdecke funkelte im Schein der Kerzen.

Obgleich für vier Personen gedeckt war, konnte Dennis vorläufig nur Dienstboten entdecken. Einer trug ein Tablett mit verschiedenen Getränken und bot Dennis davon an.

Er brauchte irgendetwas, um seine Nerven zu beruhigen. Es war nicht leicht, stets im Gedächtnis zu behalten, dass alles dies einem Wilden, einem Höhlenmenschen, gehörte. Der gesamte Raum diente dazu, den Gast an seinen Platz in der Schichtengesellschaft zu erinnern. Wäre es ein Raum auf der Erde gewesen, hätte Dennis sich auf ein Zusammentreffen mit einem König gefasst machen müssen.

Er deutete auf eine Flasche, und der Diener goss die funkelnde Flüssigkeit in einen Kristallkelch, der in den Farben des Feuers loderte.

Dennis nahm das Glas in Empfang und spazierte durch den Raum. Wenn er ein Dieb gewesen wäre und ein funktionierendes Zievatron zur Hand gehabt hätte, dann hätte er sich mit dem, was er mit bloßen Händen tragen konnte, auf der Erde zur Ruhe setzen können.

Vorausgesetzt natürlich, diese Dinge behielten ihren gegenwärtigen Zustand bei, wenn sie aus dem Wirkungsbereich des

Übungseffekts entfernt wurden. Dennis grinste, als er sich die erzürnten Kunden vorstellte, die solche wunderbaren Stücke erstanden hatten und nun mit ansehen mussten, wie sie sich vor ihren Augen in die plumpen Produkte einer Kindergartenwerkstatt verwandelten.

Die Schadenersatzprozesse würden sich über Jahre hinziehen! Das Gefühl der Unwirklichkeit war wieder da. Es schien unüberwindlich zu sein, und diesmal war Dennis nicht sicher, ob es ihm nicht sogar helfen würde. Er musste heute Abend selbstsicher erscheinen, denn sonst würde er riskieren, jede etwa noch verbliebene Chance zur Heimkehr einzubüßen.

In schlafwandlerischer Versonnenheit trat er durch eine elegante französische Tür hinaus auf den Balkon. Er schaute hinauf zum Sternenhimmel. Die beiden kleinen Monde beleuchteten treibende Cumuluswolken. Dennis hob seinen Kelch zum Mund.

Der Gedankenbann zerstob jäh, und er würgte. Hustend spie er das Zeug auf den irisierenden Parkettboden. Mit einem spitzenbesetzten Ärmel wischte er sich den Mund ab, und ungläubig starrte er auf seinen Pokal.

Wieder einmal war er seinen eigenen Vorurteilen in die Falle gegangen. In einer so luxuriösen Umgebung hatte er einen erstklassigen Wein erwartet – aber doch keine Elefantenpisse. Im Schatten zu seiner Rechten ertönte ein musikalisches Frauenlachen. Hastig fuhr er herum und sah, dass noch jemand auf dem Balkon stand. Einen Augenblick lang versuchte die Gestalt, ein amüsiertes Grinsen hinter der Hand zu verbergen.

Dennis fühlte, wie das Blut in seine Wangen strömte.

»Ich weiß, wie Sie sich fühlen«, beeilte sich die junge Frau mitfühlend sagen. »Ist es nicht schrecklich? Man kann keinen Wein ›üben‹, und kochen kann man ihn auch nicht. Also schütten diese Kretins in ihre edlen Flaschen, was immer sie haben, und sind glücklich damit, weil sie den Unterschied sowieso nicht kennen.«

Nach den kurzen Blicken, die er auf sie hatte werfen können, und den Geschichten, die er über die L'Toff gehört hatte, war in seiner Fantasie ein beinahe elfenhaftes Bild der Prinzessin Linnora entstanden, und er hatte eine fragile, fast ätherische Erscheinung erwartet. Aus der Nähe gesehen war sie in der Tat wunderschön, aber sie sah sehr viel menschlicher aus, als seine Einbildungskraft sie ihm gemalt hatte. Sie hatte Grübchen, wenn sie lächelte, und ihre Zähne waren zwar strahlend weiß, aber ein wenig ungleichmäßig. Obwohl sie unverkennbar eine junge Frau war, hatte die Trauer an ihren Augenwinkeln bereits zarte Fältchen eingegraben.

Dennis merkte, dass ihm die Worte in der Kehle stecken blieben. Er versuchte sich an einer ungelenken Verneigung, während er überlegte, was er sagen sollte.

»In meiner Heimat, Lady, würden wir solche Gewächse für eine Bußperiode aufbewahren.«

»Welch eine Buße.« Das implizierte Asketentum schien sie zu beeindrucken.

»Im Augenblick«, fuhr Dennis fort, »würde ich diesen exquisiten Kelch und allen Reichtum des Barons gegen einen guten Cabernet aus meiner Heimat tauschen – denn dann könnte ich auf Ihre Schönheit trinken, und auf die Hilfe, die Sie mir einmal haben zuteil werden lassen.«

Sie dankte ihm mit einem Knicks und einem Lächeln. »Ein etwas verschlungenes Kompliment, aber ich glaube, es gefällt mir. Ich muss zugeben, Sir Zauberer, dass ich nicht damit gerechnet habe, Sie wiederzusehen. War meine Hilfe so unzulänglich?«

Dennis trat zu ihr an das Geländer. »Nein, Lady. Ihre Hilfe hat uns die Flucht aus dem Gefängnishof ermöglicht. Haben Sie den Aufruhr nicht gehört, den Sie in jener Nacht indirekt verursachten?«

Linnoras Lippen kräuselten sich, und sie wandte den Kopf ein wenig; offenbar war sie bemüht, bei diesen Erinnerungen nicht unziemlich laut zu lachen. »Der Ausdruck im Gesicht unseres Herrn Gastgebers hat mich für alles, was Sie mir vielleicht schuldeten, entschädigt. Ich wünschte nur, sein Netz wäre diesmal leer geblieben.«

Dennis erwog, etwas stilvoll Galantes zu erwidern, beispielsweise: »Ich konnte nicht anders – ich musste zu Ihnen zurückkehren, Mylady.« Aber der offene Blick ihrer grauen Augen machte eine solche Antwort zu unangemessenem Geschwafel. »Na ja, äh …«, sagte er stattdessen. »Ich schätze, sogar ein Zauberer ist manchmal ein bisschen ungeschickt.«

Ihr warmes Lächeln ließ erkennen, dass er die richtige Antwort gegeben hatte. »Dann werden wir auf eine neue Gelegenheit hoffen müssen, nicht wahr?«, fragte sie.

Dennis fühlte eine unerklärliche Wärme in sich. »Hoffen können wir«, stimmte er zu.

Eine Zeit lang standen sie schweigend da und betrachteten das Mondlicht, das sich im Wasser des Fingal spiegelte.

»Als Baron Kremer mir zum ersten Mal Ihre Sachen zeigte«, sagte sie schließlich, »war ich davon überzeugt, dass ein Fremder in diese Welt gekommen war. Es waren offensichtlich Werkzeuge von großer Kraft, wenngleich ich so gut wie kein *Pr'fett* in ihnen spüren konnte.«

Dennis zuckte die Achseln. »In meiner Heimat sind es gewöhnliche Gerätschaften, Hoheit.«

Sie sah ihn aufmerksam an. Überrascht stellte Dennis fest, dass sie anscheinend nervös war. Ihre Stimme klang gedämpft, beinahe unterdrückt. »Dann kommen Sie vom Ort der Wunder? Aus dem Land unserer Ahnen?«

Dennis blinzelte. *Aus dem Land unserer Ahnen?*

»Ihre Werkzeuge hatten so wenig *Pr'fett*«, fuhr Linnora fort. »Aber ihre Essenz war *stark,* stärker als alles auf der Welt. Nur einmal habe ich etwas Ähnliches gesehen – in der Wildnis, bevor ich gefangen genommen wurde.«

Dennis starrte sie an. Konnte es sein, dass so viele Fäden auf einmal zusammenliefen? Er tat einen Schritt auf Linnora zu. Aber bevor er etwas sagen konnte, schnitt eine andere Stimme ihm das Wort ab.

»Auch ich brenne darauf, von der Heimat des Zauberers zu hören. Das, und noch vieles andere mehr.«

Beide drehten sich um. Ein hoher Schatten verdeckte die erleuchtete Tür zum Bankettsaal. Einen kurzen Augenblick lang hatte Dennis den beglückenden Eindruck, Stivyung Sigel vor sich zu sehen.

Aber dann trat der Mann vor.

»Ich bin Baron Kremer«, sagte er.

Der Warlord besaß ein kraftvolles, gekerbtes Kinn, das gut zu seinen breiten Schultern passte. Sein silbrig blondes Haar reichte ihm dicht bis unter die Ohren. Seine Augen blieben im Schatten, als er sie mit einer Gebärde an die glitzernde Tafel bat.

»Wollen wir speisen? Vielleicht finden wir dann Gelegenheit, mancherlei zu erörtern – die verschiedenen Arten von Essenz, zum Beispiel … und andere Welten.«

3

Diakon Hoss'k spreizte die Arme in einer expansiven Geste und verfehlte dabei um Haaresbreite einen funkelnden Kandelaber. »Sie sehen also, Zauberer, die unbelebten Dinge wurden entschädigt für die Vorteile, die die Götter den lebenden gaben. Ein Baum mag wachsen, blühen und seinen Samen in den Wind streuen, aber er ist gleichwohl zum Sterben verurteilt. Ein Fluss ist es nicht. Ein Mensch mag denken und handeln und sich von Ort zu Ort bewegen, aber sein unentrinnbares Schicksal ist es, im Laufe der Zeit alt und hinfällig zu werden. Die Werkzeuge hingegen, die er benutzt – die unbelebten Sklaven, die ihm ein Leben lang dienen –, werden mit dem Gebrauch nur immer besser.«

Die Ausführungen des Diakons waren eine merkwürdige Mischung aus Theologie, Teleologie und Märchen. Dennis gab sich Mühe, nicht allzu amüsiert auszusehen. Das gebratene Geflügel auf seinem Teller war, verglichen mit seiner Kerkerdiät, eindeutig eine Verbesserung, und er würde nicht riskieren, wieder auf Gefängniskost gesetzt zu werden, nur weil er über das Geschwätz des hauseigenen Weisen grinste.

Am Kopf der Tafel saß Baron Kremer und lauschte Hoss'ks pedantischen Darlegungen ruhig. Hin und wieder bedachte er Dennis mit einem langen, prüfenden Blick.

»Somit also hauchten die Götter allen unbelebten Gegenständen – einschließlich gar derer, die einmal gelebt haben, wie etwa Holz oder Leder – das *Potenzial* ein, etwas zu werden, das größer ist als sie ... etwas, das *nützlich* ist. Dies ist der Weg, den die Götter zu erwählen beliebten und der den Überfluss für ihr Volk unausweichlich macht ...«

Der füllige Gelehrte trug ein elegantes, weißes Abendgewand. Wenn er gestikulierte, flatterten die weiten Ärmel, und etwas leuchtend Rotes blitzte darunter auf.

»Wenn ein Macher das *Potenzial* eines Objektes in *Essenz* verwandelt«, fuhr Hoss'k fort, »dann darf dieser Gegenstand *geübt* werden. Auf diese Weise bestimmten die Götter nicht nur unseren Lebensstil vorher, sondern ebenso auch unsere gesegnete Gesellschaftsordnung.«

Dennis gegenüber stocherte Prinzessin Linnora auf ihrem Teller herum. Sie blickte gelangweilt drein – und vielleicht auch ein bisschen verärgert über das, was Hoss'k da redete.

»Es gibt Leute«, warf sie ein, »die glauben, dass auch lebende Dinge ein Potenzial besitzen. Dass auch sie das hinter sich lassen können, was sie sind, und größer zu werden vermögen, als sie waren.«

Hoss'k würdigte Linnora eines herablassenden Lächelns. »Eine altertümliche Vorstellung. Ein Überrest jenes antiken Aberglaubens, den heute nur noch eine Handvoll obskurer Stämme wie der Ihre, Lady, ernst nimmt – abgesehen vielleicht von dem Gesindel im Osten. Hier manifestiert sich der primitive Wunsch, dass Menschen, Familien, gar ganze Spezies, verbessert werden könnten. Aber sehen Sie sich doch um! Werden Kaninchen oder Rickel oder Pferde etwa mit jedem Jahr besser? Wird es der Mensch? Nein, ganz offenkundig kann der Mensch nicht verbessert werden. Nur das Unbelebte kann, mit Zutun des Menschen, bis zur Vollkommenheit geübt werden.« Hoss'k lächelte und nahm einen kleinen Schluck von seinem Wein.

Dennis konnte sich eines Gefühls nicht erwehren, das schon seit einer Stunde an ihm nagte. Ihm war, als habe er diesen Mann schon einmal gesehen und als gebe es einen Grund zur Feindschaft zwischen ihnen.

»Okay«, sagte er. »Sie haben jetzt erklärt, *warum* unbelebte Werkzeuge mit dem Gebrauch immer besser werden: Weil die Götter beschlossen haben, dass es so sei. Aber *wie* wird, beispielsweise, ein Stück Feuerstein zu einer Axt, nur indem es benutzt wird?«

»Ah! Eine gute Frage!« Hoss'k unterbrach sich, um gutmütig zu rülpsen. Linnora an der anderen Seite des Tisches verdrehte die Augen, doch Hoss'k bemerkte es nicht.

»Sehen Sie, Zauberer, die Gelehrten wissen schon lange, dass das schließliche Schicksal der Axt, von der Sie sprechen, zum Teil durch die *Essenz des Machens* bestimmt wird, die ihr durch einen gesalbten Meister der Steinhauergilde eingegeben worden ist. Die Essenz, mit der ein Gegenstand am Anfang ausgestattet wird, ist ebenso wichtig wie das *Pr'fett,* welches der Besitzer durch das Üben einfließen lässt. Damit will ich sagen: Das Üben ist wichtig, aber es ist nutzlos, wenn nicht von Anfang an die richtige Essenz vorhanden ist. So sehr er sich auch mühen mag – ein Bauer wird einen Schlitten niemals durch Üben in eine Hacke verwandeln, einen Windvogel nicht in einen Becher. Ein Gerät muss zu Anfang wenigstens zu dem Zweck benutzbar sein, dem es dienen soll, wenn man es durch Üben verbessern will. Und allein die Machermeister besitzen die Fertigkeit, solche Geräte anzufertigen. Dies ist eine Tatsache, die den Massen nicht recht klar zu sein scheint, vor allem in letzter Zeit nicht mehr – wenn ich das unmäßige Murren gegen die Gilden richtig deute. Die Unruhestifter schreien da etwas von ›Mehrwert‹ und der ›Bedeutung der Übungsarbeitskraft‹. Aber das alles ist ignorant und töricht, nichts weiter.«

Dennis hatte bereits begriffen, dass Hoss'k zu jenen Intellektuellen gehörte, die notwendige und unaufhaltsame Veränderungen in ihrer Gesellschaft stets ablehnten und die Kräfte, die rings um sie herum machtvoll gegeneinander tobten, fröhlich ignorierten. Seine Sorte hatte getändelt, während Rom niederbrannte, und noch die Asche mit ihrer ureigenen Logik aus der Welt argumentiert.

Hoss'k nippte an seinem Wein und strahlte Dennis an. »Selbstverständlich brauche ich einem Mann wie Ihnen nicht zu erklären, weshalb es notwendig ist, die unteren Klassen im Zaum zu halten.«

»Ich habe keine Ahnung, wovon Sie reden«, erwiderte Dennis kühl.

»Na, na, Zauberer, Sie brauchen uns nichts vorzumachen. Ich habe schließlich die Gegenstände inspiziert, die Sie uns so freundlich … äh … geliehen haben, und ich weiß so viel über Sie!« Nachsichtig lächelnd biss der Mann in eine breiige Dessertfrucht.

Dennis beschloss zu schweigen. Er hatte an diesem Abend langsam gegessen und wenig gesprochen, und es war ihm wohl bewusst, dass der Baron seine Reaktionen aufmerksam beobachtete. Seinen Wein hatte er kaum angerührt.

Dennis und Linnora hatten hin und wieder, wenn sie es gewagt hatten, Blicke gewechselt. Einmal, als der Baron mit dem Butler sprach und der Gelehrte ausladend mit der Decke redete, hatte die Prinzessin die Wangen aufgeblasen und Hoss'ks Gewäsch mit grotesker Mimik imitiert. Dennis hatte sich nur mühsam verkneifen können, laut herauszuplatzen.

Kremer hatte sie verwundert angeschaut, und Dennis hatte sich bemüht, mit unbewegter Miene vor sich hinzustarren. Linnoras Gesicht war eine Maske von unschuldiger Aufmerksamkeit. Dennis begriff, dass er auf dem besten Wege war, sich zu verlieben.

»Da bin ich neugierig, Diakon«, sagte Kremer. »Was können Sie aus seinen Werkzeugen und seinem Verhalten schließen? Was wissen Sie über seine Heimat?«

Der Baron ließ sich in seinem üppigen, thronähnlichen Sessel zurücksinken. Er schien von einer rastlosen Energie angefüllt zu sein, die er mit sorgfältiger Berechnung im Zaum hielt: Sie zeigte sich nur ab und zu, wenn er zwischen den bloßen Fingern eine Nuss zerknackte.

Hoss'k wischte sich den Mund mit seinem Serviettenärmel ab. Er neigte den Kopf. »Wie Sie es wünschen, Mylord. Würden Sie mir als Erstes sagen, welches der Werkzeuge, die Dennis Nuel mitgebracht hat, Sie am meisten interessiert?«

Kremer lächelte nachsichtig. »Die Handwaffe, die aus der Ferne tötet, das Glasrohr, mit dem man Weites nah sieht, und das Kästchen, das leuchtende Insektenpunkte zeigt.«

Hoss'k nickte: »Und was haben alle diese Geräte gemeinsam?«

»Sagen Sie es uns.«

»Sehr wohl, Mylord. Unzweifelhaft enthalten diese Geräte Essenzen, die hier in Coylia gänzlich unbekannt sind. Unsere Lady vom Volke der L'Toff ...« – Hoss'k bedachte Linnora mit einer Neigung des Kopfes – »... hat uns diese Tatsache bestätigt.

Wenngleich er es nun unternommen hat, die Einzelheiten seiner Herkunft vor uns zu verbergen, so ist des Zauberers schlichte Unkenntnis einiger fundamentaler Fakten unserer Lebensweise doch ein Hinweis darauf, dass er aus einem fernen Land kommt, das sicher weit hinter der Großen Wüste jenseits der Berge liegt – aus einem Land, in dem das Studium der Essenz eine radikal andere Entwicklung genommen hat als bei uns. Vielleicht ist die Essenz selbst dort anders, sodass die Werkzeuge, die man dort übt, gezwungen sind, sich in einer von der bei uns üblichen abweichenden Weise zu entwickeln.« Hoss'k lächelte, als wisse er, dass dies eine gewagte Spekulation sei.

Dennis richtete sich auf seinem Stuhl auf. *Vielleicht ist dieser Kerl doch nicht so einfältig,* dachte er.

»Vor allem das Kästchen mit den Lichtern verrät mir manches«, fuhr Hoss'k zuversichtlich fort. »Die winzigen dressierten Insekten, die es hinter der durchscheinenden Wand enthält, sind hierzulande unbekannt. Sie sind kleiner als das winzigste Glühwürmchen. Wie werden sie genannt, Zauberer?«

Dennis lehnte sich wieder zurück und hätte beinahe vor Enttäuschung laut geseufzt. *Höhlenmenschen,* erinnerte er sich. »Man nennt sie ›Combipix-Elemente‹«, antwortete er. »Sie bestehen aus etwas, das Flüssigkristall heißt und das man …«

»Flüssigkristallelemente!«, rief Hoss'k, bevor Dennis zu Ende sprechen konnte. »Man stelle sich vor! Nun, anfangs fürchtete ich, die kleinen Wesen könnten unter meiner Obhut dahinsterben. Nach einer Weile wurden sie matt, und ich fand kein Luftloch noch sonst einen Weg, sie mit Nahrung zu versorgen. Schließlich aber fand ich heraus – beinahe zufällig, wie ich gern gestehe –, dass sie sich recht gut erholten, wenn man sie mit *Sonnenlicht* fütterte!«

Unwillkürlich reagierte Dennis mit einem Hochziehen der Brauen. Hoss'k sah es und grinste triumphierend.

»Aha, ja ja, Zauberer – wir sind keine Tölpel oder Dummköpfe hierzulande! Diese Entdeckung jedenfalls erfreute meinen Herrn, den Baron, ganz besonders. Inzwischen nämlich hatte seine neue Waffe, der kleine ›Nadelwerfer‹, den Sie freundlicherweise zur Verfügung gestellt hatten, ebenfalls aufgehört zu funktionieren. Jetzt natürlich wird dieses Gerät gleichfalls täglich mit Sonnenlicht gespeist, während es geübt wird.«

Der dicke Gelehrte strahlte, als Baron Kremer diese Leistung mit einem knappen Lächeln und einem Kopfnicken bestätigte. Kremer hatte mit der Nadelpistole offensichtlich etwas vor. Dennis runzelte die Stirn, aber er schwieg weiter.

»Ebenso wie die kleinen Fliegen in der Zauberschachtel«, fuhr Hoss'k fort, »ist auch in der Waffe etwas, das von Zeit zu Zeit ein wenig Sonnenlicht essen muss. Und in der Tat – wenn man die Waffe benutzt, hört man das leise Scharren der kleinen Tiere, die darin gefangen gehalten werden. Allerdings habe ich an diesem Gerät noch eine kleine Fütterungsklappe gefunden, und jetzt versorgen wir die Wesen darin mit dem Metall, das sie anscheinend neben dem Sonnenlicht auch noch benötigen. Ihre Dämonen haben einen kostspieligen Geschmack, Zauberer. Es kostet meinen Herrn mehrere Leibeigene, die Waffe zu üben!«

Dennis blickte gleichmütig vor sich hin. Der Kerl war clever, aber seine Schlussfolgerungen wichen mehr und mehr von der Realität ab. Dennis versuchte, nicht darüber nachzudenken, auf welche Weise Kremer den Nadler ›übte‹.

»Und was verrät Ihnen dies alles über meine Heimat?«, fragte er.

Hoss'k grinste. »Nun, zunächst einmal haben wir gesehen, dass Ihre Magie zum Teil darin besteht, die Essenz lebender Dinge ihren Werkzeugen einzuverleiben, bevor Sie mit dem Üben beginnen. Dies lässt mich auf eine Gesellschaft schließen, die dem Leben weniger Achtung entgegenbringt als wir hier in Coylia.«

Unwillkürlich musste Dennis sardonisch grinsen. Einfältiger konnte es nun wirklich nicht mehr kommen! Er warf einen Blick zu Linnora hinüber, um seine Empfindungen heimlich mit ihr zu teilen, aber er sah mit Bestürzung, wie sie ihn anschaute. Offensichtlich hielt sie nicht viel von Hoss'k, aber seine letzte Schlussfolgerung hatte sie sichtlich beunruhigt. Nervös befingerte sie ihre Serviette.

Merkte sie denn nicht, dass der Gelehrte nur blindlings um sich schlug?

Hoss'k fuhr fort. »Vor einer Weile nahm ich einige der Gegenstände, die Dennis Nuel aus seiner Heimat mitgebracht hat – soweit mein Herr, der Baron, sie nicht für andere Zwecke benötigte –, und legte sie in einen dunklen Kasten, in welchem sie weder Licht noch Übung bekommen konnten; ich wollte beobachten, wie sie zu ihren Ursprungsformen zurückkehrten, und herausfinden, welche essentiellen Prinzipien in ihrem Kern verborgen waren. Zu meinem Erschrecken fand ich, dass die Werkzeuge sich nach ein paar Tagen nicht weiter verschlechterten! In einer dunklen Kammer bleibt sein Messer so scharf, wie es vor einer Woche war! Zum Teil lässt sich dies sicher durch die Tatsache erklären, dass es aus einer Eisenmenge besteht, die als Lösegeld für einen Prinzen ausreichend wäre. Aber auch die Verschlüsse an seiner Kleidung und an seinem Rucksack verharrten starr in kunstreich verschlungenen Formen, wie kein lebender Handwerker sie zustande bringen könnte.«

Dennis warf einen Blick zu Kremer hinüber. Der Baron hatte die Hände vor sich gefaltet und lauschte. Dichte Brauen überschatteten seine Augen.

Linnoras Blick huschte zwischen Hoss'k, Dennis und Kremer hin und her; sie war sichtlich beunruhigt. Dennis wusste nicht, woran es liegen mochte. War es etwas, das dieser Idiot gesagt hatte? Er beschloss, den Torheiten ein Ende zu machen, bevor es allzu lächerlich würde. »Ich glaube nicht, dass Sie …«

Aber der Gelehrte ließ sich nicht unterbrechen. »Die Gegenstände, die der Zauberer mitgebracht hat, sind wahre Wunderwerke. Nur einmal ist mir etwas Ähnliches unter die Augen gekommen«, erklärte er. »Bei unserer letzten Expedition in die Berge im Westen, nördlich des Landes der L'Toff, habe ich zusammen mit meinen Begleitern in der Wildnis ein winziges Häuschen entdeckt, das ganz und gar aus Metall bestand …«

Dennis starrte Hoss'k an, und er spürte, wie seine Hände sich zu Fäusten ballten. *»Sie!«* Jetzt wusste er, dass er den Diakon schon einmal gesehen hatte: Auf dem Monitor des Sahara-Tech-Explorationsrobots. Es war *dieser* Idiot gewesen, der, in seine formellen roten Gewänder gehüllt, die Demontage des Zievatrons beaufsichtigt hatte.

»Aha.« Der Gelehrte nickte. »An Ihrer Reaktion erkenne ich, dass das Ihr Häuschen war, Zauberer. Und das überrascht mich nicht. Denn ich fand einen kleinen Kasten an der Seite des Hauses, der sich aufstemmen ließ. Und darin entdeckte ich ein ganzes *Lager* von unglaublichen kleinen Werkzeugen! Ein paar davon nahm ich mit, um sie bei Gelegenheit zu untersuchen. Es ist mir zwar noch nicht gelungen, sie etwas Erkennbares tun zu lassen, aber auch sie haben sich, wie die Gegenstände aus Ihrem Gepäck, nicht um ein Haar verändert, seit sie in meinem Besitz sind.«

Hoss'k schob die Hand unter seine voluminösen Gewänder und zog eine Handvoll kleiner Objekte hervor.

»Einige davon entstammen einem Paar ziemlich großer, wilder Dämonen, die das Haus bewachten. Aber die Thenner der tapferen Wachen meines Herrn machten ihnen rasch den Garaus.«

Glitzernde kleine Elektronikteile rollten aus seiner Hand auf den Tisch. Dennis starrte den Greifarm eines kleinen Sahara-

Tech-Robots an; daneben funkelte eine zerbrochene Elevatronik-Schalttafel, deren Komponenten allein mehrere Hunderttausend Dollar wert waren!

»Natürlich konnten wir nicht lange genug bleiben, um eine umfassende Untersuchung durchzuführen, wie Sie begreifen werden, denn just dort begegneten wir der Prinzessin. Unsere Männer brauchten zwei ganze Tage, um – ahem! – ihren Weg von dem kleinen Metallhäuschen zu der Felsspalte zu verfolgen, in die sie sich verirrt hatte …«

»Ich hatte mich nicht verirrt! Ich hatte mich vor euren dreimal verfluchten Nordmännern versteckt!«, fauchte Linnora.

»Hmm. Nun gut. Sie erklärte, sie sei auf diese Berglichtung gekommen, weil sie gefühlt habe, dass sich in dieser Gegend kürzlich etwas Ungewöhnliches ereignet habe. Ich hielt es für klug, sie einzuladen, unsere Expedition nach Zuslik zurückzubegleiten … zu ihrer eigenen Sicherheit selbstverständlich.«

Dennis konnte sich kaum noch beherrschen. »Sie also sind der Kretin, der das Rückkehrgerät auseinandergenommen hat!«, knurrte er.

Hoss'k lachte. »Oh, Zauberer – ich habe die Zerlegung vollendet, jawohl, aber Ihre L'Toff-Prinzessin hatte bereits damit begonnen, Ihre merkwürdige Hütte zu untersuchen, bevor wir eintrafen.«

Er sah sie an, um festzustellen, ob es sich tatsächlich so zugetragen hatte, aber Linnora erwiderte seinen Blick nicht, sondern fächelte sich mit unbeteiligter Miene Luft zu: In diesem Augenblick empfand Dennis keine Vorliebe für irgendjemanden hier. Er bedachte auch Linnora mit dem wutentbrannten Blick, der zuvor Hoss'k zuteil geworden war. *Beide* hatten an einer Sache herumgepfuscht, an der sie nichts zu suchen gehabt hatten!

»Wie auch immer, Zauberer«, nahm Hoss'k den Faden wieder auf, »Schaden ist nicht angerichtet worden, dessen bin ich sicher. Wenn mein Herr, der Baron, findet, es sei an der Zeit, Sie mitsamt Ihrem Besitz in Ihre Heimat zurückzuschicken, dann können wir Ihnen das Metall, das ich genommen habe, zweifellos zurückerstatten und Ihnen die Hilfe zukommen lassen, die Sie brauchen, um Ihr kleines Haus wieder zur Vollkommenheit zu üben.«

Dennis fluchte leise auf Arabisch, denn in einer anderen Sprache konnte er seine Meinung über diese Idee nicht angemessen zum Ausdruck bringen.

Hoss'k schien dennoch zu spüren, was gemeint war, wenn er es auch nicht verstand. Sein Lächeln wurde schmaler. »Und wenn mein Herr zu einer anderen Entscheidung kommt – nun, dann werde ich eine zweite Expedition zu dem Häuschen führen und all das wundervolle Metall für die Schatzkammer meines Herrn beschlagnahmen.«

Dennis ließ sich sprachlos zurücksinken. Wenn die Schleuse selbst tatsächlich bewegt oder gar demontiert würde, dann würde er den Rest seines Lebens hier verbringen müssen!

Kremer war während dieses Gespräches stumm geblieben. Jetzt aber ergriff er das Wort.

»Ich glaube, wir haben uns von unserem Thema entfernt, mein lieber Diakon. Sie wollten uns erklären, was so ungewöhnlich ist an den Werkzeugen, die unserem fremden Zauberer einmal gehörten. Sie sagten schon, dass sie anscheinend unverändert bleiben, ganz gleich, wie lange sie ohne Übung sind.«

»Ja, Mylord.« Hoss'k verneigte sich. »Und man kennt nur eine einzige Möglichkeit, ein Werkzeug in seiner geübten Form einzufrieren, sodass es für alle Zeit in diesem Zustand verharrt und sich nicht in seine Anfänger-Gestalt zurückverwandelt. In unserem Land beherrschen nur die L'Toff diese Technik.«

Linnora saß starr an ihrem Platz. Sie sah dabei weder Hoss'k noch Dennis an.

»Diese Technik erfordert, wie wir alle wissen, dass ein Angehöriger des Volkes der L'Toff dem betreffenden Gegenstand freiwillig einen Teil seiner eigenen Lebenskraft einflößt und somit einen Teil seiner Lebensspanne darauf verwendet, das *Pr'fett* dauerhaft zu machen.«

Kremer machte ein nachdenkliches Gesicht. »Eine große Gabe, nicht wahr, Zauberer? Die Priester behaupten, die L'Toff seien von den Göttern auserwählt … sie seien mit dem Talent gesegnet, schöne Dinge für immer schön zu machen. Aber jedes Geschenk hat seinen Preis, ist es nicht so, Diakon?«

Hoss'k nickte weise. »Ja, Mylord. Dieses Talent ist ein zweischneidiges Schwert für die L'Toff. Zusammen mit ihren anderen Begabungen hat es sie über andere Völker erhoben. Es hat aber auch zu einer Reihe von Episoden … nun, sagen wir, versuchter Ausbeutung durch andere geführt.«

Dennis blinzelte. Das alles ging ihm zu schnell, aber selbst ohne nachzudenken konnte er sich vorstellen, wie die L'Toff um ihrer Talente willen hatten leiden müssen.

Die Prinzessin betrachtete ihre Hände.

»Der Rest der Geschichte ist natürlich allgemein bekannt.« Hoss'k kicherte fast. »Auf der Flucht vor der gierigen Menschheit zogen sich die L'Toff in das Gebirge im Westen zurück, wo ein Ahne unseres Königs Hymiel ihnen ihr gegenwärtiges Territorium übereignete und die alten Herzöge von Zuslik zu ihren Protektoren ernannte.«

Und Herzog Kremers Vater hatte den letzten dieser alten Herzöge beseitigt, erinnerte sich Dennis.

»Wir sprachen von den Gerätschaften des Zauberers«, mahnte Kremer sanft, aber mit Strenge.

Hoss'k verneigte sich. »Selbstverständlich. Nun, was *können* wir annehmen, wenn wir sehen, dass der Besitz dieses Zauberers nicht verfällt, sich nicht zu plumpen Anfängern zurückentwickelt? Wir sind gezwungen, daraus zu folgern, dass Dennis

Nuel zur Aristokratie seiner Heimat gehört, eines Landes, in dem sowohl Metall als auch das Leben selbst billig ist. Darüber hinaus kann kaum ein Zweifel daran bestehen, dass diejenigen Bewohner seines Landes, die unseren L'Toff entsprechen, versklavt wurden und gezwungen werden, das *Pr'fett* geübter Objekte einzufrieren, sodass sie ihre vollendete Gestalt behalten, selbst wenn sie lange Zeit unbenutzt bleiben. Diese Ausbeutung geht so weit, dass man sogar Nuels Kleidung eingefroren hat. Hier in Coylia hat bisher niemand auch nur daran gedacht, das Talent der L'Toff an *Kleider* zu verschwenden ...«

»Moment mal, verdammt«, unterbrach Dennis. »Ich glaube, hier muss man mal ein paar Sachen ...«

Hoss'k grinste und redete weiter, ohne Dennis zu Wort kommen zu lassen. »Wir müssen abschließend folgern, dass ihre Erfahrung in den verschiedenen Arten der Essenz – einschließlich der Versklavung kleiner Tiere als integrale Bestandteile von Werkzeugen – sowie ihre Macht über die L'Toff ihres Landes die Magie erklären, die in Dennis Nuels Land praktiziert wird. Ob er ein Verbannter oder ein Abenteurer ist, vermag ich nicht zu sagen. In jedem Fall aber entstammt unser Gast einem überaus mächtigen und rücksichtslosen Kriegervolke. Angesichts dessen sollte er wie ein Mitglied der obersten Kaste behandelt werden, solange er hier in Coylia ist.«

Dennis starrte den Mann an. Er war wie vom Donner gerührt. Am liebsten hätte er gelacht, aber selbst dazu war das Ganze zu lächerlich!

Zweimal setzte er an, etwas zu sagen, und zweimal brach er wieder ab. Er fragte sich plötzlich, ob er überhaupt etwas einwenden sollte. Möglicherweise war ja sein Protestimpuls überhaupt nicht die richtige Strategie. Wenn Hoss'ks Sophisterei dazu führte, dass er hier einen hohen Status und Respekt erlangte, sollte er dagegen vielleicht gar nichts unternehmen. Während er noch überlegte, erhob sich Prinzessin Linnora unvermittelt. Ihr Gesicht war sehr blass. »Baron, meine Herren …« Sie nickte nach links und rechts, aber sie sah Dennis nicht an. »Ich bin erschöpft. Wollen Sie mich bitte entschuldigen?«

Ein Diener zog ihren Stuhl zurück. Sie erwiderte Dennis' Blick nicht, obwohl er aufstand und versuchte, ihre Aufmerksamkeit auf sich zu lenken. Stoisch ertrug sie die Berührung von Kremers Lippen auf ihrer Hand, wandte sich dann ab und ging, begleitet von zwei Wachen, hinaus.

Dennis' Ohren brannten. Er konnte sich leicht vorstellen, was Linnora jetzt von ihm dachte. Aber alles in allem betrachtet, war es vermutlich das beste, dass er vorläufig den Mund gehalten hatte, bis er Gelegenheit fände, sich zu überlegen, was zu tun war. Zeit für Erklärungen würde er immer noch haben.

Er drehte sich um und sah, dass Kremer ihn anlächelte. Der Baron nahm wieder Platz und nippte an einem Pokal, dessen Glasur im Laufe der Jahre ein prachtvolles Arsenblau angenommen hatte.

»Bitte, setzen Sie sich, Zauberer. Rauchen Sie? Ich habe Pfeifen, die seit dreihundert Jahren täglich benutzt werden. Ich bin sicher, während wir uns entspannen, werden wir mancherlei zu besprechen finden, das uns beiden zum Vorteil gereichen kann.«

Dennis schwieg.

Kremer beäugte ihn abschätzend. »Und vielleicht können wir uns auch etwas einfallen lassen, das der Dame dienlich ist.«

Dennis runzelte die Stirn. Waren seine Gefühle so offensichtlich?

Achselzuckend setzte er sich wieder. In seiner Lage blieb ihm kaum etwas anderes übrig. Er musste verhandeln.

4

»Nur gut, dass es in diesem Palast 'ne Menge gutgeübte Innenleitungen gibt.« Arth bemühte sich, zwei schlecht zusammenpassende Rohrstücke ineinanderzufügen, und dichtete sie mit Zwirn und feuchtem Lehm. »Ich hätte wenig Lust, selber Rohre aus Papier oder Ton zu machen und sie dann eigenhändig zu einem brauchbaren Zustand zu üben.«

Dennis benutzte einen Meißel, um eine straff sitzende Holzabdeckung über einem großen irdenen Bottich zurechtzurücken. Nebenan warteten mehrere Fässchen mit dem ›besten‹ Wein des Barons auf einen neuen Probelauf. Das Rohrleitungslabyrinth über ihnen war ein Albtraum für jeden Klempner. Der Anblick hätte selbst dem schlampigsten Schwarzbrenner aus den Appalachen einen Schauder nach dem anderen über den Rücken gejagt. Aber Dennis schätzte, dass es für eine ›Anfänger‹-Destille genügen würde.

Alles, was sie zuwege bringen mussten, war, dass ein paar Tropfen Brandy aus dem anderen Ende des Kondensators träufelten. Schon die geringste Menge eines solchen Produkts genügte, um die Anlage brauchbar zu machen – und dann würde man sie üben können.

Arth pfiff bei der Arbeit. Anscheinend hatte er Dennis verziehen, nachdem man ihn aus dem Kerker entlassen und zum »Zauberer-Assistenten« ernannt hatte. Jetzt, da er bequeme alte Arbeitskleidung trug und gut zu essen bekam, war der kleine Dieb fasziniert von dieser ausgedehnten Macher-Arbeit, die anders war als alles, was er je zuvor getan hatte.

»Glaubst du, Kremer wird mit dieser ›Stille‹ zufrieden sein, Dennis?«

Dennis zuckte die Achseln. »In ein paar Tagen dürften wir ein Gebräu produzieren, das dem Baron seine schnieken zweihundert Jahre alten Socken auszieht. Er wird vermutlich entzückt sein.«

»Na, mir is' er immer noch zuwider. Aber er zahlt gut, das muss man sagen.« Arth klingelte mit einer kleinen Lederbörse, die zu einem Viertel mit kostbaren Kupfersplittern gefüllt war.

Arth schien vorläufig zufriedengestellt zu sein, doch Dennis hegte insgeheim Zweifel. Für Kremer eine Destille zu bauen, war bestenfalls eine befristete Lösung. Er war sicher, dass der Baron von seinem neuen Zauberer immer mehr verlangen würde. Bald würde er das Interesse an neuartigen Luxusgütern und Handelswaren verlieren und stattdessen Waffen für seinen bevorstehenden Feldzug gegen die L'Toff und den König verlangen.

Dennis und Arth waren seit fast einer Woche mit dieser Arbeit beschäftigt, dabei benötigten hier die wenigsten mehr als einen Tag dazu, etwas zu »machen«. Schon zeigte Kremer Zeichen der Ungeduld.

Was würde er tun, wenn die Destille funktionierte? Sollte er dem Baron zeigen, wie man Eisen schmiedete? Oder sollte er seine Handwerker in den Grundlagen des Rades unterweisen? Dennis hatte gehofft, eine oder zwei dieser ›Essenzen‹ in Reserve behalten zu können – für den Fall, dass Kremer beschließen sollte, sein Versprechen zu brechen. Der Warlord hatte am Ende ihrer Unterredung gelobt, Dennis mit Reichtümern zu überhäufen und ihn mit allem zu versorgen, was er brauchte, um sein Metallhaus zu reparieren und heimzukehren. Aber vielleicht würde er es sich anders überlegen.

Dennis hatte sich noch keine feste Meinung gebildet. Kremer war ohne Zweifel ein skrupelloser Schweinehund. Aber er war kompetent und ziemlich unbestechlich. Aus der irdischen Geschichte wusste Dennis, dass viele derer, die in Legenden verehrt wurden, im wirklichen Leben recht unangenehme Zeitgenossen gewesen waren. Kremer war gewiss ein Tyrann, aber

Dennis fragte sich, ob er aus der Reihe der Dynastienbegründer durch besondere Schrecklichkeit herausragte.

Vielleicht wäre es das beste, sich zum Merlin dieses Burschen zu machen. Vermutlich würde er Kremer zu überwältigenden – und infolgedessen relativ unblutigen – Siegen verhelfen können und damit zu einer Macht an seiner Seite werden.

Zweifellos würde er dadurch größere Bewegungsfreiheit erlangen und vielleicht sogar das Zievatron reparieren und nach Hause zurückkehren können.

Es schien genau der richtige Plan zu sein.

Wieso kam er ihm dann so widerwärtig vor?

Mindestens eine Person fiel ihm auf Anhieb ein, die mit seiner Entscheidung nicht einverstanden sein würde: Seit dem Bankett hatte er Prinzessin Linnora nur wenige Male zu Gesicht bekommen, und immer waren sie mindestens zwei Stockwerke weit voneinander entfernt gewesen, sie begleitet von ihren Wachen, er von den seinen. Sie hatte ihm kühl zugenickt und sich mit wirbelnden Röcken abgewendet, während er noch lächelnd versucht hatte, ihre Aufmerksamkeit zu halten.

Dennis sah ein, dass Hoss'ks Argumentation beim Essen für jemanden, der auf dieser Welt aufgewachsen war, überzeugend erscheinen musste. Das Missverständnis verdross ihn um so mehr, weil es so unfair war.

Aber er konnte nichts dagegen tun. Kremer sorgte zwar dafür, dass er sie sehen konnte, aber miteinander sprechen konnten sie nicht. Und schließlich konnte er den Baron nicht in ihrer Gegenwart beleidigen – und damit alle seine Pläne zuschanden werden lassen –, nur um sich in ihren Augen in ein günstigeres Licht zu setzen. Das wäre denn doch ziemlich kurzsichtig. Er war ratlos.

Dennis und Arth bauten ihre Destille in einem geräumigen Hof unweit des umzäunten Gefängnisplatzes, aus dem sie erst vor wenigen Wochen entkommen waren. Mit Ausnahme der Ecke, in der sie arbeiteten, diente dieser Hof als Übungsgelände für die Truppen des Barons. An der äußeren, aus zugespitzten Balken bestehenden Umzäunung exerzierten Feldwebel mit Milizeinheiten aus der Stadt und aus den benachbarten Dörfern. Sie übten dabei sowohl die plumpen Waffen als auch deren bunt zusammengewürfelte Träger.

Näher bei der Festung benutzten reguläre Soldaten in bunten Uniformen ihre Kampfäxte und Hellebarden, um damit Fleischklumpen zu zerhacken, die an hohen Galgen baumelten. Die schimmernden Klingen schnitten durch Fleisch und Knochen gleichermaßen. Die Fleischfetzen wurden in Tonnen gesammelt und von Hausknechten in die Burgküche geschleppt.

Sogar das Wächterpaar, das Dennis und Arth zugeteilt worden war, beschäftigte sich unablässig. Immer wieder schlugen sie mit stumpfen Klingen spielerisch aufeinander ein und übten so ihre Rüstungen.

Die Luftpatrouillen des Barons manövrierten über der Stadt. Dennis sah zu, wie sie den Sturzflug übten und einander umkreisten, behände wie die gewandtesten Gleiter auf der Erde, und im tagsüber herrschenden Aufwind in der Umgebung der Festung blieben sie oft stundenlang in der Luft. Sie übten sich darin, im Fluge Schwärme von tödlichen kleinen Pfeilen auf Ziele am Boden herniederzischen zu lassen.

Niemand in Coylia besaß solche Gleiter. Es hieß, zu dieser Innovation sei es gekommen, als der Beobachtungsdrachen, den der Baron selbst flog, bei einem Attentatsversuch losgeschnitten worden war. Als Drachen zur Vollendung geübt, hatte das Fluggerät, seiner Leine beraubt, sogleich zu trudeln begonnen. Doch statt senkrecht in seinen Tod zu stürzen, war Kremer von einem kräftigen Aufwind erfasst worden. Mit ganz ungewöhnlicher Fantasie hatte der Baron augenblicklich erkannt, dass hier etwas völlig Neues im Spiel war. Er konzentrierte sich verzweifelt darauf, den unhandlichen Gleiter zu *üben,* statt sich mit seinem sicheren Tode abzufinden, und das Verblüffende trat ein. Zum Erstaunen aller Zuschauer erstrahlten er und der Drachen für ein paar Augenblicke im funkelnden Nimbus einer *Feltheshʼ*-Trance, und das stoffbespannte Gerüst verwandelte sich vor jedermanns Augen in etwas, das flog!

Am Ende hatte Kremer sich nur ein Bein gebrochen, doch er hatte dabei ein neues Prinzip entdeckt.

Siebzehn tote oder verkrüppelte ›Freiwillige‹ später besaß er ein täglich besser werdendes Korps von Gleitern mit einem, zwei oder sogar vier Mann Besatzung. Kremer gelang es nie wieder, zu einer *Felthesh* zu kommen, aber er hatte sich in ganz Coylia einen Ruf erworben.

Dennis beobachtete die Gleiter nachdenklich. Der Hangar war bewacht, der Startturm ebenfalls. Aber der beste Schutz für die Fluggeräte bestand darin, dass die einzigen trainierten Piloten in der Festung von Zuslik lebten. Selbst wenn es einem anderen Lord gelungen wäre, einen der Gleiter zu stehlen, würde er ihn doch nicht rechtzeitig üben können, um zu verhindern, dass er zu einem mit Häuten bespannten Gestänge aus Latten und Schnüren degenerierte.

Was Kremer nicht wusste, war, dass es doch noch einen potenziellen Piloten auf Tatir gab.

Nein. Dennis schüttelte den Kopf. Du hast dich für einen Plan entschieden. Jetzt bleib auch dabei.

Arth kam herbei und hielt ein Kondensatorenstück in der Hand. »He, Dennis, wo kommt dieses – wie hast du es genannt? *Dingsda* – wo kommt es hin? Gehört es zum ›Sachmaschnell‹ oder muss ich es auf den ›Strapsel‹ schieben?« Arth sprach die Namen für die Einzelteile so aus, wie er sie sich eingeprägt hatte.

Und Dennis widmete sich wieder der Aufgabe, eine industrielle Revolution in Gang zu bringen.

5

»Meister, Sie müssen sich jetzt für das Fest ankleiden.«

Dennis sah von seinem Notizstapel auf; er hatte sich in die geheimnisvollen Gleichungssysteme der Anomalienmathematik vertieft.

»Ach, ist es schon soweit, Dvarah?«

Das Dienstmädchen lächelte und deutete auf das antike Bett an der Wand. Dennis sah, dass sie einen formellen Abendanzug mit prachtvollen Ärmeln und einem weiten, geblähten Kragen herausgelegt hatte.

Das Mädchen verneigte sich. »Jawohl, Mylord. Und heute Abend werden Sie sich kleiden, wie es Ihrem Rang zukommt. Diese Gewänder sind über zweihundert Jahre alt, und wir haben jemanden gefunden, der sie mehr als eine Woche lang ohne Unterbrechung für Sie getragen hat. Jetzt kommen sie frisch aus der Wäscherei, und Sie können sie anlegen.«

Dennis betrachtete den Anzug und runzelte die Stirn, weniger, weil es ein weibisches, für seinen Geschmack dekadentes Kleidungsstück war, denn schließlich war er hier der Ausländer, und es war an ihm, sich den heimischen Moden anzupassen.

Aber was ihn störte, war der Gedanke daran, dass man einen armen Bürger von Zuslik gewaltsam verhaftet und eingesperrt hatte – nur damit er diese Kleider für ihn übte.

Dvarah war Dennis nach jenem Abendessen mit dem Baron zugeteilt worden. Die hübsche, zierliche Brünette brachte ihm seine Mahlzeiten und hielt sein luxuriöses neues Quartier in Ordnung.

Sie hüstelte ernsthaft. »Meister, Sie dürfen den Baron wirklich nicht warten lassen.«

Dennis warf noch einen kurzen, wehmütigen Blick auf die Papiere auf seinem Tisch. Es war unterhaltend, beinahe erholsam gewesen, mit den Zeichen und Ziffern zu spielen und nach einer Erklärung für den Übungseffekt zu suchen. Wenn er sich in den Gleichungen verlor, konnte Dennis beinahe vergessen, wo er sich befand, und so tun, als sei er wieder ein terrestrischer Wissenschaftler in seinem behaglichen Studierzimmer, der sich vor nichts und niemandem zu fürchten brauchte.

Kremer war eigentlich, für seine Verhältnisse, ziemlich großzügig gewesen. Er hatte Dennis beispielsweise so viel Papier gegeben, wie er für seine Berechnungen brauchte. Allerdings hatte er sich geweigert, Dennis etwas von seinen irdischen Besitztümern aushändigen zu lassen.

Es hatte keinen Sinn, sich zu beklagen. Dennis musste das Vertrauen des Barons gewinnen. Ohne seinen Armbandcomputer beispielsweise waren alle diese Berechnungen am Ende fruchtlos. Irgendwann, dessen war er sicher, würde Kremer ihm seine Sachen zurückgeben.

Er stand auf, um sich umzuziehen. Kremer hatte für diesen Abend die Honoratioren und Gildenmeister geladen, um ihnen seinen neuen Zauberer vorzuführen. Dennis würde eine gute Show liefern müssen.

Dvarah kam herüber und machte sich daran, ihm das Hemd aufzuknöpfen.

Bei den ersten paar Malen war es geschehen: Dennis hatte angefangen zu stammeln, und sie von sich geschoben. Aber damit schien er nur die Gefühle des Mädchens zu verletzen – von ihrem professionellen Stolz nicht zu reden. Schließlich hatte er begriffen, dass er sich an die herrschenden Gebräuche anpassen musste, und allmählich lernte er, sich zu entspannen, während gewisse Dinge für ihn getan wurden.

Tatsächlich war es sogar ganz angenehm, wenn man sich erst daran gewöhnt hatte. Dvarah roch gut. Und in den letzten paar Tagen hatte sie geradezu Ergebenheit entwickelt. Anscheinend gehörte weit mehr zu ihren Pflichten, als er bislang in Anspruch genommen hatte. Seine Höflichkeit und sein Zögern, sich seiner Privilegien ohne langes Überlegen zu bedienen, schienen sie zu überraschen und zu freuen.

Dvarah rückte seine Krawatte zurecht, als es an der Tür klopfte.

»Herein!«, rief Dennis.

Arth streckte den Kopf herein. »Fertig, Dennis? Dann komm! Wir müssen den Brandy für die Party vorbereiten.«

»Okay, Arth. Moment noch.«

Dvarah trat zurück und lächelte befriedigt, als sie sah, wie elegant ihr Meister aussah. Dennis zwinkerte ihr zu und folgte Arth dann hinaus in den Gang.

Bei den beiden allgegenwärtigen Wachen warteten vier kräftige Männer mit einem schweren Fass, das an zwei Stangen hing. Als die beiden Wachen sich umdrehten, um vorauszugehen, stemmten die Träger das Fass an den Stangen hoch, legten sie sich auf die Schultern und folgten den Soldaten.

Dennis hatte erwogen, etwas zu erfinden, das ihnen die Arbeit erleichtern würde, aber nach eingehenderem Nachdenken hatte er beschlossen, sich noch ein Weilchen zurückzuhalten. Das Rad war ein Trumpf, den er noch nicht ausspielen wollte.

»Ich hab' 'ne Nachricht von meiner Alten«, wisperte Arth ihm zu, während sie den eleganten Gang hinuntergingen.

Dennis schritt gleichmäßig weiter, ohne aus dem Tritt zu geraten. Leise erkundigte er sich: »Geht's den anderen gut?«

Arth nickte. »Größtenteils ja. Zwei von meinen Männern haben die Wachen erwischt … und Maggin hat rausgefunden, was aus Perth geworden is'.« Er spie den Namen aus wie einen ekelhaften Bissen.

»Hat Mishwa …?« Dennis sprach die Frage nicht zu Ende.

»So isses. Er hat's der Ratte gezeigt! Kurz bevor sie ihm eins über den Schädel zogen. Perth hatte keine Gelegenheit mehr, die genaue Position des Lagerhauses zu verraten, und deshalb konnten Gath und Stivyung …«

Arth verstummte, als sich die große Tür zum Ballsaal vor ihnen weit öffnete. Aber Dennis hatte verstanden, was geschehen war.

Es erleichterte ihn zu hören, dass seinen Freunden nichts geschehen war. Vielleicht würde sein Einfluss auf Kremer in ein paar Wochen oder Monaten so groß sein, dass er auch um anderer Gefangener willen intervenieren könnte. Vorläufig aber wollte er es lieber nicht versuchen. Gath und Stivyung verdienten eine Gelegenheit, die Flucht auf eigene Faust zu versuchen.

Dennis konnte das Ganze nur als gigantisches Gabentauschfest mit einem Touch vom Hofe des Sonnenkönigs Ludwigs XIV. beschreiben.

Die einheimische Elite war in Scharen erschienen. Ein See von Prachtstaat wogte vor ihnen, aber es wurde weniger getanzt und geplaudert als auf einem Fest auf der Erde. Stattdessen schien eine gewaltige Zeremonie des Geschenkeaustauschens abgehalten zu werden. Die Rituale verwirrten Dennis. Hier zum Beispiel schien man auf komplizierte Weise seinen Status zu demonstrieren, indem man etwas weggab. Je besser die verschenkten Gegenstände geübt waren, desto günstiger für den, der sie verschenkte.

Dennis erinnerte sich, von ähnlichen Ritualen im prä-atomischen Neuguinea und im Nordwestlichen Pazifik gelesen zu haben. Es lag wenig Großzügigkeit in dieser Geschenkevergabe, wohl aber ein aggressiver Unterton des Protzens in massiver Abhängigkeit vom Status.

Er sah, wie die Empfängerin eines besonders duftigen, seidigen, nutzlos aussehenden Kleidungsstückes erbleichte und von Grauen erfüllt anstarrte, was sie da bekommen hatte, bevor sie sich hastig eine beiläufige Miene zulegte und sich mit zusammengebissenen Zähnen bei der Schenkerin bedankte.

Ja, es hatte große Ähnlichkeit mit einem antiken Geschenketausch auf der Erde. Aber Dennis sah bald, dass der Übungseffekt das Ritual in merkwürdiger Weise verzerrt hatte.

Es kostete viele Arbeitsstunden, ein Werkzeug oder einen Gegenstand auf dem Gipfel seiner Vollendung zu halten. Anders also als bei vergleichbaren sozialen Gebräuchen auf der Erde konnte der Schenkende nur mit einem großen Kostenaufwand einen Vorrat an Geschenken ansammeln. Ihre Zahl war begrenzt durch die insgesamt zur Verfügung stehende Anzahl von Bediensteten und Lehnsleuten, die solche Dinge *benutzen* konnten … und kurz vor einer dieser Partys musste das Personal vermutlich bis zum Umfallen arbeiten, um die besten Stücke ihrer Herren zu üben.

Dennis schlenderte durch den großen Saal und schaute gelassen zu, wie die Reichen sich voreinander verneigten und verschlungene Komplimente äußerten. Sie wechselten ihre Geschenke mit eleganten Gesten der Überraschung und der gespielten Spontaneität.

Arth hatte es ihm erklärt. Der Empfänger eines Geschenkes geriet dadurch in eine Zwickmühle. Habgier und Vorsicht hielten einander die Waage. Ein reicher Mann mochte sich ein schönes, altes Ding wünschen und zugleich die Investition der Arbeitszeit scheuen, die notwendig sein würde, um dieses Ding auf dem gegenwärtigen Stand zu halten. Ein Geschenk, das man bekommen hatte, durfte man später nicht verbergen, und jede Verschlechterung würde furchtbare Schande über den Besitzer bringen.

Es sah aus wie eine elegante Pavane. Noch mehrere Male sah Dennis unverkennbaren Verdruss auf dem Gesicht eines Beschenkten, der einen Fehler begangen und jetzt ein zu großes Geschenk erhalten hatte.

Arth hatte bei dem Fass Posten bezogen. Es war eben geöffnet worden. Diener verteilten kleine Gläser mit der bernsteinfarbenen Flüssigkeit. Verblüfft schnappte man hier und da nach Luft, und hustende Ausrufe des Erstaunens pflanzten sich in der Menge hinter den Kellnern fort.

Dennis suchte nach Linnora. Vielleicht würde er hier auf der Party Gelegenheit finden, ihr zu erklären, dass er nicht aus einem Land von Ungeheuern kam. Er musste sie davon überzeugen, dass er durch sein Abwarten für Kremer so wertvoll werden könne, dass eine L'Toff-Gefangene im Vergleich zu ihm wertlos sein würde. Dennis war sicher, innerhalb weniger Monate Linnoras Befreiung herbeiführen zu können. Aber die Prinzessin war im Gedränge nirgends zu sehen. Vielleicht würde sie noch kommen, hoffte er.

Die niederen Adeligen und Gildenmeister – großenteils Söhne und Enkel der Männer, die Kremers Vater bei seiner Machtergreifung unterstützt hatten – spazierten mit ihren Gattinnen umher, gefolgt von Dienstboten, welche die Gaben zur Schau trugen, die ihre Herren erhalten hatten. Es war, als habe man eine große Schar beinahe identischer Zwillingspaare vor sich, nur dass jeweils derjenige Zwilling, der die größeren Reichtümer am Leibe trug, stets hinter dem weniger schwer beladenen ging, und dass derjenige, der all das funkelnde Zeugs zu schleppen hatte, *niemals* etwas aß oder trank.

Dennis hatte es vermeiden können, dass man auch ihm einen »Schatten«, wie man die dienstbaren Begleiter nannte, zuteilte. Es war schon schlimm genug zu wissen, dass irgendwo da draußen jemand Stunden damit zubrachte, Dennis' formelle Garderobe für ihn zu üben. Er wollte nicht noch einen zweiten Mann zwingen, diese abscheuliche Rolle zu übernehmen, so gebräuchlich dies hier auch sein mochte.

Jedenfalls trug dieses Verhalten dazu bei, Dennis als Phänomen zu etablieren. Inzwischen wusste jedermann, dass er ein ausländischer Zauberer war. Je mehr Konventionen er brach, überlegte Dennis, desto mehr Präzedenzfälle setzte er damit, und um so geringer wäre folglich die Wahrscheinlichkeit, dass man ihn zu weiteren Stammestorheiten zwingen würde.

Nicht Torheiten, ermahnte er sich. Anpassungen! Alle Verhaltensmuster hier fügten sich nahtlos ineinander, wenn man darüber nachdachte und den Feudalismus mit dem Übungseffekt kombinierte. Auch wenn es ihm nicht gefiel – die Rituale ergaben nichtsdestoweniger auf brutale Weise Sinn.

»Zauberer!«

Dennis drehte sich um und sah, dass Kremer selbst ihn zu sich heranwinkte.

Neben ihm standen Diakon Hoss'k in seinen leuchtend roten Gewändern und eine Schar lokaler Würdenträger. Dennis trat hinzu, wie man ihn gebeten hatte, und begrüßte Kremer mit einem knapp kalkulierten, respektvollen Neigen des Kopfes.

»Dies also ist der Zauberer, der uns gezeigt hat, wie man Wein zu … *Brandy* übt.« Ein reich gekleideter Magnat hob bewundernd sein Glas. »Sagen Sie mir, Zauberer – da Sie ja anscheinend einen Weg gefunden haben, Lebensmittel zu üben, werden Sie uns nun lehren, wie man Maismehl in Rickelsteak verwandelt?«

Der Kerl lachte, und mehrere der Umstehenden fielen ein. Offenbar hatte er Dennis' erstem Produkt bereits fröhlich zugesprochen.

Baron Kremer lächelte. »Zauberer, gestatten Sie mir, dass ich Ihnen Kappun Thsee vorstelle, den Magnaten der Steinhauergilde, und Zusliks Wahlmann in der Versammlung unseres Herrn, des Königs Hymiel.«

Dennis verbeugte sich kaum merklich. »Eine Ehre.«

Thsee nickte. Er kippte den Brandy in seinem Glas herunter und winkte dem Kellner, er möge nachschenken.

»Sie haben meine Frage nicht beantwortet, Zauberer.«

Dennis wusste nicht, was er darauf sagen sollte. Diese Leute hatten eine unverrückbare Art, die Dinge zu betrachten, und jede Erklärung, die er ihnen geben könnte, würde neue Voraussetzungen erfordern, von denen die Coylianer nichts wussten. Aber in diesem Augenblick sah er, wie Prinzessin Linnora, begleitet von einer Dienerin, den Saal betrat.

Die Menge am Eingang teilte sich vor ihr. Wenn sie jemandem zunickte oder ihn gar ansprach, war die Antwort fast immer ein übertriebenes, nervöses Lächeln. Wenn sie vorübergegangen war, starrten die Leute ihr unverhohlen nach. Strahlend hob sie sich von dem Meer geröteter, aufgeregter Gesichter ab, kühl und reserviert, wie es dem Ruf ihres Bergvolkes entsprach.

»Ich fürchte, so geht es nicht, mein lieber Kappun Thsee.«

Dennis drehte sich rasch um und sah, dass es der Gelehrte Hoss'k war, der gesprochen hatte, um die lange Pause in der Unterhaltung zu überbrücken. Einen kurzen Moment lang hatte Dennis die Illusion gehabt, es sei Professor Marcel Flaster gewesen, der irgendwie von der Erde herauftransportiert worden war und sich nun anschickte, einen seiner berüchtigten, aufgeblasenen Vorträge zu halten.

»Sehen Sie«, holte Hoss'k aus, »der Zauberer hat den Wein nicht zu Brandy *verbessert*. Er hat den Wein benutzt, wie Ihre Steinhauer die Feuersteinknollen benutzen. Er *macht* Brandy, indem er dem Wein eine neue Essenz einflößt.«

Kappun Thsees Augen glitzerten in schlecht verhohlener Gier. »Die Gilde, der man die Lizenz für diese Kunst verleiht …«

Baron Kremer lachte laut auf. »Und warum sollte dieses wunderbare neue Geheimnis einer der existierenden Gilden übereignet werden? Was, mein Freund, hat das Behauen von Stein gemein mit dem Brauen eines Getränkes, das den Geschmack des Feuers in sich trägt?«

Kappun Thsee errötete.

Dennis hatte versucht, Linnora in der Menge nicht aus den Augen zu verlieren. Er fuhr hastig herum, als Kremer ihm den Arm um die Schultern legte.

»Nein, Magnat Thsee.« Kremer grinste. »*Vielleicht* werden die neuen Essenzen, die uns unser Zauberer gebracht hat, unter den existierenden Gilden verteilt werden. Vielleicht aber auch sollte es für jede eine eigene, neue Gilde geben. Und wer eignet sich besser zum Gildenmeister als derjenige, der uns diese Geheimnisse mitgebracht hat?«

Eine der Frauen schnappte nach Luft. Die übrigen Aristokraten rissen die Augen auf.

In diesem Augenblick der Stille sah Dennis plötzlich mit gleißender Klarheit, was hier vor sich ging.

Kremer manipulierte sie in fantastischer Weise! Er hielt ihnen die Möglichkeit des Zugangs zu einem ganzen Satz neuartiger Essenzen vor Augen; aber er begleitete diese Mohrrübe mit der Andeutung eines Knüppels. Schon jetzt hatte er die Monopolgilden auf seiner Seite. Von nun an aber würden sie ihm hechelnd zu Willen sein.

Gleichzeitig begriff Dennis auch, dass Kremer ihm soeben mehr Reichtum und Macht angeboten hatte, als er in seinen kühnsten Träumen je erwartet hätte.

Er sah, dass sogar der überschwängliche Hoss'k ehrfurchtsvoll verstummte, als sehe er Dennis plötzlich in neuem Licht – weniger als seine eigene, höchstpersönliche Entdeckung und mehr als einen potenziell gefährlichen Rivalen.

Dennis hatte nichts dagegen. Der Mann war der unmittelbare Grund dafür gewesen, dass er auf dieser verrückten Welt gestrandet war. Insgeheim hatte er sich bereits geschworen, Hoss'k eine Lektion zu erteilen.

Dennis sah, dass Linnora näher herangekommen war, aber sie vermied es, sich auf die Umgebung des Barons zuzubewegen. Er wandte sich an Kremer. »Durchlaucht, manche mögen denken, mein Brandy sei nichts als eine stärkere Form von Wein. Darf ich eine Demonstration vollziehen, die Ihnen beweist, dass es sich in der Tat um etwas grundsätzlich anderes handelt?«

Kremer nickte und ließ dabei ein leises Lächeln erkennen.

Dennis rief nach einem mit Brandy gefüllten Kelch und einem kleinen Tisch, um ihn darauf abzustellen. Dann griff er in die Falten eines seiner weiten Ärmel und zog ein Bündel kleiner Holzstäbchen hervor, deren jedes an einem Ende mit einem Klecks von verkrusteter Paste versehen war.

Er hatte mehrere Tage gebraucht, um die richtigen Stoffe aufzustöbern und zu reinigen, mit denen er diese Demonstration würde vorführen können; ein solches Schauspiel wäre genau das Richtige, um seinen Ruf zu festigen.

»Baron Kremer erwähnte den Geschmack des Feuers. Wenn man sieht, wie einige der einheimischen Edlen durch den Saal irren, möchte man meinen, das Blut in ihren Adern sei mehr als nur ein bisschen warm geworden.«

Die Umstehenden lachten. In der Tat, mehrere der Magnaten hatten bereits einen Schwips und waren leichte Beute für ihre Gegner im Spiel des Geschenkeverteilens. Ihre Diener wankten unter der Last feinster alter Waren, die ihre Herren mit der kostspieligen Übungszeit, die sie erforderten, ruinieren würden.

Dennis sah, dass Linnora neben einer Säule stand und zuschaute. Seine Bemerkung über die törichten Gildenmeister hatte sie zum Lächeln gebracht.

Ermutigt fuhr Dennis fort.

»Heute, an diesem Abend der Verteilung wunderbarer Geschenke, habe ich, ein armer Zauberer, nur wenig anzubieten. Aber für Baron Kremer habe ich hier die Essenz des … Feuers!« Er rieb zwei der kleinen Stäbchen aneinander. Augenblicklich flammten die beiden Enden auf.

Die Schar der Gäste seufzte und wich ehrfurchtsvoll zurück. Es waren recht plumpe Streichhölzer: Sie qualmten und stanken nach Schwefel und Nitraten, aber das machte das Spektakel nur um so eindrucksvoller.

Dennis hatte die Feuerzeuge gesehen, die man hier verwendete. Sie waren zweckmäßig, aber sie basierten auf dem altertümlichen Prinzip von Reibungswärme, die durch zwei rotierende Stöcke erzeugt wurde. Was er eben getan hatte, vermochte sonst niemand in Coylia.

»Und nun«, setzte er dramatisch hinzu, effektvoll die Streichhölzer hin- und herschwenkend, »der *Geschmack des Feuers!*« Er senkte eines der beiden Streichhölzer auf den Kelch hinunter.

Eine flackernde, blaue Flamme loderte hörbar auf und züngelte dem Streichholz entgegen. Die Zuschauer hielten den Atem an. Ein langes, betäubtes Schweigen erfüllte den Saal.

»Die Essenz des Feuers … gefangen in einem *Getränk?*« Dennis drehte sich um und sah, dass Hoss'k die Augen aus dem Kopf quollen.

»Eine fabelhafte Leistung«, meinte Kremer zustimmend und völlig gelassen. »Vielleicht kommt sie der Kunst gleich, mit welcher das Volk des Zauberers jene winzigen Kreaturen in kleine Schachteln zu sperren weiß. Anscheinend haben sie auch einen Weg gefunden, das Feuer zu fangen. Wunderbar.«

»Aber … aber …«, stammelte Hoss'k. »Feuer ist eine der *Lebensessenzen!* Selbst die Anhänger des Alten Glaubens bestreiten diese Auffassung nicht! Es ist den Göttern vorbehalten, die damit Menschen machen und üben! Wir können die Essenz des Feuers vielleicht aus dem, was einst gelebt hat, befreien … aber wir können sie nicht *einfangen!*«

Dennis konnte nicht anders – er musste lachen. Hoss'k leckte sich nervös die Lippen, und der Anblick des sich windenden Diakons verschaffte Dennis für einen Moment große Befriedigung. Jetzt hatte er dem Kerl wenigstens einen Teil dessen, was er ihm angetan hatte, heimgezahlt.

»Habe ich es nicht gesagt?« Kremers Lachen dröhnte durch den Saal. »Dennis Nuel kann *alles* in ein Werkzeug sperren! Welche Wunder können wir erwarten, wenn er nur unsere ganze Unterstützung bekommt!«

Die Menge applaudierte pflichtschuldig, aber Dennis merkte, dass den Leuten bang ums Herz war. Aberglaube und Unsicherheit spiegelten sich auf ihren Gesichtern.

Dennis warf einen Blick nach links und grinste noch immer, weil er Hoss'k den Schrecken seines Lebens eingejagt hatte. Dann sah er Linnora, und ihr Gesicht war eine Maske aus Besorgnis und Furcht.

Die Prinzessin bedachte Dennis mit einem vernichtenden Blick. Dann drehte sie sich schwungvoll um und rauschte, gefolgt von ihrer Zofe, aus dem Saal.

Jetzt fiel ihm wieder ein, was Hoss'k über den »Alten Glauben« gesagt hatte. Anscheinend hatte seine kleine Demonstration ihre Furcht vor denen, die die Essenzen des Lebens missbrauchten, wiedererweckt. Dennis fluchte leise. Gab es denn hier *nichts,* was er tun konnte, ohne dass sie es falsch verstand?

Es war der Baron gewesen, der über Dennis' Wundertaten bramarbasiert hatte, erkannte er schließlich. Kremer hatte seine Taten in ein bestimmtes Licht gesetzt, ihn in die Ecke gedrängt und dafür gesorgt, dass Linnora ihn missverstehen würde.

Er war diesem Mann nicht gewachsen. Einem solchen Manipulationsgeschick hatte er nichts entgegenzusetzen. Was blieb ihm anderes übrig, als sich zu fügen?

Er hoffte nur, dass auch Linnora dies eines Tages verstehen würde.

6

Noch ein wenig benebelt von der Party, kamen Dennis und Arth am folgenden Morgen erst spät zu ihrer Destille. Als sie dort eintrafen, stellten sie fest, dass die Arbeiter gleichfalls ein kleines Fest gefeiert hatten und dabei die Destille in ein Schlachtfeld verwandelt hatten.

Jetzt erwarteten die Gefangenen sie geduckt, voller Angst vor dem Zorn des Zauberers.

Dennis seufzte nur. »Was soll's«, meinte er und schickte die Männer an die Arbeit, damit sie den Schaden reparierten. Solange er beschäftigt war, würde er wenigstens nicht über seine Lage nachgrübeln können.

Sein Plan, Einfluss auf Baron Kremer zu gewinnen, hatte Fortschritte gemacht. Noch immer hielt er ihn für den vernünftigsten Plan – es war der beste für ihn selbst, für seine Freunde, für Linnora, ja, für die Menschen dieses Landes überhaupt.

Gleichwohl hatte die Episode des vergangenen Abends einen säuerlichen Nachgeschmack hinterlassen. Er arbeitete angestrengt und bemühte sich, die Erinnerung daran zu verscheuchen.

Kurz nach Mittag erscholl eine Fanfare am Haupttor. Trompeten antworteten vom Festungsturm herunter. Die Soldaten im Hof formierten sich hastig und bildeten ein Spalier vom Tor bis zum Schloss.

Dennis sah Arth an, doch der zuckte die Achseln. Der kleine Dieb und Schwarzbrenner hatte auch keine Ahnung, was dahinterstecken mochte.

Baron Kremer kam mit seinem Gefolge über eine Rampe von der Festung herunter. Ihre bunten, jahrhundertealten Gewänder waren im hellen Sonnenschein ein beinahe schmerzhafter Anblick. Der mächtige, gefiederte Helm, den Kremers Cousin, Lord Hern, auf dem Kopf trug, ragte aus der Schar der Höflinge heraus.

Sie blieben auf einem Podium stehen, von welchem sie die angetretenen Kompanien überblicken konnten, und sahen zu, wie das Außentor aufschwang.

Eine kleine Prozession von Reitern zog ein.

»Die Gesandtschaft der L'Toff!«, hauchte Arth.

Man hatte ihnen gesagt, dass eine solche Gruppe unterwegs sei. Die L'Toff waren auf der Suche nach ihrer verschwundenen Prinzessin, und zweifellos argwöhnten sie, dass man sie hier gefangen hielt.

Seit dem Ausbruch mussten Gerüchte wie ein Buschfeuer die Runde gemacht haben, und zumal da Zusliks Aristokratie darin verwickelt war, gab sich Kremer in aller Öffentlichkeit als Unschuldslamm, solange es ihm zweckmäßig erschien. Aber anscheinend bereitete ihm dieser Verdacht jetzt kein Kopfzerbrechen mehr.

Obgleich er offenbar die Huld des Barons genoss, war Dennis nicht zu dem Begrüßungskomitee gebeten worden. Auch dies war ein Zeichen für Kremers meisterliche Menschenkenntnis. Er wusste selbstverständlich, dass der fremde Zauberer hinsichtlich der L'Toff-Prinzessin nicht vertrauenswürdig war.

Dennis blickte zu der Brüstung des dritten Stockwerkes hinauf, wo er Linnora oft hatte auf und ab gehen sehen. Jetzt war sie selbstverständlich nicht zu entdecken. Ihre Wachen würden sie während des kurzen Besuches der Gesandten sorgfältig unter Verschluss halten.

Dennis trat an den niedrigen Zaun, der sein Arbeitsgebiet umschloss, und stellte einen Fuß auf eine der rohbehauenen Holzlatten. Zusammen mit Arth sah er zu, wie die Gruppe der Gesandten durch das Spalier der Soldaten auf Baron Kremers Plattform zuritt.

Es waren fünf Reiter, und alle trugen weiche Mäntel in gedämpften Farben. Dennis konnte nichts Außergewöhnliches an ihnen entdecken, wenngleich sie alle fünf Bärte trugen, was unter den Coylianern nicht der Mode entsprach. Sie wirkten ein wenig schlanker als die Bewohner von Zuslik und auch als Kremers Nordmänner. Sie blickten unverwandt geradeaus und ignorierten das xenophobische Starren der Soldaten, bis sie nur noch ein Dutzend Schritte weit von dem Podium entfernt waren, auf dem Kremer sie erwartete.

Zwei der L'Toff hielten den anderen die Zügel, während diese abstiegen und vor dem Baron salutierten.

Kremers Gesicht konnte Dennis besser sehen als das der Gesandten. Was gesagt wurde, hörte er nicht, aber Kremers Antwort war offenkundig. Der Warlord lächelte mit öligem Mitgefühl. Er hob die Hände und schüttelte den Kopf.

»Als Nächstes wird er sagen, er habe Späher ausgeschickt, die landauf, landab nach der Prinzessin gesucht hätten«, prophezeite Arth.

Und richtig, Kremer wies mit ausgestrecktem Arm auf seine Soldaten und auf einen Trupp Berittener. Dann deutete er auf die Gleiter, die geduldig im Aufwind über dem Schloss kreisten. »Die beiden L'Toff auf der rechten Seite kaufen's ihm nich' ab«, kommentierte Arth. »Sie würden gern das Schloss auseinandernehmen, und am liebsten würden sie mit dem Baron anfangen.«

Der graubärtige Anführer der Gesandtschaft versuchte, einen seiner Gefährten, einen braunlockigen Jüngling in dunkelbrauner Rüstung, zu besänftigen, doch dieser schüttelte die mahnende Hand ab und brüllte den Baron hitzig an. Kremers Garde murrte erbost, und Unruhe ging durch ihre Reihen. Die Soldaten warteten nur auf ein befehlendes Kopfnicken des Barons.

Der junge L'Toff starrte die angespannt dastehende Garde verachtungsvoll an und spuckte auf den Boden.

Arth kaute nachdenklich auf einem Grashalm. »Ich hab' gehört, früher waren die L'Toff mal Pazifisten. Aber seit ungefähr zweihundert Jahren sind sie Kämpfer, obwohl sie unter dem Schutz des alten Herzogs und des Königs standen. Ein paar von denen, heißt es, sind genauso gut wie die Königlichen Pfadfinder.« Er deutete auf den hochgewachsenen, zornigen L'Toff. »Möglicherweise sorgt der Bengel dafür, dass es dem Botschafter schwerfallen wird, hier kampflos abzuziehen.«

Wie Arth redete, klang es, als kommentiere er die Chancen von Rennpferden beim Start. Nach dem, was Dennis erfahren hatte, gehörte es zu den beliebtesten Zuschauersportarten in Coylia, Männern dabei zuzusehen, wie sie einander in Stücke hackten, und dabei auf das Ergebnis Wetten abzuschließen.

Der Baron nahm die Herausforderungen des jungen Mannes nicht an. Stattdessen grinste er und flüsterte einem Adjutanten etwas zu, der daraufhin sogleich davoneilte.

Kremer winkte Tabletts mit Erfrischungen heran; mit diplomatischem Entgegenkommen bediente er sich als Erster davon. Dann ließ er seinen Gästen Sessel bringen, und die Truppen wichen zurück und bildeten einen breiten Gang, der von dem Podest bis zur Umfriedung des Hofes reichte.

Die L'Toff machten argwöhnische Miene zu diesen Anstalten, aber sie konnten davon kaum etwas zurückweisen. Nervös nahmen sie ihrem Gastgeber gegenüber Platz. Als der zornige junge Mann sich umdrehte, glaubte Dennis in seinem Gesicht eine Familienähnlichkeit mit Linnora zu entdecken.

Dennis fragte sich, ob eine eigenartige Empfindsamkeit der Prinzessin verraten haben mochte, dass ihre Verwandten nur wenige Hundert Schritte weit von ihr entfernt waren. Er war inzwischen zu der Überzeugung gelangt, dass Linnora eine solche Gabe besaß. Einen Monat zuvor hatte sie sich davon zu dem Zievatron leiten lassen, wo man sie gefangen genommen hatte, und dieses Talent hatte sie auch befähigt, ihn ein paar Wochen später im dunklen Gefängnishof zu erkennen.

Leider aber hatte es nicht verhindert, dass sie sich von Hoss'ks trügerischer Argumentation hatte täuschen lassen, und es hatte ihr auch nicht geholfen, Kremers manipulierende Erklärungen zu durchschauen.

Auf jeden Fall schien ihre Begabung nicht gleichmäßig stark und selbst unter den L'Toff recht selten zu sein. Kremer schien sich nicht davor zu fürchten.

Arth packte Dennis bei der Schulter und sog die Luft durch die Zähne. Dennis' Blick folgte dem ausgestreckten Zeigefinger.

Ein Trupp von Soldaten zerrte einen Gefangenen aus einem der unteren Tore der Festung. Das Handgemenge wirbelte Staubwolken auf, denn der Gefangene war sehr groß und sehr wütend.

Dennis erkannte Mishwa Qan, den Riesen, dessen Kraft ihnen die Flucht aus dem Gefängnis ermöglicht hatte. Mishwa brüllte und riss an seinen Fesseln. Als er sah, dass sie ihn auf einen vernarbten, aufrecht stehenden Pfahl zuführten, entbrannte sein Widerstand noch hitziger.

Aber die Soldaten waren sorgfältig ausgewählt und kamen ihm an Körpergröße fast gleich. Dennis sah, wie sein alter Plagegeist, Feldwebel Gil'm, eine Schlinge zuzog, die sie Mishwa um den Hals gelegt hatten.

Kremer winkte Diakon Hoss'k aus seinem Gefolge zu sich heran. Hoss'k verneigte sich vor den hohen Gesandten und zog eine Anzahl von Gegenständen hervor, die er ihnen nacheinander zeigte. Dennis fuhr zusammen, als er in dem ersten dieser Gegenstände sein Alarmgerät erkannte.

Während die L'Toff die Lichter auf dem Bildschirm anstarrten, fragte Dennis sich, welche Veränderung sich durch die Übung in dem kleinen Gerät bemerkbar gemacht haben mochte, seit er es zuletzt gesehen hatte.

Zweifellos wies Hoss'k gerade darauf hin, wie schwer es einem Feind nun fallen werde, sich unbemerkt der Festung zu nähern. Dann demonstrierte er Dennis' Teleskop: Er zeigte den L'Toff, wie man damit umging und wies auf verschiedene weiter entfernte Objekte. Als der Gesandte das Rohr sinken ließ, war er sichtlich erschüttert.

Dennis fühlte, wie allmählich brennender Ärger in ihm aufstieg – eine Kombination aus Scham und tiefem Zorn. Der Strategie, für die er sich – aus gutem Grunde – entschieden hatte, zum Trotz lagen seine natürlichen Sympathien bei den L'Toff.

Dennis gefiel es überhaupt nicht, als Hoss'k sich umdrehte und geradewegs auf ihn deutete. Kremer lächelte und verbeugte sich lässig, den Blick auf seinen Zauberer gerichtet. Die wohlausgebildete Leibwache des Barons brüllte wie aus einem Munde Dennis' Namen.

Er runzelte die Stirn. Wenn es nur eine Möglichkeit gäbe, ungestört mit den L'Toff zu reden!

Inzwischen hatte man Mishwa Qan zu dem Pfahl geschleift und dort angebunden. Dennis hatte bereits erkannt, dass man plante, den Mann hinzurichten. Im Laufe der vergangenen Woche hatte er zahlreiche Hinrichtungen mit angesehen, und es gab nichts, was er hätte tun können. Auch Arth wusste das, und er stand stocksteif da.

Gil'm baute sich vor dem Baron auf und verbeugte sich. Kremer zog etwas Kleines aus seiner Robe und reichte es dem Soldaten, der sich daraufhin verbeugte, kehrtmachte und durch das Spalier zu dem Gefangenen zurückmarschierte.

Dennis ging ein Licht auf. »Nein!«, rief er laut.

Auf halber Strecke vor dem Pfahl blieb Gil'm stehen. Mishwa Qan funkelte ihn an, und seine Hände wanden sich hilflos unter den Fesseln. Der hünenhafte Dieb brüllte Gil'm eine Herausforderung entgegen, die jedermann im Festungshof hören konnte: Mit verbundenen Augen wolle er es mit dem Soldaten aufnehmen, und die Wahl der Waffen überlasse er ihm.

Gil'm grinste bloß. Er hob einen kleinen schwarzen Gegenstand.

Dennis lief vor Wut puterrot an. *»Nicht!«,* schrie er.

Er flankte über den Zaun und rannte auf den Hinrichtungsplatz zu. Er wich einem Trupp Wachen aus und durchbrach die Reihen von zwei weiteren, die ihm entgegenliefen, um ihn aufzuhalten; mit einem Rundschlag streckte er gleich mehrere Soldaten zu Boden. Die Leute auf dem Podium wandten sich um, als sie den Aufruhr hörten, und sie sahen gerade noch, wie einer von Dennis' eigenen Wächtern ihn von hinten ansprang und niederwarf. In diesem Augenblick hatte Gil'm den Nadler angelegt und drückte auf den Abzug.

In der Verwirrung schauten nur wenige Leute den Gefangenen tatsächlich an, als der Schwarm der winzigen Metallnadeln mit Überschallgeschwindigkeit in seinen Körper fuhr, doch die Explosion hatte jeder von ihnen gehört. Dennis hörte, wie Arth erschrocken nach Luft schnappte.

Es gelang ihm, sich teilweise unter einem Berg von Wachsoldaten hervorzuarbeiten und sich weit genug aufzurappeln, um den blutigen Stumpf zu sehen, der von dem halbierten Pfahl übrig geblieben war. In der hölzernen Umzäunung dahinter klaffte ein gähnendes Loch.

Die Nadelpistole war in der Tat gründlich geübt worden! Gil'm grinste und hielt die Waffe der Sonne entgegen.

Eine Welle von Ekel und Scham überrollte Dennis. Er zischte und schlug um sich. Er biss in eine Hand, die nach seinem Gesicht griff. Dann traf ihn ein schwerer Schlag von hinten, und das Licht ging aus.

7

Linnora starrte die kleinen Wesen an, die sich auf der Vorderseite der kleinen Schachtel in so ordentlichen Reihen formierten. Ganz rechts bewegten sie sich, ordneten sich mit rasanter Geschwindigkeit neu, wechselten hüpfend die Positionen, und das so schnell, dass sie ihnen mit den Augen fast nicht folgen konnte. Die Gruppe links daneben änderte ihre Aufstellung langsamer, und so ging es weiter. Ganz links verhielten sich die winzigen Käfer geduldig. Sie schienen für jede Bewegung einen halben Tag zu brauchen.

Die kleine Schachtel war nicht viel mehr als viermal so groß wie das erste Glied ihres Daumens. Rechts und links und an den Seiten befand sich jeweils ein schmaler Riemen, der in einem verschlungenen Metallstück endete; wozu diese dienten, wusste sie nicht.

Zögernd versuchte Linnora auf einige der zahlreichen Knöpfe zu drücken, die an der Hälfte der Schachtel saßen, wo keine Käferchen tanzten. Jedes Mal, wenn sie einen dieser Knöpfe berührte, hüpften die Pünktchen und bildeten neue Muster.

Ein Teil ihres Wesens hätte über die Possen der kleinen Kreaturen gern gelacht, und sie hatte große Lust, mit ihnen zu spielen und sie weiter tanzen zu lassen.

Nein. Sie legte die Schachtel aus der Hand. Sie würde nicht mit Lebewesen experimentieren. Nicht, ohne zu wissen, was sie tat und wozu es dienen sollte. Dies war eine der ältesten Maximen des Alten Glaubens, die bei den L'Toff seit frühester Zeit von den Eltern an die Kinder weitergegeben worden waren.

Nur die tief verwurzelte Überzeugung, dass die kleinen Geschöpfe in der Schachtel bleiben müssten, um zu überleben, verhinderte, dass Linnora das Gefängnis aufbrach und die kleinen Sklaven freiließ.

Diese Überzeugung – und ein lauernder Zweifel daran, dass es tatsächlich Sklaven waren …

Die geordneten Muster ließen ein Gefühl verspüren … Freude war es wohl nicht, aber vielleicht Stolz. Sie fühlte, dass sehr viel darauf verwendet worden war, diese kleine Schachtel und ihre winzigen Bewohner zu machen. Dahinter steckte mehr Komplexität, als sie noch vor einem Monat jemals gesehen hatte.

Wenn ich es nur mit Sicherheit wüsste, seufzte sie lautlos.

Diakon Hoss'k hatte so überzeugend und logisch argumentiert! Das Volk dieses Zauberers musste skrupellos vorgegangen sein, um solche Wunder zu bewerkstelligen … vor allem, um den Zustand der Übung in jedem dieser Werkzeuge einzufrieren. Das Leben vieler derjenigen, die in Dennis Nuels Heimat den L'Toff entsprachen, musste geopfert worden sein, damit diese Dinge im unveränderten Zustand der Perfektion verharrten.

Oder etwa nicht? Linnora schüttelte ratlos den Kopf.

Konnte es denn sein, dass die gesamte Logik des Machens und des Übens anderswo anders war?

Früher einmal, so sagte der Alte Glaube, war sie auch auf Tatir anders gewesen. In jenen alten Tagen vor dem Sturz war es das Leben gewesen, was man hatte vervollkommnen können, und Werkzeuge hatten überhaupt nichts vermocht.

So hieß es in den Sagen.

Sie stützte die Ellbogen auf ihre Kommode und ließ das Gesicht in die Hände sinken. Hoffnung war ein zerbrechliches Ding gewesen seit jenem Tag, da Hoss'ks Männer aus dem Wald in der Nähe des geheimnisvollen Zauberhauses hervorgebrochen waren. Jetzt, da Kremer seinen Forderungen härter Nachdruck verlieh als je zuvor, und nachdem die Gesandten der L'Toff gekommen und gegangen waren, ohne sie gesehen zu haben, war ihre Verzweiflung größer als je zuvor.

Wenn es nur eine Möglichkeit gäbe, dem Zauberer zu vertrauen! Wenn er nur der Mann wäre, den sie anfangs in ihm geahnt hatte – statt Kremer zu dienen und ein feines Leben zu führen, in luxuriösen, neuen Gemächern, mit einem hübschen Ding, das ihn zu bedienen hatte! Er erwies sich als beflissener Sykophant, der Kremers aufsteigenden Stern polierte wie alle anderen auch!

Sie wischte sich über die Augen, entschlossen, nicht noch einmal zu weinen. Auf der Kommode vor ihr fuhren die kleinen Punkte in ihrem geheimnisvollen Tanz fort, rechts in wirbelnder Geschwindigkeit, links nur langsam sich verlagernd. Man sah, wie die Zeit verging.

8

Dennis erwachte mit einem Gefühl, als habe man seinen Körper dazu benutzt, Baseballschläger zu »üben«. Bei seinen ersten Bewegungsversuchen gelang es ihm lediglich, sich ein wenig hin und her zu schaukeln. Jeder einzelne Knochen tat ihm weh.

Schließlich brachte er es fertig, sich auf die Seite zu wälzen und seine verquollenen Augen aufzuklappen.

Tja, in dem Luxusquartier, das man ihm zugewiesen hatte, befand er sich nicht mehr. Aber der Kerker war das hier auch nicht. Das Zimmer hatte das rohbehauene, halb vollendete Aussehen der neueren, oberen Geschosse der Festung.

Wachen standen vor der Tür – zwei der nordländischen Klansleute Kremers. Als sie sahen, dass er aufgewacht war, trat einer von ihnen in den Gang hinaus und sprach ein paar Worte.

Dennis richtete sich auf seiner Pritsche auf, doch der stechende Schmerz ließ ihn verhalten stöhnend innehalten. Seine Kehle war wund und trocken. Er streckte die Hand aus, nahm einen irdenen Krug von dem klapprigen Bettkästchen und goss etwas Wasser in einen Becher. Seine aufgeplatzte Lippe brannte, als er davon trank.

Er stellte den Becher ab, machte es sich auf dem rauen Kissen bequem und betrachtete die Klansmänner, die ihn beobachteten. Er sprach sie nicht an, und er rechnete auch nicht damit, dass sie etwas sagen würden.

Anscheinend war er statusmäßig abgestiegen.

Im Gang erschollen schwere Stiefelschritte. Dann wurde die Tür aufgestoßen. Baron Kremer stand auf der Schwelle.

Die strahlenden Farben seiner Kleider im Sonnenlicht hinter ihm ließen Dennis blinzeln. Kremer musterte Dennis schweigend, und seine dunklen Augen lagen unter den dichten Brauen im Schatten.

»Zauberer«, sagte er schließlich, »was soll ich nur mit Ihnen anfangen?«

Dennis nippte an seinem Becher und leckte sich dann behutsam die brennende Lippe.

»Tja, das ist gar nicht so leicht zu beantworten, Lordschaft. Aber wir wollen mal sehen; ich glaube, ich habe vielleicht eine Idee. Wie wär's damit: Sie helfen mir und meinen Freunden in aller Ehrlichkeit und so gut Sie können, geistig und körperlich unversehrt in unsere Heimat zurückzukehren?«

Kremers feines Lächeln zeugte nicht von großer Begeisterung. »Das ist in der Tat eine Idee, Zauberer. Andererseits fällt mir eben ein, dass der Foltermeister des Palastes sich neulich darüber beklagt hat, dass es seinen Ersatzwerkzeugen an Übung mangelt. Seit rund einem Monat hat er nur für seinen Hauptapparat Verwendung finden können. Der Gedanke, dem Manne auszuhelfen, erscheint mir gleichermaßen verlockend.«

»Da stehen Sie wirklich vor einem verteufelten Dilemma«, meinte Dennis mitfühlend.

»Ja. Eine schwierige Entscheidung.« Der Baron schüttelte den Kopf.

»Aber ich bin sicher, Ihnen wird etwas einfallen.«

»Sind Sie das wirklich? Ah! So viel Vertrauen von einem Zauberer ist wahrlich inspirierend! Gleichwohl, die beiden Möglichkeiten scheinen sich gegenseitig auszuschließen, nicht wahr? Ich habe mich schon gefragt, ob Sie nicht in der Lage sein möchten, eine Kompromisslösung vorzuschlagen. Wohlgemerkt, eine Andeutung würde da schon genügen.«

Dennis nickte. »Ein *Kompromiss.* Hmm …« Er kratzte sich über den Stoppelbart. »Wie wär's mit einem Mittelweg – sagen wir, ich tue flott und fröhlich, was Sie mir befehlen, und gebe Ihnen, was Sie haben wollen, und dafür statten Sie mich mit bescheidenen Annehmlichkeiten aus und halten mich mit kleineren Belohnungen und unbestimmten Versprechungen des Inhalts, dass Freiheit und Macht eines schönen Tages zweifellos in greifbare Nähe rücken dürften, bei Laune? Na?«

Kremer lächelte. »Eine fabelhafte Lösung! Kein Wunder, dass man Sie einen Zauberer nennt.«

Dennis zuckte bescheiden die Achseln. »Och, das war kaum der Rede wert.«

Der Baron ließ seine Fingerknöchel knacken. »Das wäre also geklärt. Sie haben noch zwei Tage Zeit, um Ihre Getränke-›Destille‹ zu machen und meinem Personal zu zeigen, wie man sie übt. Danach werden Sie sich einem Projekt von größerem praktischen Wert zuwenden – beispielsweise der Herstellung einer größeren Zahl dieser wundervollen Langstreckenwaffen: Wenn es, wie Sie sagen, die Wesen, die in dieser Waffe hausen, in meinem Reich nicht gibt, dann werden Sie sich etwas anderes von ähnlichem militärischen Wert einfallen lassen. Ist unser Kompromiss damit klar?«

Dennis nickte. Er dachte nach, und von dem albernen Geplänkel hatte er vorläufig genug. Gebracht hatte es ihm ohnehin nicht viel.

»Noch etwas, Zauberer. Sollten Sie mich je wieder vor Außenseitern in Verlegenheit bringen oder versuchen, mir auf irgendeine Weise in die Quere zu kommen, dann werden Sie feststellen, dass sich meine Folterknechte für Sie etwas ganz Besonderes ausgedacht haben. Eine unglückselige Vorstellung, wie wir sie gestern erleben durften, wird sich nicht wiederholen. Haben Sie mich verstanden?«

Dennis schwieg. Er sah den großen, blonden Mann in dem prachtvollen Kostüm an und nickte kaum merklich.

Der Baron nahm es mit besitzergreifendem Lächeln zur Kenntnis. »Sie werden hier glücklich sein, Dennis Nuel«, versprach er. »Eines Tages – vielleicht schon bald, wenn Sie sich gut benehmen – werden wir Ihnen wieder ein besseres Quartier zur Verfügung stellen. Dann können wir beide uns wieder wie

Gentlemen unterhalten. Es würde mich interessieren zu erfahren, wie Ihr Volk die *eigenen* aufsässigen L'Toff zur Raison bringt. Vielleicht können wir Prinzessin Linnora zu unserem Testfall machen.«

Er grinste, wandte sich ab und ging. Die Tür schloss sich hinter ihm, und Dennis blieb mit einem einzelnen Wächter zurück. Lange Zeit war es still; nur das ferne Gebrüll der exerzierenden Truppen hallte von unten herauf.

Der Erdenmann setzte sich auf seine Pritsche. In seiner Fantasie spürte er fast, wie sie sich von Minute zu Minute veränderte und sich allmählich in ein immer besseres Bett verwandelte, während er darauf ruhte.

Logischerweise waren seine Möglichkeiten immer noch die gleichen – nur würde er jetzt vielleicht mehr Zeit brauchen. Wenn er Kremer ein oder zwei Jahre lang mit Wundern fütterte, würde er zweifellos das Vertrauen und die Dankbarkeit des Mannes erringen, vor allem, wenn er Schießpulver für ihn erfände und ihm damit ganz Coylia zu Füßen legte.

Dennis schüttelte den Kopf: Er hatte sich entschieden. Noch nie hatte er ausführlich darüber nachgedacht, aber auf jeder beliebigen Welt konnte es nur wenige Kriminelle geben, die schlimmer waren als der Wissenschaftler, der einem Tyrannen bereitwillig und offenen Auges das Werkzeug zur Unterdrückung der Völker in die Hand legte. Mochte Pest oder Verderben über ihn hereinbrechen – Kremer würde er jedenfalls kein Schießpulver geben, auch kein Rad, nicht das Geheimnis des Metallschmelzens noch sonst irgendetwas, das er für seine kriegerischen Zwecke würde benutzen können.

Welche Möglichkeit blieb ihm dann noch?

Nur die Flucht. Irgendwie musste er wieder weg von hier.

9

Glühende Eisenzangen schlossen sich um seine Daumen. Stinkender Dampf kräuselte sich auf, wo das Fleisch zusammenschrumpfte und schwarze, flockige Asche zurückließ.

Dennis stöhnte. Etwas Nasses schlug ihm ins Gesicht, und keuchend schlug er die Augen auf.

Arth schaute sorgenvoll auf ihn herunter. »Du hast geträumt, Dennis. Muss'n Albtraum gewesen sein. Alles in Ordnung?«

Dennis nickte. Er hatte sich in der Nähe ihres Arbeitsplatzes nach dem Mittagessen zu einem Nickerchen hingelegt. Jetzt hatte sich draußen in den Schatten der Festung schon das Zwielicht der Dämmerung herabgesenkt.

»Ja«, murmelte er. »Alles in Ordnung.« Er stand auf und trocknete sich das Gesicht mit einem Handtuch. Der Traum saß ihm noch immer in den Knochen.

»Ich komme eben aus dem Gefängnishof zurück«, erklärte Arth. »Ich hab denen gesagt, ich wollte die Kerle, die die neue Destille bedienen sollen, persönlich aussuchen.«

Dennis nickte. »Hast du was herausgefunden?«

Arth schüttelte den Kopf. »Niemand hat Stivyung oder Gath oder Maggin oder einen von meinen Jungs gesehen. Also sind sie anscheinend nich' geschnappt worden.«

Darüber war Dennis froh. Vielleicht würde Stivyung doch noch zu seiner Frau und seinem Sohn zurückkehren können. Die Nachricht hob seine Stimmung ein wenig.

»Und was für'n Plan haben wir jetzt?«, fragte Arth leise, damit die Wachen ihn nicht hören konnten. »Wollen wir wieder versuchen, 'n Ballon zu machen, oder haste was anderes vor – wie die Säge, mit der man den Zaun aufschneiden kann?«

Nach der Hinrichtung seines Freundes hatte das Leben hinter den Mauern des Palastes für Arth nichts Verlockendes mehr an sich. Jetzt wollte er nur noch fort von hier. Er wollte seine Frau wiedersehen und Baron Kremer einen möglichst großen Schaden zufügen. Der Dieb sah den Erdenmann mit rückhaltlosem Vertrauen an.

Dennis wünschte sich, er hätte ebensoviel Vertrauen zu sich selbst.

Als es dunkel wurde, kletterte ein Trupp Soldaten auf einen Sockel im Hof, auf dem Dennis' Nadelpistole tagsüber aufbewahrt wurde. Wenn sie nicht geübt oder für die Nacht eingeschlossen wurde, pflegte man sie dem Sonnenlicht auszusetzen, stets umringt von sechs Wachen.

Dennis hatte ein paar Berechnungen angestellt. Ganz offensichtlich näherte sich die Pistole der theoretischen Grenze der Leistungsfähigkeit dieses Waffentyps. Ganz gleich, wie effizient sie werden mochte – sie konnte immer nur Metallsplitter mit der Energie verschießen, die sie mit einem Sonnenkollektor von fünf Quadratzentimetern speichern konnte.

Damit hatte Dennis einen weiteren Grund, sein Heil in der Flucht zu suchen. Kremer hatte davon gesprochen, mit dem Nadler die Mauern von Städten zusammenzuschießen. Dennis hatte keine Lust, in der Nähe zu sein, wenn der Baron herausfände, dass die tödliche kleine Waffe nur innerhalb bestimmter Grenzen geübt werden konnte.

Er sah zu, wie die Wachen die kleine Pistole vorsichtig aus ihrem kleinen Solarium nahmen. Nein. Das Ding wurde viel zu streng bewacht. Er würde keinesfalls in der Lage sein, sein Eigentum an sich zu bringen und sich den Weg in die Freiheit freizuschießen. Es musste einen anderen Weg geben.

Er hatte erwogen, einen geräderten Karren zu bauen und ihn durch beharrliches Üben in einen Panzerwagen zu verwandeln. Theoretisch musste das möglich sein. Aber es konnte Monate oder Jahre in Anspruch nehmen, wenn man bedachte, mit welchem Tempo die Dinge sich hier normalerweise verbesserten. Unter diesen Umständen war die Idee nicht durchführbar.

Als der Abend anbrach, wurden auch die Wachdrachen eingezogen. Das Gleiterkorps des Barons hatte seine Trainingsflüge bereits beendet und war für die Nacht gelandet.

Wieder dachte Dennis an diese Gleiterschuppen. Sie waren nur leicht bewacht. Es erforderte langes Training, bis jemand diese spinnwebzarten Flügelgestelle fliegen konnte, und Baron Kremer nahm wahrscheinlich an, niemand außer ihm besitze ein Korps von qualifizierten Piloten.

Und er hatte recht. Dennis hatte noch nie einen Festflügel-Gleiter geflogen, ganz zu schweigen von diesen Drachen-Dingern. Aber er hatte ein paar private Flugstunden in einmotorigen Propellermaschinen absolviert. Er hatte oft daran gedacht, den Unterricht wieder aufzunehmen und die Lizenz zu erwerben.

Der Unterschied zwischen diesen beiden Arten des Fliegens konnte doch so gewaltig nicht sein – oder?

Zumindest hatte er viele Filme darüber gesehen, und er hatte mit Hängegleiterpiloten darüber gesprochen, wie man es machte. Und er hatte Aerodynamikkurse belegt. Die Prinzipien erschienen ihm einfach genug.

»Hast du schon einen Weg gefunden, dich aus deinem Zimmer zu schleichen?«, fragte er Arth.

»Selbstverständlich.« Der kleine Dieb schnüffelte hochnäsig. »Sie verriegeln die Tür, aber 'n Mann wie mich hält man nich' in 'nem Zimmer, das keine Übung als Knast hat.«

»Vor allem nicht, wenn du ein bisschen Gleitöl hast.«

Arth zuckte die Achseln. Sie hatten sorgfältig darauf geachtet, das Zeug nur zu sammeln, wenn niemand sie beobachtete, und so hatten sie nur sehr wenig davon. Aber schon das kleinste Tröpfchen dieses perfekten Schmiermittels tat ausgezeichnete Dienste.

»Im Großen und Ganzen kann ich mich in der Festung ganz gut bewegen, wenn's erst dunkel ist. Schwierig is' es nur bei den

Außenmauern, wo sie Hunde und Schnüffelbiester und Lichter und Wachen dutzendweise aufgestellt haben. Ich könnte die Hälfte von dem Zeug in Kremers Bankettsaal abstauben, wenn ich nur wüsste, wie ich damit aus der Festung komme.«

»Meinst du, du könntest eins von diesen Dingern klauen?« Dennis nickte zu dem Schuppen hinüber, in dem die Piloten kurz zuvor sorgfältig ihre Gleiter zusammengelegt hatten.

Arth musterte Dennis nervös. »Äh … ich weiß nich'. Diese Gleiter sind 'n bisschen klobig …« Er nagte an seiner Unterlippe. »Diese Frage is' aber bloß … äh … hypothetisch.« Sorgfältig sprach er das Wort aus, das Dennis ihm beigebracht hatte. »Is' sie doch, oder? Sie hat doch nichts mit 'ner Idee zu tun, wie wir hier rauskommen können, oder?«

»Doch, Arth.«

Ein Schauder überlief Arth. »Das hab' ich befürchtet. Dennis weißt du, wie viele Männer Kremer verloren hat, bevor sie wussten, wie man mit diesen Dingern umgeht? Jeder zweite neue Pilot geht immer noch drauf. Kannst du denn so'n Ding wirklich fliegen?«

Dennis brauchte Arths Hilfe. Um sie zu bekommen, würde er ihm Vertrauen einflößen müssen. »Was glaubst denn du?«, fragte er im Brustton der Überzeugung.

Arth grinste zögernd. »*Yeah,* klar. Ich schätze, nur 'n Idiot würde wirklich versuchen, im Dunkeln mit so 'nem Ding loszufliegen, wenn er nich' genau weiß, was er tut. 'tschuldige, Dennis.«

Dennis gelang es, nicht sichtbar zusammenzuzucken, als er hörte, wie sein Freund den Sachverhalt formulierte. Er legte ihm die Hand auf die Schulter. »Richtig. Also – glaubst du, du kannst den Gleiter verstecken, bis wir ihn brauchen? Kremers Leute verstehen zwar offenbar nicht viel von Inventarkontrolle, aber vielleicht werden sie ihn ja doch vermissen.«

»Kein Problem.« Arth grinste. »Mein Zimmer is' vollgestopft

mit Haufen von Holz und Stoff für unsere ›Experimente‹. Die Diener haben Befehl, uns jeden Mist zu geben, den wir haben wollen, solange er nicht scharf oder aus Metall is'. Da kann ich 'n leicht verstecken.«

»Soll ich dir helfen, wenn du das Ding klaust?«

Arth fröstelte. »Äh … nein, Dennis. Manche Sachen überlässt man besser 'nem Fachmann. Du wirst dich da durchschleichen wie 'n Rickelbulle, der unterm Haus nach'm Weibchen sucht. Is' nich' böse gemeint, aber ich mach's lieber alleine. Keine Sorge.«

»Also gut.« Dennis blickte in den dunkler werdenden Abendhimmel. »Vielleicht machst du heute Abend mal ein bisschen früher Schluss, Arth. Du siehst ziemlich müde aus.«

»Hä? Aber es is' doch erst … oh.« Arth nickte. »Ich soll es heute machen.« Er zuckte die Achseln. »Na, wieso nich'? Das heißt, wir hauen morgen Nacht ab?«

»Oder übermorgen.« Dennis stand unter Zeitdruck. Kremer würde sich nicht viel länger hinhalten lassen.

»Okay.« Arth hatte diesen Ausdruck von Dennis aufgeschnappt. Der kleine Dieb gähnte übertrieben ausdrucksvoll, damit die Wachen es auch wirklich sahen. Dann redete er mit lauterer Stimme weiter. »Na, ich denke, ich werd' mal 'n bisschen dran arbeiten, dass meine Pritsche besser wird!« Er stieß Dennis mit dem Ellbogen in die Seite und zwinkerte. »Bis morgen, Boss!« Und flüsternd fügte er hinzu: »Hoffentlich!«

»Viel Glück«, sagte Dennis leise, als Arth davonging, gefolgt von seinem Bewacher. Dennis empfand wenig Behagen dabei, ein so großes Risiko von ihm zu verlangen. Aber der Bursche verstand seine Arbeit, und ihm würde es ein Vergnügen sein. Dennis wusste, dass er von Glück sagen konnte, ihn zum Freund zu haben.

In der Nähe begann ein feiner Strahl von stechend riechendem Weinbrand unten aus dem Kondensator zu rinnen. Wenn es so weiterliefe, würde die Mannschaft im Grunde nichts weiter zu tun haben, als die Destillationsanlage als Einheit im Auge zu behalten und zu üben. Das Schwierigste war, ihnen beizubringen, wie man das Weingemisch fachgerecht wechselte.

Dennis merkte, wie seine Gedanken ein paar Stockwerke höher wanderten. Jetzt, da er sich gezwungen sah, möglichst bald einen Fluchtversuch zu unternehmen, würde er sich über seine Gefühle hinsichtlich der Prinzessin klar werden müssen. Wenn es ihm wirklich ernst damit war, etwas für sie zu tun, dann würde er irgendwann während der nächsten vierundzwanzig Stunden mit ihr Kontakt aufnehmen, ihr Vertrauen zurückgewinnen und einen Weg finden müssen, sie von ihren Bewachern loszueisen und zu einem Rendezvous mit dem Gleiter auf den Zinnen der Festung zu bringen.

Es klang beinahe unmöglich.

Er hoffte nur, sie würde ihm Gelegenheit zu einer Erklärung geben, wenn die Zeit käme.

Die Destillenbesatzung drängte sich um den Kondensator und beobachtete, wie der Brandy langsam in eine Flasche tröpfelte. Dennis ließ sich ein wenig davon auf die Fingerspitze träufeln. Es schauderte ihn, als er daran roch, und eine nostalgische Sehnsucht erfüllte ihn, als er an die Flasche mit dreißig Jahre altem Johnny Walker dachte, die vermutlich noch immer in seinem Spind in Sahara-Tech stand.

Er nahm ein paar Tropfen auf die Zunge und sog die Luft heftig zwischen den Zähnen hindurch. Der Stoff hatte in der Tat Feuer, das musste er zugeben.

Die Abendschicht der Übungsmannschaft traf ein und löste die Tagesschicht ab. Es war ohnehin Zeit, den Behälter zu wechseln, und so ließ er die coylianischen Gefangenen das Verfahren mehrmals wiederholen, um sicherzugehen, dass sie es begriffen hatten.

Als sie fertig waren, standen die ersten Sterne am Himmel. Dennis vergewisserte sich, dass alles in Ordnung war. Dann nahm er seinen Mantel vom Zaun. »Ich möchte mir die Beine vertreten«, erklärte er der Wache.

Die Nordmänner verneigten sich knapp und folgten ihm. Obwohl seine Privilegien krass verringert worden waren, behandelte man ihn zumindest offiziell noch immer quasi wie einen Gast ... und wie einen Zauberer. Er konnte sich frei im Hof bewegen, solange er in Begleitung seiner Wache blieb.

Er schlug den langen Weg ein und schlenderte an den Gleiterhangars und dann am Haupttor vorbei. Als er sich dem Teil der Festung näherte, in dem die Gemächer der L'Toff-Prinzessin lagen, kehrten seine Zweifel zurück. Jede der Brüstungen dort war mit spitzen Dornen gesichert, und Soldaten übten sie täglich mit großen Fleischklumpen. Dort oben mit einem Gleiter zu landen und wieder zu starten, wäre genauso unmöglich, wie wenn er versuchen wollte, die steilen Mauern zu erklettern.

Sollte er die Chancen eines ohnehin riskanten Planes vollends auf ein Mindestmaß reduzieren, indem er versuchte, auch Linnora zu befreien? Wäre das Arth gegenüber fair?

Dennis bog um eine Ecke, und sein Puls beschleunigte sich. Im flackernden Lichtschein der Wandlaternen sah er drei Stockwerke hoch über sich ein schlankes Mädchen in Weiß, das die Gitterstäbe umfasst hielt. Die L'Toff-Prinzessin blickte starr zu den Sternen hinauf, und die Schleier ihres Gewandes wehten sanft in der Brise. Als Dennis herankam – die Wachen stets fünf Schritte hinter ihm –, drehte das Mädchen sich um. Jemand war zu ihr auf den Balkon herausgetreten.

Dennis bückte sich im Schatten nieder, um sich die Schnürsenkel seiner Stiefel neu zu binden, und so gleichmütig, wie er nur konnte, blickte er nach oben. Baron Kremer erschien und stand vor Linnora. Er ließ sie schrecklich klein aussehen.

Der Baron sprach sie an, und zur Antwort schüttelte sie den

Kopf. Sie wollte sich abwenden, aber er packte ihren Arm und redete jetzt schärfer auf sie ein. Noch immer konnte Dennis nicht verstehen, was gesagt wurde, aber der Tonfall war unmissverständlich.

Linnora wehrte sich, aber Kremer lachte nur, zog sie an sich und drückte sie gegen ihren Widerstand an seine breite Brust. Einer der beiden Soldaten hinter Dennis machte einen groben Scherz. Offensichtlich fanden die zwei, dass ihr Herr der hochmütigen Stammesprinzessin nur gab, was sie längst verdient hatte.

Dennis schob die Hand in den Hosenbund, der sich über vier sorgfältig ausgewählten glatten Steinen wölbte. Er hatte keine Gelegenheit gehabt, seine plumpe Waffe zu üben. Sie würde nicht besser sein, als er sie gemacht hatte. Alles in allem taugte sie nicht wesentlich mehr als die provisorische Schleuder, die er auf der letzten Sahara-Tech-Party aus seiner Leibbinde gefertigt hatte.

Trotzdem würde er wahrscheinlich einen oder zwei Steine abschießen können, bevor die Wachen ihn überwältigten. Und Kremer war ein großes Ziel.

Wenn ich eine von Shakespeares Figuren wäre, fände ich es lohnend, für die Jungfräulichkeit einer Dame zu sterben, dachte er. *Oder doch wenigstens für ihre Ehre.*

Dennis ließ die Schultern hängen. Die meisten der Shakespeare-Figuren waren poetische Idioten gewesen. Selbst wenn es ihm gelänge, Kremer mit einem Stein niederzustrecken, würde er Linnora damit nur einen Aufschub verschaffen. Um den Preis seines eigenen Lebens.

Es lohnte sich nicht. Nicht, solange es möglich war, dass er sie morgen mit in die Freiheit nahm, wenn er sich jetzt geduldete. Er war bereit, sein Leben für sie zu riskieren, aber nicht, es sinnlos wegzuwerfen.

Er hörte, wie Stoff zerriss.

Mit ansehen wollte er es nicht, und so drehte er sich um. Zumindest konnte er die Wachen zwingen, ihm zu folgen, und damit dem Mädchen ersparen, dass jemand dabei zuschaute, wie sie gedemütigt wurde. Rasch und mit hochgezogenen Schultern ging er davon. Die Soldaten folgten ihm kichernd.

Er war zehn Schritte weit gegangen, als eine Bewegung am Himmel seine Aufmerksamkeit erregte.

Dennis blieb stehen. Er schaute nach Süden.

Etwas am Südhimmel verdeckte ein paar Sterne. Es bewegte sich durch die Nacht, schneller als eine Wolke und regelmäßiger geformt, und es wurde immer größer, je näher es kam. Dennis spähte blinzelnd zum Himmel hinauf, aber der Fackelschein vom Turm hatte ihn nachtblind gemacht, und so konnte er kaum etwas erkennen.

Dann schlich sich plötzlich ein Lächeln in seine Züge. War es möglich …?

Am Südrand der Befestigungsanlage erhob sich ein Geschrei. Viele Stimmen brüllten erschrocken durcheinander. Männer kamen aus den Baracken gerannt und legten hastig ihre Rüstungen an. Eine Alarmglocke begann zu läuten.

Aus dem dunklen Nachthimmel schwebte plötzlich eine riesige runde Kugel in den Lichtschein der Fackeln auf dem Festungsturm. Sie hatte zwei gewaltige Augen, die wütend funkelten und lohten. An der Unterseite des gigantisch ragenden Antlitzes klaffte ein machtvoller Rachen. Ein Feuer loderte darin.

»Ha-hah!« Dennis sprang hoch und stieß die Faust in die Luft. »Kremer hat die anderen *nicht* geschnappt! Sie haben das Ding geübt, und es fliegt! Es fliegt wirklich!«

Eine Riesenkugel aus Stoff und heißer Luft schwebte zischend über die Außenbefestigungen und gewann langsam an Höhe. In einer Korbgondel unter der Kugel waren die Umrisse seiner Freunde verschwommen vor den Flammen zu sehen.

Aber irgendetwas schien mit dem Ballon nicht zu stimmen. Er stieg nicht so schnell, wie Dennis gehofft hatte. Und was noch schlimmer war: Er trieb geradewegs auf Kremers Burg zu! Es sah aus, als werde er nur mit knapper Not über den Festungsturm hinwegstreichen können!

»Na los, Jungs«, murmelte er, während seine Bewacher angstvoll zum Himmel deuteten. Weiße Ringe umgaben ihre Augen. »Hoch mit euch! Steigt höher und verschwindet von hier!« Dennis starrte den Ballon angestrengt an und übte ihn im Steigen.

Und jetzt schien er tatsächlich schneller zu steigen, langsam noch, aber stetig. Winzige Gesichter spähten aus der Gondel in den Hof herunter. Ein paar Soldaten schleuderten Speere und Steine in die Höhe, aber sie erreichten das majestätische, lautlos dahingleitende Luftfahrzeug nicht.

Dennis drehte sich um; er wollte sehen, wie Kremer es aufgenommen hatte. Es wäre schon großartig, wenn einmal etwas die unerschütterliche Gelassenheit des Tyrannen ins Wanken bringen könnte!

Der Baron hatte Linnora losgelassen. Sie presste sich an die Wand, rieb sich die schmerzenden Arme und weinte leise. Aber im Gegensatz zu seinen Männern schien Kremer überhaupt nicht erschrocken zu sein. Stattdessen trat ein Lächeln auf seine Lippen, als er die Hand in seine Tunika schob.

»Oh«, sagte Dennis, als er begriff, was der Mann vorhatte. »O nein, das machst du nicht, du Schweinehund!«

Hastig löste er seine Leibbinde. Seine Wachen duckten sich unter dem drohenden Schatten des Ballons zusammen. Mit dumpfem Aufschlag explodierten zwei Sandsäcke ganz in der Nähe zu Staubwolken, und die Soldaten stoben davon.

Dennis ließ die sorgsam ausgesuchten Steine in seine Hand fallen. Er rannte auf das unterste Stockwerk zu, die Schärpe mit ausgestrecktem Arm vor sich schwingend, und betete, dass er noch rechtzeitig kommen möge.

Kremer – der Himmel mochte ihn segnen! – genoss den Augenblick. Er ließ das plumpe Luftschiff ruhig herankommen, während seine Finger sich um die Nadelpistole von der Erde schmiegten.

Dennis zog die Schärpe straff, legte einen Stein in die Falte und begann, diese behelfsmäßige Schleuder über seinem Kopf kreisen zu lassen.

Außer an jenem Abend im S.I.T. hatte Dennis seit seinen Pfadfindertagen keine Schleuder mehr benutzt. Wenn er nur ein wenig hätte üben können!

Kremer hob die Nadelpistole und zielte lässig auf den großen Ballon, als Dennis den Stein davonschwirren ließ.

Er traf das Brüstungsgitter vor dem Baron und prallte lärmend davon ab. Kremer sprang überrascht zurück. Eine Sekunde lang blickte er umher, und dann sah er Dennis unten im erleuchteten Hof, wie er hektisch dabei war, einen zweiten Stein in seine Schleuder zu legen.

Kremer grinste und zielte nach unten auf den Erdenmann. In diesem zeitlupenhaften, ausgedehnten Moment wusste Dennis, dass er keine Zeit mehr hatte, einen zweiten Stein abzuschießen. Er hatte seine Schlinge gerade zum zweiten Mal kreisen lassen, als Kremer feuerte.

Ein Hagel von tödlichen Splittern bohrte sich wenige Meter weit rechts von Dennis in den Boden. Dennis blinzelte überrascht, als er merkte, dass er noch lebte. Aber der Grund dafür war sogleich ersichtlich. Ein kleiner Wirbelsturm aus blonden Haaren und Fingernägeln war über den Baron gekommen und hatte ihn aus dem Gleichgewicht gebracht.

Verblüfft, aber noch nicht von seinem Glück überzeugt, ließ Dennis die Schleuder kreisen und wartete auf ein freies Schussfeld. Aber jetzt war Linnora ihm im Weg. Die Prinzessin hing an ihrem Peiniger und versuchte mit Zähnen und Klauen, ihm die Pistole zu entwinden.

Allmählich wurde Dennis der Arm müde. Wenn sie nur bald aus dem Weg gehen wollte!

Der Ballon war jetzt senkrecht über ihnen und schwebte mit hoher Geschwindigkeit weiter. Die Aeronauten würden höchstens noch eine halbe Minute brauchen, um die Festung hinter sich zu bringen …

Kremer bekam Linnoras Arm zu fassen und schleuderte sie zu Boden. Er hatte Kratzwunden im Gesicht und schien jetzt gänzlich um seine Fassung gebracht worden zu sein. Er warf Dennis einen Blick zu, der zu besagen schien, dass er sich später um ihn kümmern werde, und hob die Pistole, um erneut auf den Ballon zu zielen.

Anscheinend hatten jetzt auch Dennis' Wachen endlich begriffen. Er ließ die Schleuder ein letztes Mal kreisen, als er sie von hinten herbeistürzen hörte. Er *fühlte,* dass es diesmal richtig war, als er den zweiten Stein davonsausen ließ.

Der Stein traf Kremer an der linken Schläfe, als der Ballon den Zenit erreicht hatte und sich gleichzeitig mehrere Hundert Pfund Wache von hinten auf Dennis warfen.

Als der Boden ihm entgegenkam, dachte Dennis: *Es muss aufhören, dass die Dinge mir in dieser Weise entgegenkommen.*

ACHTER TEIL

»HEUREKAARRGH!«

Es wurde allmählich langweilig, immer wieder aufzuwachen und nicht zu wissen, wo man war, und sich immer wieder zu fühlen wie jemand, den man aus der Mülltonne gezogen hatte. Ohne auch nur die Augen zu öffnen, wusste er, dass er wieder im Kerkergewölbe lag. Spitze Strohhalme bohrten sich in seinen bloßen Rücken, zumindest an Stellen, wo keine Verbände lagen, die die schlimmsten Schnitte und Platzwunden bedeckten.

Immerhin hatte anscheinend jemand in hoher Position entschieden, ihn vorläufig am Leben zu lassen. Das war wenigstens etwas.

Seltsamerweise fühlte Dennis sich trotz der schlimmen Verletzungen – und diesmal schienen sie ihn wirklich durchgeprügelt zu haben – sehr viel besser als bei den anderen Gelegenheiten, bei denen er hier auf Tatir verhauen worden war. Diesmal hatte er wenigstens auch etwas ausgeteilt. Die Erinnerung an jenen kurzen Augenblick, da Baron Kremer wie ein gefällter Baum zu Boden gegangen war, schien seine Schmerzen zu lindern.

Ihn fröstelte. Langsam und mit schmerzlicher Miene setzte er sich auf, und behutsam untersuchte er seine Wunden, bis er halbwegs sicher war, dass er nirgends einen dauerhaften Schaden davongetragen hatte.

Noch nicht, erinnerte er sich.

Von irgendwo her hallte ein schwaches, dumpfes Klingen durch den feuchtkalten Gang … als schlage jemand mit einem scharfen Gegenstand auf etwas anderes. Vielleicht übte der Henker seine Axt.

Die Zeit verging, in ihrem gleichförmigen Fluss nur unterbrochen durch die kargen Mahlzeiten, seine eigenen Gedanken und die gelegentlichen Schreie irgendeines armen Teufels weiter hinten in den Gewölben.

Dennis vertrieb sich einen Teil der Zeit damit, seine Verbände zu bestaunen. Anscheinend brauchten sie niemals gewechselt zu werden. Sie waren luftdurchlässig, blieben sauber und saßen bequem. Natürlich war ihm klar, dass sie wahrscheinlich gut geübt waren. Vermutlich gewährte der Baron seinen Leuten in Friedenszeiten kostenlose medizinische Versorgung, damit das Material der Sanitäter den Anforderungen eines Krieges unverzüglich gerecht werden könne. Die Apotheke hier in der Festung besaß wahrscheinlich jahrhundertealte Verbände.

Es war eine sonderbare Vorstellung.

Verbände gehörten zu den Dingen, die er zur Erde mitnehmen würde, falls er jemals heimkehren sollte – keine Edelsteinwerkzeuge, und auch keine Kunstwerke, die ohnehin bald verfallen würden, wenn sie dem Einfluss des Übungseffektes entzogen würden, sondern Dinge, deren Eigenschaften sich analysieren und dann von den zauberkundigen »Machern« der Erde duplizieren ließen.

In den Stunden der Dunkelheit stellte er Listen derjenigen Dinge zusammen, die er mit zurücknehmen wollte, und um sich die Langeweile zu vertreiben, probte er den Bericht, den er vor den ungläubigen Zuhörern daheim vorzutragen gedachte.

Schließlich gelangte er zu der Überzeugung, dass er, falls es ihm je gelingen sollte, aus diesem Kerker zu entfliehen, das Zievatron zu reparieren und nach Hause zurückzukehren, tunlichst ein paar ziemlich überzeugende heimische Produkte mitnähme. Denn sonst würde ihm kein Mensch glauben.

In großen Abständen gaben sie ihm dünne Grütze zu essen. Seit ungefähr einem Tag waren die Schreie aus den Tiefen des

Gewölbes verstummt. Dann schien man ein neues, unglückseliges Opfer rekrutiert zu haben, das gewisse Spezialwerkzeuge zu üben hatte.

Dennis versuchte, im Kopf ein paar Anomalierechnungen durchzuführen. Längst versunkene Erinnerungen an zu Hause tauchten wieder auf. Er lauschte angestrengt nach irgendetwas, das die Monotonie auflockern könnte.

Einmal hörte er die Gefängniswärter draußen im Gang aufgeregt miteinander sprechen.

»… erst hier, dann oben auf'm Turm, dann draußen im Hof, und jetzt wieder hier unten! Und keiner weiß, was es ist!«

»Ein *Ungeheuer,* das isses!«, erwiderte der andere. »Es is' 'ne Ausgeburt von dem großen Dämon, der den Baron vor vier Nächten zu Boden geschlagen hat! Ich sag' dir, es bringt kein Glück, wenn man den Zauberer und die L'Toff unter einem Dach wohnen lässt! Ich kann's gar nicht abwarten, bis der Baron wieder gesund ist und sein Urteil spricht …«

Die Stimmen verhallten im Gang.

Dennis sprang auf und packte die Gitterstäbe in dem kleinen Fenster der Zellentür. »Wache!«, rief er. »He, Wache! Sagtet ihr eben, Kremer lebt?«

Die Wärter hatten bisher keine seiner Fragen beantwortet, aber bei diesen beiden schien es sich um andere zu handeln. Vielleicht waren sie eben erst in den Kerker heruntervérsetzt worden.

Im flackernden Lichtschein einer Wandfackel schauten sie einander an. Einer der beiden zuckte die Achseln und sah Dennis mit schiefem Grinsen an. Er hatte lückenhafte, schiefe Zähne. »Ja, Zauberer, er lebt. Das hat er nich' deinem Dämon zu verdanken, den du heraufbeschworen hast, damit er Seine Lordschaft mit Steinen bewirft. Baron Kremer dürfte in ein paar Tagen wieder auf den Beinen sein. Bis dahin führt Lord Hern das Kommando.«

Dennis nickte. Aha. Er hatte sich schon gedacht, dass diese Höhlenmenschen noch nicht einmal die Schleuder erfunden hatten. Ein Wunder, dass sie wenigstens Pfeil und Bogen kannten. Wahrscheinlich wusste niemand außer Kremer selbst genau, was Dennis getan hatte.

Jedermann gab ihm ganz zu Recht die Schuld für Kremers Zustand, aber aus den falschen Gründen. Sie glaubten, er habe metaphysische Mittel zu Hilfe genommen. Sie würden nichts weiter gegen ihn unternehmen, bis Kremer wieder so weit wäre, dass er selbst entscheiden konnte, was zu tun sei.

Dennis zweifelte nicht daran, dass sein Schicksal unter anderem einen ausgedehnten Besuch bei den Technikern weiter unten im Gewölbe für ihn bereithielt.

Er kratzte sich über seine Bartstoppeln und fragte die Wachen, ob er ein Rasiermesser bekommen könne, um sich den Bart abzunehmen.

Sie grinsten einander an, als hätten sie seine Gedanken gelesen. »Nee, Zauberer.« Der schiefzahnige grinste. »Nich' mal Lord Hern verzeiht es einem, wenn man dusslig genug ist, 'nem Gefangenen den leichten Ausweg zu ermöglichen.«

Der andere lächelte jetzt auch. »Aber ich sag' dir was. Wir bringen dir 'n bisschen *Brandy* …« – er sprach das Wort ehrfurchtsvoll flüsternd aus – »… wenn du versprichst, dass du uns vor der Teufelsbrut beschützt, vor diesen Biestern, die du hier rumsausen lässt. 'n Freund von mir arbeitet bei der ›Destille‹ und der schmuggelt mir ab und zu 'n bisschen runter.« Er hielt eine Flasche hoch, in der etwas gluckerte.

Dennis zuckte die Achseln, als der Mann etwas in einen Becher goss, den er dann durch das Gitter reichte. Er hatte nicht die leiseste Ahnung, wovon der Kerl redete. Teufelsbrut? Biester? Es klang nach abergläubischem Quatsch.

Er nahm einen Schluck von dem wunderbar scheußlichen Schnaps. Nachdem das Feuer sich warm in seinem Magen ausgebreitet hatte, fragte er die Soldaten nach Arth.

Sie erzählten ihm, man habe dem kleinen Dieb die Leitung

der Destille übertragen. Dennis argwöhnte, dass Arth den Wärter in Wahrheit bestochen hatte, damit er ihm die ganze Flasche gebe.

Ein neuerlicher Schluck von dem grässlichen Zeug ließ ihn husten. Aber er schwor sich, Arth eines Tages dafür zu belohnen.

Von Linnora wussten die Wärter nichts. Die bloße Erwähnung der L'Toff-Prinzessin machte sie nervös. Sie machten kleine Schutzgebärden mit den Händen und schützten dann dringende Dienstgeschäfte andernorts vor.

Dennis seufzte und wandte sich wieder seiner Strohmatratze zu. Zumindest die Stelle, auf der er immer lag, wurde allmählich bequemer. Ihr blieb auch nichts anderes übrig.

Er versuchte, einen kleinen Stein zu einem Meißel zu üben, um damit die Steine der Zellenwand herauszukratzen. Aber er wusste, dass er damit im Grunde nur den Kerker selber übte. Das Steinchen, das er hatte, war als Meißel nicht annähernd so gut wie die Wand als Wand. Kein Zweifel, so etwas war auf dieser Welt eine uralte Geschichte. Wenn ihm nicht etwas Außergewöhnliches einfiel, war er als Gefangener mattgesetzt.

2

Jäh erwachte er aus einem Traum über Ungeheuer.

Ein fedriger Hauch von vagem Horror schwebte zwischen den Bildern in seinem Kopf, als er in der Dunkelheit blinzelte … huschende Gestalten, scharfe, bedrohliche Klauen. Noch lange nach dem Aufwachen war er von einer schweren Lethargie erfüllt.

Dann war ihm, als höre er etwas in der lautlosen Finsternis. Eine Zeit lang beachtete er das leise Schnarren nicht, er hielt es für einen Nachhall seines Albtraums.

Dann veränderte sich das Geräusch und wurde zu einem sanften Zischen.

Dennis schüttelte den Kopf, um die Spinnweben aus seinem Hirn zu vertreiben. Er drehte sich in der Finsternis um und blinzelte. Ein feuriger Funke war an einer Ecke der Zellentür erschienen, ein leuchtender Punkt in der beinahe vollkommenen Finsternis.

Der Funke stieg langsam an der Tür empor und hinterließ eine glühende Linie. Als er etwa einen halben Meter hochgekommen war, bog er scharf nach rechts. Schwach schimmerte das Licht vom Gang durch den verkohlten Riss, den die Flamme hinterließ.

Dennis wich zurück. Plötzlich fiel ihm wieder ein, dass der Wächter von einer ›Teufelsbrut‹ geredet hatte, die in der Festung ›herumsauste‹. Sie hatten ihn dafür verantwortlich gemacht, aber Dennis wusste, dass er mit Dämonen nichts zu tun hatte. Dennoch schnitt etwas seine Zellentür auf, und das gefiel ihm ganz und gar nicht!

Die Schweißspur knickte erneut rechtwinklig ab, und der Funke näherte sich mit gleichmäßiger Geschwindigkeit dem Boden. Dennis umklammerte seinen scharfkantigen Stein, als der Ausschnitt schließlich nach außen klappte und über dem Fußboden eine Öffnung in der Tür klaffte.

Dennis wollte schreien, die Wachen herbeirufen – *oder sonst irgendjemanden!* –, aber seine Stimme versagte.

Einen Augenblick lang blieb die neue Öffnung dunkel und leer. Dann erschienen zwei glühendrote Augen in dem qualmenden Loch – Augen, die größer waren, als es einem Lebewesen zukam. Ein paar Herzschläge lang spähten sie ihn durch die Dunkelheit an.

Dann bewegte sich das Ding, dem sie gehörten, langsam in die Zelle herein.

In seinem halbverhungerten Zustand, die Katalepsie des

Schlafes noch in den Muskeln, fühlte Dennis sich nicht annähernd kampfbereit. Gegen seinen Willen schloss er die Augen und hielt den Atem an, als das leise zwitschernde Ungeheuer näher kam.

Dann blieb es stehen. Er fühlte, wie es sprungbereit wenige Schritte vor ihm verharrte und leise vor sich hin murmelte.

Dennis wartete. Dann fing seine Lunge an zu schmerzen. Er konnte die Luft nicht länger anhalten. Er öffnete ein Auge, um nachzusehen; er war auf das Schlimmste gefasst …

… und dann atmete er tief seufzend aus. »O Gott!«

Was da geduldig wartend auf dem kühlen Steinboden hockte, war sein lang vermisster Sahara-Tech-Explorationsrobot. Friedfertig und mit leise sirrenden Sensoren stand er da, bereit, seine Anweisungen – endlich! – auszuführen und ihm zu berichten.

Selbst in dem matten Lichtschein sah er, dass das Ding sich verändert hatte. Es war flacher, schlanker, und die Oberseite war farbig und raffiniert gemustert. Es war … *geübt* … und besser geeignet für die Aufgabe, mit der er es betraut hatte. Seine letzte Anweisung, die er dem Robot vor mehreren Wochen über die Dächer hinweg zugerufen hatte, war gewesen: Komm her und berichte mir! Kein Erdenrobot hätte das vermocht. Aber hier stand er, und einen »Erdenrobot« konnte man ihn eigentlich nicht mehr nennen.

Das Ding musste seit jener Eskapade auf den Dächern von Zuslik seiner Spur gefolgt sein. Geduldig musste es mit jedem Hindernis gekämpft haben, bis es sie alle, eines nach dem anderen, überwunden hatte.

Aber wie? Ein Werkzeug musste einen Benutzer haben, wenn der Übungseffekt sich bemerkbar machen sollte, oder etwa nicht? Konnte man etwa sagen, dass er den Robot ›benutzt‹ hatte, auch wenn er ihn aus den Augen und aus dem Sinn verloren hatte?

Damit war seine Theorie beim Teufel, derzufolge es sich bei dem Übungseffekt zumindest teilweise um eine PSI-Kraft handelte, die von den Menschen auf dieser Welt ausgeübt wurde.

Und dann fiel es ihm wieder ein. Als er den Robot zuletzt gesehen hatte, hatte er sich sehr wohl in Begleitung eines Lebewesens befunden – eines Wesens, das mit Begeisterung zugeschaut hatte, wenn jemand Werkzeuge benutzte, je komplizierter, desto lieber.

»Komm rein, Kobi«, flüsterte er. »Es ist alles verziehen.«

Zwei funkelnd grüne Augen erschienen in dem kleinen Loch in der Tür. Sie zwinkerten einmal, und dann erstrahlte unter ihnen ein Cheshire-Katzen-Grinsen aus nadelspitzen Zähnchen.

Das kleine Geschöpf startete zu einem kurzen Gleitflug und landete auf Dennis' Schoß. Es schnurrte und kuschelte sich an ihn, als habe es ihn erst wenige Stunden zuvor verlassen.

Dennis saß da, streichelte das Fell des kleinen Wesens und lauschte dem ruhigen Summen des Robot. Unverhofft stiegen ihm die Tränen in die Augen. Plötzliche Hoffnung erfüllte ihn. Nach so langer Zeit in der Finsternis hatte er wieder Freunde und Gefährten … Ein paar Minuten lang war er so glücklich, dass er es kaum ertragen konnte.

Im Gang draußen fand er einen der Gefängniswärter bewusstlos neben einer Bank am Boden liegen. Dennis zog dem Mann die Kleider aus und sperrte ihn gefesselt und geknebelt in seine Zelle. Dann klemmte er das rechteckig ausgeschnittene Holzstück wieder in die Tür. Es war eine plumpe Reparatur, aber besser ging es nicht.

Auf der Bank des Wärters fand er eine Schüssel Suppe und ein Stück Brot. Dennis schlang alles hinunter wie ein Wolf, während er hastig die Kleider des Mannes überstreifte. An den Schultern waren sie ihm zu eng, am Bauch zu weit. Als er fertig war, nahm das Koberkel seinen angestammten Platz auf seiner Schulter wieder ein und spähte grinsend in die Gegend.

Ursprünglich war der Robot mit einem kleinen Betäubungsarm ausgerüstet gewesen, mit dessen Hilfe er Musterexemplare tierischen Lebens einfangen konnte. Anscheinend hatte sich dieses Gerät durch das Üben verbessert und war jetzt in der Lage, jeden, der sich zwischen den Robot und seine Aufgabe stellte, auszuschalten. Zweifellos würde sich diese Fähigkeit in der vor ihnen liegenden Stunde als äußerst nützlich erweisen.

Dennis kniete nieder und redete die Maschine klar und deutlich an.

»Neue Anweisungen. Pass auf.« Zur Antwort summte und klickte der Robot.

»Du sollst mich jetzt begleiten und mit deinem Schocker jeden betäuben, auf den ich in dieser Weise deute.«

Er demonstrierte, was er meinte: Er streckte den Daumen in die Höhe, wies mit dem Zeigefinger nach vorn und tat, als feuere er eine Pistole ab. Es war ein ziemlich kompliziertes Konzept, aber er war zuversichtlich, dass die Maschine inzwischen so weit entwickelt war, dass sie ihn verstand.

»Gib an, ob du mich verstanden hast und ob du in der Lage bist, diese Funktion auszuführen.«

Die grüne Bestätigungslampe auf dem Turm der Maschine blinkte. So weit, so gut.

»Anweisung zwei: Sollten wir getrennt werden, sollst du deine eigene Existenz schützen und mich ausfindig machen, so schnell du kannst, um mir Bericht zu erstatten.«

Wieder blinkte das Licht.

»Drittens«, flüsterte Dennis. »Solltest du mich tot oder innerhalb von drei Monaten gar nicht finden, sollst du zum Zievatron zurückkehren und auf jemanden von der Erde warten. Wenn eine solche Person eintrifft, sollst du berichten, was du hier beobachtet hast.«

Der Robot bestätigte, dass er verstanden habe, und dann erschien auf dem winzigen Display seine Bitte, mit seinem enzyklopädischen Bericht über die Bewohner von Tatir beginnen zu dürfen. Der Robot schien es ziemlich eilig damit zu haben, seine Pflicht zu erfüllen.

»Noch nicht«, sagte Dennis. »Erst müssen wir hier raus. Ich habe noch Freunde, die ich retten muss. Oder doch wenigstens einen Freund – und dann noch jemanden, den ich sehr gern zum Freund hätte …«

Er merkte, dass er faselte. Auch die Hoffnung war eine Medaille mit zwei Seiten. Er spürte, dass er wieder fähig war, Angst zu haben.

»Okay. Seid ihr fertig?« Seine beiden kleinen Begleiter sahen nicht gerade aus wie zwei schreckliche, furchterregende Verbündete für den Angriff auf eine Festung. Beim ersten Anzeichen von Gefahr würde das Koberkel wahrscheinlich sowieso wieder desertieren.

Er zog seine Wächteruniform zurecht, rückte sich die Kappe tief ins Gesicht und machte sich dann mit seiner seltsamen Mannschaft auf den Weg.

Nicht einmal auf der Treppe musste er dem Robot helfen. Das Ding war wirklich ein Wunderwerk!

Ich muss ihn mit zur Erde nehmen, wenn alles vorbei ist, und feststellen, was mit ihm passiert ist!, dachte er.

Prinzessin Linnora blieb kaum etwas anderes übrig, als einige der wunderschönen Dinge in ihrem Zimmer zu benutzen.

Sie setzte sich vor einen uralten Schminktisch und betrachtete sich in dem jahrhundertealten Spiegel. Sie wollte nicht dabei helfen, den Besitz ihres Kerkermeisters zu üben, aber da sie in diesem eleganten Zimmer eingesperrt war, hatte sie sonst wenig zu tun. Sie hatte festgestellt, dass es ihr half, die Zeit zu vertreiben, wenn sie sich das Haar bürstete.

Anfangs hatte sie versucht, Kremer überhaupt nichts zu geben, nicht einmal das Nutzrecht an ihrem guten Geschmack. Sie hatte sich geweigert, ihrer Umgebung Beachtung zu schenken, damit ihr Sinn für Schönheit und Eleganz nicht dazu beitrug, Kremers Palast zu verbessern.

Vorher hatte in diesem Zimmer eine von Kremers Mätressen gewohnt. Der Geschmack dieses Bauernmädchens hatte einen starken Eindruck auf den Möbeln hinterlassen. Nach einem Monat der Gefangenschaft hatte Linnora von den grellbunten Farben und den aufdringlichen Dekorationen genug gehabt. Schließlich hatte sie sich dem Schlimmsten gebeugt und angefangen, sich auf ihre eigene Vorstellung von diesem Zimmer zu konzentrieren.

Es war eine subtile Art der Niederlage gewesen, dass sie einen kleinen Bruchteil ihrer Kräfte darauf verwendet hatte, ihr Gefängnis ein wenig erträglicher zu machen. Kremer hatte offensichtlich die Absicht, ihren Widerstand Stück für Stück zu brechen, und Linnora war ganz und gar nicht sicher, ob ihm das nicht gelingen würde. Er hatte einen starken Willen, und ihr Leben lag in seiner Hand.

Sie nahm die hübsche antike Bürste auf und strich sich damit übers Haar, betrachtete dabei ihr Bild im Spiegel und versuchte, sich einen Weg einfallen zu lassen, wie sie es vermeiden könnte, in Kremers Bett zu landen, wenn er sich erst wieder erholt hätte, oder von ihm als Geisel gegen ihr eigenes Volk verwendet zu werden.

Sie konzentrierte sich darauf, die Wahrheit im Spiegel zu sehen. Der nächste, der in diesen Spiegel schaute, würde mehr sehen als ein schmeichelhaftes Bild seiner selbst.

Sie sah eine junge Frau vor sich, die Fehler begangen hatte. Von dem Tag an, da sie allein davongeritten war und sich von ihrem Bruder Proll weit entfernt hatte, auf der Suche nach dem Fremden, dessen Kommen sie gefühlt hatte – von dem Tag an, da die Männer des Barons sie bei dem kleinen Metallhaus im Wald gefangen genommen hatten –, von diesem Tag an hatte sie Fehler begangen.

Sie dachte daran, wie Dennis Nuel sie an den Tagen nach dem Bankett und vor dem Erscheinen des Himmelsungetüms angeschaut hatte. Diakon Hoss'ks Argumentation hatte sie davon überzeugt, dass der Zauberer nur ein böser Mann sein konnte. Aber konnte es sein, dass für jemanden, der von so weit her gekommen war, eine andere Logik galt als die, welche am nächsten lag?

Was, wenn man diese fremdartigen Essenzen noch auf andere Weise erschaffen konnte, als dadurch, dass man Lebenskräfte in ihnen versklavte?

Konnte ein böser Mann so ritterlich sein und gegen ihren Feind kämpfen, als ihre Not am größten war?

In der Nacht des Himmelsungetüms hatte der Zauberer den Baron angegriffen. Linnora war immer noch ratlos, wenn sie daran dachte, was geschehen war. Hatte Dennis Nuel ein großes, glühendes Luftungeheuer heraufbeschworen, als er gesehen hatte, wie Kremer über sie herfiel? Sie wollte gern glauben, dass es so gewesen war, aber weshalb war er dann gezwungen gewesen, mit Steinen zu werfen, um Kremer am Ende niederzustrecken? Und weshalb war das Monstrum davongeflogen und hatte seinen Herrn hilflos zurückgelassen?

Sie legte die Bürste aus der Hand und schaute ihr Spiegelbild kopfschüttelnd an. Wahrscheinlich würde sie niemals die Antworten erfahren. Ihre Wache hatte gesagt, der Zauberer sei so gut wie tot, und er schmachte tief unten in den Kerkern des Barons.

Sie nahm ihr Klasmodion und zupfte müßig an den Saiten herum. Die sanften Töne erklangen einzeln, nacheinander und ohne besondere Reihenfolge. Zum Singen hatte sie keine große Lust.

Eine Art Anspannung lag in der abendlichen Stille, die den Palast erfüllte – so, als stehe ein Ereignis bevor. Sie fühlte die Gefahr in der Nacht, und das Gefühl wurde immer stärker! Sie hörte auf zu spielen, und ihre Sinne waren plötzlich hellwach.

Vor ihrer Tür erscholl ein seltsames, schrilles Geräusch. Dann fiel etwas mit dumpfem Schlag zu Boden. Linnora stand auf. Sie legte ihr Instrument hin und nahm die Haarbürste in die Hand, den einzigen erreichbaren Gegenstand, der schwer genug war, um als Waffe zu dienen.

Es klopfte leise an ihrer Tür. Linnora wich zurück in den Schatten des Zimmers. Etwas Vertrautes erfüllte den Gang, wie das zarte Gefühl, das sie eine Woche zuvor empfunden hatte und das ihr zu sagen schien, dass Proll für kurze Zeit in der Nähe gewesen war.

Aber da draußen war auch noch etwas anderes, etwas so Fremdes, dass die bloße Ahnung davon sie erschauern ließ.

»Wer ist da?« Sie versuchte, ihre Stimme fest und königlich klingen zu lassen.

Eine Stimme auf dem Gang wisperte heiser: »Dennis Nuel, Prinzessin! Ich bin gekommen, um Ihnen die Chance zu bieten, von hier zu verschwinden, falls Sie interessiert sind. Aber wir müssten uns beeilen!«

Linnora rannte zur Tür und öffnete.

Der Geruch nach ungewaschenem Mann hätte sie fast umgeworfen. Verdreckt, zerschlagen und struppig grinste Dennis Nuel sie an, und vor seinem Bauch raffte er eine viel zu große Wächteruniform zusammen.

Das allein war mehr als genug, um ein Mädchen zu überraschen. Aber Linnora schnappte nach Luft, als sie sah, was da hinter ihm im Gang stand.

Die Haarbürste fiel klappernd zu Boden, als sie ohnmächtig wurde.

Nun, dachte Dennis, während er vorsprang, um sie aufzufangen, *manch einer ist wohl schon weniger schmeichelhaft empfangen worden. Ich wünschte nur, ich könnte sicher sein, dass es Dankbarkeit war, was sie umgehauen hat.*

Er wusste, dass er ein Festmahl für alle Sinnesorgane sein musste. Seine Blutergüsse leuchteten immer noch purpurrot, und er hatte sich seit zwei Wochen nicht mehr gewaschen.

Hinter ihm machte sich der Explorationsrobot an den darniederliegenden Wachen zu schaffen. Während er weitere Anweisungen abwartete, widmete er sich seinen zweitrangigen Aufgaben und entnahm den bewusstlosen Soldaten winzige Blutproben zu Vergleichszwecken.

Prinzessinnen, die in Ohnmacht fielen, waren eine feine Sache – in Märchenbüchern. Mochte sie nun zierlich sein oder nicht – Linnora war für Dennis in seinem geschwächten Zustand eine schwere Last. Er trug das Mädchen ins Zimmer und legte sie auf das Bett.

»Prinzessin! Linnora! Aufwachen! Erkennen Sie mich?«

Linnora blinzelte und kam dann rasch wieder zu sich. Sie stützte sich auf einen Ellbogen. »Ja, natürlich erkenne ich Sie, Zauberer … und ich bin froh, Sie lebendig vor mir zu sehen. Würden Sie jetzt bitte meine Hand loslassen? Sie drücken sie zu fest.«

Dennis ließ sie hastig los und half ihr, sich aufzurichten.

»Ist eine Flucht denn wirklich möglich?«, fragte sie. Dabei vermied sie es angelegentlich, Dennis' Gefährten draußen im Gang anzusehen. Wenn es einer von seinen *Dämonen* war, dann würde er sie gewiss nicht unverzüglich verspeisen, vermutete sie.

»Ich bin nicht sicher«, antwortete Dennis. »Ich bin unterwegs zum Turm, um es herauszufinden. Ich bin hier vorbeigekommen, um Ihnen anzubieten, mich zu begleiten. Ich schätze, keiner von uns beiden hat etwas zu verlieren.«

Linnora brachte ein ironisches Lächeln zustande. »Nein, allerdings nicht. Einen Augenblick noch. Ich bin gleich wieder da.«

Sie stand auf und eilte zu einem Schrank.

Dennis zerrte die regungslosen Wachen ins Zimmer. Es war ein anstrengender Aufstieg gewesen, vom Kerker zu den Vorratskammern, von dort zu den Küchen und weiter, beständig von Schatten zu Schatten huschend. Sie waren bis ins zweite Stockwerk hinaufgelangt, bevor man sie entdeckt hatte. Zwei Wachsoldaten hatten ihn auf der Treppe gesehen. Sie hatten ihn angerufen und waren ihm dann nachgeeilt.

Wie Dennis es erwartet hatte, desertierte das Koberkel beim ersten Zwischenfall.

Aber der Robot war unerschütterlich tapfer. Er wartete mit Dennis am Anfang der Treppe, bis die beiden Soldaten um die Ecke gerannt kamen und zwischen ihnen hindurchhasteten.

Dennis hörte noch, wie der andere zu Boden fiel, noch bevor er den ersten halbwegs bewusstlos gewürgt hatte. Er ließ sie beide gefesselt und geknebelt hinter der Treppe liegen, und dann eilten sie weiter.

Fünf Minuten später hatte er Gelegenheit, den Robot in Aktion zu sehen.

Von der Treppe aus deutete er mit einem Pistolenfinger auf die beiden Wachen, die vor Linnoras Kammer standen. Die kleine Maschine war in den Gang hinausgeschossen, schneller und leiser, als Dennis es für möglich gehalten hätte. Die Wachen hatten kaum Zeit, sich umzudrehen, bevor der Robot herangesurrt war und jeden von ihnen sanft am Bein berührte. Sie ächzten überrascht und brachen augenblicklich zusammen.

Dennis sah mit ehrfürchtigem Staunen, was hier aus der Erdenmaschine geworden war.

Während Linnora ein paar Dinge zusammenraffte, fesselte er die beiden Wachen. Natürlich würde zwangsläufig jemandem auffallen, dass sie nicht mehr da waren. Aber er konnte sie auch nicht einfach so im Gang liegen lassen.

»Ich bin fertig«, erklärte Linnora. »Ich habe einen Mantel

gefunden, der Ihnen vielleicht passt.« Sie reichte ihm ein dickes Kapuzengewand aus glänzendem, schwarzem Stoff. Mit Befriedigung sah er, dass sie ihre gewohnten weißen Kleider gegen schwarze getauscht hatte.

»Das hier gehört auch Ihnen, glaube ich. Ich hoffe nur, ich habe nichts beschädigt, als ich es mir anschaute. Wozu es dient, ist mir allerdings schleierhaft.«

»Mein Armbandcomputer!«, rief Dennis, als er das kleine Ding in Empfang nahm.

Staunend sah die Prinzessin zu, wie er es sich um sein Handgelenk schnallte. Eine Klemmschließe hatte sie noch nie gesehen. »Dazu also dienen diese kleinen Riemen«, meinte sie.

»Wenn wir je hier rauskommen, zeige ich Ihnen, was dieser Comp sonst noch alles kann«, versprach Dennis. »Aber jetzt machen wir uns besser auf den Weg. Wenn Arth nicht mehr in seiner Turmkammer wohnt, dann wird dies ein sehr kurzer Ausflug werden.«

3

Als Arth die dumpfen Schläge vor seiner Kammer hörte, öffnete er die Tür mit einem Knüppel in der Faust, zu allem bereit. Aber ein breites Grinsen überzog sein Gesicht, als er die junge Frau und den Zauberer erblickte. Ein bewusstloser Soldat lag zu ihren Füßen am Boden.

Arth schlug Dennis so heftig auf den Rücken, dass dessen Wunden fast wieder aufgeplatzt wären. Der sonst so ruhige und wortkarge Dieb konnte sich kaum beruhigen.

»Dennis! Komm rein! Sie auch, Prinzessin! Weißt du, ich hab' mir *gedacht,* dass du irgendwann wieder auftauchst. Deswegen hab' ich diese Kammer behalten, auch als Lord Hern mich zum

Chef der Destille beförderte. Kommt rein und trinkt 'n Brandy mit mir!«

Arth stieß den schlaffen Körper des Wächters beiseite, damit Linnora sich an ihm vorbeischieben konnte. Dann erstarrte der kleine Dieb, als er den Robot erblickte, der leise sirrend hinter den beiden stand. Er schluckte. Die gläsernen Augen erwiderten geduldig seinen erstaunten Blick.

»Äh … is' das 'n Freund von dir, Dennis?«, fragte Arth, den Robot unverwandt anstarrend.

»Ja, Arth.« Dennis schob Linnora ins Zimmer und zog Arth hinter sich her, weil dieser immer noch regungslos dastand.

Linnora war froh, dem glitzernden Blick der hellen Linsen zu entrinnen. Obgleich sie den Robot in den dunklen Gängen in Aktion gesehen hatte, wo er Dennis auf dem Weg hierher geholfen hatte, zwei weitere Wächterpaare außer Gefecht zu setzen, beäugte sie die Maschine immer noch nicht ohne Nervosität.

Allmählich fragte sie sich, was er für ein Mann war, der über so merkwürdige dienstbare Geister verfügte. Noch nie war ihr etwas begegnet, das so stark nach *Pr'fett* und Essenz gerochen hatte wie dieser ›Robot‹. Es fühlte sich an wie ein Ding … aber es bewegte und benahm sich, als sei es lebendig!

Dennis befahl dem Robot, draußen Wache zu halten, und schloss die Tür.

Die Kammer war vollgestopft mit Holzstücken, Leder und Schnüren, Lattenstapel und Ballen rauen Tuches türmten sich allenthalben, und dazwischen standen ungeschickt zusammengebastelte Klapperkonstruktionen, die der Stolz eines jeden Kindergartens gewesen wären.

»He, Dennis«, begann Arth und goss Brandy aus einer braunen Flasche in drei Becher. »Ich hab' mich wahrhaftig im ›Machen‹ versucht, genau wie du! Kann ich dir 'n paar von meinen Projekten zeigen? Ich glaub', ich hab' 'ne gute Methode für's Mäusefangen gefunden – zum Beispiel.«

»Hmm, ich glaube nicht, dass wir so viel Zeit haben, Arth. Sie müssen jeden Augenblick Alarm schlagen.«

Linnora hustete. Ihre Wangen röteten sich, und sie starrte auf den Becher in ihrer Hand. Dann schnupperte sie an dem Schnaps und versuchte, noch einmal daran zu nippen.

Der Dieb nickte. »Dann willst du wahrscheinlich jetzt den Gleiter sehen.«

Dennis hatte sich nicht getraut, danach zu fragen. »Du hast es geschafft! Ich wusste, dass du es fertigbringst!«

»Ach, das war doch nichts.« Arth errötete. »Mit dem Gleitöl war es ein Kinderspiel. Er liegt hier unten, unter dem Stapel Abfall dort. Sie haben ein ziemliches Theater veranstaltet, als sie merkten, dass er weg war. Aber weil der Baron außer Gefecht is', haben sie keine anständige Suchaktion auf die Beine gebracht.«

Dennis half ihm, das Gerümpel beiseitezuräumen. Bald kamen eine säuberlich zusammengelegte Rolle von seidigem Stoff und ein paar schlanke Holzlatten zum Vorschein. »Gut, dass du heute schon kommst«, meinte Arth mit kritischer Miene. »Noch zwei Wochen, und das Ding wär' wieder 'n Windvogel gewesen. Aber ich schätze, dass du jetzt keine Schwierigkeiten haben wirst, es zu fliegen.«

Dein Wort in Gottes Ohr, dachte Dennis, während er Arth dabei half, den schweren Zwei-Mann-Gleiter zur Tür hinaus und auf das Festungsdach hinaufzuschleppen.

Dennis musste das Ding im Mondschein mehr oder weniger allein zusammensetzen. Die beiden anderen versuchten, ihm zu helfen, aber Linnora hatte Angst vor den mächtigen flatternden Schwingen, und Arth brachte laufend unsinnige Vorschläge vor und drängte unnötig zur Eile.

Eine erwachende Brise zerrte an dem Stoff, sodass er Dennis hin und wieder beinahe aus der Hand gerissen wurde. Er hatte die Flügel des Gleiters auseinandergespreizt und war eben dabei, den Einrastmechanismus zu suchen, als unten der Alarm erscholl. Er begann in einem Winkel der Festung in der Nähe des unteren Stockwerks und breitete sich von dort aus, bis die Nacht ein einziges Chaos von Glockengeläut, Schreien und Stiefelgetrappel war.

Offenbar hatten sie eines der Wächterpaare entdeckt, die er und der Robot mattgesetzt hatten.

Endlich fand er die Verriegelung. Die Stoffschwingen, die in der steifen Brise geflattert hatten, schnappten plötzlich ein und strafften sich mit einem lauten Knall.

Zwei Stockwerke weit unter ihnen hörte Dennis besorgte Rufe. Natürlich gaben Arths Wächter keine Antwort. Bald hallten ganz in der Nähe Schritte auf den Treppen.

»Keine Zeit mehr für Experimente«, murmelte Dennis. »Arth! Setz dich in den hinteren Sattel, um das Ding festzuhalten!«

Der große Gleiter bockte und schaukelte, bis Arth sich auf den Sattel geschoben hatte. Aber selbst dann ließ er sich nur mühsam bändigen. Dennis winkte den Robot heran. Er kniete nieder und hielt dabei die Kante des einen der beiden geblähten Flügel umklammert.

»Anweisungen!«, sagte er zu dem kleinen Automaten. »Geh nach unten und halte die Leute, die heraufkommen wollen, auf, bis wir fort sind. Danach versuchst du zu überleben und uns zu folgen, so gut du kannst. Wir werden versuchen, Kurs West-Südwest zu fliegen.«

Das grüne Bestätigungslicht des Robots blinkte. Er drehte sich auf der Stelle um und schnurrte davon. Behände rollte er die Bretterrampe hinunter, die sie benutzt hatten, um auf das Dach zu gelangen.

Dennis hörte Schritte auf der Treppe direkt unter ihnen. Viel Zeit hatten sie jetzt nicht mehr.

Arth hing auf seinem Platz in den Sattelgurten, wie Dennis

es ihm gezeigt hatte. Er war voller Zuversicht. Er hatte den ›Ballon‹ durch die Nacht schweben sehen und wusste jetzt, dass Dennis etwas von fliegenden Dingen verstand. Der Unterschied zwischen einem Ballon und einem Gleiter war dabei für ihn bedeutungslos.

»Dies ist zwar ein Zwei-Mann-Gleiter«, erklärte Dennis, »aber ihr beide wiegt zusammen kaum mehr als ein großer Mann. Also kann Linnora mit Arth auf dem Rücksitz Platz nehmen. Wir brauchen ja nur die Stadt hinter uns zu bringen.«

Aber Linnora raffte ihren Mantel um sich herum zusammen und starrte auf die großen, flatternden Flügel. Sie blickte Dennis an, und alle ihre Zweifel waren wieder erwacht.

Ich kann es ihr nicht verdenken, dachte Dennis. *Sie ist 'ne wackere Lady, aber auf so was ist sie nicht vorbereitet.*

Bei diesem Fluchtversuch konnten sie sich alle drei den Hals brechen. Manch einer mochte vielleicht finden, dass das, was Kremer für sie bereit hielt, schlimmer sei als der Tod. Aber solange man lebte, hatte man immer noch eine Chance.

Sie drückte ihr Klasmodion an die Brust, und der böige Wind zerrte an dem großen Drachen und hätte Dennis und Arth fast quer über das Dach geschleift. Der Gleiter war wie ein kraftvoller Vogel, der an seinen Fesseln riss, er brannte darauf, sich in die Lüfte zu erheben.

Plötzlich hörten sie vom Treppenabsatz unter ihnen dumpfe Schläge und erschrockenes Geschrei. Der Robot verteidigte die Treppe.

Dennis sah die L'Toff-Prinzessin an, und ihre Blicke trafen sich. Er sah ihr an, dass sie ihm vertrauen wollte. Aber das alles kam zu plötzlich, war zu fremd für sie.

Er konnte sie nicht gewaltsam mitschleppen. Aber er brachte es auch nicht über sich, sie zurückzulassen.

Linnora sah das kleine Geschöpf als Erste, noch während es sich über die Dachkante heraufhangelte. Ihr Mund öffnete sich, und sie starrte nach links. Dennis fuhr herum und erblickte ein winziges Antlitz – ein Paar grüne Augen und zwei Reihen grinsender, spitzer Zähne.

»Ein Krenegee!« Linnora seufzte.

Das Koberkel grinste. Es kam vollends auf das Dach herauf und ließ sich dann vom Wind in die Höhe tragen. Mit ausgebreiteten Membranflügeln segelte es träge auf Dennis zu und landete auf seiner Schulter. Winzige Krallen bohrten sich durch seinen Mantel und in die Haut darunter.

Dennis musste sich angestrengt gegen den bockenden Gleiter stemmen und rutschte mit den Füßen über das Dach. Er verfluchte den Wind und das dumme, lästige Tier, das ihm da ins Ohr schnurrte.

Aber Arth starrte ihn mit abergläubischer Furcht an, und als Linnora sprach, konnte Dennis durch den Wind kaum hören, was sie sagte.

»Das Krenegee erwählt, wen es will – und die es erwählt, sie machen *die Welt …«,* sagte sie.

Es klang wie eine Litanei. Vielleicht war das Koberkel eine Art Totemtier für ihr Volk. Vielleicht würde Kobi ja doch noch jemandem nützen!

Er reichte Linnora die Hand, und jetzt trat sie vor und ergriff sie bereitwillig, beinahe schlafwandlerisch. Er führte sie zu dem hinteren Sattel und ließ sie vor Arth aufsteigen. Dem Dieb befahl er, sie festzuhalten, als ginge es um sein eigenes Leben. Neues Geschrei und lautes Krachen erhob sich unter ihnen, als eine zweite Truppe die Treppe zu stürmen versuchte.

Er verspürte leichte Gewissensbisse, weil er den Robot diesem Ansturm allein ausgesetzt hatte. Natürlich war es nur eine Maschine. Aber hier auf Tatir war das *allein* keine so hinreichende Entschuldigung wie auf der Erde.

Die Soldaten organisierten sich langsam. Dennis hörte Offiziersgebrüll und das Getrappel einer ganzen Kompanie auf der

Treppe rasch näher kommen. Lange würde es jetzt nicht mehr dauern.

Der Wind schwoll wieder an. Dennis musste eine Woge der Unsicherheit niederkämpfen, als er auf das unebene, nur verschwommen sichtbare Gelände hinausblickte. Die Türme der Stadt Zuslik ragten lauernd vor den Bergmassen dahinter. Der gewundene Fluss glitzerte im Mondlicht. Spitzzackige Konturen von Schiffsmasten erhoben sich in den Docks.

Dennis sah sich nach seinen Passagieren um. Das Koberkel schnurrte, und in Linnoras Augen leuchtete jetzt eine Zuversicht, die er nicht begriff, die ihn aber beglückte.

Irgendwo unten drängte ein Hauptmann mit schriller Stimme seine Männer zum Angriff. Es war endgültig Zeit zu verschwinden.

»Okay«, sagte er zu Arth und Linnora. »Jetzt müsst ihr alle beide ganz, ganz angestrengt *›Hinauf‹* denken. Lehnt euch nach vorn, wie ich es tue, und springt mit mir, wenn ich das Zauberwort ausspreche: *Geronimo!*«

4

Kaum waren sie in der Luft, war Dennis ganz und gar von dem nicht unvernünftigen Wunsch erfüllt, er könnte kehrtmachen und sich irgendetwas anderes einfallen lassen.

»Dennis! Pass auf – der Turm!«

Ein hoher Turm tauchte aus der Finsternis auf, geradewegs vor ihnen. Dennis warf sein Gewicht in den Hängegurten nach links. »Nach links lehnen!«, brüllte er, und er hoffte, Arth und Linnora würden versuchen, seine Aktionen zu imitieren.

Der Gleiter neigte sich langsam. Das Obergeschoss eines der höheren Häuser von Zuslik huschte knappe zwei Meter weit rechts von ihnen vorüber. Durch ein hell erleuchtetes Fenster erhaschte Dennis einen Blick auf eine fröhliche Szene. Eine Feier war in vollem Gange. Einen kurzen Moment lang drang helles Lachen an seine Ohren. Keiner der Festgäste bemerkte die schwarze Silhouette, die pfeilgeschwind am Fenster vorbeipfiff.

Mühsam brachte Dennis den Gleiter wieder in Geradeauslage. Die Kurve hatte sie in eine turbulente Luftschicht gebracht. Bockend und flatternd glitt der Flieger den Hügelhang hinab auf die Stadt zu.

Die Burg hinter ihnen war in Aufruhr. Suchlampen leuchteten mit scharfem Strahl von jeder Zinne, jeder Brüstung. Dennis wagte nicht, zurückzublicken, aber er hoffte, dass es dem Robot gelungen war, heil davonzukommen.

Die Hochzeitskuchentürme von Zuslik glitten unter ihnen vorüber. Die äußere Mauer der Stadt lag weniger als eine Meile weit vor ihnen, und dahinter verlief der Fluss. Sie verloren immer noch Höhe. Wenn es so weiterginge, würden sie nur mit knapper Not über die Mauerkrone hinwegstreichen.

Hinter sich hörte Dennis Arth mit den Zähnen klappern. Aber Linnora umschlang seine Taille mit festem Griff. Braves Mädchen! Sie zitterte nicht einmal.

Der Gleiter wurde nach oben getragen, als sie durch eine Warmlufttasche über einem Schornstein segelten. Als Dennis ihn wieder unter Kontrolle gebracht hatte, sah er, dass die äußere Stadtmauer auf sie zugerast kam.

»Komm schon!«, drängte er den Gleiter. »Komm schon, Baby! Hoch mit dir!«

Er sprach mit seinem Flugzeug, wie fast jeder Pilot vor ihm es getan hatte. Aber in diesem Fall würden die beschwörenden Worte vielleicht sogar wirklich helfen. Jede zusätzliche Übung, die dem Gleiter zuteil wurde, konnte nur nützlich sein.

Das Koberkel krallte sich mit den Vorderklauen in seine

Schulter und hatte seine Flügelmembranen weit auseinandergespreizt, sodass seine Hinterbeine durch die Luft wehten. Versuchte dieses verdammte Ding zur Abwechslung mal, tatsächlich zu *helfen?* Grinsend verfolgte es jede von Dennis' Bewegungen, während der frischgebackene Gleiterpilot sich zwischen den Türmen hindurch der Mauer näherte.

He! Ich bin gar nicht so schlecht!, fand Dennis, und er grinste, als der Gleiter in einer rasanten Kurve dem Glockenturm eines coylianischen Tempels auswich. *Man könnte glatt Spaß an dieser Sache kriegen!*

Einen Augenblick später änderte er seine Meinung. *Wir schaffen es nicht!*

Zuslik war ein Labyrinth von gewundenen Straßen und spitz aufragenden Bauten. In der Dunkelheit war es unmöglich, den Gleiter hier unversehrt zu landen. Er hatte sie alle in diese gefährliche Lage gebracht. Jetzt sah es so aus, als werde nur das Koberkel mit seinem eingebauten Fallschirm der Katastrophe entgehen.

Plötzlich öffneten sich die Straßen unter ihnen, und die Stadtmauer ragte vor ihnen auf. Sie war noch mindestens zweihundert Meter weit vor und nur wenige Meter unter ihnen, und sie wartete darauf, den Gleiter mit einem Schlag aus der Luft zu greifen.

Dennis schaute zu Arth und Linnora zurück. Der kleine Dieb grinste zurück. In seinem Adrenalinrausch sah er aus, als habe er sich in seinem ganzen Leben noch nicht so ausgezeichnet amüsiert, und er vertraute restlos auf Dennis' magische Fähigkeiten.

Linnora hatte die Augen geschlossen, ein friedlicher Ausdruck lag auf ihrem Gesicht. Sie flüsterte leise vor sich hin. Obwohl ihr Gesicht kaum drei Handbreit von dem seinen entfernt war, konnte Dennis doch durch das Rauschen des Windes kein Wort verstehen.

Ihr Gesang schien in dem Schnurren des kleinen Tierchens auf Dennis' Schulter wiederzuklingen. Für einen Moment schlug sie die Augen auf. Glücklich lächelte sie Dennis an.

Das Koberkel schnurrte lauter.

Dennis steuerte den Gleiter am letzten Hindernis vorbei. Vor ihnen lag jetzt nur noch die Mauer.

»Komm schon!«, beschwor er sein Flugzeug.

Der Boden zog unter ihnen dahin. Linnoras Gesang und das Schnurren des Koberkels schienen mit Dennis' Konzentration zu verschmelzen. Die Realität ringsumher schien zu schimmern. Streben und Verspannungen vibrierten mit sanftem, musikalischem Singen, beinahe als *verändere* der Gleiter sich unter seinen Händen. Irgendwie war es ein vertrautes Gefühl. Dennis blinzelte. Bis zur Mauer waren es noch zwanzig Meter. Soldaten marschierten oben auf der Krone auf und ab; sie trugen Fackeln in den Händen, aber ihre Aufmerksamkeit galt dem Boden unter ihnen.

Vielleicht ... Dennis schöpfte noch einmal neue Hoffnung.

Der Gleiter schien aufgeregt zu summen. Die L'Toff-Prinzessin verströmte ein Gefühl von Kraft, und ein vielfach verstärktes Echo schien von der Kreatur auf seiner Schulter auszugehen!

Der Gleiter sirrte elektrisch unter seinen Händen, und ein matt schimmerndes Licht schien über seine Kanten zu laufen. Die straffe Bespannung knatterte kaum merklich in einem sanften Aufwind, als sie knapp in Manneshöhe über die Mauer hinwegrauschten. Ein Soldat starrte mit offenem Mund zu ihnen herauf. Dann lag die Mauer hinter ihnen, und gleich darauf hatte die Nacht sie verschlungen.

Plötzlich waren sie über dem Fluss. Das Licht der Sterne funkelte zart auf dem Wasserspiegel.

Die kurze *Felthesh*-Trance schwand. Sie hatte sie lebendig über die Mauer gebracht. Aber Dennis begriff, dass kein noch so großes Übungswunder sie über das Wasser bringen würde. Auf die Essenz eines Gleiters beschränkt, konnte dieser Flieger in der kühlen Luft nur sinken, so effizient er auch werden mochte.

Zur Linken erhob sich das Mastengewirr der Docks. Er bezweifelte, dass sie darüber hinweg und bis zu den Feldern dahinter gelangen würden.

»Kann hier jeder schwimmen?«, erkundigte er sich. »Ich hoffe es wahrhaftig. Wir fallen nämlich ins Wasser.«

Die Hafenanlage war dunkel, nur hier und dort blinzelte ein vereinzeltes Licht aus einem Fenster. »Schneidet eure Gurte durch!«, rief er. »Dann springt ab, wenn ich es euch sage!«

Der Dieb gehorchte unverzüglich und zerschnitt das Ledergeschirr mit seinem Messer. Linnora hüllte ihr Klasmodion in ihren Mantel und gab ihm zu verstehen, dass sie bereit sei.

Dennis versuchte, den Gleiter parallel zu den Docks heruntergehen zu lassen. Das Wasser glitt nur zwei Meter tief unter ihnen vorbei, ein verschwommenes Glitzern zu ihren Füßen.

»Jetzt! Loslassen!«

Linnora lächelte Dennis noch einmal zu, und dann sprangen sie und Arth aus den Gurten. Der Gleiter taumelte, und Dennis bemühte sich, ihn zu halten. Er war so geübt, dass er eine größere Last tragen konnte, und jetzt hatte sich der Schwerpunkt verlagert.

Der Zentroid, erinnerte sich Dennis, während er sich weiter rückwärts schob. *Wo hast du deinen Zentroiden jetzt?* Hinter sich hörte er es zweimal klatschen, und dann war er vollauf damit beschäftigt, seine eigene Landung über die Bühne zu bringen.

Zum Springen war es zu spät. Er musste mit dem Gleiter landen. Er fummelte an seinem Gurt herum und hatte ihn gerade gelöst, als seine Füße über das Wasser strichen.

Er zog die Beine an und merkte plötzlich, dass das Koberkel verschwunden war. Irgendwie überraschte ihn das nicht.

Plötzlich pflügten seine Knie tiefe Furchen durch den Fluss. Der Gleiter senkte sich um ihn herab, und das Wasser umschlang ihn mit nassen Armen und zog ihn zu sich herab.

5

»Denniiis!«

Arth ruderte, so schnell er konnte. Er hatte die Ruderblätter des gestohlenen Kahnes umwickelt. Trotzdem missfiel es ihm gründlich, auf den offenen Fluss hinausfahren zu müssen. Schon waren die ersten Suchtrupps von der Festung ausgeschwärmt, und bald würden Berittene und Infanteriepatrouillen das ganze Land durchstreifen.

»Können Sie ihn sehen?«

Linnora spähte in die Finsternis. »Noch nicht. Aber er muss hier draußen sein. Rudere nur weiter!«

Die Kleider klebten ihr am Leibe, und der Talwind wehte über das Wasser hinweg. Aber ihre einzigen Gedanken galten dem Fluss und ihrem Erretter.

»Zauberer!«, rief sie. »Sind Sie da draußen? Zauberer! Antworten Sie mir!«

Sie hörten nur das leise Knarren der Ruder und in der Ferne die Rufe der Soldaten.

Arth ruderte.

Linnoras Stimme brach. »Dennis Nuel! Sie können nicht sterben! Führen Sie uns zu sich!«

Sie hielten inne und lauschten, und sie wagten dabei kaum zu atmen. Dann hallte ein schwacher Laut durch die Dunkelheit.

»Dort!« Sie packte Arth bei der Schulter und streckte die Hand aus. Grunzend zog er die Ruder durch das Wasser.

»Dennis!«, rief sie. Irgendwo vor ihnen hustete jemand leise. Dann rief eine heisere Stimme: »Der Terrestrier is' ids Wasser gefalled ... zub Glück treibt mein Schiff oben. Seid ihr zufällig von der Küstenwache?«

Linnora seufzte. Sie verstand nur ein oder zwei Wörter von dem, was er gesagt hatte, aber das genügte. Zauberer waren bekanntlich unergründlich.

»Aber jetz' *buß* ich 'n Weg finn, nach Hause zu telefodieren«, blubberte die Stimme in der Dunkelheit. Dann hallte ein lauter Nieser über das Wasser.

Dennis klammerte sich an den dahintreibenden Rahmen. Eine große Luftblase hielt den Gleiter an der Wasseroberfläche, aber sie entwich rasch. Die Suchtrupps am Ufer kamen immer näher. Vor dem fernen Flackern der Laternen erkannte er schließlich die gleitenden Umrisse des Ruderbootes.

Als Arth schließlich längsseits kam, sah er von dem kleinen Dieb nichts als dessen breites Grinsen. Aber Linnoras Silhouette war unverwechselbar, als sie sich niederbeugte und seine Hand ergriff. Trotz seiner Lage nahm er mit Wohlgefallen zur Kenntnis, was das Wasser mit ihren Gewändern gemacht hatte. Zitternd kletterte er ins Boot. Linnora hüllte ihn in ein Stück Segeltuch. Aber als Arth die Ruder wieder zur Hand nehmen wollte, hielt Dennis ihn zurück.

»Lass uns versuchen, den Gleiter zu retten«, sagte er, mühsam seine Nasenverstopfung überwindend. »Am besten ist es, wenn sie nicht genau wissen, wie wir geflohen sind. Mir wär's angenehm, wenn sie das Ganze für Magie hielten.«

Linnora lächelte. Ihre Hand lag auf seinem Arm.

»Es ist verblüffend, wie Sie mit Worten umgehen, Dennis Nuel. Wer um alles in der Welt würde wohl glauben, dass das, was wir eben erlebt haben, etwas anderes als pure Magie war?«

NEUNTER TEIL

JESSAS DISCUS!

1

Der Bauernhof begann zu verfallen.

Vom offenen Tor aus schaute Dennis den Weg entlang zu Stivyung Sigels Haus. Das Gebäude, das noch zwei Monate zuvor so behaglich bewohnt ausgesehen hatte, wirkte jetzt, als sei es lange Zeit den Elementen ausgesetzt gewesen.

»Ich glaube, die Luft ist rein«, sagte Dennis, zu den anderen gewandt. Er führte Linnora an den Zaunpfahl, wo sie sich anlehnen konnte, damit sie ihren Arm von seiner Schulter nehmen könnte. Das Mädchen lächelte tapfer, aber Dennis sah, dass sie bald zusammenbrechen würde.

Mit einer Gebärde bedeutete er Arth, er möge Wache halten, und dann eilte er quer über den Hof und spähte durch eine der vergilbenden Fensterscheiben in das Haus.

Staub hatte sich über alles gelegt. Die feinen alten Möbel im Haus hatten ein raues, kantiges Aussehen angenommen. Der Verfall war betrüblich, aber er bedeutete, dass der Hof verlassen war. Die Soldaten, die das Land nach ihnen durchkämmten, hatten hier keinen Außenposten hinterlassen.

Er kehrte zum Tor zurück und half Linnora, während Arth den zerlegten Gleiter schleppte. Nebeneinander ließen sie sich erschöpft auf die Stufen zur Veranda fallen. Eine Zeit lang hörte man außer ihrem Atmen nur das Summen der Insekten.

Als Dennis das letzte Mal auf dieser Veranda gesessen hatte, war hier ein Gestell mit Werkzeug zu sehen gewesen, das ihn mit ratlosem Staunen erfüllt hatte – Werkzeug, das zum Teil geradewegs aus *Buck Rogers* und zum Teil aus der Jungsteinzeit zu stammen schien. Jetzt sah Dennis, dass mehr als die Hälfte dieser Geräte nicht mehr an dem Gestell neben der Tür hing …

die bessere Hälfte, wie er feststellte. Die wunderbaren Werkzeuge, die Stivyung Sigel bis zur Vollendung geübt hatte, befanden sich vermutlich mit dem kleinen Tomosh bei dessen Onkel und Tante, und ebenso auch der bessere Teil des Hausrates.

Die restlichen Werkzeuge auf dem Gestell waren zurückgelassen worden, weil sie nicht ständig benutzt werden konnten. Die meisten sahen bereits aus wie Requisiten aus einem billigen Steinzeitabenteuerfilm aus Hollywood.

Arth lag flach auf der Veranda, die Hände auf der Brust verschränkt, und schnarchte.

Linnora streifte sich unter Schmerzen die Schuhe von den Füßen. Trotz der ausgiebigen Übung der letzten zwei Tage waren sie für das raue Gelände noch immer nicht geeignet. Sie hatte mehrere furchtbare Blasen an den Füßen, und seit einem Tag hinkte sie, weil sie sich den Knöchel verrenkt hatte. Sie musste große Schmerzen leiden, aber sie erwähnte es nie.

Dennis kam schwerfällig wieder auf die Beine. Er schlurfte um die Ecke zum Brunnen und ließ den Eimer hinunterfallen. Mit einem Klatschen schlug er unten auf. Dennis zog den Eimer wieder herauf, band ihn los und schleppte das schwappende, leckende Behältnis zurück zur Veranda.

Arth wachte lange genug auf, um in tiefen Zügen zu trinken; dann ließ er sich wieder nach hinten fallen. Linnora trank nur wenig, aber sie befeuchtete ihr Taschentuch und betupfte sich damit das staubige Gesicht.

So behutsam er konnte, badete Dennis ihre Füße, um das trockene Blut abzuwaschen. Sie verzog das Gesicht, aber sie gab keinen Laut von sich. Als er fertig war und sich neben ihr auf die staubige Veranda setzte, legte sie ihren Kopf auf seine Schulter und schloss die Augen.

Seit fast drei Tagen waren sie immer wieder den Patrouillen ausgewichen. Ernährt hatten sie sich von kleinen Vögeln, die Dennis mit einer notdürftigen Schleuder abgeschossen hatte, und von Fischen, die Linnora mit flinken Händen aus kleinen Bachläufen gefangen hatte. Zweimal hätte man sie fast entdeckt – einmal waren es Berittene gewesen und einmal ein schneller, beinahe lautloser Gleiter. Der Baron oder sein Stellvertreter stellte wahrlich das Land auf den Kopf, um sie zu finden.

Linnoras Kopf ruhte behaglich unter seinem Kinn, und Dennis atmete den süßen Duft ihres Haares, so verfilzt es nach drei Tagen in der Wildnis auch war. Eine kurze Zeit lang war Frieden ringsumher.

»Wir können hier nich' bleiben, Dennis.« Arth sprach, ohne die Augen zu öffnen oder sich zu bewegen.

Am Abend ihrer Flucht hatte er sich in den Außenbezirken von Zuslik verstecken wollen, bis sie sich gefahrlos wieder in die Stadt zurückschleichen könnten. Arth fühlte sich im offenen Gelände unbehaglich. Aber der Aufruhr, der sich erhoben hatte, und die gründlichen Suchaktionen, die durchgeführt wurden, hatten ihn schließlich davon überzeugt, dass es das Beste sei, wenn er bei Dennis und Linnora blieb und mit ihnen zusammen versuchte, zum Land der L'Toff durchzukommen.

»Ich weiß, dass wir hier nicht bleiben können, Arth. Ich bin sicher, dass die Männer des Barons schon hier waren und auch wiederkommen werden. Aber Linnoras Füße bluten, und sie hat einen geschwollenen Knöchel. Irgendwohin mussten wir gehen, damit sie sich ausruhen kann, und ein anderer Platz ist mir nicht eingefallen. Er ist verlassen, und er liegt auf unserem Weg.«

»Dennis, ich kann schon weitergehen. Wirklich.« Linnora richtete sich auf, aber ihr schlanker Körper fing sogleich an zu schwanken. »Ich glaube, ich ka...« Sie verdrehte die Augen, und Dennis fing sie auf.

»Schrei, wenn die Soldaten kommen«, trug er Arth auf. Er nahm sie auf den Arm, kam schwankend auf die Beine und stieß die Haustür mit einem Fuß auf. Sie knarrte laut.

Überall im Haus lag Staub. Fast fühlte Dennis die Liebe und den Geschmack, den Stivyung Sigel und seine Frau auf das Üben dieses Hauses verwandt hatten, und jetzt war es auf dem besten Weg, sich in eine Hütte aus Holz, Stroh und Papier zu verwandeln.

Er fragte sich, was wohl aus dem großen Bauern geworden war, und aus Gath, dem verständigen Burschen, der so gern ein Zauberlehrling hatte werden wollen. Ob sie ihr Abenteuer im Ballon überlebt hatten? Suchte Sigel vielleicht sogar in diesem Augenblick in den Wäldern der L'Toff nach seiner Frau?

Dennis trug Linnora durch einen schmalen Gang in das Schlafzimmer der Sigels und legte sie dort auf das Bett. Dann ließ er sich in einen Sessel daneben fallen.

»Nur eine Minute«, murmelte er. Die Erschöpfung lastete wie eine schwere Wolkendecke auf seinen Gliedern. Einmal versuchte er, aufzustehen, doch es gelang ihm nicht.

»Ach, zum Teufel.« Er betrachtete die junge Frau, die jetzt friedlich schlummernd auf dem Bett lag. »So läuft das nicht, wenn der Held die Prinzessin das erste Mal ins Bett kriegt …«

Im Halbschlaf schweiften Dennis' Gedanken umher. Er dachte an Kobi und den Robot … stellte sich vor, wie ein Passant womöglich noch ein paar Wochen zuvor gesehen hatte, wie das kleine, rosige Geschöpf mit den funkelnd grünen Augen und sein Gefährte, die Alienmaschine, sich gemeinsam durch die von Menschen wimmelnden Straßen von Zuslik schlichen, wie sie über Dächer und durch Gräben huschten und die Bewohner der Stadt ausspionierten.

Kein Wunder, dass Gerüchte über »Teufelsbrut und Geister« die Runde gemacht hatten.

Linnora hatte ihm erzählt, dass die »Krenegee« das Talent, ein Werkzeug mit *Pr'fett* auszustatten, mit den Menschen gemeinsam hätten, aber dass sie selber keine Werkzeuge benutzten und anscheinend nicht einmal wirklich vernunftbegabt seien.

Manchmal knüpfte ein wildes Krenegee eine lang andauernde, verständnisvolle Beziehung zu einem Menschen an. Wenn dies geschah, erlangte dieser Mensch eine gewaltige Übungskraft. Die Verbesserungen eines Monats ließen sich dann oft innerhalb weniger Stunden herbeiführen. Sogar die L'Toff, deren Meisterschaft in der Kunst des Übens unübertroffen war, vermochten es einem von einem Krenegee unterstützten Manne nicht gleichzutun, vor allem nicht, wenn deren Kombination, was hin und wieder geschah, zu einer echten Übungstrance führte.

Aber die Krenegee waren berüchtigt für ihre Unzuverlässigkeit. Ein Mensch konnte von Glück sagen, wenn er im ganzen Leben einmal eines zu Gesicht bekam; und wenn sich der seltene Fall ereignete, dass jemand eine dauerhafte Bekanntschaft mit einem Krenegee pflegte, dann nannte man einen solchen Menschen »Macher der Welt«.

Dennis stellte sich vor, wie das Koberkel auf dem Rücken des Robots über die Dächer der Stadt schweifte und ihn langsam zur Vollkommenheit in seiner programmierten Funktion brachte – einer Funktion, die Dennis ihm eingegeben hatte. Das Ergebnis war fantastisch gewesen.

Unzuverlässig mochte Kobi ja sein, aber Dennis hatte sich geirrt, als er ihn eine nutzlose Kreatur nannte.

Der Gedanke an den Robot verursachte ihm immer noch Gewissensbisse, obwohl er wusste, dass sie nicht angebracht waren. In seiner Fantasie sah er ihn vor sich, wie er in der Nacht ihrer Flucht tapfer die Wachen zurückschlug.

Dennis schlief unruhig und träumte von grünen und leuchtend roten Augen, bis sich eine Hand auf seine Schulter legte und ihn schüttelte.

»Dennis!« Die Hand schüttelte ihn. »Dennis! Wach auf!«

»Wassenlos …?« Dennis fuhr hoch. »Was ist? Soldaten?«

Arth war nur ein Schatten im halbdunklen Zimmer. Er schüttelte den Kopf. »Ich glaube nicht. Ich hab' Stimmen auf der Straße gehört, aber keine Tiere. Hab' mich verdrückt, bevor sie das Tor aufmachten.«

Dennis stand schwerfällig auf und ging zum Fenster. Er spähte durch eine Lücke in den Vorhängen. Durch das staubige, vergilbte Fenster konnte er in den Hof sehen. Auf der rechten Seite seines Gesichtsfeldes bewegte sich etwas. Dann hörte er Schritte auf der hölzernen Veranda.

Der einzige Weg nach draußen führte durch das Wohnzimmer. Wer immer da kam, sie würden sich ihm entgegenstellen müssen. Dabei hätten die drei es in ihrem jetzigen Zustand nicht einmal mit einer Rotte betrunkener Pfadfinderinnen aufnehmen können.

Er winkte Arth hinter die Tür und nahm einen kleinen Stuhl in beide Hände. Die Schritte waren jetzt im Gang.

Der Riegel glitt beiseite, und die Schlafzimmertür öffnete sich langsam und knarrend.

Er schwankte, und fast wäre er hintenüber gekippt, als die Tür weit aufschwang und dahinter eine untersetzte Frau mittleren Alters zum Vorschein kam. Sie erblickte Dennis und sprang mit einem Aufschrei ungefähr anderthalb Meter weit rückwärts, sodass sie beinahe einen kleinen Jungen umgestoßen hätte, der hinter ihr stand.

»Halt!«, rief Dennis.

Die Frau packte den Arm des Jungen und zerrte ihn in panischer Flucht zur Haustür. Aber der Kleine sträubte sich.

»Denns! Ma, das is' bloß Denns!«

Dennis stellte den Stuhl auf den Boden und winkte Arth, er möge bleiben, wo er sei. Dann eilte er den Gang entlang den beiden hinterher.

Die Frau blieb unsicher an der offenen Haustür stehen. Die Knöchel der Hand, mit der sie den Arm des Jungen umklammerte, waren weiß. Es war der Junge, den Dennis zu Anfang seines Aufenthaltes auf dieser Welt kennengelernt hatte. Dennis blieb im Gang stehen und hob beide Hände.

»Hallo, Tomosh«, sagte er ruhig.

»'lo, Denns!«, rief Tomosh glücklich, aber als er auf Dennis zustürzen wollte, riss seine Mutter ihn zurück. Misstrauen und Angst funkelten in ihren Augen.

Dennis versuchte, sich an den Namen der Frau zu erinnern. Stivyung hatte ihn mehrmals erwähnt. Irgendwie musste er sie davon überzeugen, dass er ein Freund war.

Er spürte, dass sich hinter ihm etwas bewegte.

Dieser verfluchte Arth! Ich hab' ihm gesagt, er solle dableiben! Noch ein fremder Mann im Haus, und die Frau dreht durch! Mrs. Sigels Augen öffneten sich weit. Aber statt zu fliehen, seufzte sie nur.

»Prinzessin!«

Dennis drehte sich um, und unwillkürlich musste er selber blinzeln. Noch mit zerzaustem Haar, mit verschlafenen Augen und nackten, blutigen Füßen gelang es Linnora, königlich auszusehen. Sie lächelte huldvoll.

»Sie haben recht, gute Frau, auch wenn ich nicht glaube, dass wir einander schon begegnet sind. Ich muss Ihnen für die Gastlichkeit Ihres hübschen Heims danken. Meine Dankbarkeit und die der L'Toff gehören Ihnen für alle Zeit.«

Mrs. Sigel errötete und vollführte einen ungelenken Knicks. Ihr Gesicht war wie verwandelt, und alles Harte war daraus gewichen. »Mein Haus ist das Ihre, Hoheit«, sagte sie schüchtern. »Und das Ihrer Freunde natürlich. Ich wünschte nur, es wäre ein wenig präsentabler.«

»Für uns ist es so gut wie der prächtigste Palast«, versicherte Linnora ihr. »Und weit besser als das Schloss, in dem wir noch kürzlich waren.«

Dennis reichte Linnora seinen Arm und führte sie zu einem Stuhl. Ihre Blicke trafen sich, und sie zwinkerte.

Mrs. Sigel machte ein großes Aufheben, als sie Linnoras Füße sah. Hastig lief sie in eine Ecke, stemmte eine Fußbodendiele hoch und legte eine darunter verborgene Kammer frei. Von dort holte sie saubere, jahrzehntealte Leintücher und einen Topf mit Salbe. Sie bestand darauf, Linnoras Blasen unverzüglich zu behandeln, und schob Dennis sanft, aber entschlossen beiseite.

Der kleine Tomosh kam herüber und versetzte Dennis einen zärtlichen Schlag auf den Oberschenkel; und dann begann ein Wasserfall von eifrigen, unzusammenhängenden Fragen aus ihm hervorzusprudeln. Es dauerte zehn Minuten, bis Dennis Gelegenheit fand, Mrs. Sigel zu erzählen, dass er ihren Mann zuletzt zweihundert Fuß hoch in der Luft in einem großen Ballon gesehen habe.

Und schließlich musste er erklären, was um alles in der Welt das Wort »Ballon« bedeutete.

2

»Wir könnten versuchen, Sie hier zu verstecken«, sagte Surah Sigel sehr viel später zu Dennis, als alle anderen schon zu Bett gegangen waren. »Gefährlich ist das sicherlich. Der Baron hat die Miliz mobilisiert, und seine Männer werden bald wieder hier sein. Aber versuchen könnten wir's.«

Surah sah aus, als setze sie selbst wenig Vertrauen in ihren eigenen Vorschlag. Dennis wusste bereits, wie das Problem hieß.

»Schnüffler«, sagte er lakonisch.

»Yeah.« Sie nickte zögernd. »Kremer wird sie massenhaft ausschwärmen und nach Ihnen suchen lassen. Und Schnüffler finden einen Menschen mit ihrem Geruchssinn überall, wenn man ihnen nur genug Zeit lässt.«

Dennis hatte einen Zwinger mit diesen großnasigen Tieren gesehen, als er im Schloss gewohnt hatte. Sie sahen aus wie entfernte Verwandte des Hundes, aber ein echtes Analogwesen auf der Erde fiel Dennis nicht ein. Sie waren langsamer als Bluthunde, aber sie hatten eine dreimal so empfindliche Nase. Arth hatte ihm erzählt, dass es Möglichkeiten gab, die Schnüffler in der Stadt irrezuleiten, aber auf dem Land konnte man ihnen nicht entkommen.

Dennis schüttelte den Kopf. »Wir müssen weiter, so rasch wir können. Sie sind so großzügig und tapfer, wie Stivyung Sie geschildert hat, Surah. Aber ich kann nicht die Verantwortung für das übernehmen, was man mit Ihnen und Tomosh anstellen würde, wenn man Linnora und mich hier fände. Deshalb werden wir übermorgen weiterziehen.« Insgeheim fürchtete Dennis, dass es selbst dann zu spät sein könnte.

»Aber die Füße der Prinzessin werden bis dahin nicht heilen! Ihr Knöchel ist noch geschwollen!«

Mrs. Sigel hatte sich kurz zuvor erboten, Linnora zum Haus ihrer Schwester zu bringen und sie dort irgendwie zu verkleiden. Aber Linnora wollte davon nichts hören – nicht nur, weil sie nicht bereit war, unschuldige Menschen in Gefahr zu bringen, sondern auch, weil sie entschlossen war, Kremer nie wieder auch nur die geringste Möglichkeit zu eröffnen, sie als Geisel zu benutzen. Und ihr Volk musste vor Kremers neuen Waffen gewarnt werden. Sie würde in die Berge im Westen gehen, und wenn sie kriechen müsste.

»Von mir aus würden wir nicht einmal einen weiteren Tag bleiben«, erklärte Dennis. »Aber ich muss versuchen, etwas zu ›machen‹ … etwas, das uns befähigen wird, Linnora mitzunehmen, selbst wenn ihre Füße noch nicht verheilt sind.«

Mrs. Sigel seufzte resigniert. Ein Zauberer blieb eben ein Zauberer. Voller Staunen hatte sie Arths Geschichten über die Wunder gehört, die Dennis bewirkt hatte. »Also gut. Beim ersten Tageslicht werde ich zu Biss hinübergehen und Ihnen die Werkzeuge holen, die Sie brauchen. Tomosh wird die Straße im Auge behalten und Sie warnen, wenn Soldaten kommen. Ich werde Ihnen außerdem eine Landkarte zeichnen, damit Sie den Weg zu den L'Toff finden. Aber Sie haben die beste Führerin der Welt, und so werden Sie sie vermutlich gar nicht brauchen.«

Linnora und Tomosh hatten sich nach einem spartanischen, aber nahrhaften Mahl aus den geheimen Vorräten der Sigels zur Ruhe gelegt. Arth schnarchte leise in einem Sessel. Er übte ihn zum Dank für die Gastfreundschaft, die Mrs. Sigel ihnen angedeihen ließ. Dennis paffte, obgleich er kein passionierter Raucher war, aus den gleichen Gründen andächtig an einer von Stivyung Sigels Pfeifen.

Surah erzählte Dennis von ihren eigenen Abenteuern. Sie war eben erst zurückgekehrt von ihrer Reise in die Berge der L'Toff. Ihre Augen schienen zu leuchten, als sie von ihren Wanderungen sprach.

Stivyung hatte oft von seiner Karriere bei den Königlichen Pfadfindern erzählt. Aufgewachsen in einer Gesellschaft, in der die Möglichkeiten für eine Frau immer noch starren Begrenzungen unterlagen, hatte Surah den Geschichten von den Abenteuern ihres Mannes in den wilden Grenzgebieten und von seinen Begegnungen mit fremden Völkern – einschließlich natürlich der geheimnisvollen L'Toff – fasziniert gelauscht.

Aus seinen Beschreibungen wusste sie, dass die L'Toff weder Elfen noch Teufel waren, sondern Menschen, denen die Götter einige zweischneidige Segnungen hatten zuteil werden lassen. Seit ihrem Exodus zur Regierungszeit des Guten König Foss't hatten sie äußerst zurückgezogen in ihrer Bergeinsamkeit gelebt. Nach dem Sturz des alten Herzogs, ihres letzten Beschützers im Westen, waren die einzigen Coylianer, die noch regelmäßig Kontakt mit ihnen hatten, einige wenige Händler und die Königlichen Pfadfinder.

Als die Leute des Barons Stivyung weggeschleppt hatten, hatte Surah sich plötzlich benommen, wie sie es sich nie hätte träumen lassen. Sie war zu ihrer Schwester gerannt und hatte sie gebeten, Tomosh zu sich zu nehmen. Dann hatte sie ihr Bündel geschnürt und war ohne einen bestimmten Plan gen Westen gezogen. Ihr einziger Gedanke war gewesen, ein paar von

Stivyungs alten Kameraden zu finden und sie um ihre Hilfe zu bitten.

An den größten Teil ihrer Wanderung durch das Gebirge erinnerte sie sich nicht mehr. Sie wusste nur noch, dass sie fast immer Angst gehabt hatte. Zwar war sie am Rande der Wildnis groß geworden, aber sie hatte noch nie die Nacht allein unter einem Baum verbracht. Es war ein Erlebnis gewesen, das sie nie mehr vergessen würde.

Das erste Anzeichen dafür, dass sie sich im Lande der L'Toff befand, war eine kleine Patrouille von ernsten, wild blickenden Männern, deren Speere im polierten Glanz tödlicher Übung funkelten. Sie waren erregt und verhörten sie eingehend, aber schließlich ließen sie sie weiterziehen. Erst später, als sie durch die Randsiedlungen und dann in das Hauptdorf der L'Toff kam, erfuhr sie, dass Prinzessin Linnora verschwunden war.

Damit war die Beunruhigung der Grenzpatrouillen allerdings erklärt. Allmählich dämmerte Surah die Erkenntnis, dass ihre eigenen Probleme nur kleine Wirbel in einem sich mächtig zusammenbrauenden Unwetter waren.

Linnoras Vater, Prinz Linsee, regierte ein praktisch unabhängiges Reich und war nur dem König von Coylia selbst Rechenschaft schuldig. Darüber waren die großen Lords und die Kirchen des Landes verärgert. Aber wie die Einsamkeit ihrer isolierten Bergheimat diente auch dies letztlich zum Schutz des Stammes.

Dafür hatte die Krone das Handelsmonopol für die raren Schätze inne, deren *Pr'fett* im Zustand der Vollkommenheit eingefroren war. Jeder solche Gegenstand kostete einen L'Toff zumeist ein gewisses Quantum seiner Lebenskraft – eine Woche, einen Monat oder ein Jahr seines Lebens. Diese eingefrorenen Objekte waren rar – und heißbegehrt.

Die Beziehungen zwischen den L'Toff und den mächtigen Adeligen hatten sich seit dem Rücktritt des alten Herzogs verschlechtert – vor allem aber, seit Baron Kremers Kabale von

Adel und Gilden sich die Konfrontation mit dem König zum Ziel setzte.

Es lag auf der Hand, dass es für die Aristokraten von großem Nutzen sein würde, wenn sie ein Mittel besäßen, mit dem sie Einfluss auf die L'Toff, die stärksten Verbündeten des Königs im Westen, ausüben könnten. Wenn sie eine Geisel hätten, mit der sich Prinz Linsees Neutralität sicherstellen ließe, dann würden sie sich mit ganzer Kraft der Belagerung jener Städte im Osten widmen können, die von royalistischem, gildenfeindlichem Gesindel verseucht waren.

Das Schicksal hatte Kremer eine solche Geisel just an dem Tag in die Hände gespielt, da die Soldaten gekommen waren, um Surahs Mann zu verschleppen.

Als Surah in den Bergen ankam, suchten die L'Toff bereits im ganzen Land nach ihrer geliebten Prinzessin. Linnora hatte sich beinahe zwei Wochen zuvor heimlich von ihren Zofen und ihrer Eskorte entfernt und nur die rätselhafte Mitteilung zurückgelassen, sie habe ›etwas Geheimnisvolles‹ gespürt, das in die Welt gekommen sei.

Jedermann hatte die übersinnlichen Kräfte der Prinzessin respektiert, aber Prinz Linsee hatte befürchtet, das impulsive Verhalten seiner Tochter könne üble Folgen haben. Er argwöhnte gleich, dass sie dem Baron in die Hände gefallen sei.

Dies glaubte auch Demsen, der große, stattliche Führer einer Abteilung der Königlichen Pfadfinder, die kurz vor Surah bei den L'Toff eingetroffen war. Demsen war davon überzeugt, dass Kremer Linnora heimlich gefangen hielt, bis er eine Geisel brauchte, um die L'Toff in Schach zu halten.

Surah erfuhr dies alles, weil sie sich ins Zentrum des Geschehens begeben hatte. Da sie einiges über die Lage in Zuslik wusste, lud man sie ein, mit Linsee und Demsen, mit den Offizieren und Ältesten an einem Tisch zu sitzen, und alle hörten aufmerksam zu, als sie nervös ihre Fragen beantwortete.

In dieser Ratsversammlung hatte der junge Prinz Proll die Erlaubnis erlangt, die Stadt Zuslik zu stürmen und Prinzessin Linnora mit Waffengewalt zu befreien. Prolls Mut und sein Charisma beeindruckten viele der Anwesenden. Die jüngeren L'Toff vor allem konnten an nichts anderes denken als an ihre schöne Prinzessin, die in Kremers Kerker schmachtete.

Aber Linsee wusste, dass Kremers Armee der seinen in einer offenen Schlacht klar überlegen war, zumal angesichts des schrecklichen Gleiterkorps, das inzwischen vollendet war. Es würde jahrelange gefährliche Experimente erfordern, diesen hervorragenden Erfolg nachzuahmen, und der Krieg würde lange vorher ausbrechen.

So schickte Linsee eine Delegation zu Kremer, geführt vom Vorsitzenden des Ältestenrates und Prinz Proll, damit sie in Zuslik Erkundigungen einziehe. Vermutlich würde nichts dabei herauskommen, aber mehr konnte man nicht tun. Zögernd befahl der Prinz zudem, die Verteidigungsanlagen, soweit sie vorhanden waren, zu verstärken.

Surah hörte sich dies alles an und gelangte zu der betäubenden Erkenntnis, dass sie hier keine Hilfe in ihrer eigenen, persönlichen Krise finden würde. Wenn die L'Toff und die Königlichen Pfadfinder nichts tun konnten, um Prinzessin Linnora zu retten, was sollten sie dann für einen schlichten Bauern unternehmen – selbst wenn er ein ehemaliger Feldwebel der Pfadfinder war –, den Baron Kremer aus einer Laune heraus verhaftet hatte?

Prinz Linsee gab ihr einen Esel und etwas Proviant und wünschte ihr alles Gute. Mit Ausnahme der Grenzwachen nahm niemand weiter Notiz von ihrer Abreise.

Als sie zurückkehrte, befand sich das Land in Aufruhr. Allenthalben waren Kriegsvorbereitungen in vollem Gange, und Militärstreifen durchsuchten die Gegend nach wichtigen Flüchtlingen.

Das Leben musste weitergehen, mochten sich ringsum noch

so bedeutsame Entwicklungen abzeichnen. Sie hatte ihren Sohn aus dem Hause ihrer Schwester geholt und sich auf den Heimweg gemacht, um den Hof in einem halbwegs guten Zustand zu erhalten – in der Hoffnung, dass Stivyung Sigel eines Tages doch noch zurückkehren würde.

Und daheim hatte sie die Flüchtlinge in ihrem eigenen Schlafzimmer entdeckt.

Surah Sigel seufzte und füllte Dennis' Becher noch einmal mit heißem Thah.

»Ich habe keine gewichtige Stimme in den Fragen der Zeit«, schloss sie. »Ich bin nur eine Bauersfrau, auch wenn Stivyung mich Lesen, Schreiben und manches andere gelehrt hatte. Trotzdem will mir scheinen, dass ich Wichtiges miterlebt und selber auch einen kleinen Anteil daran gehabt habe.« Sie sah zu Dennis auf, als habe sie einen Einfall gehabt. Als sie weitersprach, klang sie ein wenig verlegen, als fürchte sie, er könne über ihre Idee lachen. »Wissen Sie, vielleicht werd' ich eines Tages ein *Buch* schreiben über das, was ich gesehen hab', und ich werd' von den Leuten erzählen, die ich kennengelernt hab', bevor der Krieg ausbrach. Das wär' doch was!«

Dennis nickte zustimmend. »Allerdings.«

Sie seufzte und wandte sich dem Herd zu, um die Glut aufzustochern.

3

Es war Jahre her, seit Dennis zuletzt etwas Brauchbares gezimmert hatte, und das Werkzeug, das ihm zur Verfügung stand, war ihm nicht vertraut. Gleichwohl begann er am nächsten Morgen mit der Arbeit.

Er glättete zwei halbgeübte Hackenstiele, die er auf der

Veranda gefunden hatte, zu langen, kräftigen Stangen. Dann riss er aus einer der Heukrippen mehrere flache Latten heraus. Als Mrs. Sigel mit besseren Werkzeugen vom Hause ihrer Schwester zurückkehrte, bohrte Dennis vier Löcher in die Seiten eines dünnwandigen Wassertroges und schob die beiden Stangen durch diese Löcher.

Linnora saß auf einem Heuhaufen, die Füße mit weißen Bandagen umwickelt, und arbeitete an einem ledernen Geschirr. Sie hielt eine Ahle in ihren geschickten Fingern und bohrte damit Löcher in die Lederstreifen, wo Dennis Markierungen angebracht hatte, und dann klammerte sie die Riemen aneinander. Sie summte leise und lächelte Dennis an, wenn er von seiner Arbeit aufblickte. Dennis grinste zurück. Es war nicht leicht, sich müde zu fühlen, wenn man in dieser Weise ermutigt wurde.

Arth kam prustend in die Scheune. Er schleppte einen kleinen Sessel, den Surah Sigel für das Projekt gestiftet hatte. Er stellte ihn auf den Boden und betrachtete die Konstruktion, die Dennis da zusammenzimmerte.

»Ich hab's!« Der kleine Dieb schnipste mit den Fingern. »Wir stellen den Sessel in den Trog und setzen die Prinzessin rein. Dann heben wir das Ganze an den beiden Stangen hoch und tragen sie! Von solchen Dingen hab' ich schon gehört. ›Sänfte‹ nennt man so was. Als vor Jahren mal der Kaiser übers Meer kam, um den Vater des Königs zu besuchen, da soll man ihn in so 'nem Dings rumgetragen haben. Ein paar von den großen Bonzen bei uns haben versucht, die Idee nachzumachen, und es hätt' fast 'n Volksaufstand gegeben, bevor sie es sich aus'm Kopf schlugen.«

Dennis lächelte nur und arbeitete weiter. Mit einer wundervollen Säge, deren Zähne aus feinstem Edelgestein bestanden, schnitt er aus einem flachen Holzklotz vier gleichmäßig runde, zolldicke Scheiben von etwa einem Meter Durchmesser.

Arth dachte ein Weilchen nach und runzelte dann die Stirn. »Aber wir brauchen vier Leute, um dieses Ding zu tragen! Da bist du, da bin ich, und da ist der L'Toff-Esel, den Surah uns gibt … Und wer soll der vierte sein?« Er kratzte sich am Kopf. »Ich begreif's immer noch nich'.«

Mit einem scharfen Bohrer versah Dennis jede der vier Scheiben sorgfältig mit einem glatten Loch, das genau im Zentrum lag.

»Komm her, Arth«, sagte er, als er damit fertig war. »Hilf mir mal, ja?«

Unter Dennis' Anleitung hob der Ganovenführer eine der Stangen, die aus der Seite des Troges ragten, an. Dennis schob eine seiner Scheiben über das Ende und zog sie dann wieder ab, um das Mittelloch ein wenig zu erweitern. Als er es ein zweites Mal versuchte, ließ sich die Scheibe ein paar Zoll weit auf den Schaft schieben und war dann fest. Mit einem tuchumwickelten Hammer schlug er sie noch fester an.

Arth ließ das Gebilde sinken. Es stand schiefwinklig da, an einer Ecke von der senkrecht gestellten Scheibe gestützt. Linnora ließ ihre Arbeit sinken und rutschte auf dem Heu nach vorn, um sich das Werk genauer anzusehen.

»Was ist das, Dennis?«, erkundigte sie sich.

»Man nennt es ›Rad‹«, antwortete er. »Wenn alle vier an Ort und Stelle sind, werden wir dich mit Hilfe von Surahs Esel morgen Abend fast so schnell von hier fortbringen können, als könntest du laufen. Natürlich werden wir gezwungen sein, damit anfangs auf den Straßen zu bleiben, aber das lässt sich nicht ändern. Die Straße ist ohnehin der einzige Weg, der über den Pass führt.«

Dennis wies Arth an, die Ecken nacheinander anzuheben, und er hämmerte ein Rad auf jedes Stangenende.

»Das ganze Ding nennt man ›Wagen‹. In meiner Heimat würde dieses plumpe Ding bestenfalls ein paar Stunden überstehen. Ich schätze, anfangs wird es kaum besser vorangehen, als wenn wir den Trog über den Boden schleifen. Zwischen den Achsen und den Löchern im Trog sind beispielsweise keine Lager. Der Reibungswiderstandskoeffizient ist dadurch natürlich katastrophal. Mit einiger Übung können wir allerdings damit rechnen, dass ein gewisser Lubrikationseffekt ins Spiel kommt ...«

Arth und Linnora wechselten einen kurzen Blick. Die Rede des Zauberers war wieder einmal dunkel. Daran hatten sie sich inzwischen gewöhnt.

»Ich hätte einen besseren Anhänger bauen können«, erklärte Dennis, während er das letzte Rad festhämmerte. »Aber dazu haben wir keine Zeit. Im Augenblick durchstreifen sie noch das ganze Land auf der Suche nach uns, aber wenn die Schnüffler erst unsere Spur gefunden haben, werden sie die Suche konzentrieren. Bis dahin sollten wir hoch in den Bergen sein. Wir müssen uns eben auf den Übungseffekt verlassen; mit der Zeit wird der Wagen schon besser werden. Heute Nacht werden Arth und ich ihn abwechselnd auf dem Hof umherziehen. Morgen früh – wer weiß ...?«

Dennis trat zurück und betrachtete den Karren. Er sah Ratlosigkeit in Arths Miene, aber Linnora zeigte angestrengte Konzentration. Ihre Augen waren schmal, und sie bewegte die Hände, als versuche sie, sich etwas vorzustellen, was sie noch nie im Leben gesehen hatte.

Plötzlich klatschte sie in die Hände und lachte laut.

»Schiebt es an! O Dennis, schiebt es an, damit es sich bewegt!«

Dennis grinste. Linnora hatte nicht den Verstand eines Höhlenmenschen. Ihre Fähigkeit, sich vorzustellen, wie etwas funktionierte, war beinahe unglaublich, wenn man ihren Hintergrund bedachte.

Er hob den Fuß an und trat hinten gegen den Wagen. Laut knarrend rumpelte das Ding den Kiesgang hinunter und zum Scheunentor hinaus.

Draußen schrie jemand auf, und man hörte einen dumpfen

Fall. Dennis eilte hinaus und fand Surah Sigel vor der Scheune. Sie saß auf dem Boden und starrte das Gefährt mit weit aufgerissenen Augen an. Es war ein paar Schritte weiter zum Stehen gekommen. Neben ihr lag ein Leinensack mit Proviant am Boden; sein Inhalt war überall verstreut. »Ich dachte, es ist lebendig, als es auf mich zukam!« Blinzelnd beäugte sie den Wagen.

»Es ist nur eine Maschine«, beruhigte Dennis sie und half ihr auf. »Wir werden die Prinzessin damit transportieren …«

»Das kann ich mir vorstellen!« Surah schüttelte seine Hände ab und strich sich steif die Kleider glatt. Dann machte sie sich daran, den Proviant – Dörrfleisch, Obst und Haferflocken – wieder aufzulesen, und als Dennis ihr helfen wollte, scheuchte sie ihn beiseite.

»Tomosh ist eben gekommen und hat mir Nachrichten von meinen Verwandten oben an der Straße gebracht«, erzählte sie. »Seit einer Woche haben sie vier Soldaten des Barons im Quartier. Und jetzt sagen die Soldaten, sie werden übermorgen abrücken. Wohin, das sagen sie nicht. Aber mein Vetter glaubt, sie wollen nach Westen.«

Dennis fluchte leise. Sie mussten den Pass hinter sich haben, bevor die Soldaten ins Gebirge gelangten. Wenn sie bis morgen Nacht warteten, würden sie noch auf der Straße sein, wenn die Hauptmasse der Soldaten den Pass erreichte!

»Also heute«, beschloss er. »Wir brechen heute Abend auf.«

Tomosh kam aus dem Haus gerannt. Er blieb wie angewurzelt stehen und starrte den Wagen an.

Arth stützte Linnora, während sie hinüberhumpelte und im Wagen Platz nahm. Sie lachte, als Arth und der Junge das Vehikel langsam im Hof umherschoben.

Dennis schüttelte den Kopf. *Der kleine, rote Leiterwagen, den ich als Kind hatte, dachte er, würde uns mehr nützen als dieses knarrende Ding an seinem ersten Tag.*

Sie brachen auf, kurz nachdem es Abend geworden war. Die beiden Monde waren noch nicht aufgegangen. Mit unwilligem Schnauben zog der Esel den klapprigen Karren. Als er am Tor dann ganz stehen blieb und störrisch zu werden drohte, strich Linnora über die Saiten ihres Klasmodions und sang ein Lied für das widerspenstige Tier.

Der Esel bewegte die Ohren hin und her. Er hörte auf zu schnauben und atmete gleichmäßiger. Die Melodie des Mädchens beruhigte ihn sichtlich. Schließlich reagierte er auf Arths vorsichtiges Zerren und legte sich ins Geschirr, um seine plumpe Last voranzuziehen. Dennis schob den Wagen von hinten an, bis sie auf der Straße angelangt waren. Dort hielten sie noch einmal an. Linnora flüsterte mit Tomosh, während Dennis und Mrs. Sigel einander die Hand schüttelten.

»Viel Glück Ihnen allen«, sagte Surah. »Sagen Sie Stivyung, es geht uns gut, wenn Sie ihn treffen.« Mit zweifelnden Blicken musterte sie die kleine, buntscheckige Gruppe. Dennis musste selber zugeben, dass sie nicht eben aussahen wie ein Trupp, der es mit Kremers Streifen aufnehmen konnte.

»Wir sagen's ihm«, versprach er und nickte.

»Du kommst schon noch zurück, Dennis!«, erklärte Tomosh und versetzte dem Erdenmann einen liebevollen Hieb auf den Oberschenkel. »Du und mein Pa und die Königlichen Pfadfinder, ihr kommt zurück, und dann zeigt ihr's dem ollen Kremer ein für allemal!«

Dennis zerzauste dem Kleinen das Haar. »Kann gut sein, Tomosh.«

Arth schnalzte dem Esel ins Ohr. Der rohgezimmerte Karren knarrte die dunkle, ansteigende Straße entlang. Dennis musste ein Stück weit schieben, weil es zu stark bergauf ging. Als er sich umschaute, waren Surah und ihr Sohn nicht mehr da.

Abgesehen von dem schmalen, durch einen Spiegel gebündelten Lichtstrahl ihrer kleinen Öllaterne war nirgends ein Schimmer zu sehen, die Nacht ringsumher war schwarz. Der Wind strich durch die Bäume, die rechts und links von der Landstraße standen. Sogar auf der glatten, superelastischen Straßendecke holperte und rumpelte und knarrte der Wagen. Linnora ertrug es tapfer. Sie spielte leise auf ihrem Klasmodion, und auf ihrem Gesicht lag ein verträumter, geistesabwesender Ausdruck.

Sie war in eine schwere Arbeit vertieft: Sie nutzte ihr L'Toff-Talent, um beim Üben des Wagens zu helfen.

Auf der Erde wäre das klapprige Gefährt wenige Minuten, vielleicht ein paar Stunden nach der Fertigstellung auseinandergefallen. Aber hier war es ein Wettstreit zwischen Abnutzung und Übung. Wenn das Ding nur lange genug durchhielt, würde es besser werden. Vielleicht.

Dennis schob den lärmenden Karren voran und wünschte sich, das Koberkel wäre da, um ihnen zu helfen.

4

Murris Demsen, Kommandant der Kompanie »Grüner Löwe« der Königlichen Pfadfinder, füllte Prinz Linsees Becher noch einmal mit Winterwein und sah sich dann um, ob noch jemand nachgeschenkt haben wollte.

Der Bursche aus Zuslik, der junge Gath, nickte grinsend. Der Winterwein der L'Toff war so ungefähr das Beste, was er je getrunken hatte. Der Junge war auf dem besten Wege zu einem ordentlichen Schwips.

Stivyung Sigel hielt die flache Hand über seinen Becher. Von früher wusste er noch, wie stark dieses Gebräu war.

»Den neuesten Nachrichten zufolge üben Kremers Patrouillen überall an den Grenzen Druck aus«, berichtete Demsen. Der kräftige Offizier stellte die zierliche, antike Karaffe ab und zog einen Stapel Notizen aus einer Mappe. »Wir haben außerdem Berichte von der Mobilisierung der Baronien Tarlee und Trabool. Sie haben Vorposten auf dem Gebiet der L'Toff aufgestellt. Sogar Baron Feif-dei scheint zum Kriege zu rüsten.«

»Das sind in der Tat schlechte Neuigkeiten«, stellte Prinz Linsee fest. »Ihn hatte ich für einen Freund gehalten.«

Stivyung Sigel erhob sich langsam. Er verneigte sich vor Prinz Linsee, vor Demsen und vor Linsees braungelocktem Sohn, Prinz Proll.

»Meine Herren, ich muss noch einmal um die Erlaubnis bitten, nach Hause zurückzukehren. Sie sagten, meine Frau sei nicht mehr hier. Deshalb muss ich zu ihr und zu meinem Sohn. Und wenn ich sie in Sicherheit gebracht habe, muss ich versuchen, mich um einige Freunde zu kümmern, die jetzt noch in den Kerkern des Tyrannen schmachten.«

Prinz Linsee warf einen Blick zu Demsen und sah dann wieder Sigel an. Er seufzte. »Stivyung, haben Sie es denn noch nicht gehört? Die Grenze ist geschlossen. Wir rechnen jeden Tag mit einem Angriff. Sie können den Pass nicht überqueren, wenn er von Truppen verstopft ist!«

Demsen nickte. »Setzen Sie sich wieder, Stivyung. Ihr Platz ist hier. Ich brauche Sie. Prinz Linsee braucht Sie. Ihr König braucht Sie. Wir können Ihnen nicht erlauben, Ihr Leben wegzuwerfen.«

Prinz Proll am anderen Ende des Tisches setzte seinen Becher heftig ab. »Und warum will man ihn aufhalten?«, wollte der junge Mann wissen. »Warum will man sich ihm in den Weg stellen?«

»Mein Sohn …«, begann Linsee.

»Wenigstens er ist doch bereit, etwas zu riskieren! Er will alles wagen, um die zu retten, die er liebt! Unterdessen lassen *wir* Linnora in den Klauen dieser amoralischen Ausgeburt einer Baumeidechse, dieses Kremer, leiden! Sagt mir doch, was wird uns das Abwarten nützen, wenn die Armeen sämtlicher Baronien westlich des Fingal gegen uns marschieren? Oh, um der Götter willen, lasst Sigel ziehen! Und lasst mich losschlagen, solange wir sie noch einen nach dem anderen zermalmen können!«

Linsee und Demsen wechselten einen erschöpften Blick. Allzu viele Male hatten sie in letzter Zeit darüber diskutieren müssen.

»Wir werden losschlagen, mein Sohn«, antwortete Linsee schließlich. »Aber wir müssen uns darauf vorbereiten. Stivyung und Gath haben uns den ›Ballon‹ jenes fremden Magiers gebracht ...«

»Der nicht das Geringste taugt, wenn man ihn mit den Waffen vergleicht, die der Fremde Kremer gegeben hat! Was kann er uns überhaupt noch helfen? Er ist zerrissen, als Sigel damit landete, und nicht mehr zu gebrauchen.«

»Der wurde beschädigt, das ist richtig, Prinz«, bestätigte Demsen. »Aber er ist fast wiederhergestellt. In diesem Augenblick werden Duplikate gemacht und geübt. Wer weiß – vielleicht haben wir genau so etwas gesucht: eine Möglichkeit, Kremers Gleitern etwas entgegenzusetzen. Ich will zugeben, dass ich noch nicht weiß, wie wir es anstellen werden, aber was wir am allermeisten brauchen, ist Zeit. Meine Pfadfinder und Ihre Kompanien müssen Prinz Linsee Zeit verschaffen. Unterdessen müssen der junge Gath und mein alter Waffenkamerad Stivyung Sigel ihren Teil zu den Vorbereitungen beitragen und das Machen weiterer Ballons beaufsichtigen ...«

»Das Machen! Was erreichen Sie, wenn Sie etwas *machen?«* Der junge Prinz wandte sich ab und spuckte ins Feuer. Dann ließ er sich auf seinem Stuhl zurücksinken.

»Mein Sohn, lästere nicht! Das Machen ist ebenso ehrenwert wie das Üben, denn sagt nicht der Alte Glaube, dass wir einst die Macht hatten, das Leben selbst zu machen? Bevor der Blecker uns in die Barbarei stürzte?«

Proll starrte ins Feuer und nickte schließlich. »Ich will versuchen, mich besser im Zaum zu halten, Vater.«

Aber sie wussten alle, dass Proll nicht unrecht hatte. Es erforderte Zeit, etwas zu ›machen‹. Und selbst bei den L'Toff dauerte es noch länger, das Gemachte zu ›üben‹. Zeit aber war etwas, das Kremer ihnen nicht geben würde.

Außerdem fürchteten alle gleichermaßen, wie Kremer seine Geisel einsetzen würde. Würde er Linnora auf dem Schlachtfeld zur Schau stellen? Wenn Kremer einen solchen Schachzug zum richtigen Zeitpunkt durchführte, würde seine Wirkung auf die Moral der Truppen verheerend sein. Und Kremer war ein Meister im Erkennen des richtigen Zeitpunkts.

Das Gespräch verstummte. Schließlich entrollte Demsen eine große Landkarte, und zusammen mit dem Prinzen suchte er nach neuen Möglichkeiten, die mageren Kräfte so zu verteilen, dass sie den Heerscharen, die bald einfallen würden, standhalten könnten. Der junge Gath achtete wenig auf die strategischen Erörterungen. Er war kein Soldat. Aber er war … ein »Ingenieur«. Dennis Nuel hatte ihn dieses Wort gelehrt, und mit Wohlbehagen ließ er es sich auf der Zunge zergehen.

Gath war sicher, dass der Schlüssel zur Rettung der L'Toff – und später auch zur Befreiung von Dennis, Arth und der Prinzessin – in der Vervollkommnung des Ballons lag. Bis jetzt war Gath damit beschäftigt gewesen, die Rekonstruktion des Originals und die Herstellung und Übung neuer Modelle zu beaufsichtigen. Aber das hinderte ihn nicht daran, sich in Gedanken mit den Problemen neuartiger Entwürfe zu beschäftigen.

Wie, beispielsweise, konnte man sie in der Schlacht einsetzen? Wie konnte man einen Ballon dazu bringen, zu fliegen, wohin man wollte, und dann dort zu bleiben? Es war beinahe unmöglich gewesen, den ersten Ballon bei ihrer Flucht aus Zuslik zu manövrieren. Nur durch ein kleines Wunder hatte der Wind sie in die Berge getrieben, wohin er und Stivyung gewollt hatten. Und von ihrem Landeplatz aus hatten sie noch mehrere Tage gebraucht, um zur Festung der L'Toff zu gelangen.

Es muss einen Weg geben, dachte er.

Papier war viel zu wertvoll, um darauf einfach herumzukritzeln. Also tauchte Gath seine Finger in den Wein und warf seine Skizzen auf die wunderschön polierte antike Tischplatte.

5

Baron Kremer saß im Bett, und die alte, seidenweiche Bettdecke war von zahllosen Berichten übersät. Verbissen in seine Arbeit vertieft, las er die Botschaften anderer großer Lords im Westen, die in Kürze eintreffen würden, um an der Versammlung teilzunehmen, die er einberufen hatte.

Diese Botschaften erfüllten ihn mit tiefer Befriedigung, denn nicht einer der Barone und Grafen im Westen hatte sich aufsässig gezeigt.

Aber der ganze übrige Dreck! Bündelweise lagen hier Listen von Rechnungen für Kriegsmaterial, die zu bezahlen waren! Rechnungen von Hunderten freigeborener Übungsfachleute, die er bis Kriegsende requiriert hatte, und Beschwerden der Gilden über seine Forderung nach umfangreicher Materialunterstützung für seinen Feldzug gegen den liberalen König.

Die Stapel drohten ihn zu ersticken. Papierkrieg war das Einzige auf der Welt, wovor sich Kremer fürchtete.

Falls jemand bemerkte, dass der Baron beim Lesen die Lippen bewegte, sagte er nichts dazu. Die drei Schreiber, die ihm assistierten, vermieden es zudem sorgfältig, den purpurschillernden Bluterguss anzuschauen, der die Schläfe ihres Overlords zierte.

Kremer warf eine lange Schriftrolle auf die Bettdecke.

»Worte, Worte, Worte! Meißelt man damit ein Imperium aus

dem Nichts? Erobert man die Welt, indem man bis zum Hals durch einen Sturm von *Papier* marschiert?«

Die Schreiber senkten die Blicke, sie wussten, dass die Fragen ihres Herrn rhetorisch waren.

»Das hier!« Kremer schüttelte eine Schriftrolle, bis sie sich auseinanderwickelte. Sie wehte wie eine lange, dünne Fahne durch die Luft und sank zu Boden. Das feine Papier an sich war fast so viel wert, wie ein Kleinbauer im Jahr verdiente. »Die Gilden nörgeln über Lappalien! *Lappalien,* die ihnen Sicherheit und mir die Krone bringen werden! Wollen sie denn, dass Hymiel und sein Gesindel im Osten weiterhin tun und lassen, was sie wollen?«

Kremer knurrte und schob den Papierberg beiseite. Berichte flogen auf den Boden. Die Schreiber krochen auf allen vieren umher und sammelten sie wieder ein.

Einen Augenblick lang sah Kremer zufrieden zu, wie sie die Blätter und Rollen wieder aufeinandertürmten. Aber es war eine erbärmliche Entschädigung für den bohrenden, kleinkarierten Ärger, der jetzt, buchstäblich am Vorabend seines Triumphes, die Oberhand zu gewinnen drohte!

Die Gilden waren eine nützliche Einrichtung, erinnerte er sich – nicht nur, weil sie ihm als reiche Verbündete dienten. Das Monopol der Papiergilde beispielsweise sorgte dafür, dass ihr Produkt selten und kostspielig blieb. Wenn das Zeug billig gewesen wäre, hätte sich wahrscheinlich die Anzahl der Berichte verdoppelt oder gar verdreifacht!

Kremer war verdrossen. Der Palastarzt hatte ihm sogar befohlen, im Bett zu bleiben; der alte Mann hatte ihn schon als Kind behandelt, und er war einer der wenigen Menschen, die der Baron respektierte. In einer Woche, wenn der Hauptfeldzug gegen den König beginnen sollte, musste er wieder gesund sein. Ohne gute Gründe konnte er es nicht rechtfertigen, die Anweisungen des Arztes in den Wind zu schlagen. Der Zug gegen die L'Toff war ein Randvergnügen, das seine Kommandeure ohne seine Beteiligung über die Bühne bringen konnten.

Alles schien planmäßig zu verlaufen. Gleichwohl – insgeheim hatte er auf einen Notfall gehofft, um eine Ausrede zu haben, aufzustehen.

Kremer schlug sich mit der Faust auf den Schenkel. Die Anspannung durchzuckte seine Schläfe. Er verzog das Gesicht und berührte die blutunterlaufene Stelle behutsam mit den Fingerspitzen.

Ah, die Abrechnung wird kommen, dachte er. *Dafür wird ein hoher Preis zu zahlen sein. Ein gewisses Individuum schuldet mir da einiges …*

Er zog Dennis Nuels Metallmesser, inzwischen rasiermesserscharf geübt, unter seinem Kopfkissen hervor. Versonnen betrachtete er den glänzenden Stahl, während die Schreiber stumm darauf warteten, dass er geistig zu ihnen zurückkehrte. Was den Baron aus seinen Racheträumen riss, war eine Explosion, die die Vorhänge wie Peitschenschnüre ins Zimmer schleuderte. Die zierlichen Fenster blähten sich und klapperten in ihren Rahmen, als die Detonation donnernd erdröhnte.

Kremer warf die Bettdecke von sich, sodass die Papiere zum zweiten Mal durch das Gemach flogen. Mit schnellen Schritten trat er zwischen den wehenden Vorhängen hindurch auf den Balkon hinaus und spähte hinunter zum Hof. Er sah, wie einige Männer zu einer Stelle unten an der Mauer rannten, die er von oben nicht sehen konnte. Schreie hallten vom Ort des Aufruhrs herauf.

Kremer griff nach seiner zweihundert Jahre alten Robe. Der alte Leibarzt war nicht da, aber sein Assistent protestierte: Der Baron sei noch nicht so weit, dass er sich schon ins Freie wagen dürfe.

Als er vorn beim Hemd gepackt und quer durch das Zimmer geschleudert wurde, änderte der Mann seine Meinung. Er erklärte Seine Lordschaft schleunigst für gehfähig und flüchtete.

Kremer hastete die Treppen hinunter. Sein Mantel umwehte seine Knöchel. Vier Mann seiner persönlichen Leibwache, rückhaltlos loyale Klansmänner aus dem Hochland des Nordens, folgten ihm klirrend. Wenige Augenblicke später war er unten angelangt und trat in den Hof hinaus. Der Gelehrte Hoss'k stocherte durch einen Berg verkohlter Holzsplitter und Steingutscherben.

Der Baron blieb wie angewurzelt stehen und starrte auf den Trümmerhaufen, der von Dennis Nuels Destille geblieben war. Dampf stieg aus verzogenen, schwarzen Röhren. Der Diakon stand inmitten der Verwüstung, hustete und wedelte den Rauch vor seinem Gesicht beiseite. Seine prachtvollen, roten Gewänder waren versengt und rußbefleckt.

»Was hat das zu bedeuten?«, fragte Kremer befehlend. Augenblicklich wirbelten die Soldaten, die den Scherbenhaufen angeglotzt hatten, herum und nahmen Haltung an. Die Sklaven, die für die Destille verantwortlich gewesen waren, warfen sich demütig auf den Bauch.

Bis auf drei, die keine Notiz von ihm nahmen. Der eine war offensichtlich tot. Die beiden anderen wanden sich am Boden, nicht seinetwegen, sondern weil sie schwere Verbrennungen an Händen und Armen davongetragen hatten. Mägde waren bereits dabei, die Verwundeten zu verbinden.

Hoss'k verbeugte sich tief. »Mylord, ich habe eine Entdeckung gemacht.«

Seinem Aussehen nach musste Hoss'k zugegen gewesen sein, als das Unglück sich ereignet hatte. Kremer kannte Hoss'k, und deshalb folgerte er, dass der Kerl das alles auf irgendeine Weise *verursacht* haben musste, indem er sich an Dennis Nuels Getränkherstellungsapparat zu schaffen gemacht hatte.

»Sie haben eine Katastrophe verursacht!«, brüllte Kremer und blickte auf der Walstatt umher. »Das Einzige, was ich aus diesem Zauberer habe herausquetschen können – bevor er meine

Gastfreundschaft verriet und sich mit einer wertvollen Geisel absetzte –, war diese Destille! Ich hatte damit gerechnet, dass der Handel mit ihren Produkten mir großen Reichtum erwerben würde! Und jetzt haben Sie, Sie mit Ihrem naseweisen …«

Hoss'k hob besänftigend die Hand. »Mylord … Sie haben mich angewiesen, die Essenz der Werkzeuge zu studieren, die dem fremden Zauberer gehörten. Und da der größte Teil seiner übrigen Besitztümer sich der Ergründung widersetzte, beschloss ich, festzustellen, ob ich herausfinden kann, wie dieser Apparat funktioniert.«

Kremer funkelte ihn an, und seine Miene war bedrohlich. Die Zuschauer warfen einander bedeutsame Blicke zu und veranschlagten bei sich, wie hoch die Lebenserwartung des Gelehrten jetzt noch sein mochte.

»Ich rate Ihnen, die Essenz der Destille ergründet zu haben, *bevor* Sie sie zerstörten«, drohte Kremer. »Vieles hängt davon ab, dass Sie sie wieder aufbauen können. Könnte sein, dass es Ihnen schwerfällt, Ihre hübschen Gewänder zu üben, wenn Sie keinen Kopf mehr auf den Schultern haben.«

»Ich bin ein Mitglied des Priesterstandes!«, protestierte Hoss'k, aber als er Kremers Blick sah, duckte er sich und nickte heftig. »Aber machen Sie sich nur keine Sorgen, Mylord. Es wird ein Leichtes sein, den Apparat wieder aufzubauen, Mylord. Tatsächlich war das Prinzip teuflisch gerissen und simpel zugleich. Sehen Sie, dieser Topf hier – das heißt, was von diesem Topf noch übrig ist – enthielt Wein, der langsam zum Kochen gebracht wurde, aber die Dämpfe, die beim Kochen aufstiegen, wurden zurückgehalten …«

»Verschonen Sie mich mit den Einzelheiten.« Kremer winkte ab, und der Mann verstummte. Seine Kopfschmerzen wurden wieder schlimmer. »Besprechen Sie das mit den Leuten. Ich will nur wissen, wie lange Sie brauchen, um alles wieder in Gang zu bringen.«

Hoss'k verbeugte sich und wandte sich den Überlebenden der Bedienungsmannschaft zu, um mit ihnen zu reden.

Der Baron stieg über einen verwundeten Soldaten hinweg. Die Hebamme des Palastes, die dabei gewesen war, die Wunden des Stöhnenden zu versorgen, huschte beiseite.

Kremer hatte den Ort der Verwüstung noch nicht verlassen, als seine Gedanken schon wieder zu seinem Hauptproblem zurückgekehrt waren: wie er seine Truppen am besten verteilte, um den Zauberer und die Prinzessin Linnora einzufangen und gleichzeitig mit dem Feldzug gegen die L'Toff zu beginnen.

Die Allianz nahm allmählich Gestalt an. Eine Schwadron seiner Gleiter war über dem Land unterwegs, um den Adel hundert Meilen weit im Norden, Osten und Süden zu beeindrucken und um mit Hilfe des traditionellen Drachenaberglaubens die aufsässige Bauernschaft einzuschüchtern.

Alle großen Lords würden bald hier sein, um an der Ratsversammlung teilzunehmen. Kremer gedachte, sie mit einer eindrucksvollen Demonstration zu begrüßen.

Aber die Barone würden nicht genügen. Er würde auch Söldner brauchen, und die würden sich nicht mit Demonstrationen locken lassen!

Geld – das war der Schlüssel! Und zwar nicht dieser Papiermüll, der seinen Wert nur durch künstlich aufrechterhaltene Knappheit behielt, sondern echtes Geld! Metallgeld! Wenn er genug Geld hätte, würde Kremer die Dienste freier Kompanien kaufen und jeden großen Edelmann im Reich bestechen können. Weder Demonstrationen noch Gerüchte über magische Waffen erzielten eine ähnliche Wirkung wie kaltes, hartes Bargeld!

Und jetzt hatte dieser Idiot von einem Diakon den Geldmacher Nummer eins zerstört, auf den Kremer so sehr gezählt hatte!

»Äh … Mylord?«

»Was ist, Diakon?« Kremer drehte sich um.

Hoss'k verbeugte sich noch einmal, als er den Baron erreicht hatte. Sein schwarzes Haar war rußbestäubt.

»Mylord, es war nicht meine Absicht, die Destille durch meine Experimente zu zerstören ... ich ...«

»Wie lange wird es dauern?«, knurrte Kremer.

»Nur ein paar Tage, und man kann wieder in kleinen Mengen ...«

»Das *Machen* interessiert mich nicht! Wie lange wird es dauern, die neue Destille auf einen Stand zu *üben,* den die alte heute morgen hatte?«

Unter der Rußschicht war Hoss'k sehr bleich. »Zehn ... äh ... zwanzig ...« Seine Stimme wurde zu einem Krächzen.

»Tage!?« Kremer zuckte zusammen, als der Schmerz wie ein Blitz durch seinen Kopf fuhr. Er hielt den Kopf mit beiden Händen umklammert und brachte kein Wort mehr hervor. Aber er funkelte Hoss'k an, und man sah, dass nur dieser unsagbare Kopfschmerz das Leben des Diakons im Moment noch verlängerte.

In diesem Augenblick kam ein Läufer durch das Hoftor gerannt. Der Junge erblickte den Baron, stürmte herüber und salutierte zackig.

»Herr, Lord Hern sendet Ihnen seine besten Empfehlungen und lässt Ihnen sagen, dass die Schnüffler die Witterung der Flüchtlinge aufgenommen haben.«

Kremer klatschte in die Hände. »Wo sind sie?«

»Im Südwestpass, Herr. Läufer sind im Vorgebirge unterwegs, um sämtliche Lager dort zu alarmieren.«

»Ausgezeichnet! Wir werden auch Kavallerie hinausschicken. Geh und sag dem Kommandanten der Ersten Speere, er soll seine Soldaten antreten lassen. Ich werde gleich da sein.«

Der Junge salutierte noch einmal und rannte davon.

Kremer wandte sich wieder an Hoss'k, der offensichtlich dabei war, seinen Frieden mit den Göttern zu machen.

»Diakon?«, sagte er ruhig.

»J-j-ja, Mylord?«

»Ich brauche Geld, Diakon.«

Hoss'k schluckte und nickte. »Ja, Mylord.«

Kremer lächelte schmallippig. »Können Sie mir einen Vorschlag machen, woher ich in sehr kurzer Zeit sehr viel Geld bekommen kann?«

Hoss'k blinzelte und nickte dann wieder. »Das Metallhaus im Wald?«

Kremer grinste trotz seiner Kopfschmerzen. »Richtig.«

Hoss'k hatte vor einer Weile einmal zu bedenken gegeben, dass dieses Metallhaus einen intrinsischen Wert besitzen könne, der den gewaltigen Metallwert bei Weitem überschritt. Der fremde Zauberer hatte unmissverständlich darauf beharrt, dass man das Haus nicht anrühre, falls man wünschte, dass er für Kremer arbeitete.

Aber Dennis Nuel hatte ihn verraten, und Hoss'k hatte hier nicht mehr viel zu sagen.

»Sie werden eine schnelle Kavallerieeinheit nehmen und unverzüglich aufbrechen«, befahl er dem dicken Kirchenmann. »Ich will das gesamte Metall hier haben – in fünf Tagen.«

Und noch einmal schluckte Hoss'k stumm und nickte.

6

Anderthalb Tage nach ihrer Abreise vom Anwesen der Sigels hoffte Dennis schon fast wieder, sie könnten unentdeckt durch die Sicherungsposten hindurchgelangen.

Während der ersten Nacht auf der Straße war die kleine Gruppe der Flüchtlinge immer wieder an flackernden Lagerfeuern vorübergezogen – Abteilungen der Westarmee, die der

Baron in den Hügeln zusammenzog. Arth und Dennis halfen dem kleinen Esel beim Ziehen, und Linnora trug ihren Teil dazu bei, indem sie sich darauf konzentrierte, den Karren zur Lautlosigkeit zu üben.

Einmal stahlen sie sich nervös an einer Straßensperre vorbei. Die wachhabenden Milizsoldaten schnarchten, aber in Dennis' Ohren klang das Knarren des Wagens fast wie das Kreischen einer Moorhexe, bis schließlich ein Waldstück zwischen ihnen und dem Posten lag.

Am Morgen darauf waren sie schon hoch oben auf der Passstraße. Die Hauptmacht des Heeres, das sich anschickte, in das Land der L'Toff einzufallen, hatten sie hinter sich gelassen. Wahrscheinlich standen zwischen ihnen und dem offenen Gelände nur noch wenige Spähtrupps.

Aber bei Tageslicht zu marschieren, wäre schierer Wahnsinn gewesen. Dennis führte seine kleine Gruppe in das Dickicht neben der Bergstraße, und dort rasteten sie den Tag über, abwechselnd schlafend, plaudernd und aus dem Picknickkorb schmausend, den Mrs. Sigel ihnen mit auf den Weg gegeben hatte.

Dennis unterhielt Linnora damit, dass er ihr ein paar Tricks mit seinem Armbandcomp vorführte. Es seien keine Lebewesen darin eingesperrt, erklärte er ihr, und er demonstrierte ihr ein paar Zahlenwunder. Linnora begriff rasch, worum es ging.

Vermutlich war ihre Erschöpfung größer gewesen, als Dennis geglaubt hatte, denn als er schließlich erwachte, war es wieder dunkel. Die beiden kleinen Monde von Tatir standen schon hoch am Himmel, und gespenstische Helligkeit erfüllte den Wald.

Er weckte Arth und Linnora, und die beiden fuhren hoch und starrten überrascht in die Dunkelheit. Sie standen auf und beluden ihren kleinen Wagen. Dennis bestand darauf, dass Linnora weiterhin gefahren wurde. Der Zustand ihrer Füße hatte sich zwar gebessert, aber es war klar, dass die Prinzessin noch nicht sehr weit würde laufen können.

Die düsteren Hügelhänge drängten sich um sie herum, als sie aufbrachen. Schweigend zogen sie weiter bergauf.

Dennis dachte daran, wie er vor drei Monaten schon einmal durch diesen Pass gekommen war. Damals hatte er nicht geahnt, was ihn erwartete. Er hatte sich vorgestellt, das Flusstal sei bevölkert von unglaublichen Alien-Geschöpfen mit einer noch unglaublicheren Technologie.

Die Wahrheit war noch bizarrer gewesen als alles, was er sich vorgestellt hatte. Auch jetzt noch spürte er, wie hin und wieder das leise Gefühl von Unwirklichkeit zurückkehrte, als falle es ihm wirklich schwer zu glauben, dass diese unfassbare Welt existieren konnte.

Er dachte an die Wahrscheinlichkeitsberechnungen, die er in Zuslik angestellt hatte. Mit Hilfe seines Armbandcomputers würde er vielleicht in der Lage sein auszurechnen, mit welcher Wahrscheinlichkeit eine so seltsame Welt wie Tatir – mit seinem noch seltsameren Übungseffekt – hatte entstehen können.

Andererseits, überlegte Dennis, während sie unter dem dunklen Blätterdach dahinstapften, war die Erde nicht auch eine seltsame Welt, wenn man es sich recht überlegte? Zwar schienen Ursache und Wirkung dort sauber und zweifelsfrei miteinander verknüpft zu sein, aber immer wieder konnte man das Gefühl haben, die Entropie habe sich gegen den Menschen verschworen!

Dennis kannte kaum drei oder vier Ingenieure daheim, die nicht heimlich und im Grunde ihres Herzens an Kobolde, Klabautermänner und an Murphy's Gesetz glaubten.

Dennis vermochte nicht zu entscheiden, welche der beiden Welten die verdrehtere sei. Vielleicht waren, wenn man das Gesamtbild betrachtete, Erde und Tatir gleichermaßen unwahrscheinlich. Aber wichtig war das kaum. Wichtig war, dass sie jetzt überlebten. Und er gedachte den Übungseffekt bis zum Anschlag zu benutzen, falls es notwendig sein würde. Er half, den kleinen Wagen weiterzuschieben. Schon schien es leichter voranzugehen, und die Räder quietschten anscheinend auch nicht mehr so stark. Linnora wurde nicht mehr wie ein Sack Kartoffeln gerüttelt und geschüttelt, während das Wägelchen dahinrollte.

Die Prinzessin blickte im Mondlicht zu ihm auf. Dennis erwiderte ihren Blick und lächelte. Alles würde sich zum Guten wenden, wenn es ihm nur gelänge, Linnora unversehrt zu ihrem Volk in den Bergen zu bringen. So groß Kremers Macht auch sein mochte, die L'Toff würden ihr sicherlich so lange standhalten können, bis Dennis ein bisschen Erdenzauber zusammengebraut hätte, um das Blatt damit zu wenden.

Wenn sie es nur rechtzeitig schafften.

Der Morgen graute früher als erwartet.

Vor ihnen, im ersten Licht des Tages, ragte der Kamm des Passes. Dennis zwickte den Esel, um ihn zur Eile anzutreiben. Er war sicher, dass ein Vorposten dort oben stehen würde.

Aber als die Straße den Gipfelpunkt erreichte, ohne dass sich ihnen jemand in den Weg stellte, fasste er neue Hoffnung. Im Dunst des frühen Morgens erstreckte sich vor ihnen die Passstraße geradlinig und eben. Dennis wollte eben eine Ruhepause einlegen, als von links plötzlich ein Ruf erscholl.

Arth fluchte und streckte den Zeigefinger aus. Auf dem Berghang zu ihrer Linken leuchtete ein kleines Lagerfeuer, das sie trotz aller Wachsamkeit übersehen hatten. In der Morgendämmerung erblickten sie geschäftiges Gewimmel und die braunen Uniformen von Kremers Territorialmiliz. Eine Abteilung bahnte sich bereits einen Weg durch das Unterholz zu ihnen herunter.

Ein Stück weiter vor ihnen begann die Straße sanft bergab zu führen, und in der Ferne verschwand sie hinter dem Hang eines Berges. Dennis klatschte dem müden Esel mit der flachen Hand auf die Flanke.

»Los, weiter, Arth! Ich halte sie auf!«

Arth stolperte hinter dem Karren her, mehr oder weniger von der Masseträgheit vorangetrieben. »*Alleine?* Dennis, bist du verrückt geworden?«

»Bring Linnora weg von hier! Ich werd' schon fertig mit denen!«

Linnora warf Dennis einen angstvollen Blick zu. Aber sie schwieg, und vor sich hinbrummend führte Arth den Esel im Trab zu der Straßenbiegung, wo das Gespann schließlich verschwand.

Dennis suchte sich eine gute Stelle und baute sich mitten auf der Straße auf. Zum Glück waren die Territorialen nicht die besten Soldaten, die Kremer besaß. Es waren größtenteils zwangsrekrutierte Bauern, geführt von einer Handvoll Berufssoldaten. Die meisten von ihnen wären zweifellos lieber daheimgeblieben.

Nichtsdestoweniger würde sein Bluff überzeugend ausfallen müssen.

Als die Patrouille aus dem Unterholz hervorbrach und auf die Straße gestürmt kam, sah Dennis nichts als Schwerter, Speere und Thenner. Bogenschützen waren zum Glück nicht dabei. Einen guten Bogenschützen traf man hierzulande nicht oft. Ein geübter Bogen erforderte sehr viel Aufmerksamkeit, und nur wenige konnten so viel Zeit oder Energie auf eine Waffe verwenden.

Vielleicht würde sein Plan ja klappen.

Er erwartete sie mitten auf der Straße. In der einen Hand hielt er ein paar glatte Steine, in der anderen einen Streifen Seidenstoff.

Die Soldaten, die sich auf der Straße zusammenrotteten, waren durch sein Verhalten verblüfft. Statt sich auf ihn zu stürzen, näherten sie sich ihm mit langsamen Schritten, von einem knurrenden Feldwebel vorwärtsgedrängt. Anscheinend hatten sie gehört, wer der Anführer der Flüchtlinge war, und der Gedanke, einen fremden Zauberer anzugreifen, erfüllte sie nicht eben mit überschäumender Begeisterung.

Als sie bis auf dreißig Schritte herangekommen waren, legte Dennis einen Stein in seine Schleuder. Er ließ sie dreimal herumwirbeln, und dann sauste der Stein durch die Luft.

»Abrakadabra! Ugga Bugga!«, brüllte er.

Die Milizsoldaten drängten sich so dicht zusammen, dass er überhaupt nicht danebenschießen konnte. Und tatsächlich heulte einer von ihnen auf und ließ seine Waffe klappernd zu Boden fallen.

»Oh, ihr Dämonen der Lüfte!«, sang er gen Himmel. »Straft diese Toren, die es wagen, sich einem Magier entgegenzustellen!«

Er ließ die Schleuder kreisen und schoss einen zweiten Stein ab. Wieder presste ein Soldat die Hände auf den Bauch und setzte sich stöhnend auf den Boden.

Einige der Milizsoldaten in den hinteren Reihen setzten sich unauffällig ab; sie entwickelten plötzlich ein intensives Interesse an dem Frühstück, das sie hatten stehen lassen müssen.

Die Übrigen blieben verunsichert stehen, die Augen in abergläubischer Furcht weit aufgerissen.

Ein Feldwebel in einem grauen Mantel fing an, die Männer anzubrüllen, und verteilte ein paar Tritte. Nach einer Weile begann die ungeordnete Front, langsam wieder vorzurücken. So konnte es nicht weitergehen. Sicher, mit einem dritten Stein würde er sie noch einmal zum Stehen bringen. Aber wenn sie sich an seine Attacken gewöhnt hätten, würden sie merken, dass immer nur einer verletzt wurde – und dass auch dieser nur vorübergehend außer Gefecht gesetzt wurde. Sie würden begreifen, dass sie ihn mit einem massiven Angriff leicht würden überwältigen können.

Dennis ließ seine Schleuder sinken und zog einen langen Lederriemen aus dem Gürtel, an dessen Ende er ein hohles Stück Hartholz gebunden hatte, das er sich im Hause der Sigels zurechtgeschnitzt hatte.

»Flieht!«, rief er mit tiefer Gruselfilmstimme. »Zwingt mich nicht, meine Dämonen herabzurufen.« Langsam ging er auf die Miliztruppe zu und begann, den Lederriemen über seinem Kopf kreisen zu lassen.

Die Holzröhre sauste durch die Luft und ließ ein grollendes, dröhnendes Stöhnen ertönen. Er hatte nicht viel Zeit gehabt, dieses Brüllrohr zu üben, er musste sich mit dem begnügen, was er ›gemacht‹ hatte. Aber schon nach wenigen Augenblicken war das Stöhnen zu einem lauten Tosen angeschwollen, einem gespenstisch röhrenden, haarsträubenden Donnergebrüll.

Gewiss, dies war ein heikles Unterfangen. Dennis war nicht einmal sicher, dass den Coylianern ein solches Gerät nicht bekannt war. Dass er hier noch nie eines gesehen hatte und dass Arth noch nie davon gehört hatte, musste nicht zwangsläufig bedeuten, dass auch keiner dieser Männer wusste, was er hier vor sich hatte.

Aber die Soldaten schluckten nervös und wichen zurück, als er näher kam. Wieder lösten sich einige aus der Nachhut und rannten davon.

Der Feldwebel fluchte und brüllte seine Männer an. Er hatte den Akzent der Nordmänner in den Diensten des Barons. Aber das anschwellende Brüllen des Donnerrohrs ließ nun den Wald widerhallen. Es klang, als regten sich die Tiere dort draußen im Zwielicht unter dem Gestrüpp. Die Echos waren wie die Stimmen seltsamer Geschöpfe, die dem Ruf ihres Herrn antworteten.

Dennis konzentrierte sich darauf, seinen Krachmacher zu verbessern, obgleich er wusste, dass er nicht das Talent besaß, Dinge so rasch zu verändern. Nur ein begabter L'Toff vermochte gelegentlich mit Absicht eine Felthesh-Trance herbeiführen – oder ein Glückspilz, dem die Hilfe eines launischen Krenegee zuteil wurde. Dennoch wurde das Stöhnen immer lauter, bis sich ihm schließlich selbst die Nackenhaare sträubten.

Die Miliz war jetzt unverkennbar auf dem Rückzug. Trotz der Beschimpfungen des Nordmannes starrten die Soldaten angstvoll umher. Schließlich entriss der Feldwebel einem seiner von Grauen erfüllten Soldaten den Speer. Mit einem Schrei schleuderte er ihn gegen Dennis.

Dennis sah, wie der Speer auf ihn zuflog. Aber er behielt das Lächeln auf seinem Gesicht und schritt unbeirrt auf die Männer zu. Wenn er sich umgedreht hätte und geflohen oder auch nur beiseitegetreten wäre, hätte er den Soldaten damit neuen Mut eingeflößt. Er musste den Eindruck erwecken, dass es ihn nicht kümmerte, was sie taten, und darauf vertrauen, dass der Feldwebel selber zu nervös war, als dass er allzu genau hätte zielen können.

Nur eine Handbreit neben Dennis' linkem Fuß fuhr der Speer in den Boden. Der Schaft vibrierte klangvoll, als er an ihm vorüberging.

Seine Beine fühlten sich an, als seien sie aus Wasser. Er lachte – aber es klang in seinen eigenen Ohren, wenn er ehrlich war, eher hysterisch als heiter.

Doch als er lachte, stöhnten die Soldaten wie aus einem Munde in panischem Grauen auf. Sie warfen ihre Waffen weg und wandten sich zur Flucht.

Der Feldwebel versuchte sich an einem trotzigen Gesichtsausdruck. Aber als Dennis »Buh!«, brüllte, wirbelte er herum und rannte hinter seinen Männern drein, die Hals über Kopf die Straße hinunter in Richtung Zuslik flüchteten.

Und plötzlich stand Dennis allein im dunstigen Morgensonnenschein inmitten eines glänzenden Haufens weggeworfener Waffen und wirbelte seinen kleinen Krachmacher über dem Kopf.

Erst nach einer Weile gelang es ihm, den Arm sinken zu lassen und das infernalische Getöse zu beenden.

Als er die Straße hinunterlief und Arths und Linnoras Namen rief, kamen die beiden aus einer finsteren Lücke zwischen den Bäumen hervor. Arth bestaunte ihn von oben bis unten und grinste dann verlegen, als schäme er sich, jemals an Dennis gezweifelt zu haben. Linnoras Augen strahlten, als wolle sie sagen, zumindest sie habe sich keinen Augenblick lang Sorgen gemacht.

Sie streichelte die Saiten ihres Klasmodions, und sie setzten ihren Weg fort. Nur zufällig sah Dennis kurz darauf, wie sie Arth in die Seite stieß und die Hand ausstreckte. Und Arth reichte ihr achselzuckend ein kleines, zerdrücktes Bündel Geldscheine.

7

Bald führte ihr Weg sie an den Feuersteinbrüchen vorbei, die Dennis in den ersten Tagen hier entdeckt hatte. Jetzt wusste er, weshalb er damals keine Menschenseele angetroffen hatte. Im Zuge der Kriegsvorbereitungen war das Gebirge bereits geräumt worden. Und hier auf Tatir nahmen die Menschen alles, was geübt werden musste, mit sich, wenn sie eine Gegend verließen. So blieb natürlich nichts zurück.

Sie kamen rasch voran. Mit dem Gebrauch wurde der Wagen spürbar besser. Der Vormittag verging, aber Dennis' Besorgnis verflog nicht. Zweifellos hatte die geflohene Milizgruppe inzwischen erzählt, was ihr widerfahren war, und Kremer würde bessere Soldaten hinter ihnen herschicken.

Sie gelangten an eine Weggabelung. Geradeaus führte die Landstraße weiter an den Berghängen entlang nach Westen und zu den großen Steinbrüchen in den Graubergen.

Linnora stieg vom Wagen und humpelte zu der weniger benutzten Abzweigung, die von hier aus nach Süden führte. »Das ist die Handelsstraße. Auf ihr bin ich gekommen, als ich die Ankunft des kleinen Metallhauses in dieser Welt gespürt hatte.«

Stirnrunzelnd scharrte sie mit der Fußspitze über den Seitenweg, als sei sie mit seinem Übungsstand unzufrieden. In den letzten paar Jahren war der Handelsverkehr außergewöhnlich dünn gewesen. Wenn diese Vernachlässigung andauerte, würde die wunderschöne Straßendecke bald zu einer Lehmpiste werden.

Dennis wandte sich um und schaute nach Nordwesten. Dort draußen, zwei Tagesmärsche weit nördlich der Hauptstraße, stand das ›kleine Metallhaus‹.

Wenn er auch nur annähernd sicher gewesen wäre, dass er es schaffen könnte, ein neues Zievatron zusammenzubasteln und es rasch genug zu üben, dann hätte er das Risiko bereitwillig auf sich genommen. Er hätte Linnora und Arth angeboten, sie vor diesem gewalttätigen Wahnsinn in Sicherheit zu bringen – in eine Welt, in der das Leben zwar schwierig, aber vernünftig war. Aber er hatte nicht genug Zeit, und außerdem hatte er andere Verpflichtungen. Mit einem tiefen Seufzer griff er nach dem Zügel des Esels und führte ihn auf den Weg nach Süden. »Also gut. Wir haben noch einen anstrengenden Aufstieg vor uns, und wir müssen durch einen zweiten Pass. Lasst uns weitergehen.«

Mit Befriedigung sahen sie, wie die Hochlandmulde hinter ihnen zurückfiel. Unter Linnoras sanftem Drängen und mit Arths und Dennis' Hilfe hatte sich der kleine Wagen allmählich in ein äußerst nützliches Gefährt verwandelt. Die Achsen drehten sich geschmeidig, offenbar schmierten sie sich auf ähnliche Weise, wie es die Kufen der coylianischen Schlitten auf den Straßen taten, und auch die Lederriemen, die sich Dennis ausgedacht hatte, damit Linnora durch sanften Zug die Vorderräder um die scharfen Wegbiegungen herumsteuern konnte, erfüllten ihren Zweck immer besser, während Dennis und Arth den Wagen von hinten voranschoben.

Der zweite Pass war noch etwa eine Meile weit entfernt, als Arth plötzlich seine Hand auf Dennis' Schulter legte.

»Sieh mal.« Er wies nach hinten.

Weiter unten, ungefähr zwei Meilen weit hinter ihnen, bewegte sich eine Kolonne dunkler Gestalten auf dem Weg unter den Bäumen rasch voran. Dennis blinzelte zu ihnen hinunter. Er sehnte sich nach seinem Teleskop.

»Es sind Läufer«, stellte Linnora fest. Sie hatte sich von ihrem Sitz erhoben, sodass ihre scharfen Augen sich auf gleicher Höhe mit den seinen befanden. »Sie tragen die grauen Gewänder von Kremers Nordmännern.«

»Können sie uns einholen?«

Linnora wiegte den Kopf hin und her und verzog zweifelnd das Gesicht. »Dennis, dies sind die Soldaten, mit denen Kremers Vater den alten Herzog besiegt hat. Sie laufen, ohne zu ermüden, und sie sind Berufssoldaten.«

Linnora bewunderte Dennis zwar offenkundig nicht zuletzt wegen seiner Heldentaten, aber sie wusste auch, dass es selbst für ihn Grenzen gab. Diese Leute dort unten waren keine Bauern, die sich mit Steinen und etwas Lärm vertreiben ließen.

Sie stieg vom Wagen herunter. »Ich glaube, ich sollte jetzt lieber zu Fuß gehen.«

»Das kannst du nicht! Deine Füße werden wieder anschwellen!«

Linnora lächelte. »Ihr könnt mich alle zusammen nicht so schnell den Berg hinaufziehen, wie ich humpeln kann. Es ist an der Zeit, dass ich selbst etwas tue.« Sie nahm Dennis' Arm.

Arth schnalzte, und der Esel zog den leichten Wagen munter voran.

Dennis warf noch einen Blick zurück auf die Reihe der dunklen Gestalten unter ihnen. Schon schienen sie größer geworden zu sein. Im Laufschritt eilten die Soldaten hinter ihnen drein, und Sonnenstrahlen blitzten auf ihren Waffen.

Die Flüchtlinge drehten sich um und setzten ihren Aufstieg zu den Höhen des südlichen Passes fort.

Verfolger wie Verfolgte verlangsamten ihr Tempo, als sie sich dem Gipfel näherten.

Jetzt, da Linnora einigermaßen gut zu Fuß vorankam, erwog Dennis, den Wagen abzuschneiden oder wenigstens den Gleiter wegzuwerfen, der zusammengerollt darin lag. Aber obgleich dies ihre Last spürbar erleichtert hätte, widerstrebte es ihm aus irgendeinem Grunde. Sie hatten eine Menge Übung in diese Dinge investiert. Vielleicht würden sie sich noch als nützlich erweisen.

Ohnehin konnten sie nur so schnell vorankommen, wie Linnora gehen konnte. Das wusste sie. Ihr Gesicht verhärtete sich, als sie sich voranzwang. Dennis wagte nicht, sie zurückzuhalten oder gar zu einer Rast zu zwingen. Es kam auf jede Minute an. Seine eigenen Beine begannen zu schmerzen, und seine Lunge mühte sich ächzend in der dünnen Luft. Ihm war, als ziehe sich der qualvolle Aufstieg stundenlang hin.

Sie waren überrascht, als sich unverhofft ein neues Panorama vor ihnen eröffnete – eine neue Wasserscheide nach Süden hin. Erschöpft ließen sie sich auf dem Gipfelpunkt des Hochpasses zu Boden fallen.

Linnora schaute auf die Kette der Berge, die sich wie kühne Riesen in weitem Bogen nach Süden hin erhoben. Die ihnen zugewandte Seite der Gipfel lag im Schatten, und rechts von ihnen sank die Nachmittagssonne dem Horizont zu.

»Dort«, sagte sie und deutete dabei auf eine Reihe gletscherumgürteter Gipfel. »Das ist meine Heimat.«

Dennis hatte den Eindruck, dass das Bergreich der L'Toff ungefähr so weit entfernt lag wie beispielsweise die sanften Hügel von Mediterranea daheim auf der Erde. Wie sollten sie angesichts der Geschwindigkeit, mit der ihnen die Verfolger auf den Fersen waren, eine solche Strecke überwinden?

Nachdenklich stand Dennis eine Weile da und kam langsam

wieder zu Atem, während Arth und Linnora aus einer der Flaschen tranken, die Surah Sigel ihnen mitgegeben hatte.

Dennis betrachtete die gewundene Straße, die vor ihnen an den Bergflanken entlang nach Süden hinunterführte. Dann drehte er sich um und betrachtete den kleinen Wagen, der ihnen bis jetzt so gute Dienste geleistet hatte. Leise pfiff er ein Liedchen vor sich hin, und in seinem Kopf nahm eine Idee Gestalt an.

Konnte es klappen? Ein Verzweiflungsakt wäre es ganz gewiss. Wahrscheinlich würden sie sich binnen kürzester Zeit den Hals brechen.

Er warf einen Blick auf seine Gefährten. Sie waren bald am Ende ihrer Kräfte. Den Soldaten, die dicht hinter ihnen den Pass heraufkamen, würden sie jedenfalls nicht davonmarschieren.

»Arth«, sagte er. »Geh zurück, und halte Wache.«

Der kleine Dieb stöhnte. Aber er stand auf und hinkte ein Stück weit zurück.

Dennis stocherte unter den Bäumen in der Nähe herum, bis er zwei kräftige Knüppel gefunden hatte. Er schnitt ein Stück Seil von einer Rolle ab, die Surah ihnen gegeben hatte, und machte sich daran, die Knüppel am Wagen zu befestigen, und zwar am Rand dicht über und vor den Hinterrädern. Er war kaum damit fertig, als er einen Schrei hörte: »Denniis!«

Arth winkte wie besessen von der nördlichen Höhe des Passes herunter. »Dennis! Sie sind gleich da!«

Dennis fluchte. Er hatte gehofft, sie würden ein wenig mehr Zeit haben. Die Nordmänner des Barons waren in der Tat eine ausgezeichnete Truppe. Um ein solches Tempo zu halten, mussten sie an die Grenzen menschlicher Leistungsfähigkeit stoßen.

Er half Linnora in den Wagen, und Arth kam mit den Armen rudernd zu ihnen heruntergerannt. Arth riss am Zügel des erschöpften Esels und brüllte das Tier beschwörend an, als es störrisch reagierte.

»Lass ihn«, sagte Dennis. Er ging nach vorn, schnitt das Zaumzeug durch und ließ den Esel frei. Arth starrte ihn verdattert an.

»Steig ein, Arth, und setz dich nach hinten«, befahl Dennis. »Von jetzt an fahren wir *alle*.«

8

Der Kommandant der Kompanie »Blauer Greif« aus der Garnison Zuslik trabte prustend neben seiner Truppe her. Seitenstiche bohrten sich unter seine Rippen, wo seine Lunge qualvoll keuchte. Der Kommandant biss die Zähne zusammen. Er war entschlossen, nicht hinter seinen Männern zurückzubleiben, auch wenn die meisten von ihnen junge Freiwillige aus vornehmen Familien und wenig mehr als zwanzig Jahre alt waren.

Er wusste, dass er mit seinen zweiunddreißig Jahren allmählich zu alt für solche Dinge war. Vielleicht, dachte er, während er sich den Schweiß abwischte, der seinen Blick verschwimmen ließ, vielleicht sollte er sich ja zur Kavallerie versetzen lassen. Er wandte für einen Moment den Kopf und warf einen Blick auf seine Männer. Auch ihre Gesichter waren von der Anstrengung verzerrt und schweißüberströmt. Mindestens ein Dutzend seiner vierzig Mann starken Truppe waren bereits ausgefallen und lagen keuchend am Straßenrand irgendwo unten am Berghang.

Der Kommandant lächelte, obgleich ihn jeder Atemzug in der dünnen Luft neue Anstrengung kostete.

Vielleicht würde er mit dem Versetzungsantrag doch noch ein Weilchen warten.

Qualvolle Minuten dehnten sich zu Ewigkeiten. Dann, endlich, hatten sie den Gipfelpunkt des Passes erreicht. Seine Füße wurden federleicht, als die Steigung endete. Fast wäre er gegen den Mann vor ihm geprallt, als dieser sein Tempo verlangsamte und die Hand nach vorn ausstreckte.

»Da …! Vor … uns …!«

Der Kommandant hätte am liebsten gejubelt. Baron Kremer würde sich großzügig gegen denjenigen zeigen, der ihm den fremden Zauberer und die L'Toff-Prinzessin wieder zurückbrächte. Ruhm harrte seiner!

Auf dem Gipfel stand eine Handvoll seiner Soldaten vornübergebeugt, die Hände auf die Knie gestützt; keuchend schnappten sie nach Luft und starrten bergab. Auch der Kommandant blieb stehen, als er sie erreichte, und überrascht blinzelnd schaute er den Südhang hinunter.

Nur wenige Schritte weit vor ihnen graste ein zufriedener kleiner Esel. Lederriemen baumelten von seinem Zaumzeug herunter.

Unten auf der Straße, etwa hundert Schritte weiter, saßen drei Leute dicht zusammengedrängt in einem kleinen *Kasten.* Auf den ersten Blick sah er, dass es die Flüchtlinge waren, die sie suchten. Sie schienen einfach *dazusitzen* und hilflos darauf zu warten, dass er sie gefangen nahm!

Aber dann sah der Kommandant, dass der Kasten sich bewegte. Kein Tier zog ihn, und doch bewegte er sich!

Wie denn …

Und plötzlich begriff er, dass dies das Werk des Magiers sein musste. »Ihnen nach!«, wollte er brüllen, aber er brachte nur ein Krächzen hervor. »Auf! Auf und ihnen nach!«

Ungefähr die Hälfte seiner Männer kam taumelnd wieder auf die Beine, und sie stolperten hinter ihm drein die Straße hinunter.

Aber der kleine Kasten wurde immer schneller. Der Kommandant sah, wie der kleinste der Flüchtlinge – der kleine Dieb, der angeblich bei der Flucht aus der Festung geholfen hatte –

sich zu ihnen umdrehte und in einem plötzlichen, boshaften Grinsen die Zähne bleckte.

Dann schleuderte der Kasten rasant um eine Kurve und war nicht mehr zu sehen.

9

»Pass auf – die Kurve!«

»Ich *sehe* die verdammte Kurve! Achte du lieber auf die Bremsen!«

»Bremsen? Haben sie dich gestochen? Wo denn?«

»Keine Pferdefliegen! Bremsen – die beiden Stöcke! Wenn eine Kurve kommt, musst du die beiden Stöcke nach vorn drücken, damit sie sich an den Hinterrädern reiben!«

»Dennis, ich glaube, ich erinnere mich an eine sehr scharfe Kurve dicht vor uns …«

»Was sagst du, Linnora? Wo? O nein! Festhalten!«

»Denniiis!«

»Lehnt euch zur Seite! Nein, zur anderen Seite! Prinzessin, ich sehe nichts! Nimm deine Hände von meinen Augen!«

Mit einem schauerlichen Stöhnen, das ihre Knochen vibrieren ließ, donnerte der Karren durch die Haarnadelkurve. Er erzitterte und schoss weiter die Landstraße hinunter. Hartes Unterholz und knorrige kleine Bäume flogen an ihnen vorüber.

»Huuiii! Isses noch nich' vorbei? Kann ich diese kaputten Stöcke jetz' loslassen? Mir is' nich' so gut …«

»Was ist mit dir, Linnora? Geht es dir gut?«

»Ich glaube ja, Dennis. Aber hast du gesehen, wie nah wir dem Abgrund gekommen sind?«

»Äh, zum Glück nicht, nein. Könntest du bitte mal nach Arth sehen? Ich glaube, er ist ohnmächtig geworden.«

Die Straße führte ein Stück weit geradeaus. Dennis gelang es, den Wagen stabil und gleichmäßig dahinrollen zu lassen.

»Hmmm … Arth kommt langsam wieder zu sich, Dennis. Aber er sieht noch ein bisschen grün aus.«

»Na, weck ihn mit einer Backpfeife, wenn es sein muss! Wir fahren schon wieder schneller, und er muss die Bremsen bedienen. Am besten hilfst du ihm und *übst* sie, so gut du kannst!«

»Ich werd's versuchen, Dennis.«

Dennis lenkte den bockenden Wagen mit knapper Not um den Berg herum. Gerade noch rechtzeitig, merkte er, drückte Arth wieder auf die Bremsen. Der kleine Dieb stieß haarsträubende Flüche aus, man merkte, dass es ihm wieder besser ging.

»Herzlichen Dank, Hoheit«, seufzte Dennis.

»Gern geschehen, Dennis. Aber ich sollte dir vielleicht sagen … Ich glaube, da kommt noch eine Haarnadelkurve.«

»Na wunderbar! Ist sie so schlimm wie die letzte?«

»Hmmm … schlimmer, glaube ich.«

»O mein Gott, ja, du hast recht! *Festhalten!*«

Als die Straße schließlich im Tal angekommen war, rollten sie noch ein paar hundert Meter weiter auf ebener Strecke und sogar ein Stück weit den nächsten Hang hinauf. Inzwischen waren die Achslager des Wagens so gut geübt, dass sie nahezu reibungslos liefen – ein kleiner Segen der halsbrecherischen Schussfahrt.

Schließlich kamen sie mitten in einem kleinen Gebirgstal zum Stehen – auf einer sommerlichen Alm. Eine verlassene Schäferhütte stand nicht allzu weit neben der Straße. Der kleine Wagen war wenige Meter vor ihrer Tür ausgerollt.

Arth drückte die Bremsen an, damit der Wagen feststand. Dann sprang er hinaus und fiel lachend zu Boden.

Linnora folgte ihm, etwas weniger leichtfüßig, aber ebenso ausgelassen. Auch sie ließ sich in das weiche Gras fallen und hielt sich die Seiten, glockenhell schallte ihr Lachen über die Wiese. Tränen rannen ihr dabei übers Gesicht.

Dennis blieb zitternd vorn im Wagen sitzen, die scharfen Riemen, mit denen er die zehn oder zwanzig schrecklichsten Meilen seines Lebens gesteuert hatte, immer noch um die Hände gewickelt. Er warf einen vernichtenden Seitenblick auf Arth und Linnora. Sie waren zwar seine Freunde und Gefährten, aber im Augenblick war es nur gut, dass er weder die Energie noch das nötige Gleichgewicht besaß, um aufzustehen, zu ihnen hinüberzugehen und sie an Ort und Stelle zu *erwürgen!*

Sie jauchzten wie Kinder und machten sausende Bewegungen mit den Händen. Seit den ersten grässlichen Augenblicken der Talfahrt führten sie sich so auf. Als sie begriffen hatten, dass der »Zauberer« es wieder mal geschafft hatte, war ihnen nicht im Traum eingefallen, sich zu fürchten.

Ein halbes Dutzend Mal hatte ihr entzücktes Kreischen beinahe dazu geführt, dass er die Kontrolle über das Fahrzeug verloren hätte. Um Haaresbreite waren sie an senkrechten Abgründen vorbeigerauscht!

Langsam und vorsichtig wickelte er die Steuerriemen von seinen Händen. Eine Welle von intensivem Schmerz durchströmte seine Finger, als das Blut wieder zu kreisen begann. Die »Karrenkrankheit«, die ihn auf der wilden Fahrt fast übermannt hätte, kehrte zurück. Wacklig stand er auf; kletterte vorsichtig aus dem verrückten kleinen Vehikel und hielt sich an der Wagenkante fest.

»O Dennis.« Linnora humpelte auf ihn zu und nahm seinen Arm. Nur mit Mühe hatte sie aufhören können zu lachen. »O du mein großer Zauberer, wie herrlich du sie zum Narren gehalten hast! Und wir sind schneller geflogen als der Wind! Du bist wundervoll!«

Dennis blickte in ihre grauen Augen, und er sah in ihnen die Liebe und die Bewunderung, von der er sich so oft gewünscht hatte, sie dort zu finden – und plötzlich begriff er, dass es Prioritäten gab, die selbst dann zu berücksichtigen waren, wenn ein Traum Wirklichkeit wurde.

»Äh.« Er schluckte und wankte. »Behalten wir das mal für'n Augenblick im Gedächtnis.«

Er riss sich von ihr los, taumelte hastig hinter ein Gebüsch und übergab sich fürchterlich.

ZEHNTER TEIL

SIC BISCUITUS DISINTEGRATUM

I

Es war eine abendliche Demonstration, die im Mondlicht und im Flackerschein von einhundert hellen Fackeln stattfand. Die noblen Zuschauer beobachteten die Vorbereitungen mit wachsender Nervosität. Reihe um Reihe formierten sich Truppen auf dem Paradeplatz. Schließlich verstummten die Trommeln. Eine lange Pause trat ein, und dann zerriss ein furchtbares, ohrenbetäubendes Krachen die Stille. Neuerliche Stille folgte auf die dröhnende Explosion, und die Gäste starrten wie gelähmt vor Staunen auf das, was da geschehen war: Dann stießen tausend Menschen einen einzigen, blutdürstigen Beifallsschrei aus.

Feldwebel Gil'm machte kehrt und marschierte zackig auf das Podium zu. Auf dem Paradeplatz, am Ende des Hinrichtungsspaliers, klaffte ein neues Loch im äußeren Zaun. Ein blutiger Stumpf erhob sich, wo noch wenige Augenblicke zuvor ein trotziger L'Toff-Gefangener dem Baron und seinen hohen Gästen Schmähungen entgegengeschleudert hatte.

Kremer nahm die Nadelpistole aus den Händen seines Feldwebels entgegen und wandte sich seinen Genossen, den großen Lords aus dem Westen, zu, die sich hier versammelt hatten, um über die letzte Allianz gegen die Autorität des Königs zu beraten.

Die Grafen und Barone waren bleich. Zwei sahen aus, als wollten sie sich übergeben. *Ja,* dachte Kremer, *es war eine wirkungsvolle Demonstration.*

»Nun, meine Herren? Sie haben meine Flieger in Aktion gesehen. Ich habe Ihnen mein Fernwarnungskästchen gezeigt. Und jetzt wissen Sie auch, was meine kostbarste neue Waffe vermag. Ist noch einer unter Ihnen, der Zweifel an meinem Plan hegt?«

Der Herzog von Bas-Tyra runzelte die Stirn und schüttelte den Kopf. »Wir sind wohl oder übel beeindruckt, Mylord Kremer … aber es wäre doch gut, diesen fremden Zauberer einmal von Angesicht zu Angesicht zu sehen, der diese Wunder für Sie gemacht hat und über den man sich so viel erzählt.«

Er sah Kremer erwartungsvoll an. Aber der Lord von Zuslik wartete, sagte kein Wort, starrte den Herzog nur unter dunkel buschigen Brauen hinweg an.

»Nun, äh … gut«, fuhr dieser schließlich fort, »wir sind uns zweifellos darüber einig, dass man unserem Herrn, König Hymiel, eine Lektion wird erteilen müssen, was die Rechte seiner Vasallen angeht. Gleichwohl – einige der Methoden, die Sie uns vorgeschlagen haben …«

»Mir scheint, Sie verkennen die wahre Situation«, seufzte Kremer. »Man wird sie Ihnen demonstrieren müssen.«

Er wandte sich an seinen Vetter, Lord Hern. »Man möge die Sondergefangenen vorführen«, befahl er.

Lord Hern gab den Befehl weiter.

Ein Gemurmel erhob sich unter den großen Lords. Offenbar waren sie zutiefst beunruhigt. Hier braute sich mehr zusammen, als sie erwartet hatten. Einige von ihnen beäugten Baron Kremer nervös, als argwöhnten sie bereits, was er im Schilde führte.

Lord Herns Bote erschien am Seitentor, und gleich darauf wurden eine Reihe aneinandergefesselter Männer in den Hof herausgeführt. Die Wachen zerrten sie an ihren Fesseln voran.

Die versammelten Edelleute schrien erschrocken auf.

»Das sind Königliche Pfadfinder!«

»So ist es. Das aber bedeutet Krieg, ob es Ihnen nun gefällt oder nicht.«

»Und seht! Ein Königsmann!«

In der Kette der Pfadfinder ging ein Mann im blaugoldenen

Gewand eines königlichen Bevollmächtigten, der berechtigt war, namens des Königs Anordnungen zu treffen.

»Kremer!«, rief dieser Mann. »Du wagst es, den Leib des Königs selbst so zu behandeln? Ich kam hierher in Frieden und als Gesandter! Wenn mein königlicher Herr davon erfährt, wird er deine …«

»Er wird meine Faust zu spüren bekommen!«, fiel Kremer dem trotzigen Gesandten donnernd ins Wort. Seine Soldaten brachen wie auf Kommando in Jubelrufe aus.

Kremer wandte sich den versammelten Adeligen zu. Er wies auf die Gefangenen.

»Hängen Sie sie auf«, sagte er.

Der Herzog von Bas-Tyra war verblüfft. »Wir? Wir sollen königliche Abgesandte aufhängen? *Persönlich?*«

Kremer nickte. »Und sofort.«

Die Edlen sahen einander an. Kremer sah, wie einige Blicke zu den Gleitern hinaufwanderten, die man im Fackelschein am Himmel kreisen sah, dann zu den tausend disziplinierten Soldaten – die einen Bruchteil seiner Streitmacht darstellten –, und schließlich zu der Nadelpistole in seiner Hand. Und er sah, wie ihnen langsam ein Licht aufging.

Einer nach dem anderen verbeugten sie sich.

»Wie Sie wünschen … Majestät.«

Einer nach dem anderen machte sich daran zu gehorchen. Kremer sah, wie sie hinunterstiegen und wie jeder von ihnen einen der Verurteilten ergriff.

Jetzt waren nur noch die Söldnerkapitäne bei ihm auf dem Podest. Er sah sich um und musterte sie – sechs abgehärtete Veteranen aus Dutzenden schmutziger kleiner Kriege. Sie hatten kein Land, keinen Besitz, auf den sie Rücksicht nehmen mussten. Wenn sie sich bedroht sahen, konnten sie ihre Streitkräfte schmelzen lassen wie Eis in der Sonne, und so hatten sie von Gleitern und magischen Waffen weit weniger zu fürchten. Im Zweifelsfalle würden sie einfach weiterziehen.

Kremer brauchte sie, wenn er die Städte im Osten und das ›demokratisch-royalistische Gesindel‹ belagern wollte.

Und um sie zu einem langwierigen Feldzug zu bewegen, brauchte er Geld.

»Meine Herren«, sagte er, »möchte einer von Ihnen vielleicht noch einen »Brandy«?«

2

»Dennis?«

»Hmmmph? Wa-was gibt's, Linnora?« Dennis hob den Kopf. Er musste sich die Augen reiben, bevor er etwas sehen konnte. Draußen war es noch dunkel. In der Ecke der kleinen Schäferhütte lag Arth auf dem Fußboden und schnarchte. Linnora hatte sich an Dennis geschmiegt und unter derselben Decke geschlafen. Jetzt aber saß sie aufrecht da, und ihre grauen Augen blinkten im Mondlicht.

»Dennis, eben habe ich es wieder gefühlt.«

»Was hast du gefühlt?«

»Dass jemand oder etwas in die Welt gekommen ist. Wie damals, als ich *wusste,* dass dein kleines Haus erschienen war, vor vielen Monaten. Und auch wie ich dich gefühlt habe, als du nach Tatir kamst.«

Dennis schüttelte den Kopf, um seine Gedanken zu klären. »Du meinst, jemand benutzt das Zievatron?«

Linnora verstand ihn nicht. Sie starrte stumm in die Nacht hinaus.

Er überlegte. Fühlte Linnora es tatsächlich, wenn das Zievatron in Betrieb war? Und wenn ja – bedeutete dies, dass soeben jemand durch den Realitätstransfer gekommen und ihm auf diese Welt gefolgt war?

Dennis seufzte. Er bedauerte den armen Trottel, wer immer es sein mochte. Im Augenblick jedenfalls konnte er nichts tun, um dem Burschen zu helfen, soviel stand fest. Der Mann hatte eine Reihe grober Schocks zu erwarten.

»Na, es hat keinen Sinn, sich darüber jetzt den Kopf zu zerbrechen«, sagte er zu Linnora. »Komm her, und schlaf weiter. Wir haben morgen einen anstrengenden Tag.«

3

Als der Morgen über der Hochlandwiese graute, glänzte das fremdartige kleine Haus in den Farben eines königlichen Schatzes von Metall. Flüsternd befahl der gelehrte Hoss'k seinen Soldaten, sich ruhig zu verhalten.

Hoss'k beäugte das kleine Haus spekulativ. Nur die Götter wussten, wie er das verdammte Ding auseinandernehmen sollte. Aus gutem Grund hatte er davon Abstand genommen, das ganze Ding schon vor Monaten einzusacken – nicht nur, weil es notwendig gewesen war, die gefangene Prinzessin möglichst rasch zu Kremer zurückzuschaffen.

Aber jetzt war dieses Problem vielleicht ohnehin gegenstandslos. Genau wie beim ersten Mal war Hoss'k gerade im richtigen Augenblick eingetroffen, um festzustellen, dass jemand ihm zuvorgekommen war! Eine einzelne Gestalt schritt ungeduldig auf der Wiese auf und ab, brummte leise vor sich hin und schleppte Kisten aus dem kleinen Metallhaus.

Im trüben Licht des Morgens konnte Hoss'k ihn nicht erkennen, aber er konnte sich vorstellen, dass es der fremde Zauberer selber war. Schließlich war das Metallhäuschen einer der nächstliegenden Orte, an denen man den Kerl zu suchen hätte.

Vielleicht würde er Nuel zwingen können, das Haus für ihn zu zerlegen! In jedem Fall würde der Zorn des Barons bald verrauchen, wenn er den Zauberer wieder einfangen und zurückbringen könnte.

Als es heller wurde, sah Hoss'k mit Enttäuschung, dass der Eindringling ein blonder Mann war. Es war nicht Dennis Nuel, obgleich auch dieser Kerl, genauso wie der Zauberer, ziemlich groß war.

In der Deckung des nahe gelegenen Wäldchens hörten Hoss'k und seine Soldaten, wie der Bursche vor sich hin murmelte. Es klang, als spreche er den gleichen unerhörten Akzent wie Nuel. Hoss'k spitzte die Ohren, um zu verstehen, was der Ausländer da brummte.

»... verfluchter Mist! ... Rückkehrmechanismus auseinandergerissen ... ganze Zeug am Boden verstreut ... verrückte Notiz ... einheimische *Intelligenzen!*« Der Fremde schnaubte, während er einen Stapel von Dingen durchwühlte, die er aus den Kisten am Boden genommen hatte.

»... will's mir heimzahlen, das ist es, was er hier macht ... Bloß weil ich ihm sein Zeugs im No-Name-Market gekauft habe, statt in den teuren Abenteuerladen zu gehen, den er sich ausgesucht hatte ... wahrscheinlich losgezogen, um Forscher zu spielen, und mit dem verfluchten Zievatron hat er wirklich ganze Arbeit geleistet, um sicherzugehen, dass niemand sonst es reparieren kann ... muss gewusst haben, dass Flaster mich als Nächsten schicken wird ...«

Hoss'k hatte genug gehört. Ein Zauberer war so gut wie der andere. Vielleicht würde dieser hier fügsamer sein.

Er winkte seinen Soldaten auszuschwärmen und den arglosen Fremdling einzukreisen.

4

»Machst'n da, Dennis?«

Dennis blickte von seiner Arbeit auf. Im fahlen Licht des nahen Morgens war er müde und reizbar. Arth sollte bei Linnora sein und ihr helfen, das Frühstück für den harten Tag, der vor ihnen lag, zuzubereiten. »Wonach sieht es denn aus, Arth?«

»Hmmm ...« Arth rieb sich das Kinn – dies war seine ›Ingenieurshaltung‹, die er sich angewöhnt hatte. Offenbar fasste er Dennis' Frage als sokratisch, nicht als sarkastisch auf.

»Äh ... also ich finde, es sieht aus, als ob du den Gleiter am Wagen befestigst und die Flügel zu 'nem Segel machst – wie bei 'nem Boot.«

Dennis zuckte die Achseln.

Arth schnippte mit den Fingern. »Klar! Wieso nich'? In dieser Höhe is' schließlich genug Wind! Hilft uns sicher, wenn's gleich wieder bergauf geht!« Er drehte sich um und rief zu der Hütte hinüber, aus der jetzt Essensdüfte wehten.

»He, Prinzessin!«, brüllte er. »Sehen Sie sich mal an, was dem Zauberer jetzt wieder eingefallen is'!«

Dennis seufzte und arbeitete weiter. Sie würden rasch von hier verschwinden müssen. Gestern Nachmittag hatten sie zwar einen guten Vorsprung herausgeholt, aber Kremers Leute konnten nicht mehr weit hinter ihnen sein. Er wünschte sich nur, er könnte ebenso zuversichtlich wie Arth und Linnora daran glauben, dass er sie auch aus dem nächsten Schlamassel mit heiler Haut herausbringen würde. Nur ungern würde er ihre enttäuschten Gesichter sehen, wenn sein Glück sie doch noch im Stich ließe.

5

»Vater, die ersten Angriffe haben begonnen!«

Prinz Linsee blickte von dem großen Kartentisch auf, als sein Sohn Proll ins Konferenzzimmer kam.

»Wo haben sie zugeschlagen?«

»Sämtliche Pässe im Osten werden von Kremers Alliierten attackiert. Sie hatten Meldeflieger mit diesen verfluchten Gleitern, mit deren Hilfe sie die Angriffe synchronisierten. Wir rechnen damit, dass starke Verbände spätestens morgen die Handelsstraße im Norden unter Beschuss nehmen.«

Linsee sah Demsen an. Der Offizier schüttelte den Kopf. »Wenn die Lords des Westens sich allesamt mit Kremer verbündet haben, dann kann ich dem König keine Nachricht zukommen lassen. Schon gar nicht, wenn diese Gleiter in der Luft sind. Die Ebene von Darb ist zu groß, als dass man sie in einer einzigen Nacht durchqueren könnte, selbst wenn man ein schnelles Pferd hat.«

»Und mit einem Ballon?«, schlug Linsee vor.

Demsen zuckte die Achseln. »Sollen wir die wenigen, die wir haben, aufs Spiel setzen? Sigel und Gath tun ihr Bestes, aber wenn es nicht einem Ihrer Leute gelingt, einen Schwarm Krenegee zu Hilfe zu rufen, dann bezweifle ich, dass die Flottille beizeiten einsatzbereit ist.«

Prinz Linsee machte ein niedergeschlagenes Gesicht. Es schien nur noch wenig Hoffnung zu bestehen.

»Keine Sorge, alter Freund.« Demsen legte dem Prinzen die Hand auf die Schulter. »Wir werden ihnen eine gute Schlacht liefern. Und vielleicht ergibt sich ja noch etwas.«

6

»Ich dachte, diese Segel würden uns helfen!«, grunzte Arth und zog den kleinen Wagen hinter sich her. Dennis schob von hinten.

»Na und? Vielleicht klappt's eben nicht! Schließlich kann nicht jede gute Idee auch funktionieren. Kannst mich ja verklagen!«

Sie schoben den Wagen einen steilen Berg hinauf. Dann kamen sie an ein langes, ebenes Stück Weges, sodass sie sich ein wenig ausruhen konnten. Dennis wischte sich den Schweiß von der Stirn und winkte Linnora, sie solle wieder auf den Wagen steigen.

»Ich kann noch ein wenig zu Fuß gehen, Dennis. Wirklich, ich kann.« Es schien Linnora zu ärgern, dass sie gezwungen war zu fahren und dabei zuzusehen, wie die beiden Männer die ganze Arbeit machten.

Dennis war beeindruckt von ihrer Unerschütterlichkeit und ihrem Mut. Ihre Füße und Knöchel mussten ihr immer noch große Schmerzen verursachen. Dennoch war sie diejenige, die am eifrigsten darauf drängte, weiterzuziehen, statt ein Versteck in den Bergen zu suchen, in dem sie sich verkriechen und die kommenden Schlachten abwarten könnten.

»Wahrscheinlich kannst du wirklich noch ein Stückchen weiter zu Fuß gehen«, erwiderte Dennis fest. »Aber es kann bald nötig werden, dass du *rennst,* und ich möchte, dass du dazu in der Lage bist, wenn es so weit ist.«

Linnora machte Miene, störrisch zu werden, doch dann gab sie seufzend auf.

»Also gut! Dann werde ich eben den Wagen noch ein wenig üben und an den Segeln arbeiten.«

Sie hob die Hand, packte Dennis beim Schopf und gab ihm einen kräftigen Kuss. Als sie damit fertig war, nickte sie und sagte dabei: »Hmmph!« – als habe sie etwas Wichtiges klargestellt. Sie kletterte in den Wagen, nahm ihren angestammten Platz ein und blickte starr geradeaus.

Dennis blinzelte einen Moment lang verwirrt, doch dann beschloss er, etwas, das sich so hübsch angefühlt hatte, nicht weiter zu hinterfragen.

»Äh – Dennis?«

Dennis blickte auf. Arth wies nach hinten, den Berg hinunter. Dennis musste sich eingestehen, dass er Arths Gewohnheit, schlechte Neuigkeiten zu vermelden, allmählich satt hatte. Er drehte sich um und schaute in die Richtung, in die der kleine Mann wies.

Dort unten auf dem Talgrund marschierte eine langgezogene Kolonne mit schnellem Schritt über die Bergwiese.

Ein Kavallerietrupp von mindestens zweihundert Reitern galoppierte an der Hütte vorbei, in der sie die Nacht verbracht hatten. Eine Abteilung machte halt, um die Schäferhütte zu durchsuchen. Die Übrigen sprengten weiter, und ihre grauen Wimpel flatterten, als sie die Spur der Flüchtlinge den Berg hinauf verfolgten.

Sie würden höchstens zwanzig Minuten brauchen, um sie einzuholen.

Dennis schüttelte den Kopf. Sein Blick wanderte über das wellige Bergland, das vor ihnen lag, aber im Umkreis von mehreren Meilen konnte er nirgends ein Versteck entdecken. Der Weg führte an der Flanke des Berges entlang, und zu beiden Seiten ging es entweder steil bergauf oder schroff bergab.

Okay, dachte er. *Wie kommen wir* diesmal *davon?*

Arth und Linnora schauten ihn erwartungsvoll an. Dennis fühlte sich sehr müde.

Jetzt sind mir die Ideen ausgegangen.

Er wollte sich eben umdrehen und ihnen diese Neuigkeit eröffnen, als er im Nordosten eine huschende Bewegung im Unterholz der Berghänge entdeckte, die in Richtung Zuslik lagen. Er blinzelte, um das merkwürdige Phänomen genauer sehen zu können. Es bewegte sich mit hoher Geschwindigkeit auf sie zu.

»Was, zum …?« Arth und Linnora drehten sich um und schauten in die Richtung, in die er zeigte.

Sie hatten keine Möglichkeit, davonzulaufen, falls das, was da auf sie zukam, gefährlich sein sollte. Was immer da das dürre Gestrüpp in Aufruhr versetzte und Staubwolken aufwirbeln ließ, näherte sich ihnen mit furchterregender Geschwindigkeit.

Arth und Linnora machten genauso ratlose Gesichter wie er. »Wisst ihr …« – Dennis dachte laut –, »… ich glaube, es besteht der Hauch einer Möglichkeit …«

Plötzlich, zwanzig Schritte weit vor ihnen, nahm das Gehusche ein Ende. Eine kurze Pause trat ein, als sei das Ding unter den Büschen, was immer es sein mochte, dabei, sich zu orientieren. Dann änderte der stürmische Wirbel die Richtung und nahm geradewegs Kurs auf sie!

Arth wich zurück und hob eines der Schwerter, die Dennis den Milizsoldaten weggenommen hatte, als er sie am Tag zuvor vertrieben hatte. Dennis stellte sich zwischen Linnora und das, was da auf sie zukam, obgleich inzwischen ein leiser Verdacht in ihm erwacht war …

Ein Busch am Straßenrand teilte sich in einem Regen von dürrem Laub und Rindensplittern. Die Wolke senkte sich langsam und offenbarte einen kleinen Berg von Staub – der mit schwirrenden Laufketten auf sie zurollte.

Mit leisem Sirren öffnete sich der Turm des Sahara-Tech-Explorationsrobots. Aus dem Innern der Kuppel blitzte ein Paar grüner Augen. Zwei Reihen nadelspitzer Zähne grinsten unter der Stahlhaube hervor.

»Na ja«, sagte Dennis. »Lange genug habt ihr zwei ja gebraucht, um uns einzuholen.« Nichtsdestoweniger musste er grinsen.

Der Robot piepte. Das Koberkel grinste ihn durch die verwehende Staubwolke hindurch an. Dann schüttelte es heftig den Kopf und nieste.

7

Die Schlacht an der dritten Gabelung des Ruddik-Flusses lief für beide Seiten nicht sonderlich günstig.

Für Baron R'ketts und Graf Feif-dei war der Aufstieg durch den engen Canyon ein langsames und gefahrvolles Unterfangen, und es kostete sie sowohl Zeit als auch Leute. Sie standen mit ihren Pferden auf einem kleinen Hügel mitten in der tiefen Schlucht und beobachteten, wie ihre Truppen in zwei Reihen an ihnen vorbeimarschierten.

Die stärkere der beiden Reihen zog westwärts, höher in die Berge hinauf, vorbei an den Überresten des letzten der zahllosen kostspieligen Scharmützel in diesem Krieg, der einmal hier, einmal dort entflammte.

Selbst der Hügel, auf dem die beiden Edlen jetzt standen, war erst einen halben Tag alt. Eine Steinlawine war am Morgen über dieser Stelle niedergegangen, und zwanzig Soldaten waren unter dem Hagel der Felsblöcke begraben worden.

Die Verluste wären womöglich noch sehr viel schlimmer geworden, wenn das Gleiterkorps des neuen Königs nicht gewesen wäre. Kremers Flieger waren mit tollkühner Tapferkeit durch tückische Luftströme herabgestoßen und hatten die Soldaten der L'Toff mit einem Hagel tödlicher Pfeile beschossen. Nach kurzer Zeit hatten sie den Berg von Feinden gesäubert, und die Armeen der beiden Lords hatten weiterziehen können.

Baron R'ketts betrachtete die heranmarschierenden Kolonnen mit grimmiger Befriedigung. Nicht einmal Baron …, nein, es heißt *König* Kremer – nicht einmal König Kremer konnte sich über das Tempo des Vormarsches beklagen. Zumindest nicht ernsthaft.

Trotz mancher anfänglicher Rückschläge rechnete Baron R'ketts noch immer mit einem leichten Sieg, und er freute sich auf den Ertrag dieses Feldzuges. Er hatte wunderbare Geschichten über den Reichtum der L'Toff gehört. Es hieß, die Männer der L'Toff könnten Werkzeuge und Waffen innerhalb von Minuten zur Vollkommenheit üben, und diese Gegenstände würden für alle Zeit in diesem Zustand verharren! Außerdem erzählte man sich, die Frauen der L'Toff besäßen die Fähigkeit, *Männer* zu üben und ihnen so die Manneskraft wiederzugeben, die sie früher einmal besessen hatten.

Baron R'ketts' Rückgrat schmerzte, weil er so viel Zeit im Sattel hatte verbringen müssen. Aber immer wieder sagte er sich, dass diese Qualen sich lohnten. Kremer hatte ihm Reichtümer und Freuden versprochen, die seine wildesten Träume übertreffen würden.

Erwartungsfroh fuhr er sich mit der Zunge über die Lippen. *Träumen* konnte er schon einiges!

Graf Feif-dei beobachtete die vorüberziehenden Invasionstruppen weniger hochgemut. Während der Blick des anderen Lords auf dem Strom der Bewaffneten ruhte, die in die Berge marschierten, sah Feif-dei nur das schmalere Rinnsal derer, die in die andere Richtung wankten – Bauern, Lehnsleute, Übungswerker und sogar ein paar fahrende Macher aus den Dörfern seiner Grafschaft. Sie pressten Verbände auf ihre Wunden, stützten sich mit schmerzverzerrten Gesichtern auf behelfsmäßige Krücken oder auch aufeinander, während sie sich mühsam bergab zu den Sanitätsposten schleppten.

Feif-dei wusste, dass die besten, die geübtesten Verbände den Adeligen vorbehalten waren. Viele, wenn nicht die meisten dieser

Männer, würden sterben – wenn nicht am Blutverlust, dann an der verzehrenden Krankheit, die das Blut von innen her vergiftete.

Die Soldaten zeigten nur noch wenig von der sprudelnden Begeisterung, mit der sie diesen Feldzug begonnen hatten. Sie waren größtenteils müde und hungrig, und allmählich bekamen sie es auch mit der Angst zu tun.

Dennoch, hier und da fanden sich immer noch welche, die aufgeregt über die Reichtümer schnatterten, die sie gewinnen würden, wenn sie die Festung der Feinde erst überrannt hätten. Unter seinen eigenen blau gekleideten Truppen kannte er einige der Großmäuler. Sie führten laute Reden, aber wenn man sie nicht scharf im Auge behielt, entwickelten sie ein geradezu übersinnliches Talent, zufällig woanders zu sein, wenn gerade ernsthaft gekämpft wurde.

Graf Feif-dei fluchte leise, wobei er darauf achtete, dass sein Nachbar es nicht hörte. Krieg war die Hölle, und Baron R'ketts war ein Idiot, wenn er Vergnügen daran fand. Er, Feif-dei, hatte einmal das Land der L'Toff besucht, und Prinz Linsee hatte ihn mit höflicher Gastfreundschaft bei sich aufgenommen. Schon ein paarmal hatte er versucht, R'ketts zu erklären, dass die L'Toff nicht so sagenhaft reich seien, wie er glaubte. Dieser Feldzug diente nur einem einzigen Zweck: Kremer den Rücken für den eigentlichen Krieg im Osten freizuhalten.

Aber R'ketts hörte nicht auf Feif-deis Berichte über das, was vor ihnen lag. Er zog es vor, an seine eigenen Fantasien zu glauben.

Graf Feif-dei seufzte. Na ja. Zumindest würde ihm dieser Krieg R'ketts vom Leibe halten. Sein Volk und sein Land würden unter dem neuen König vermutlich ebenso sicher sein wie unter dem alten.

Möge es nur ein sauberer Sieg werden, betete er. Er hatte

keine Lust, mehr fachkundige Bauern und Gildenleute zu verlieren, als notwendig war.

Von vorn erscholl ein Trompetenstoß – ein schrilles Warnsignal. Die beiden Lords hörten das laute Donnern herabstürzender Felsen.

»O nein! Nicht schon wieder!« Baron R'ketts stöhnte und legte die Hände vors Gesicht. Regungslos saß er auf seinem Pferd und schüttelte schließlich den Kopf.

Feif-dei wandte sich an seine Adjutanten. »Rasch, zum Signalposten. Informiert sie über den neuen Hinterhalt. Sie sollen Luftunterstützung herbeirufen.«

Ein Bote rannte davon. Baron R'ketts war immer noch damit beschäftigt, sich selbst zu bedauern, er unternahm auch keine Anstalten, die Situation zu ergründen. Graf Feif-dei schüttelte angewidert den Kopf, gab seinem Pferd die Sporen und galoppierte dem Kampfeslärm entgegen.

8

»Wir schlagen zu und weichen zurück, schlagen zu und weichen zurück ...«, erklärte der Kurier heiser. »An allen anderen Fronten haben wir sie aufhalten können, aber im Ruddik-Tal ist der Strom der Tieflandtruppen endlos! Es kommen immer neue!«

Prinz Proll dankte dem erschöpften Boten und befahl ihm, sich auszuruhen. Dann wandte er sich an seinen Vater.

»Mylord, bekomme ich die Erlaubnis, mich mit unseren Reserven in Marsch zu setzen und die Armee im Tal des Ruddik zu zerschlagen?«

Prinz Linsee sah müde aus. Er saß unter einem getarnten Zeltdach unter einigen Bäumen unweit der Ostfront. Draußen hörte man Boten im Laufschritt oder im Galopp kommen und gehen. Im Vorzelt diskutierte der Gefechtsstab mit den wenigen königlichen Verbündeten über den taktischen Einsatz der L'Toff-Verbände.

»Nein, mein Sohn.« Der grauhaarige Prinz schüttelte den Kopf. »Deine Streitmacht muss im Norden bleiben, zusammen mit Demsens Pfadfindern. Dort wird der Hauptangriff stattfinden – dort wird Kremer mit seiner ganzen Macht zuschlagen.«

Er fügte nicht hinzu, dass der rebellische Lord vermutlich an der Straße im Norden auch seine Geisel, Prinzessin Linnora, präsentieren würde – und zwar in einem Augenblick, in dem die Wirkung auf die Moral der Truppen am verheerendsten sein würde.

Wenn dieser Augenblick käme, würden sie ihre besten Führer brauchen, um die Soldaten zum Kampf ihres Lebens anzuspornen. Die Alten, die kompetenten Taktiker, konnten die von Osten herannahenden Truppen aufhalten, erst recht, wenn das Ballonkorps einsatzbereit wäre. Aber man brauchte heißblütige junge Kämpfer wie Proll und Demsen, um den Soldaten Mut zu machen, um mit ihnen loszuschlagen, sich mit ihnen zurückzuziehen und Kremers Nordmännern unablässig die Hölle heißzumachen.

Ausnahmsweise schien Proll dies einzusehen. Der junge Mann erhob keinen Widerspruch. Er nickte nur und schritt weiter im Zelteingang auf und ab, Neuigkeiten erwartend.

Schließlich ergriff Linsee wieder das Wort: »Stivyung soll herkommen«, befahl er einem Adjutanten. »Ich muss jetzt wissen, ob sein Projekt beizeiten Früchte tragen wird.«

9

»Wer, zum Teufel, seid ihr? Lasst mich los! Was soll das? Wohin bringt ihr mich?«

Die Soldaten hielten den großen Fremden mit kräftigen Händen fest und zerrten ihn vor den Diakon Hoss'k, der in seinen roten Gewändern auf einem hundert Jahre alten Klappstuhl unter den Bäumen saß.

Der sandblonde Fremdling musterte Hoss'k von Kopf bis Fuß. Er reckte seine Schultern. »Bist du hier der Hochwohlgeborene Potentat? Dann rate ich dir, mir zu sagen, was hier los ist! Und ich will nicht wissen, was du mit Nuel angestellt hast, sondern was mit dem Zievatron passiert ist!«

»Schweig«, erwiderte Hoss'k.

Der Fremde klapperte mit den Augenlidern. Er schien noch ein Stück zu wachsen. »Hör mal zu, Fettklops – ich bin Doktor B. Brady vom Sahara-Institut für Technologie. Ich vertrete Dr. Marcel Flaster, welcher zufällig …«

Mit einem lauten, dumpfen Schlag ging der Fremde zu Boden. Einer der Soldaten hatte ihn mit einer kräftigen Rückhand niedergestreckt. »Der Diakon hat dir befohlen zu schweigen!« Der Mann rollte langsam auf den Rücken und schaute benommen hoch. Er machte den Mund nicht mehr auf.

Hoss'k lächelte befriedigt. Dieser hier würde wahrhaftig fügsamer sein als Dennis Nuel. Sein großmäuliges Aufbrausen zeigte, dass er nur wenige innere Reserven besaß und sich rasch beugen würde, wenn man ihm erst gezeigt hätte, wie die Dinge hier lagen. Die ersten Anzeichen dafür waren bereits zu erkennen.

Aber anscheinend hatte der Soldat zu heftig zugeschlagen. Der Fremde kam nur langsam wieder zu sich.

Gleichviel, dachte Hoss'k. *Wenn wir uns auf den Rückweg machen, sind die Hochpässe sicherlich schon voll von Soldaten des Barons.*

Es ist mir lieber, mit meiner neuen Trophäe in einer Prozession an ihnen vorüberzuziehen, als noch einmal über diese stille, gespenstisch leere Straße ins Tiefland hinunterzumarschieren.

10

»Sind sie schon weg?«

»Sssch!« Linnora fuhr herum und funkelte Arth an. Dieser duckte sich schleunigst ins Gebüsch und verstummte.

Dennis sah besorgt zu, wie die Prinzessin durch das Gestrüpp neben der Straße spähte. Langsam senkten sich die Staubwolken hinter der Nachhut der Kavallerie.

Linnora hatte darauf bestanden, den Beobachtungsposten zu übernehmen. Dennis war nicht allzu glücklich darüber, aber er musste zugeben, dass sie recht hatte. Diese Aufgabe belastete ihre Füße nicht, und sie war weniger erschöpft als die beiden Männer. Außerdem hatte Dennis noch selten jemanden mit so bemerkenswert scharfen Augen wie sie gesehen.

Er lag neben dem kleinen Wagen auf dürrem Reisig und Tannennadeln. Eine Viertelstunde zuvor hatten sie das Gefährt hier ins Unterholz geschoben – gerade noch rechtzeitig, denn die ersten Reiter von Kremers Kavallerie waren nur wenige Augenblicke später am Berghang herangaloppiert.

Er und Arth hatten sich erschöpft zu Boden fallen lassen. Die anscheinend endlose Kolonne von Reitern, die vorübergesprengt waren, hatten sie kaum bemerkt. Erst seit einigen Augenblicken hatte das Dröhnen in Dennis' Ohren – und das mühevolle Ächzen seiner Lunge – so weit nachgelassen, dass er überhaupt etwas anderes hören konnte.

Dennis fühlte, wie etwas heftig an seinem Ärmel zupfte. Er wandte den Kopf und sah, dass der Robot dicht vor ihm stand.

Er hatte ihn mit einem Manipulatoren angestoßen. Sein rotes ACHTUNG-Signal blinkte.

Dennis stemmte sich auf einem Ellbogen hoch und las die Textzeile, die über den kleinen Monitor des Robots flimmerte.

»Oh, verflucht! Nicht jetzt!«, erklärte er.

Das Ding wollte noch immer den ersten Auftrag erfüllen, den er ihm eingegeben hatte – es wollte berichten, was es über die Bewohner dieser Welt in Erfahrung gebracht hatte. Zweifellos hatte es eine Menge entdeckt, aber dies war nicht der Augenblick für eine Informationsbesprechung.

Er tätschelte den Turm des kleinen Robots. »Später – ich versprech's dir. Später höre ich mir alles an, was du mir zu erzählen hast.«

Die Leuchtdioden der Maschine blinkten zur Antwort.

»Okay«, sagte Linnora. Den Erdenausdruck hatte sie von Arth gelernt. »Die letzten Reiter sind vorüber. Nach dem, was wir von oben gesehen haben, sind die nächsten Truppen noch mindestens eine Stunde von hier entfernt – selbst wenn sie beritten sind.«

»Also gut.« Stöhnend richtete sich Dennis auf. »Dann wagen wir uns jetzt wieder auf die Straße hinaus.«

Ein anderer Weg führte nicht ins Gebirge. Aber sie mussten weiter nach Süden gelangen, wenn sie rechtzeitig eintreffen wollten, um den belagerten L'Toff zu helfen.

Dennis stand auf und streckte den Arm aus. Das Koberkel kam von seinem Ausguck auf einem Ast heruntergesegelt, auf dem es gehockt hatte, um die vorüberreitende Kavalkade zu beobachten. Es grinste – offenbar hielt es die Episode für einen wunderbaren Witz.

Natürlich wären sie ohne Kobi und den Robot gar nicht so weit gekommen.

Das Walddickicht, in dem sie sich versteckt hatten, war mindestens drei Meilen weit entfernt gewesen, als sie ihre Verfolger erblickt hatten. Er und Arth hätten den Wagen in so kurzer Zeit niemals so weit ziehen können.

Aber der Robot erwies sich als starkes Maschinchen, als er ihm befohlen hatte, ihnen zu helfen. Als Traktor war er mindestens so gut wie der Esel. So hatten sie die drei Meilen rasch hinter sich gebracht.

Auf der rasanten Fahrt zu ihrem Versteck hatte Dennis, dessen war er sicher, wieder jenen merkwürdigen Resonanzeffekt zwischen Mensch und Krenegee verspürt, der sich auf das Werkzeug richtete, das sie benutzten. Es war eine milde Version der Felthesh-Trance gewesen. Er zweifelte nicht daran, dass Wagen und Robot sich auch auf diesem kurzen Stück wieder verändert hatten.

Auf seinen Befehl hin nahm der Robot wieder seinen Platz unter dem Wagen ein. Zwei seiner drei Arme klammerten sich von unten an den Wagenkasten.

Schon fingen diese Arme an, eine zweckentsprechende Form anzunehmen.

Linnora und er schoben das Gefährt durch eine Lücke im Gestrüpp, während Arth auf die Straße zurücklief, um nach Soldaten Ausschau zu halten. Als sie wieder unter freiem Himmel waren, kletterte Linnora in den Wagen und spreizte die Gleitersegel. Dennis wollte sie daran hindern, doch dann zuckte er die Achseln und ließ sie gewähren. Man konnte nie wissen – vielleicht würden die flatternden Dinger wenigstens ein paar der Soldaten, auf die sie vielleicht treffen würden, in Angst und Schrecken versetzen.

Arth kam zurückgerannt. »Die ganze Armee is' auf'm Weg hierher, Dennis. Bei dem Tempo, in dem sie kommen, haben wir höchstens 'ne Stunde Vorsprung.«

»Okay. Also los.«

Linnora schnallte sich auf dem Wagen fest, dessen schlanke, beinahe stromlinienförmige Flanken im Sonnenschein schimmerten. Arth kletterte ebenfalls an Bord und übernahm die

Bremsen, deren Reibklötze und Befestigungen inzwischen fast wie maschinell gefertigte Einheiten aussahen.

Dennis ging zu Fuß, um beim Schieben zu helfen. Er würde aufspringen, wenn es bergab ginge.

Linnora hatte bereits mit ihrer Übungsmeditation begonnen. Vielleicht wurde er empfindsamer, vielleicht lag es an der Anwesenheit des Koberkels – jedenfalls fühlte Dennis, wie das Vibrieren dieser Meditation den Raum ringsumher zu erfüllen begann.

Das Koberkel entdeckte einen besseren Platz als seine Schulter und schwang sich auf die Spitze des Zwillingsmastes. Die Segel hingen unter seinem Gewicht herab, aber das kleine Wesen schien sich pudelwohl zu fühlen. Sein Schnurren verstärkte das Gefühl, dass fremdartige Kräfte am Werk waren und dazu beitrugen, den Wagen in etwas Besseres zu verwandeln.

Gut und schön, dachte Dennis. *Trotzdem hätte ich lieber einen Schützenpanzer, vollständig »gemacht« von den Chatham-Werken in England.*

Mit einem Seufzer nickte er seiner buntscheckigen Mannschaft zu und gab dem Robot das Zeichen, er möge mit Höchstgeschwindigkeit losfahren.

Bergauf schob Dennis, bergab rannte er nebenher, während Arth die Bremsen bediente und Linnora lenkte. Der Robot sirrte, die Segel flatterten.

Und über dem Ganzen thronte schnurrend das kleine Krenegee, und es verstärkte die merkwürdige Resonanz, die sie wie eine Aura umleuchtete. Der Nachmittag nahm eine kristalline Beschaffenheit an, funkelnd wie ein facettierter Edelstein, und das ›Benutzen‹ des Wagens wurde zu einem komplizierten Tanz zu einer Musik an der Grenze des Hörbaren.

Offenbar arbeiteten sie immer besser darin zusammen, die Übungstrance wirksam werden zu lassen.

Es erfüllte Dennis mit einem seltsamen Hochgefühl. Es war

fast, als könne er durch das Koberkel Linnoras Gedanken fühlen, während sie sich konzentrierte. Es schien sie miteinander zu verbinden; und zwar anscheinend enger, als es sonst möglich gewesen wäre. Auch Arth wurde ein Teil dieser Matrix, wenngleich das Krenegee ihn dabei weniger einbezog. Hin und wieder warf Dennis einen Blick auf Kobi, der oben auf den herabhängenden Segeln saß. Der kleine Kerl grinste und genoss das Gefühl der *Nützlichkeit,* das durch ihn hindurch in die Maschine strömte, von der ihrer aller Leben abhing.

Und der Wagen veränderte sich! Dennis schob, bis er merkte, dass er sich nur noch festzuhalten brauchte! Als sie einen steilen Hang erklommen hatten, befahl er dem Robot anzuhalten. Er bestieg den Wagen und setzte sich vor Linnora, um die Zügel zu übernehmen. Auch sie, stellte er fest, hatten sich verändert: Sie waren jetzt weicher und leichter zu halten.

Er wollte weiterfahren, als Arth ihm auf die Schulter klopfte und den Arm ausstreckte. Hinter ihnen auf der Straße erhob sich eine Staubwolke. Etwa eine Meile weit hinter ihnen nahte ein zweiter Kavallerietrupp, gefolgt von einer anscheinend endlosen Kolonne von Fußsoldaten, die sich an der Bergflanke entlangschlängelte.

Sie saßen in der Falle! Sehr viel schneller konnten sie nicht fahren, denn sonst würden sie die Truppen vor ihnen einholen. Aber langsamer zu werden, wäre gleichermaßen katastrophal! »Ich werde die verdammten Segel einholen«, beschloss Dennis. »Seht nur, wie sie runterhängen. Sie ziehen nur Aufmerksamkeit auf uns, und viel Wind gibt's hier sowieso nicht.«

Linnora hielt seinen Arm fest. »Nicht, Dennis. Ich bin sicher, sie haben uns geholfen, stabil zu bleiben, und ein paarmal, als es steil bergab ging, haben sie uns gebremst, wenngleich ich, wie ich zugeben muss, nicht verstehe, warum. Aber ich glaube, dass der Wagen jetzt mit ihnen geübt ist. Wenn wir sie einholen, wird es uns eher schaden.«

Dennis blieb nichts weiter übrig, als sich auf ihre empfindsamen Sinne zu verlassen. Er küsste sie rasch; und dann wandte er sich nach vorn und ließ den Robot weiterfahren.

Wie der Wind fuhren sie die Bergstraße hinunter.

Sie hatten weniger als eine Meile zurückgelegt, als sie um eine Biegung kamen und unverhofft an einer Schwadron rastender Kavalleriereiter vorübersausten. Mindestens zehn überraschte Gesichter fuhren hoch, aber sie waren nur verschwommen zu erkennen, als der Wagen wie ein riesiger rennender Vogel vorüberflatterte. Rechts und links sprangen Männer im Hechtsprung beiseite, und einige rollten den staubigen Hang hinunter. Schreie hallten den Flüchtlingen nach, und bald hörten sie den Galopp der Verfolger hinter sich.

Dennis konzentrierte sich auf das Steuern. Der Wagen jagte schneller als je zuvor dahin. Jetzt aber spürte er, dass er ihn in der Gewalt hatte. Im Griff der Übungstrance fühlte er sich leicht und stark.

Sollten sie ihnen nur folgen! Sie würden Staub zu fressen bekommen!

Er hörte, wie Arth hinten im Wagen lachte und die Verfolger verhöhnte. Linnora sang leise ein altes Kriegerlied; es war ein rhythmischer, trotziger Gesang, der sich mit ihrer gemeinsamen Trance verwob. Dennis jauchzte euphorisch.

Und dann kamen sie um eine neue Biegung, und vor ihnen tobte ein Kampf.

Nicht weit vor ihnen, auf einer ebenen Lichtung zwischen den Bergen, loderte das erste Gefecht.

Es sah aus, als hätten die Invasionstruppen eine Schar L'Toff überrascht. Etwa fünfzig von Kremers Kavalleristen umkreisten eine bedrängte Kriegerschar in verblichenen, grünen Gewändern. Die Bergsoldaten verteidigten sich auf disziplinierte Weise mit ihren Spießen. Kein Reiter wagte sich allzu nah an sie heran. Aber die Lanzenträger konnten sich auch nicht zurückziehen, und die nervösen Blicke, die sie immer wieder nach Norden warfen, verrieten, dass sie wussten, wie nah der Rest der Armee schon gekommen war.

Die Verteidiger starrten verblüfft herauf, als Dennis den Wagen hügelabwärts steuerte. Ein paar Kavalleristen, die ja aus dieser Gegend nur Unterstützung erwarteten, brüllten triumphierend.

Ihr Gejohle aber verwandelte sich in Schreckensschreie, als ein gewaltig flatternder Riesenvogel auf sie herabsauste. Dennis blieb nichts anderes übrig, als geradewegs auf sie zuzusteuern. Zur Rechten war der Boden zu steinig, und nur ein Dutzend Meter weiter links ging es steil bergab.

Die Kavalleriepferde waren gut ausgebildet, aber für ein solches schwirrendes, flatterndes Donnergefährt waren sie nicht gerüstet! Unter gellendem Gewieher bäumten sie sich auf, und dann galoppierten sie angstvoll davon und verstreuten ihre bedauernswerten Reiter in alle Himmelsrichtungen.

Dennis fühlte, wie Arth, der hinten im Wagen stand, mit einem Stock nach links und rechts prügelte und aus vollem Halse brüllte. Ein Reiter, der neben ihnen dahingaloppierte, wollte anscheinend mit seiner Streitaxt auf das breite Segel einschlagen, aber Arths kreisender Knüppel schlug ihn gerade noch rechtzeitig vom Pferd.

Dennis warf einen Blick zurück. Er sah, dass weitere Soldaten sie verfolgten, und eine Viertelmeile weit vor ihnen marschierte ein größeres Kontingent blassgrün uniformierter Soldaten von Süden herauf, um den belagerten Lanzenträgern beizuspringen. Hier braute sich eine größere Schlacht zusammen!

Er feuerte den Robot an, er möge weiter beschleunigen. Ihre einzige Chance lag darin, das Kampfgebiet möglichst rasch hinter sich zu bringen!

Dennis steuerte scharf nach links, vermied mit knapper Not einen Zusammenstoß, und wieder sprengten zwei Pferde in panischer Flucht davon. Gewaltige Staubwolken wirbelten hinter ihnen auf.

Wenn ihr plötzliches Auftauchen die Feinde durcheinandergebracht und einigen Verteidigern die Flucht ermöglicht hatte, so war dies nur um so besser. Aber das Wichtigste für Dennis war, den kleinen Wagen möglichst unbeschädigt auf die andere Seite der Talsenke zu bringen. Drüben wären sie hinter den befreundeten Linien in Sicherheit, und sie könnten ungehindert weiterfahren, bis Linnora zu Hause wäre.

Er fühlte, wie sich zwischen seinen Beinen etwas bewegte. Als er nach unten blickte, sah er, wie das Koberkel ihn aus den Tiefen des Wagens, möglichst weit weg von jeglicher Gefahr, freundlich angrinste. Das kleine Krenegee verstand es offenbar noch jedes Mal, seine Haut zu retten.

Als er wieder hochschaute, stieß Dennis einen Fluch aus und riss das Steuer nach links. Der Wagen schoss an einer Gruppe erschrockener Lanzenträger vorbei und verfehlte die verblüfften Soldaten um die Dicke eines Segels.

»Denniiis!«, heulte Arth. Er ließ seinen Knüppel fallen und warf sich auf den Boden des Wagens. »Dennis, wo willst du *hin?*«

»Ja, was glaubst du denn, wohin ich – *o nein!* Robot! Volle Kraft zurück!«

Die kleine Maschine versuchte zu gehorchen. Die Laufketten kreischten. Staubwolken wallten unter ihnen empor.

Der Steilhang vor ihnen war von einer dünnen Hecke am Straßenrand verborgen gewesen. In einem Schauer von abgerissenen Zweigen pflügten sie sich durch die schüttere Barriere. Im nächsten Augenblick lag sie hinter ihnen, und sie donnerten, was das Zeug hielt, einen Vierzig-Grad-Hang hinunter.

»Aaaaaagh!«, hörte er Arth schreien.

»Hoooyyy!«, war Linnoras Beitrag.

Dennis mühte sich mit aller Kraft, das Steuer in den Händen zu halten, während der Wagen holpernd bergab flog. »Bremsen!«, drängte er lauthals. Er *übte* das Bremsen, so heftig er konnte, und er spürte, dass die beiden anderen das Gleiche taten.

»Bremsen!«

Vor ihnen, weniger als hundert Meter weit entfernt, ragte die Kante eines Steilkliffs. Und es sah nicht so aus, als würden sie noch rechtzeitig anhalten können.

ELFTER TEIL

ET TU, PUTZI

»So, und jetzt vergesst nicht, was ich euch allen gesagt habe!«, rief Gath den anderen Aeronauten zu. Aus den Gondeln der zehn auf und ab hüpfenden Ballons erschollen zustimmende Rufe.

Gath drehte sich um und gab Stivyung Sigel, der den ersten Ballon der Staffel des Südens lenkte, mit aufwärtsgerichtetem Daumen ein Zeichen. Der kräftige Bauer nickte. Dann hob er die gewölbten Hände vor den Mund.

»Leinen los!« Zwei Fanfarenstöße gellten.

Äxte zerhackten die Haltetaue. Sandsäcke flogen zur Erde. Hände streuten frische Kohlen auf die glühenden Feuer unter den geblähten Ballonkugeln. Einer nach dem anderen erhoben sich die leuchtend bunten Ballons über die hohen Bäume und stiegen auf in den Himmel.

Lange hatten sie auf günstigen Wind gewartet. Endlich nun war er gekommen. Er wehte in die richtige Richtung, würde sie aber nicht zu schnell über die Schlacht hinwegtreiben.

Am Boden ritt ein Konvoi von Hilfstruppen, bereit, die Ankerseile zu fangen, wenn es notwendig würde, die Luftschiffflottille wieder an den Boden zu fesseln.

Gath strömte über vor Aufregung. Es war wundervoll, nach all dem Warten endlich wieder in der Luft, in Aktion zu sein. Es war der Lohn für all die Mühe und Arbeit, die er und Stivyung zusammen mit den Machern und Übern der L'Toff auf dieses Projekt verwendet hatten.

Sie trieben mit dem Wind nach Osten. Es kam ihm vor, als dauere es Stunden, aber tatsächlich schwebten sie schon bald über den Höhen des Ruddik, wo der Feind bisher am tiefsten hatte eindringen können. Stivyungs Ballonstaffel trieb über die südlichen Ausläufer der Berge, die den Canyon an dieser Seite begrenzten. Dort ließen die Aeronauten die Ankerseile zu den wartenden Hilfstruppen hinabsinken. Die L'Toff-Soldaten am Boden hasteten über die Steine, ergriffen die Seile und banden sie fest.

Als Gaths Schwadron über dem nördlichen Vorgebirge angekommen war, wiederholten sie dort diese Prozedur.

Die Aeronauten hatten keine Gelegenheit gehabt, diese Technik zu üben. Zum Glück trieb nur ein einziger Ballon des südlichen Kontingents davon, er stieg rasch in die Höhe und verschwand im Osten.

Der Verlust war geringer, als Gath erwartet hatte. Ohnehin hatten sie einen nach Osten schicken wollen, damit er dem König von Coylia Bericht erstattete. Selbst Kremers Gleiter würden diesen Boten nicht aufhalten können, wenn der Ballon nur rechtzeitig genügend Höhe gewann.

Die L'Toff am Boden jubelten, als die Ballons in Sicht kamen, aber die Feinde starrten um so angstvoller herauf. Die Gerüchte über jenes gewaltige, runde Ungeheuer, das schon einmal, vor einigen Monaten, fauchend über Zuslik hinweggeschwebt war, hatten sich wie ein Lauffeuer verbreitet. Und jetzt kamen hier *zehn* solche Behemoths und starrten mit wilden, buntbemalten Gesichtern auf sie herab. Die Angreifer zogen sich nervös von ihren höhergelegenen Schanzwerken zurück und murrten besorgt, während ihre Offiziere sich über diese neue Entwicklung miteinander berieten.

Hier, wo die L'Toff beschlossen hatten, das Zentrum ihres Widerstandes zu etablieren, war das Gelände überaus rau. Eine Serie vorbereiteter, tödlicher Felslawinen würde einen direkten Bodenangriff zu einer kostspieligen Unternehmung werden lassen.

Aber alle diese Abwehrvorkehrungen erforderten, dass Kremers Gleiter ferngehalten wurden, damit die L'Toff-Einheiten auf den Höhen ungefährdet zu Werke gehen konnten.

Dies nun war die Aufgabe der Ballons, und es dauerte auch nicht lange, bis sie auf die Probe gestellt wurden.

»Da!« Einer der jungen Bogenschützen in Gaths Gondel streckte den Arm aus.

Vor den sonnendurchfluteten Wolken hoch oben am Mittagshimmel waren die Umrisse von mindestens zwei Dutzend schwarzen Gestalten zu erkennen. Aus der Ferne sahen die Gleiter aus wie Falken, und wie riesige Raubvögel verharrten sie hin und wieder jäh mitten im Fluge.

»Achtung!«, rief der Kapitän einer benachbarten Gondel.

Eine scheinbar endlose Weile waren die feindlichen Flieger nichts als kleine Punkte in der Ferne. Dann aber, innerhalb eines Augenblicks, stießen sie auf die Ballons herab! Rings um Gath schrien die Bogenschützen wild durcheinander.

»Da! Schieß doch!«

»Die kommen zu schnell!«

»Nicht meckern, Kleiner! Schießen!«

Das Stimmengewirr war beinahe so nervenaufreibend wie die bösartigen schwarzen Schwingen, die zwischen den Ballons umherrauschten.

»Jahuuu! Ich hab' einen!«

»Gut so! Aber nicht übermütig werden!«

»Pass auf die kleinen Pfeile auf!«

Innerhalb von Sekunden war die Luft von Schmerzensschreien und Triumphgebrüll erfüllt. Dann schossen die Gleiter, fast so schnell, wie sie gekommen waren, den Felsenkamm entlang davon und auf sorgfältig kartographierte Aufwinde zu. Drei aus ihrer Schwadron blieben zurück; zerfetzt und zerschmettert lagen sie unten auf dem Felsgeröll.

Ein vierter Gleiter hatte einen Riss in seinem Drachenflügel davongetragen, es gelang ihm nicht mehr, sein Trudeln abzufangen, und er zerschellte vor Gaths Augen an einem Felsen. Die Verteidiger am Boden und am Himmel jubelten.

»Gut so!«, brüllte Gath heiser, als er wieder zu Atem gekommen war. »Aber sie werden zurückkehren, und beim nächsten Mal werden wir sie nicht so leicht verjagen! Bis dahin aber konzentrieren wir uns auf den Feind am Boden. Nehmt eure Ziele genau ins Visier, und verschwendet keine Pfeile!«

Es würde schwierig werden, Munitionsnachschub zu bekommen, denn dies erforderte eine langwierige und gefahrvolle Prozedur, bei der Eimer hinuntergelassen und wieder heraufgezogen werden mussten. Und jetzt würden die feindlichen Bodenkommandanten zweifellos mit ihrer gesamten Streitmacht die Stellen bekämpfen, an denen die Schutzballons verankert waren. Schon sah Gath, wie die Invasoren ihre Truppen auf der anderen Seite des Geröllcanyons, wo Sigels vier Ballons standen, für einen massiven Angriff zusammenzogen. Von jetzt an fanden die Angriffe in Abständen von etwa einer Stunde statt. Die Bogenschützen forderten schrecklichen Tribut von den Invasoren am Boden. Aber jeder Pfeil war ein schmerzlicher Verlust, wenn er sein Ziel nicht traf – umsonst gemacht, umsonst geübt. Das Heraufziehen von Nachschub unter Beschuss wurde immer schwieriger.

Und die Verteidiger fielen, einer hier, zwei dort, je länger die Schlacht sich hinzog. Die L'Toff am Boden kämpften, um ihre Stellung zu halten und die Ankerpunkte zu verteidigen. Die Streitkräfte der Barone kämpften nicht minder verzweifelt, um die Felskämme zu nehmen.

Der endlose Nachmittag verging quälend langsam, und Augenblicke schieren Grausens waren seine Höhepunkte. Nach einigen Stunden war die taktische Situation deutlich geworden.

Hier auf der Nordseite nahm der Abwehrkampf einen guten Verlauf – vorläufig wenigstens. Gaths Bogenschützen brachten den Angreifern, die versuchten, die Hänge zu stürmen, schwere Verluste bei und schlugen drei Gleiterattacken zurück.

Aber auf der Südseite hatte das Gefecht eine schlechte Wendung genommen. Bevor die Sonne hinter den beiden höchsten

Gipfeln vorübergewandert war, hatte Sigel zwei seiner Ballons verloren; der eine wurde durchschossen und sank langsam zu Boden, der andere trieb über die Ebene im Osten davon, als sein Ankerpunkt erstürmt wurde, aber er stieg nicht schnell genug und sank unter einem Pfeilhagel zu Boden, als Kremers Gleiter sich von allen Seiten auf ihn stürzten wie Wölfe auf ein verwundetes Lamm.

Gath bezweifelte, dass Stivyung sich bis zum Einbruch der Nacht würde halten können. Die beiden übrig gebliebenen Ballons auf der Südseite konnten einander nicht nennenswert unterstützen.

Gath musste hilflos zusehen, wie am späten Nachmittag Verstärkungstruppen des Feindes eintrafen … und dazu ein Dutzend neuer Gleiter. Kremers Vorräte waren anscheinend unerschöpflich! Entweder das, oder seine Generäle zogen die Luftunterstützung von den anderen Fronten ab und konzentrierten sie auf diesen heiklen Punkt im Zentrum des Geschehens.

Der Nachmittag verstrich, und Gath musste zusehen, wie der gesamte Schwarm der Gleiter auf die beiden einsamen Ballons drüben über dem Hang herabstieß. Und er konnte nichts tun, um ihnen zu helfen.

2

»Bremsen! Bremsen!«

Dennis merkte, dass Arth und Linnora in seinen Gesang eingefallen waren. Die Übungsresonanz hatte sie alle drei erfasst.

Silbriges Feuer schien den Wagen zu umzüngeln, und ihre Schussfahrt den Hang hinunter schien tatsächlich langsamer zu werden. Gleichwohl kam der Abgrund unausweichlich näher. Zehn Meter vor ihnen drohte die Felskante … noch fünf Meter … zwei …

Im letzten Augenblick fanden die wirbelnden Laufketten des Robots einen Halt, und in einer brodelnden Staubwolke kamen sie zum Stehen, halsbrecherisch über dem Rand des Abgrundes wippend.

Arth packte den dünnen Stamm eines zersplitterten Bäumchens, das den Schwung des Wagens aufgefangen hatte, und der kleine Dieb klammerte sich daran fest, als gehe es um Leben und Tod.

Dennis wischte sich den Staub aus den Augen und vermied es geflissentlich, in den Abgrund zu schauen. Er versuchte, sich den Sand aus der Kehle zu räuspern, um den Robot höflich zu bitten, mit verdoppelter Anstrengung rückwärts zu fahren und einen kleinen Abstand zwischen sie und den Klippenrand zu bringen. Aber der Wagen zog es vor, in diesem Augenblick ein paar Zoll weiter nach vorn zu rutschen und mit einem Ruck hängenzubleiben. Jetzt hingen die Laufketten des Robots frei über dem Abgrund.

»Okay«, sagte Dennis, inzwischen doch ein wenig beunruhigt. »Linnora? Arth? Alles in Ordnung bei euch? Ich hab' 'ne Idee. Wir schieben jetzt alle rückwärts, langsam und in aller Ruhe.« Er merkte, dass Linnora anfing, sich loszuschnallen. Offensichtlich hatte sie die gleiche Idee gehabt. Es war an der Zeit, schleunigst auszusteigen.

Etwas zischte an Dennis' Kopf vorbei. Erst hielt er es für ein großes Insekt, aber als er sich umdrehte, sah er, wie ein zweiter Pfeil singend durch die Stelle fuhr, die noch einen Sekundenbruchteil zuvor von seinem Ohr ausgefüllt gewesen war.

»He!«, heulte Arth. Ein Pfeil zitterte in dem Stämmchen, nur wenige Fingerbreit über seiner Hand.

Oben am steinigen Hang war mindestens ein Dutzend von Kremers graugewandeten Bogenschützen dabei, vorsichtig herunterzuklettern, um eine Stelle zu finden, von der aus sie ihnen den Gnadenstoß versetzen könnten. Gefangennahme gehörte in diesem Augenblick anscheinend nicht mehr zu den Alternativen.

Eigentlich konnten sie sich die Mühe ersparen, erkannte Dennis. Arth ermattete sichtlich, und bald würde er entweder den Strauch oder das Gleitersegel loslassen müssen. Er und Linnora aber würden niemals schnell genug nach hinten rutschen können, um das Gleichgewicht entscheidend zu verlagern.

War's das also? Dennis sah sich nach einem Ausweg um – und immer neue Pfeile schwirrten an ihnen vorüber oder fuhren singend in die Flanken des Wagens.

Linnora suchte nach ihrem Messer. Dennis fragte sich, was sie vorhaben mochte. Dann ging ihm ein Licht auf.

Der Gleiter! Wenn wir ihn nur rechtzeitig vom Wagen losmachen können, dann könnten wir noch einmal davonkommen! Aber zuerst würde man die Flügel herunterlassen müssen. Ein dickes Seil hielt sie aufrecht – senkrecht wie die Segel eines Bootes. Linnora setzte ihr Messer an diesem Seil an.

Es dauerte fast eine halbe Sekunde, bevor ihm einfiel, sie an das Ausmaß der Spannung zu erinnern, unter der dieses Seil stand, und erschrocken schrie er auf: »Nicht! Linnora – nicht!« Es war zu spät. Sie kappte das Seil. Die Flügel schnappten hart herunter und fegten zwei tödliche Pfeile aus der Luft.

Vielleicht war es eine rationale Entscheidung, aber Arth konnte später nie erklären, wieso er den Strauch fahren ließ, nicht den Wagen. Als das kleine Gefährt sich plötzlich wie ein wütender Hengst aufbäumte, ließ sich Arth hinter den breiten Schwingen in den Wagen zurückfallen. Linnora und Dennis wurden nach vorn geschleudert und schauten über die Kante, als das seltsame Vehikel gefährlich ins Rutschen kam und instabil auf dem Felsrand schaukelte.

Das Koberkel war vom Boden heraufgesprungen und hatte auf Dennis' Schoß Zuflucht genommen. Das kleine Geschöpf zog ein Gesicht wie jemand, der nun wirklich die Nase voll hatte. Was jetzt geschah, machte endgültig keinen Spaß mehr.

Willst du uns wieder im Stich lassen?, dachte Dennis, unfähig, irgendetwas anderes zu tun.

Das Krenegee zuckte die Achseln, als habe es ihn verstanden. Es spreizte seine Flügelmembranen und machte sich startklar. Dann aber warf es zum ersten Mal einen Blick über den Rand des Wagens hinunter in den Canyon.

»›!!‹« Es piepste laut und erzitterte. Zum richtigen Fliegen waren seine kleinen Gleitmembranen nicht geschaffen. Nach einem solchen Sturz würden sie nicht verhindern, dass es unten zu Brei zerspritzte. Dennis hätte fast gelacht, als das selbstgefällige kleine Ding endlich einmal Bestürzung zeigte.

Alles dies dauerte nicht länger als eine Sekunde, und in dieser Zeit wippte der Wagen noch einmal und rutschte dann über die Kante. Eine Wolke von Pfeilen verfehlte sie um wenige Zoll, als ihr treues Gefährt in den Abgrund kippte. Das Koberkel quiekte. Arth schrie. Dennis klammerte sich an den Wagenrand, als der weite Canyon sich unter ihnen auftat.

In diesem Augenblick war es Linnora, die sie rettete.

Sie begann zu singen.

Der erste hohe Ton war von so aufrüttelnder Klarheit, dass er ihre Aufmerksamkeit gefangen nahm und von dem hypnotisierenden Anblick des sich rasend nahenden Canyonbodens ablenkte. Als Übungsteam arbeiteten sie nun schon lange zusammen. Linnoras Ruf diente ihnen als Brennpunkt. Gewohnheit, schneller noch als Willenskraft, ließ die Felthesh-Trance um sie herum aufflammen.

Dennis fühlte, wie Linnoras Geist den seinen berührte. Dann fühlte er Arth, und er fühlte sogar das Krenegee – und zum ersten Mal, seit er das selbstgefällige kleine Ding kannte, nahm er dies alles wirklich ernst. Der Raum ringsum erschien von Energie zu blitzen und zu bremsen. Die Kraft war da, und auch der verzweifelte Wille, die Realität zu verändern.

Doch leider gab es keinen Brennpunkt. Man musste etwas *benutzen,* wenn der Übungseffekt etwas bewerkstelligen sollte!

Dennis' Bewusstsein war nicht in der Lage, auf dieses Problem eine Antwort zu geben. Deshalb war es gut, dass sein Unterbewusstsein einsprang und das Steuer übernahm.

In diesem Augenblick, als der Boden ihnen entgegenraste, fühlte Dennis, wie die Zeit sich um ihn herum zusammenzog. In einem Dunst von chaotischer Energie, die dem Feld rings um ein Zievatron seltsam ähnlich war, blinzelte er einmal, zweimal – und schloss dann die Augen.

Als er sie wieder öffnete, saß er neben einem dunkelhaarigen jungen Mann mit einem dichten, gewichsten Schnurrbart. Der Bursche trug einen weißen Ledermantel, der in der frischen Brise flatterte, und auf seinen Augen saß eine altmodische Fliegerbrille.

Sie saßen zusammen in einem merkwürdigen Gebilde aus weißem Leinen und hölzernen Streben, die mit Klavierdraht verspannt waren. Obgleich Luft an ihnen vorbeirauschte, erschien die dunstgeränderte Realität ringsumher völlig grau und regungslos.

»Weißt du, es war wirklich eine entsetzliche Prozedur, bis wir den richtigen Ansatz zur Entwicklung der Flügelbiegung gefunden hatten«, erklärte der Mann. Er musste brüllen, um sich im tosenden Rauschen des Windes verständlich zu machen.

»Langley hat es nie richtig begriffen, verstehst du? Er hat alles überstürzt, ohne seine Entwürfe in einem richtigen Windkanal zu prüfen, wie Wilbur und ich es taten …«

Dennis blinzelte überrascht. Und in der Zeit, die es erforderte, die Augen zu schließen und wieder zu öffnen, hatte sich die Umgebung verändert.

»… also musste ich die X-10 persönlich testen, nicht wahr? Das Triebwerk war mehr als halb so lang wie das ganze verdammte

Ding! Die ersten Propeller, die wir ausprobierten, sind in tausend Stücke zersprungen! 'ne Fliegende Bombe – so nannten sie das Ding! Da konnte man schließlich nicht jemand anderen bitten, damit zu fliegen, oder?«

Der Mann mit dem ausladenden Schnurrbart und der Fliegerbrille war verschwunden. An seiner Stelle saß ein Bursche mit schmalem Bärtchen, sardonischem Gesichtsausdruck und weichem Filzhut. Der Mann schüttelte den Kopf und lachte.

»Da war harte Arbeit nötig. Klar, ich hatte Geld geerbt, und ich stand auf den Schultern von Riesen. Das geb' ich zu! Trotzdem hab' ich mein eigenes Blut auf jeden meiner Entwürfe verwandt.«

Der Raum ringsumher war immer noch von dunstigem, halbrealem Schimmer erfüllt – wie der Raum eines Traumes. Aber an die Stelle des zerbrechlichen Gestells aus Holz und Leinwand war ein dröhnender Kokon aus genietetem Metall und Glas getreten, vibrierend mit der Kraft von tausend Pferden.

»Und das glaube mir, manchmal fühlte ich schon die Schuhe späterer Erfinder«, grinste der Pilot der Maschine. »Genau hier!« Er klopfte sich selbst auf die Schulter und lachte.

Der Mann kam ihm bekannt vor, aber Dennis wusste nicht woher – er war wie jemand, über den er einmal in einem Geschichtsbuch etwas gelesen hatte. Dennis blinzelte noch einmal, und als er die Augen wieder öffnete, hatte sich die traumartige Szene erneut verwandelt. Der dunkelhaarige Mann und das enge Cockpit waren fort.

Diesmal war es nur ein kurzer Augenblick. Der Maschinendonner klang gedämpfter. Es duftete nach Chrysanthemen, und in dem kurzen Moment, da seine Augen offen waren, sah er eine Frau mit einem Strohhut und einem leuchtend rosafarbenen Schal. Sie lächelte ihn vom Pilotensitz her an und zwinkerte. Durch das Cockpitfenster sah er eine Wasserfläche, die bis zum Horizont reichte. Dann wechselte die Szene noch einmal.

Jetzt saß er auf dem Sitz des Kopiloten in einem großen zweimotorigen Flugzeug – dem Aussehen nach zu urteilen, in einem Bomber. Es roch nach Benzin und Gummi. Das Rad in seinen Händen vibrierte in einem kraftvollen Rhythmus. Ein kahlköpfiger Mann in Khakiuniform grinste ihn von seinem Platz vor den Instrumenten her an.

»Fortschritt!«, grinste der kräftige Mann. »Junge, ihr habt's wirklich leicht, das muss ich sagen! Wir Oldtimer, wir haben Jahre gebraucht, und dazu jede Menge Schweiß, um so weit zu kommen, das kannst du mir glauben.«

Zum ersten Mal in diesem verrückten Traum hatte Dennis das Gefühl zu verstehen, wovon jemand redete. Das Gesicht dieses Mannes erkannte er. »Hm, ich weiß. Ich schätze, eigentlich hätten Sie auch damals schon den Übungseffekt benutzen können, Colonel.«

Der Offizier schüttelte den Kopf. »Nee. Es hat viel mehr Spaß gemacht, es selbst fertigzubringen, auch wenn es länger gedauert hat. Ich verlange nur, dass das Universum fair ist – nicht, dass es mir einen besonderen Gefallen tut.«

»Ich verstehe.«

Der Colonel nickte. »Na, wir tun alle das, was wir tun müssen. Sag mal, hast du Lust, hierzubleiben? Wir sind eben von der *Hornet* gestartet, und wir werden uns ein bisschen amüsieren.«

»Äh … nein, ich glaube, ich glaube, ich sollte jetzt zu meinen Freunden zurückkehren, Sir. Aber es war mir ein Vergnügen, Sie und die anderen kennenzulernen.«

»Ach, nicht der Rede wert. Aber es ist 'ne Schande, dass du nicht dableiben und ein paar Jet-Jockeys und Astronauten kennenlernen kannst. Das sind Piloten!« Der Colonel stieß einen Pfiff aus. »Na ja. Aber vergiss eins nicht, mein Junge: Harte Arbeit ist durch *nichts* zu ersetzen!«

Dennis nickte. Er schloss die Augen, der Wind brüllte, und der Traum verwehte wie Nebel im Morgengrauen.

Sekunden, die sich zu Jahren gedehnt hatten, verflogen, und als der kristalline Schimmer schließlich erstarb, sah Dennis, dass sie flogen!

Er hätte nicht zu sagen gewusst, wie viel Zeit wirklich vergangen war, aber die Kombination aus Wagen und Gleiter hatte eine ganze Reihe erheblicher Veränderungen durchgemacht – was sich schon durch die Tatsache erwies, dass sie noch am Leben waren!

Er schaute sich um und sah noch, wie blasses, flimmerndes Licht aus den Verstrebungen und der Bespannung der Flügel wich – Flügel, die jetzt fest mit dem Wagenrumpf verbunden waren, schräg nach außen und rückwärts gerichtet wie die Flügel eines Mauerseglers. Der Wagen selbst schien sich gestreckt zu haben, und ihm war ein Stummelschwanz gesprossen. Die schmale Nase war stolz aufwärts gerichtet, empor in die aufstrebende Thermik, in der sie langsam in die Höhe schwebten.

Es musste eine der kraftvollsten Felthesh-Trancen in der Geschichte von Tatir gewesen sein. Das Koberkel lag erschöpft auf seinem Schoß, es atmete dabei schwer und starrte ungläubig umher. Dennis war sich am Steuer des Gleiters immer noch nicht sicher genug, um sich bereitwillig umzudrehen, aber er hätte darauf wetten mögen, dass es Arth und Linnora nicht anders erging.

Das Echo des Traumes hallte noch immer durch seine Gedanken. Fast war es, als könne er das Benzin und das Öl noch riechen, als könne er das summende Metall noch spüren.

Wenn der Traum weitergegangen wäre, hätte er zweifellos noch mehr dieser Fliegerheroen kennengelernt, die sein Unterbewusstsein ihm heraufbeschworen hatte, um ihm einen Brennpunkt für seine intensive Übungstrance zu verschaffen. Aber lange genug hatte es gedauert, und es hatte ein verschwommenes Gefühl von Stolz in ihm zurückgelassen. Solche Männer und Frauen waren das Vermächtnis der Erde. Mit Mut und

Erfindungsreichtum hatten sie die Wirklichkeit zu Wundern geformt – auf die mühevolle Weise.

Vor ihnen erstreckte sich ein Plateau, ein Ausläufer des Gebirges, der nach Osten ragte. Vorsichtig lehnte Dennis sich nach links, und das Flugzeug legte sich sanft auf die Seite. Er hatte ein Stück flachen Geländes auf dem Plateau gesehen. Dahinter lag ein wüstes Geröllfeld, so weit das Auge reichte.

Aber sie konnten nicht für alle Zeit hier oben bleiben.

Dennis wünschte sich, es gebe eine Möglichkeit, den Robot zu ihnen herauf ins Cockpit zu holen. Er wollte ihn beim Landen nicht beschädigen. Aber das Ding würde es eben riskieren müssen. Er rief dem Robot zu, er möge sich nach besten Kräften zur Landung bereitmachen.

Diese Vorsicht, begriff er, war vermutlich unnötig. Es war leicht möglich, dass das raffinierte kleine Ding den Zusammenprall mit dem festen Boden als Einziger überlebte.

Um Höhe zu verlieren, glitt er weit hinaus über die Ebene. Es dauerte eine Weile, bis sie eine Position erreicht hatten, die aussah, als liege sie auf einer geeigneten, sanft abfallenden Landeanflugbahn, und er dann gedreht hatte und mit dem Landeanflug beginnen konnte. Alles musste stimmen, denn einen zweiten Versuch hatten sie nicht.

Während er sich landebereit machte, warf er einen kurzen Blick auf die beiden hinter ihm. Arth war schweißgebadet, aber er streckte den Daumen in die Höhe. Überschwängliche Freude ließ Linnoras Gesicht strahlen; als habe sie nach dem, was sie eben erlebt hatten, keinen weiteren Wunsch. Sie lehnte sich leicht nach vorn und schmiegte ihre Wange an seine. Dennis lächelte hoffnungsvoll und schickte sich an zu landen.

»Alsdann, Freunde! Wir gehen runter!«

Das »flache Gelände«, das ihnen entgegenraste, entpuppte sich als eine Sandbank, die von links nach rechts ungefähr zehn Grad abwärts geneigt war. Seitenwind wehte von zwanzig Grad links und drückte gegen die Nase. Dennis trimmte den Gleiter, sodass die Flügel den Wind halbwegs ausglichen. Er fühlte Linnoras Hand fest auf seiner Brust. Im letzten Augenblick zog er die Knie an und den Kopf ein.

Die Stoffbespannung der Flügel knatterte, als der Gleiter wie ein Albatros am Boden entlangjagte und dann sanft über den weichen Sand rutschte. Eine Flügelspitze berührte den Boden, und sie drehten sich ein wenig, als sie auf dem Hang dahinglitten. Steinchen spritzten hinter ihnen auf, als Arth sich mit seinem ganzen Gewicht gegen die Bremsen stemmte und die Laufketten des Robots rasend rückwärtsliefen.

Staub hüllte sie ein! Dennis war geblendet. Er steuerte nur noch instinktiv.

Schließlich standen sie. Als der Sandstaub sich gesenkt und die Tränen ihm ein wenig von dem trockenen Pulver aus den Augen geschwemmt hatten, sah Dennis, dass der Gleiter dicht vor dem Rande des Hochplateaus zum Stehen gekommen war. Nur zwei Schritte weit vor ihnen gähnte ein neuer, fünfzig Meter tiefer Abgrund.

Nacheinander – erst Arth, dann Linnora und schließlich Dennis – lösten sie ihre Gurte, und stiegen aus. Sie konnten sich kaum noch auf den Füßen halten; sie taumelten zu einem kargen Grasflecken unter den dürren Bäumen.

Arth und Linnora ließen sich schwindlig zu Boden fallen und lachten. Diesmal warf Dennis sich neben sie und lachte mit.

Ein paar Minuten später hob das Koberkel seinen Kopf vom Boden des Fahrzeugs. Die Angst und die Anstrengung der Trance, an der es zwangsweise teilgenommen hatte, ließen es immer noch zucken und zittern. Geraume Zeit starrte es die verrückten Menschen stumm an.

Dann, als die Sonne hinter den Gipfeln im Westen unterging, schniefte es angewidert, hüpfte hinunter neben den sanft summenden Robot und schlief augenblicklich ein.

3

Trotz des gemäßigten Tempos war Bernald Brady längst wundgeritten, als der Dicke in den roten Gewändern das Nachtlager aufschlagen ließ.

Es war das erste Mal, dass Bernald Brady auf einem Pferd saß. Wenn er je Gelegenheit bekäme, zukünftige Einladungen abzulehnen, würde es auch das letzte Mal sein. Unbeholfen stieg er ab. Ein Wächter kam herüber, löste ihm die Handfesseln und winkte ihm, er möge hinüberhumpeln und sich neben einem hohen Baum am Lagerplatz niederlassen.

Bald flackerte ein Feuer, und der Geruch einer Feldküche wehte durch die Luft.

Einer der Soldaten schöpfte einen dicken Klecks Eintopf aus dem Kessel und servierte ihn Brady in einer wunderschönen, federleichten Keramikschüssel. Während der Erdenmann aß, bestaunte er die Schüssel. Etwas Ähnliches hatte er noch nie gesehen. Sie half ihm, die Theorie zu festigen, die er sich ausgedacht hatte.

Die Leute, die ihn hier »gefangen genommen« hatten, spielten ihre Rolle als Primitive zwar recht gut, aber ihre wahre Natur konnten sie nicht verbergen. Dinge wie diese wundervolle, technisch hochstehende Schüssel verrieten sie.

Es war offenkundig, dass die Leute einer hoch entwickelten Kultur angehörten. Man brauchte nur einen Blick auf die Straße und auf die fantastischen selbstschmierenden Schlitten zu werfen, um das zu wissen. Es gab nur eine einzige Erklärung für das, was hier vor sich ging.

Offenbar hatte Dennis Nuel die letzten drei Monate unter den Eingeborenen verbracht. Und die ganze Zeit über hatte er an seinem Plan geschmiedet. Er hatte gewusst, dass Flaster ihn, Brady, hinterherschicken würde, damit er das Zievatron reparierte – er brauchte nur lange genug zu warten. Und in dieser Zeit hatte Nuel sich vermutlich bei diesen Leuten eingeschmeichelt, hatte ihnen vielleicht gewinnträchtige Handelsrechte mit der Erde versprochen. Dafür würden sie nichts weiter tun müssen, als ihm bei einem grandiosen Schabernack zu helfen! Das klang ganz nach Nuels Art, seine Prioritäten zu setzen!

Zweifellos hatten die Angehörigen dieser hochentwickelten Zivilisation jede Menge Freizeit. Brady hatte auf der Erde schon ›Mediävisten‹ gesehen, die gern auf Pferden durch die Gegend ritten und mit altertümlichen Waffen spielten. Wahrscheinlich hatte Nuel einen Trupp solcher Geschichtsnarren angeheuert, die ihm helfen sollten, dem Nächsten, der durch das Zievatron käme, einen Streich zu spielen.

Diese Burschen trieben es ziemlich grob. Eine Zeit lang hatten sie ihn wirklich in Angst und Schrecken versetzt – vor allem, als der Dicke ihn immer wieder über jedes einzelne seiner Ausrüstungsstücke ausgefragt hatte.

Brady rümpfte die Nase. Damit war er zu weit gegangen! Das musste man sich einmal vorstellen: Leute, die aus Halbedelsteinen solche Schwerter machen konnten, waren angesichts seines Gewehrs und seines tragbaren Mikrowellenherdes in großes Staunen verfallen!

Oh, diese Brüder kannten Dennis Nuel sehr wohl! Immer wenn er den Namen erwähnte, nahm das Gesicht dieses fetten »Priesters« einen komischen Ausdruck an. Die »Soldaten« wussten offenbar genau, von wem er sprach, aber sie gaben es mit keinem Wort zu.

Ja. Brady nickte. Jetzt war er überzeugt: Sie steckten alle unter einer Decke. Nuel rächte sich an ihm, weil er die Chips an den Ersatz-Schalttafeln vertauscht hatte.

Aber genug war genug! Einmal musste Schluss sein! Das Spielchen war ihm überhaupt allmählich zu rau geworden. Seine

Hände waren aufgescheuert, und er war grün und blau geschlagen worden. Brady fand, dass es nunmehr an der Zeit sei, für sein Recht zu kämpfen. Er schob das Kinn vor, setzte die leere Schüssel ab und wollte aufstehen.

In diesem Augenblick schrie einer der ›Soldaten‹ auf.

Brady blinzelte, als er sah, wie der Mann durch das Lager taumelte. Ein Pfeil ragte ihm aus der Kehle. Sogleich rannten alle anderen in Deckung.

Jetzt trieben sie den Realismus aber ein bisschen zu weit! Brady sah zu, wie der getroffene Soldat gurgelnd verschied – er erstickte an seinem eigenen Blut. Brady schluckte, und allmählich erwachte in ihm das unbehagliche Gefühl, seine Theorie bedürfe unter Umständen gewisser Modifikationen.

Er hörte, wie jemand schrie: »Guerillas! Sie haben sich hinter unsere Linie geschlichen!«

Einer der ›Offiziere‹ brüllte einen Befehl. Ein Trupp Männer rannte ostwärts in das Gehölz neben der Straße. Lange war es still, dann folgte eine Serie lauter Schreie und klirrender Schläge. Dann, wieder ein Weilchen später, kam ein Melder ins Lager gerannt.

Der Kurier begab sich hastig zu dem rotgekleideten Dicken, der kein Risiko einging und am Fuße eines nahen Baumes geduckt kauerte.

Brady kroch ein Stück weit unter seinem eigenen Baum hervor, damit er besser hören konnte. »… Hinterhalt an der Straßenbiegung. Ich schätze, einer von denen ist ungeduldig geworden, weil er so lange auf uns warten musste, und hat deshalb die Falle zu früh zuschnappen lassen. Das war unser Glück. Aber wenn wir die Armee nicht benachrichtigen können, sitzen wir trotzdem hier fest.«

Der fette Rotgekleidete, den die anderen »Hoss'k« nannten, leckte sich nervös die Lippen.

»Wir haben die letzte Taube benutzt, um Baron Kremer mitzuteilen, dass wir einen neuen fremden Zauberer gefangen haben! Wie sollen wir denn jetzt eine Nachricht an die Armee schicken?«

Der Offizier zuckte die Achseln. »Ich werde ein Dutzend Männer in verschiedene Richtungen davonschicken, sobald es dunkel ist. Es genügt, wenn einer von ihnen durchkommt …«

Brady kroch zurück unter seinen Baum und saß lange Zeit blinzelnd da. Seine hübschen Theorien zerfielen ringsumher, und was zurückblieb, war eine verwirrende, gefährliche Realität.

Dabei wollte ich eigentlich gar nicht erst herkommen!, beschwerte er sich in Gedanken beim Universum.

Er seufzte. *Wieso lasse ich mich auch von Gabbie dazu überreden, mich freiwillig zu melden?*

4

»Mylord, wir haben eine Nachricht von Diakon Hoss'k erhalten. Er ist jetzt unterwegs zum Nordpass. Er behauptet, er habe einen …«

Baron Kremer fuhr herum und bleckte die Zähne. »Nicht jetzt! Schicken Sie dem Idioten den Befehl zu bleiben, wo er ist, damit er dem Nordheer nicht in den Weg kommt!«

Der Bote verneigte sich rasch und verließ gebückt das Zelt. Kremer wandte sich wieder seinen Offizieren zu. »Weiter. Sagen Sie mir, was unternommen wird, um das Tal des Ruddik von den fliegenden Ungeheuern zu säubern.«

Kremer war eben erst, bei Tagesanbruch, mit einem Drei-Mann-Gleiter eingetroffen. Ein pochender Schmerz erfüllte seinen Kopf und eine leichte Übelkeit seinen Magen. Seine

Untergebenen spürten, dass seine Geduld heute knapp bemessen war, und so beeilten sie sich, seine Fragen zu beantworten.

»Mylord, gestern hat uns die Nacht gehindert, weiter tätig zu bleiben. Aber Graf Feif-dei rückt jetzt gegen die beiden verbliebenen Ungeheuer über der Südseite des Canyons vor. Wir werden ihm massive Luftunterstützung zukommen lassen, und die Verstärkungstruppen, die Sie von den anderen Fronten abgezogen haben, sind ebenfalls auf dem Weg zu ihm. Sobald die beiden Ungeheuer im Süden eliminiert sind, werden wir den dahinterliegenden Felsenkamm angreifen können. Es wird Verluste geben, aber die L'Toff werden ihre Positionen dort nicht mehr halten können. Sie werden sich zurückziehen müssen, und dann werden wir uns der vier Ungeheuer annehmen können, die noch über der Nordseite stehen. Sie werden nichts dagegen tun können.«

»Und wie viele Gleiter werden wir bis dahin verloren haben?«, wollte der Baron wissen.

»Oh, nicht so viele, Mylord. Vielleicht fünfzehn oder zwanzig.«

Kremer ließ sich in einen Stuhl fallen. »Nicht viele …« Er seufzte. »Meine tapferen, glücklichen Piloten … So viele, fast ein Drittel verloren, und keiner mehr übrig, um das Nordheer zu unterstützen.«

»Aber Majestät, die Ungeheuer werden dann alle vernichtet sein. Und inzwischen sind die L'Toff und die Pfadfinder an allen Fronten gebunden. Wir brauchen nur einen einzigen Durchbruch, und wir haben sie! Das gilt vor allen Dingen für diesen Punkt hier. Wenn wir heute nach Westen durchbrechen, dann haben wir den Feind in zwei Hälften gespalten!«

Kremer blickte auf. Er sah die Begeisterung in den Gesichtern seiner Offiziere, und allmählich spürte er sie auch selbst wieder.

»Jawohl!«, sagte er. »Die Verstärkungstruppen sollen aufmarschieren. Lassen Sie uns hinauf zum Ruddik gehen und diesen historischen Sieg mit ansehen!«

5

Als der Morgen graute, lagen Dennis und Linnora Seite an Seite in eine von Surah Sigels Wolldecken gehüllt auf dem sandigen Boden und sahen zu, wie die Sonne über eine Wolkenbank im Osten stieg.

Dennis' Muskeln fühlten sich an wie nasse Lappen, mit denen ein ganzes Haus geputzt worden war. Allerdings wäre hier auf Tatir ein so gründlich benutzter Lappen in einem besseren Zustand gewesen als er in diesem Augenblick. All das Putzen hätte ihn um so widerstandsfähiger gemacht.

Er hörte, wie Arth ganz in der Nähe sein Bestes tat, um aus den Resten, die ihnen aus Surah Sigels Proviantkammer noch geblieben waren, ein Frühstück zusammenzubrutzeln.

Linnora seufzte, ihr Kopf ruhte auf Dennis' Brust. Zufrieden träumte er halbbewusst im süßen, sanften Duft ihres Haares. Er wusste, dass sie sich bald würden überlegen müssen, wie sie von dem Plateau herunterkommen sollten. Aber vorläufig zögerte er, dieses friedvolle Gefühl zu vertreiben.

Arth hustete neben ihnen. Dennis hörte, wie der Kleine an den Rand des Abgrunds schlurfte, einen Moment lang unglücklich vor sich hinbrummte und dann zu den Bäumen zurückkehrte.

»Äh … Dennis?«

Dennis nahm den Arm nicht von seinem Gesicht. »Was ist, Arth?«

»Dennis, ich glaube, du solltest dir mal was ansehen …«

Jetzt nahm Dennis den Arm doch herunter. Er sah, dass Arth nach Westen deutete.

»Könntest du damit nicht mal aufhören?«, erkundigte er sich, während er und Linnora sich aufrichteten. Er konnte nicht völlig verhehlen, dass ihm Arths Gewohnheit, auf schlechte Neuigkeiten hinzuweisen, auf die Nerven ging.

Arth wies zu der Felskante hinauf, von der sie am Abend zuvor, von Pfeilen umschwirrt, heruntergestürzt waren. Dennis warf einen Blick auf die Uhr. Es war weniger als zehn Sommerstunden her, dass sie von dieser Klippe herunter und geradewegs ins Herz des Übungseffekts geflogen waren.

Kampfeslärm wehte schwach von dort oben herunter. Die Staubwolke einer Schlacht hing über dem Felsengrat. Sie schien sich langsam und unaufhaltsam südwärts zu bewegen. Offensichtlich wurden die L'Toff zurückgedrängt.

Aber das war es nicht, was Arth Sorge bereitete. Er zeigte auf eine Stelle hinter und unter der Staubwolke. Dennis spähte angestrengt auf die Steilwand, die von der aufgehenden Sonne beschienen wurde. Dann sah er sie.

Ein kleiner Trupp Männer hatte sich von dem Gefecht auf den Höhen abgesetzt. Sie kletterten durch eine Rinne in der Felswand, die ein Frühlingswasserfall im Laufe der Jahre hier hineingefressen hatte, langsam talwärts. Sie bewegten sich mit äußerster Vorsicht und halfen einander mit Seilen über die steilsten Passagen hinweg.

Kremers Leute gaben also immer noch nicht auf. Sie wussten, wie viel ihrem Herrn an diesen Flüchtlingen gelegen war, und hatten deshalb einen Verfolgertrupp auf ihre Spur gesetzt, der ihnen auch noch auf diesem einsamen Plateau nachstellen sollte.

Zwei, vielleicht drei Stunden, schätzte Dennis, würden sie brauchen, um zu ihnen herunterzukommen.

Linnora berührte seine Schulter. Dennis drehte sich um und zog gequält den Kopf zwischen die Schultern, als er sah, dass auch sie jetzt den Arm ausstreckte, um ihm etwas zu zeigen.

Auch du? Er bedachte sie mit einem vorwurfsvollen Blick, ehe er in die Richtung schaute, die sie ihm wies.

Sie deutete nach Süden, wo sich etwas Helles am Himmel bewegte – mehrere Etwasse, besser gesagt. Er beneidete Linnora um ihre erstaunlich scharfen Augen.

»Was …?«

Dann wusste er es. Das größere Etwas war ein Ballon, der sich über den Morgenhimmel bewegte. Ein mächtiges Feuer loderte unter der großen Gaskugel, und mehrere dunkle, bösartige Objekte umkreisten sie pfeilgeschwind und näherten sich ihr immer weiter, um ihr schließlich den Todesstoß zu versetzen. Aha. Die friedliche Ruhepause war also nur kurz gewesen: Die Schlacht tobte noch immer ringsumher an vielen Fronten. Es war ratsam, von diesem Tafelberg zu verschwinden, bevor Kremers Suchtrupp hier ankäme. Und vielleicht war es zudem wünschenswert festzustellen, ob ihr kleines Häuflein von Abenteurern nichts tun könnte, um den Guten zu helfen.

Vielleicht, dachte Dennis, wusste er auch schon eine Möglichkeit.

Er zog das scharfe hundert Jahre alte Messer hervor, das Surah Sigel ihm gegeben hatte, und wandte sich an Linnora und Arth. »Ich möchte, dass ihr beide losgeht und mir ein großes, kräftiges Stück Holz sucht, ungefähr so lang und so breit.« Er demonstrierte die Abmessungen mit den Händen.

Als Arth sich anschickte, Fragen zu stellen, zuckte Dennis nur mit den Achseln. »Ich möchte etwas schnitzen«, war alles, was er sagte.

Linnora und Arth sahen einander an. *Noch mehr Magie,* dachten sie nickend. Wortlos drehten sie sich um und verschwanden im Gebüsch, um zu suchen, was der Zauberer verlangt hatte.

Als sie zurückkehrten, fanden sie den Erdenmann tief in ein Gespräch versunken – teils mit sich selbst, teils mit seinem Metalldämon. Er hatte den Gleiter bis auf wenige Schritte an den Abgrund herangezogen und den Robot wieder darunter installiert. Im Sand neben dem Gefährt lag ein Stapel Gerätschaften.

»Wir haben einen Stock gefunden«, verkündete Arth.

»Und er sieht genau so aus, wie du es wünschst«, vollendete Linnora.

Dennis nickte. Er nahm den anderthalb Meter langen Ast entgegen und fing an, daran herumzuschnitzen. Er hackte die lose Rinde ab und schälte in langen, weiten Bögen Späne herunter. Geistesabwesend murmelte er vor sich hin. Weder Linnora noch Arth wagten, ihn zu stören.

Das Koberkel erwachte aus seinem Schlummer im Wagen-Gleiter und kletterte auf den Windschutz hinaus, um zuzuschauen.

Linnora runzelte konzentriert die Stirn. »Ich glaube, er will wieder fliegen«, flüsterte sie Arth zu. Unter anderem hatte sie gesehen, dass er bereits angefangen hatte, den Wagenrumpf zu leeren, um ihn leichter zu machen. »Komm und hilf mir«, forderte sie den Dieb auf, und sie fing an, den Sessel und die Sitzbank hin und her zu rücken, um sie aus dem Gleiter herauszunehmen. Nur hin und wieder blickten sie auf, um zu sehen, wie weit Kremers Soldaten schon den Steilhang heruntergeklettert waren. Der Trupp kam immer näher.

Arth und Linnora waren mit ihrer Arbeit eben fertig, als auch Dennis sein Werk vollendete.

Linnora hatte geglaubt, vor Überraschungen über Dinge, die der Zauberer tat, längst gefeit zu sein. Aber dann hörte Dennis auf zu schnitzen, bewunderte sein Werk einen Moment lang und beugte sich dann unter den Gleiter, um dem Robot den Stock zu geben!

»Hier«, sagte er zu der Maschine. »Umfasse ihn mit deinem mittleren Manipulator und halte ihn genau in der Mitte fest. Ja, so. Und jetzt im Uhrzeigersinn drehen. Nein, ich will eine Rotationsbewegung auf der Achse dieses Arms. So ist es richtig! Du brauchst dich anfangs nicht zu überanstrengen; dreh ihn nur, so schnell du kannst. Der Zweck«, betonte er, »ist es, einen gleichmäßigen Wind nach hinten zu blasen und dadurch eine vorwärtsgerichtete Aufwärtsbewegung zu verursachen.«

Er drehte sich zu den anderen um und lächelte. Als sie ihn verständnislos anstarrten, versuchte er, es ihnen zu erklären. Aber alles, was sie verstanden, war der Name dieses neuen Werkzeuges … *Propeller* nannte er es.

Der Stock drehte sich schneller und schneller. Bald war er nur noch ein verschwommener Kreis, und eine steife Brise wehte ihnen ins Gesicht.

Dennis bat Arth, draußen auf dem Boden zu bleiben und das Heck des Flugzeuges festzuhalten, damit es sich nicht bewegte. Linnora kletterte an Bord und nahm ihren gewohnten Platz ein.

Dennis nahm das Krenegee auf, das vor Erschöpfung leise fiepte. »Komm schon, Kobi. Es gibt noch Arbeit für dich.« Er stieg ein, setzte sich vor Linnora und nickte ihr zu, damit sie mit der Übungstrance beginne.

»›Propeller‹.« Linnora formte das neue Wort mit dem Mund, um es sich einzuprägen. Sie nahm ihr Klasmodion auf und streichelte die Saiten.

Auf Tatir zeitigte das ›Üben‹ gelegentlich sogar bei Menschen Erfolge. Die vier versanken in einer neuerlichen Felthesh-Trance, als seien sie dazu geboren. Sie war zwar nicht annähernd so intensiv wie der machtvolle Sturm der Veränderung, den sie in ihrer Verzweiflung am Tage zuvor heraufbeschworen hatten. Aber schon bald erfüllte ein vertrautes Schimmern die Luft vor dem Gleiter, und sie wussten, dass hier Veränderungen stattfanden.

Jetzt war es ein Wettlauf mit der Zeit.

6

Der letzte der Ballons auf der Südseite trieb kurz nach Sonnenaufgang davon, als die Soldaten, die das Ankerseil verteidigten, im Morgenangriff fielen. Zumindest hatten diese Aeronauten aber aus den früheren Katastrophen gelernt; augenblicklich warfen sie sämtliche Sandsäcke, Waffen, Kleider und was sonst nicht niet- und nagelfest war, über Bord. Der Ballon schoss in den Himmel, vorbei an den geierhaft lauernden Gleitern. Das leichte Luftschiff erreichte eine schnelle Luftströmung, die es ostwärts und in relative Sicherheit trug.

Gath sah es mit an, und er hoffte, sein Freund Stivyung möge an Bord sein.

Nun, zumindest war es ihnen gelungen, das Unvermeidliche um einen ganzen Tag hinauszuzögern. Die ganze Nacht hindurch hatte das glühende Lohen der Ballonschlünde die Truppen am Boden daran erinnert, dass nicht alles nach Kremers Pfeife tanzte.

»Die Gleiter werden unsere Truppen dort drüben jetzt ungehindert attackieren können«, meinte einer der L'Toff-Bogenschützen in seiner Gondel. »Sie werden die Südseite freischießen, und dann können Invasionstruppen nachrücken und unseren Streitkräften im Tal in die Flanke fallen.«

Gath musste ihm beipflichten. »Wir brauchen Verstärkung!«

»Aber unsere Reserven sind allesamt abgezogen worden, damit wir dem Druck an der Nordfront standhalten können!«

Gath fluchte. Wenn ihm nur eine Möglichkeit eingefallen wäre, Ballons gegen den Wind fahren zu lassen!

Dann hätten sie vielleicht auch bei den Kämpfen im Norden von Nutzen sein können. Dann hätten sie nicht wie die Kaninchen vor der Schlange darauf warten müssen, dass die verfluchten Gleiter sie vom Himmel schossen!

»Da kommen sie schon wieder!«, schrie ein Mann.

Gath hob den Kopf. Wieder schoss ein Schwarm dieser verdammten, drachenflügeligen Teufel heran. Woher kamen sie nur alle? Anscheinend hatte Kremer jeden einzelnen, den er besaß, herbefohlen, um ihnen den Garaus zu machen.

Gath ergriff seinen Bogen und machte sich kampfbereit.

7

Mühsam nur hielt Arth den Schwanz des Wagen-Gleiters umklammert. Seine Fersen pflügten sich durch den pulvrigen Sand, und beißender Staub wehte in dem gleichmäßigen Luftstrom nach hinten.

»Ich kann nicht mehr festhalten!«

»Nur noch einen Augenblick!«, rief Dennis beschwörend durch den Wind, den der rasende Propeller nach hinten wehen ließ – ein tosender Sturmwind jetzt, der ihnen das Haar zerzauste. Der Wagen bockte und bäumte sich auf, und die rauschende Luft spannte die Flügel, dass sie summten.

Linnora stemmte sich gegen die Bremsen, und ihre langen, blonden Haare peitschten um ihre Schultern.

»Er rutscht mir weg – ich merk's!«, brüllte Arth.

»Der Robot lässt seine Laufketten rückwärts laufen!«, brüllte Dennis zurück. »Noch eine Minute – dann kannst du an Bord springen, Linnora lässt die Bremsen los, und ich befehle dem Robot zu starten!«

»*Wem* befiehlst du, *was* zu machen?«, schrie Arth und bot alle seine Kräfte auf.

»Ich habe gesagt«, brüllte Dennis, »ich habe gesagt, ich werde dem *Robot* befehlen, er solle *losfliegen!* Dann kannst du …«

Er brachte den Satz nicht zu Ende. Das Heulen unter ihnen

veränderte sich abrupt, als die Laufketten aufhörten, sich rückwärts zu drehen, und der Vorwärtsgang einrastete.

»Nein! Ich meinte nicht sofort!« Dennis wurde rückwärts gegen Linnora geschleudert, als das Flugzeug nach vorn schoss wie ein Rennpferd, wenn die Startklappe aufsprang.

Ein Sandsturm fuhr über Arth hinweg. Gerade noch rechtzeitig ließ er los, und er fiel mit dem Gesicht voran eine Handbreit vor dem Abgrund auf den Boden. »He!« Hustend und spuckend richtete er sich auf. »He!«, rief er vorwurfsvoll. »Wartet auf mich!«

Aber der »Wagen« war schon außer Hörweite. Er flog draußen über dem Geröllcanyon dahin und vollführte einen Looping nach dem anderen. Arth schaute fasziniert zu, wie die fliegende Maschine steil in die Höhe stieg, einen Augenblick lang senkrecht verharrte, im Sturzflug abwärts sauste und sich dann in einer Serie kraftvoller Loopings wieder fing.

Es waren in der Tat haarsträubende Manöver, dachte Arth. Augenscheinlich versuchte der Zauberer, seinen Schatz zu beeindrucken. Und wer konnte es ihm verdenken? Arths Herz hüpfte ihm in der Brust, als er den wilden, übermütigen Tanz des Flugzeuges beobachtete.

Allerdings – einen kurzen Augenblick lang war ihm, als habe er einen lautstarken, wüsten Fluch gehört, als die Maschine am Plateau vorüberschoss.

Wie gebannt schaute er hinter dem Ding drein, bis ihn ein Geräusch an Kremers Soldaten erinnerte. Ein hastiger Blick um eine kleine Anhöhe herum verriet ihm, dass der Trupp auf der Ebene angekommen war. Arth hielt es für das klügste, sich rasch nach einem Versteck umzusehen.

Linnora lachte wieder. Und wieder war es kaum eine Hilfe.

Dennis' Puls dröhnte ihm in den Ohren, und er schnappte nach Luft. Die Prinzessin klammerte sich so fest an ihn, dass es ihm schier den Atem nahm.

Er zog an einer der Schnüre, die er an dem Robot befestigt hatte, damit er das plumpe Flugzeug mit der Hand steuern könnte, anstatt dem Robot ständig seine Befehle zuzubrüllen. Er zog behutsam an der Schnur, um nicht zu übersteuern, diese Lektion hatte er inzwischen auf die harte Tour gelernt: Mehrmals hätte er das kleine Flugzeug beinahe über die Flügelkante kippen oder unkontrolliert trudeln lassen.

Schließlich beruhigte sich das verdammte Ding. Der Robot ließ den Propeller mit gleichmäßiger Geschwindigkeit rotieren, und Dennis gelang es, das Flugzeug in sanftem Bogen aus der Nachbarschaft von Klippen, Felswänden und Abwinden zu steuern. Er ging in einen flachen Steigflug über und ließ sich in Linnoras sanfte, kräftige Umarmung zurücksinken; er hoffte nur, dass ihm nicht wieder übel werden würde!

Linnora lachte aus vollem Herzen und drückte ihn an sich.

»Oh, mein Zauberer!«, seufzte sie. »Das war wunderbar! Was für ein mächtiger Lord du in deiner Heimat sein musst! Und was für Wunder es in deinem Land geben muss!«

Dennis kam allmählich wieder zu Atem. Trotz der kurzen Phase der Panik und Beinahe-Katastrophen hatte es diesmal mehr oder weniger so geklappt, wie er es geplant hatte. Anscheinend hatte er den Dreh mit dem Übungseffekt allmählich raus!

Er konnte nicht anders – er war glücklich. Er lehnte sich zurück, während sie seine Nackenmuskeln massierte und spielerisch an seinem Ohr nagte. Mit sanftem Druck steuerte er das Flugzeug und ließ es mit dem Gebrauch an Übung gewinnen.

Das Koberkel spähte über den Rand, und seine Augen funkelten verwundert, als es sah, wie mühelos sie ihre Bahn durch den Himmel zogen.

Im Augenblick war Dennis damit zufrieden, in Linnoras Armen zu ruhen, aber er wusste doch, dass er ihr in einem gewissen Punkt über kurz oder lang reinen Wein würde einschenken müssen. Sie hatte allzu viel Vertrauen zu ihm. Daran war nicht zu zweifeln. Nur zu oft nahm sie gewohnheitsmäßig an, er wisse, was er tue, während er in Wahrheit doch nur improvisierte, um ihnen den Kopf zu retten!

Die Wälder und Ebenen von Coylia erstreckten sich unter ihnen, ein Meer von gelben, grünen und blauen Farben. Zarte, weiße Wolken schwebten in schwerelosen Kolonnen, so weit das Auge reichte.

Dennis fuhr mit der Hand über die seidig glänzende, glatte Flanke des Flugzeuges, in dem sie saßen ... eines Werkes, das er mit Hilfe seiner Kameraden in nur zwei Tagen geschaffen hatte! Mit Staunen betrachtete er die wunderbaren Adaptionen, die einen klapprigen kleinen, mit bloßen Händen zusammengezimmerten Karren in eine anmutige Flugmaschine verwandelt hatten.

Gewiss, unter normalen Umständen wäre dergleichen nicht einmal hier möglich gewesen. Dazu war die Kombination seines eigenen Erfindungsreichtums und einer seltenen Form der Übungsresonanz notwendig gewesen, die sich aus dem Verschmelzen von Mensch, L'Toff und Krenegee ergeben hatte. Und dennoch ...

Kobi sprang ihm auf den Schoß. Anscheinend hatte er beschlossen, ihm zu verzeihen. Das Tier machte es sich bequem und begann, ausgiebig zu schnurren. Dennis streichelte das weiche Fell. Er sah zu Linnora auf, erinnerte sich an ihre letzte Bemerkung und lächelte.

»Nein, mein Schatz. Meine Welt ist nicht wunderbarer als diese hier, in der die Natur so gut zu uns ist. Zumeist ist das Leben dort hart. Und wenn es seit einigen Generationen noch etwas anderes als brutal und fruchtlos ist, dann liegt das am Schweiß und an der harten Arbeit von Millionen. Jeder Mann und jede Frau der Erde würden es vorziehen, hier zu leben, wenn es die Möglichkeit der Wahl gäbe.«

Er schaute über die Ebene hinaus und begriff plötzlich, dass er eine überraschende Entscheidung getroffen hatte. Er würde hier auf Tatir bleiben.

Oh, vielleicht würde er vorübergehend zur Erde zurückkehren. Er schuldete dem Land, in dem er zur Welt gekommen war, jede Hilfe, die er ihm mit dem, was er hier gelernt hatte, zuteil werden lassen konnte. Aber seine Heimat würde von jetzt an Coylia sein. Zunächst einmal lebte hier Linnora. Und seine Freunde …

»Arth!« Jäh fuhr er auf. Das Flugzeug schwankte.

»Meine Güte, ja!«, rief Linnora. »Wir müssen zurück!«

Dennis nickte und zog das Flugzeug behutsam herum.

Und dann war da noch dieser Krieg. Dieser Wahnsinn musste beendet werden, ehe er daran denken konnte, sich in diesem Lande niederzulassen und glücklich und zufrieden bis ans Ende seiner Tage hier zu leben.

In seinem Versteck unter einem umgestürzten Baum hörte Arth die Rufe der Soldaten. Eine ganze Weile standen sie so draußen auf dem Plateau, und er lauschte ihrem verblüfften Geschrei. Offenbar waren sie fassungslos vor Überraschung angesichts dessen, was sie gerade gesehen hatten. Er hörte ihr abergläubisches Gemurmel, und immer wieder vernahm er ein Wort aus der Alten Sprache: »Drachen.«

Die Minuten vergingen. Dann erhob sich erneut aufgeregtes Rufen. Arth hörte ein furchterregendes Gebrüll, gefolgt von den Geräuschen einer panischen Flucht. Diese Sequenz wiederholte sich mehrmals, und jedes Mal schienen ihm das Brüllen lauter und die angstvollen Schreie weiter entfernt zu sein.

Schließlich kroch er aus seinem Loch hervor, richtete sich auf und spähte wachsam umher.

Er sah, wie Kremers Soldaten auf ihre Kletterseile zurannten und verzweifelt versuchten, von dem Plateau herunterzukommen, als sei ihnen der Teufel persönlich auf den Fersen.

Selbst Arth zog zunächst ängstlich den Kopf ein, als das gewaltige, brüllende Geschöpf aus den Wolken auf ihn herabstieß. Dann sah er die beiden kleinen Gestalten, die ihm aus dem Cockpit des Flugzeuges heraus zuwinkten.

Arth verstand, dass die Soldaten die Flucht ergriffen hatten. Sein eigenes Herz schlug schneller, als er das Ding über sich hinwegfliegen sah, und er *wusste,* was es war!

Er sah ein, dass es gefährlich sein würde, wenn sie noch einmal versuchten, auf der schrägen, sandigen Ebene zu landen. Es lohnte sich nicht, dieses Risiko einzugehen, wenn gleichzeitig noch ein verlorener Krieg zu gewinnen war. Er war nur froh und dankbar dafür, dass Dennis und Linnora sich noch die Zeit genommen hatten, die Soldaten zu vertreiben, bevor sie sich wichtigeren Dingen zuwandten.

Arth winkte seinen Freunden Lebewohl und sah zu, wie die Maschine nach Süden davonflog. Er hob die Hand beschirmend über die Augen und schaute dem Flugzeug nach, als es Kurs auf die Front weit unten bei den Ausläufern des Gebirges nahm.

Schließlich, als nur noch ein Punkt über dem Horizont zu erkennen war, durchstöberte Arth den Berg ihrer Vorräte und Ausrüstungsgegenstände, die Linnora auf dem Kiesboden aufgetürmt hatte. Dort fand er auch mehrere Rucksäcke, die die Soldaten auf ihrer panischen Flucht fortgeworfen hatten.

Seufzend durchwühlte er alles. Was er fand, würde für einige Zeit zum Leben reichen.

Ich geb' ihnen zwei Tage, um den Krieg zu gewinnen und mich zu holen, dachte er. *Wenn sie dann nich' wieder da sind, wer' ich vielleicht versuchen, mir selbst so'n Flugdings zu bauen.*

Er summte vor sich hin, während er sich etwas zu essen zubereitete, und dabei stellte er sich vor, wie es sein würde, durch die Lüfte zu schweben, ohne Sklave der Winde zu sein.

8

Die Schlacht nahm einen bösen Verlauf. Gegen Mittag ließ Gath sämtliche nicht dringend notwendigen Gegenstände über Bord werfen, um für einen verzweifelten Fluchtversuch bereit zu sein.

Es half wenig. Der nächste Schwarm von Gleitern, der sie angriff, ließ einen Hagel von Pfeilen in die Ballonhülle regnen, und weniger Pfeile als je zuvor stiegen den schwarzen Fliegern entgegen. Die mächtige Gaskugel begann, in sich zusammenzusacken, als die heiße Luft durch die Löcher entwich.

Wieder wurde einer der Bogenschützen bei dem Angriff getötet. Der Leichnam musste ohne jede Zeremonie über Bord geworfen werden. Die Zeit war allzu knapp.

Die Männer, die am Boden die Ankertaue verteidigten, waren in arger Bedrängnis. Alle wussten, dass es nur eine Frage der Zeit war, wann die Truppen, die auf der Südseite des Canyons standen, unter dem Druck der Luftangriffe zurückweichen und die Flanke ungeschützt lassen würden.

Kremer hatte offensichtlich erkannt, welche Vorteile ihm seine vorspringende Kampflinie oben am Ruddik bot. Er hatte Verstärkungstruppen von der nördlichen Front abgezogen, wo Demsen mit seinen Königlichen Pfadfindern erbitterten Widerstand leistete. Gath hatte mehrere Söldnerkompanien aufmarschieren sehen, und nur wenige Minuten vor dem jüngsten Gleiterangriff waren Kompanien von Kremers graugekleideten Nordmännern eingetroffen. Der Entscheidungskampf an dieser Front würde nicht mehr lange auf sich warten lassen. Und wenn ihnen hier der Durchbruch gelänge, würde das Herzland der L'Toff ungeschützt vor ihnen liegen.

Der Ballon leckte jetzt stetig. Gath vermochte nicht mehr

abzuschätzen, wie lange er noch, ungeachtet aller Übung, in der Luft bleiben würde.

Und als ob dies alles nicht schon genügt hätte, packte ihn einer seiner Männer plötzlich bei der Schulter, streckte den Arm aus und rief: »Was ist denn das?«

Gath spähte mit zusammengekniffenen Augen in den Himmel. Zunächst hielt er das, was er sah, für einen weiteren verfluchten Gleiter. Aber im hellen Licht des Nachmittages sah es so aus, als stürze sich da etwas Neues in die Luftschlacht … ein großes, geflügeltes Ding mit einer Spannweite, welche die der größten Gleiter Kremers noch übertraf.

Dieses Ding *grollte,* und es flog anders als jeder Gleiter, den er je gesehen hatte. Es lag etwas Kraftvolles in der Art, wie es sich durch den Himmel pflügte.

Angstvolles Gemurmel erhob sich unter Gaths Männern. Wenn Kremer eine neue Waffe in diesen ungleichen …

Aber nein! Sie sahen, wie das grollende Ding hoch aufstieg und dann in den Aufwind bei der Canyonmündung hineintauchte, um die langsam emporschwebende Schwadron der Gleiter dort anzugreifen!

Gath starrte verblüfft auf das, was sich dort abspielte. Der Neuankömmling umkreiste behände die schwerfälligen Gleitflügler und wirbelte die gleichmäßig aufwärtsstrebende Luft durcheinander, auf die sie angewiesen waren. Die Turbulenzen, die sein Kreisen verursachte, brachten die Gleiter aus dem Gleichgewicht. Eine nach der anderen erzitterten die schwarzen Silhouetten, sie taumelten und stürzten ab!

Die meisten der Gleiterpiloten gewannen irgendwann die Kontrolle über ihr trudelndes Fahrzeug zurück, aber nicht rechtzeitig, um einen anderen Aufwind zu erreichen. Verzweifelt suchten die geschickten Piloten nach flachem Gelände, und fast alle mussten sich mit einer Bruchlandung auf den holprigen Hängen begnügen.

Wütende Flieger kamen stapfend oder hinkend aus den Wracks ihrer Flugmaschinen hervor und starrten hinauf zu dem surrenden Ding, das sie aus der Luft geholt hatte wie eine Hand, die nach Fliegen schlug.

Ein paar von Kremers Gleitern schafften es, im Aufwind zu bleiben. Sie entgingen dem ersten Anflug des grollenden Monstrums, stiegen auf, so hoch sie konnten, und stießen dann auf den Neuling herab.

Aber das falkengeflügelte Ungeheuer wich den tödlichen Pfeilen mühelos aus. Dann wendete es anmutig, nahm Kurs auf seine Verfolger und jagte sie hinaus auf die wüste Ebene. Und unausweichlich ging Gleiter um Gleiter zu Bruch, oder aber sie strandeten auf der holprigen Prärie.

Innerhalb weniger Minuten war der Himmel leer! Die L'Toff starrten in die Höhe, und sie trauten ihren Augen nicht. Doch dann erhob sich ein vielstimmiger Jubelschrei aus den Reihen der Verteidiger. Die Angreifer indessen – selbst die graugekleideten Berufssoldaten – wichen in abergläubischer Furcht zurück, als das dröhnende Ding zurückkam und hoch über dem Canyon dahinflog.

Und damit noch nicht genug – in diesem Augenblick erhob sich ein Fanfarenklang, dessen Echo weithin durch das Felsental hallte. Auf dem Höhenzug oberhalb des Canyons erschien ein Zug gepanzerter Männer. Als der Wind stärker wurde, entrollten sie das königliche Banner von Coylia. Ein großer Drache, die breit ausladenden Schwingen von leuchtend grüner Litze umsäumt, flatterte im Wind und grinste auf die Kämpfer herab.

Gath wusste, dass sich auf den Hängen dort oben nur ein knappes Dutzend Königlicher Pfadfinder verborgen gehalten hatte, um im geeigneten Augenblick ein großartiges Theater aufzuführen. Die Taktiker hatten sich auf den Ruf der Pfadfinder verlassen und gehofft, den Feind im entscheidenden Moment durch ihren Anblick verwirren zu können.

Ihr Auftritt war weit wirkungsvoller, als Demsen und Prinz Linsee es sich erträumt hatten. Der Zusammenhang zwischen dem unbekannten fliegenden Ding und den Drachen der Legende war unübersehbar, und manch einer in den Armeen dort unten konvertierte zweifellos unvermittelt zum Alten Glauben.

Und diesen Augenblick erwählte das große, grollende Ungeheuer am Himmel, um auf die Armee in der Ebene herabzustoßen.

Kein einziger Pfeil zischte ihm entgegen; obgleich es nichts Tödliches herabfallen ließ, erfüllte doch sein Bassgedröhne die Herzen der Invasoren mit Schrecken. Sie warfen ihre Waffen weg, verließen ihre Stellungen und flohen, ohne sich noch einmal umzublicken.

Zum ersten Mal seit Tagen atmete Gath wieder frei. Er hatte kaum einen Zweifel daran, dass er wusste, wer der Pilot dieses lärmenden, drachenähnlichen Fliegers war.

9

»Majestät! Es ist alles verloren!« Der grau gewandete Reiter riss sein Pferd vor seinem Lehnsherrn herum.

Kremer zügelte sein Ross. »*Was?* Wovon reden Sie da? Man sagte mir, wir hätten sie schon!« Er schaute hoch und sah, dass sich seine Truppen in heilloser Auflösung befanden. Wie eine Springflut schäumten die grünen, roten und grauen Uniformen unaufhaltsam durch den Canyon herab, dicht hinter dem berittenen Boten.

Der Warlord und seine Adjutanten wurden von der Flut der panisch Flüchtenden überrollt. Es zeigte sich rasch, dass diese Männer weder durch Gebrüll noch durch Schwertstreiche zur Vernunft zu bringen waren. Kremer und seine Offiziere hatten alle Hände voll damit zu tun, ihren nervösen Tieren die Sporen zu geben und sie auf die Anhöhe am Rande des Canyon zu treiben, um nicht von den fliehenden Massen fortgeschwemmt zu werden.

Irgendetwas war entsetzlich schiefgegangen, das war offenkundig. Kremer blickte zum Himmel und suchte nach seiner Hauptwaffe – aber keiner seiner Gleiter war zu sehen!

Dann hörte er ein schwaches Geräusch. Er drehte sich um und erblickte ein fremdartiges Gebilde, die den Canyon entlangflog und seine Leute vor sich hertrieb. Aus langer Erfahrung wusste er, dass kein Gleiter so fliegen konnte, ohne auf trickreiche nette Kleinigkeiten wie Thermik und Sinkrate zu achten. Das Ding schrie wie ein großer, wütender Raubvogel, und in seinem Umkreis schimmerte das schwache Leuchten der *Felthesh*.

Die Truppen, die vor diesem Ungetüm die Flucht ergriffen, hatten offensichtlich von den Überraschungen dieses Feldzuges die Nase voll. Erst die scheußlich schwankenden, schwebenden »Ballon«-Ungetüme – und jetzt das!

Der Baron brummte wütend vor sich hin. Als das Ding sich näherte, legte er die Hand auf den Kolben der Nadelpistole an seiner Hüfte. Wenn es nahe genug herankommen wollte! Wenn er es abschießen könnte, würden seine Männer vielleicht neuen Mut fassen!

Aber das Ungeheuer tat ihm den Gefallen nicht. Als es seine Aufgabe erfüllt sah, stieg es in die Höhe und ging auf Nordkurs. Kremer zweifelte nicht daran, dass es zum Kampf im Nordpass hinaufzufliegen gedachte.

Vor seinem geistigen Auge fügte sich das Bild zusammen: Dies war das Werk des fremden Zauberers, und es gab keine Möglichkeit, etwas dagegen zu unternehmen.

Gegen dieses neue Ding konnte er nicht kämpfen – *noch* nicht, wenigstens. Sein Kriegsplan hatte sich allzu einseitig auf seine Gleiter gestützt, und diesem Ungeheuer waren sie nicht gewachsen.

Wenn die Nachricht von dieser Katastrophe nach Osten gelangte, würden die großen Lords natürlich in Scharen zu König Hymiel überlaufen. Innerhalb weniger Tage würden ganze Armeen auf dem Marsch nach Westen sein, und auf seinen Kopf würde man einen Preis aussetzen.

Kremer wandte sich an seine Adjutanten. »Rasch, zur Signalstation. Befehlen Sie den kompletten Rückzug, hier und im Norden. Meine Nordmänner sollen sich im Tal der Hohen Bäume sammeln, im Hochland von Flemming, dem Lande unserer Vorväter. Die alten Schanzen dort sind stark. Wir werden nichts zu fürchten haben, keine Armeen und auch nicht die fliegenden Ungeheuer des Zauberers.«

»Majestät?« Die Offiziere starrten ihn ungläubig an. Noch einen Augenblick zuvor waren sie sicher gewesen, dem unumstrittenen zukünftigen Beherrscher des ganzen Landes von den Bergen bis zur See zu dienen. Und jetzt verkündete er ihnen, sie sollten leben wie ihre Großväter – hoch oben in der Wildnis des nördlichen Hochlandes!

Kremer wusste, dass nur wenige Leute eine Situation so rasch und klar zu erfassen verstanden wie er. Er konnte es ihnen nicht verdenken, dass sie verblüfft waren. Gleichwohl würde er es nicht ertragen, dass sie ihm nicht unverzüglich gehorchten.

»Bewegt euch!«, brüllte er. Seine Hand fuhr zu der Nadelpistole im Halfter an seiner Seite, und er sah, wie sie angstvoll zurückwichen.

»Ich will, dass dieser Befehl augenblicklich ausgegeben wird! Und wenn das geschehen ist, werden wir eine Botschaft an unsere Garnison in Zuslik senden: Sie sollen alles Wertvolle und den gesamten Proviant der Stadt zusammentragen … Wir werden viel Material brauchen, in den Monaten und Jahren, die vor uns liegen.«

10

Es war – selbst für einen Sommertag auf Tatir – spät, als der Wunder-›Drache‹ zum Herzland der L'Toff zurückkehrte. Die Begrüßungsabordnung am Boden musste seinem Zickzackkurs folgen, bis sie und der Pilot der Flugmaschine eine ausreichend große Lichtung ausfindig gemacht hatten. Inzwischen, so schien es, hatte sich das halbe Volk – diejenigen, die nicht den fliehenden Armeen nachsetzten – zusammengefunden, um die Retter zu begrüßen.

Das Flugzeug kam in flachem Landeanflug herunter, der funkelnde Rumpf leuchtete im goldenen Zwielicht. Sanft berührte es den Boden, rollte ein Stück weit und kam dann dicht vor einer Gruppe hoher Eichen zum Stehen.

Die Menge explodierte fast vor Freude, als sie sah, wie sich die schlanke Gestalt der Prinzessin im Rumpf des Flugzeugs erhob. Jubelnd umdrängten die Leute sie, und einige versuchten sogar, sie hochzuheben und auf den Schultern davonzutragen. Aber sie ließ es nicht zu. Sie winkte ab und drehte sich um; eine zweite Person stand hinter ihr – für einen Ausländer ein hochgewachsener Mann, dunkelhaarig und bärtig. Er sah sehr müde aus.

Aber die größte Überraschung kam, als sie sahen, was da auf der Schulter des Mannes hockte – ein kleines Wesen mit einem grünen Augenpaar und einem koboldhaften Grinsen. Das Krenegee schnurrte, die Leute wichen zurück, und gedämpftes, ehrfürchtiges Schweigen breitete sich aus.

Und dann seufzten die L'Toff fast wie aus einem Munde auf, als der fremde Zauberer ihre Prinzessin in die Arme schloss und sie lange, lange küsste.

ZWÖLFTER TEIL

OVUM OVUM, QUID LACUS EGO

1

Dennis fühlte sich sonderbar, als er schließlich erwachte – so, als sei sehr viel Zeit vergangen und als habe er lange geträumt. Er setzte sich auf und rieb sich die Augen.

Durch einen schleierzarten Vorhang flutete heller Sonnenschein in das feinleinene Zelt. Er warf die seidige Bettdecke beiseite und erhob sich von der weichen Lagerstatt, auf der er geruht hatte. Dann sah er, dass er nackt war.

Draußen vor dem bunten Zelt herrschte aufgeregtes Geschrei, und er hörte reitende Boten kommen und gehen. Dennis sah sich nach etwas zum Anziehen um. Auf einem mit weißer Spitze bezogenen Stuhl entdeckte er eine Reithose aus weichem Hirschleder und ein satinschimmerndes grünes Hemd. Daneben standen schwarze Lederstiefel … seine Größe. Dennis kümmerte sich gar nicht erst um Unterwäsche. Rasch streifte er die Kleider über und hastete nach draußen.

Nur ein Dutzend Schritte weit entfernt stand Prinz Linsee und unterhielt sich angeregt mit einigen seiner Offiziere. Der Lord der L'Toff nahm einen Bericht von einem keuchenden Boten entgegen. Schließlich lachte er leise und legte dem Kurier dankbar die Hand auf die Schulter.

Dennis entspannte sich ein wenig, als er den Prinzen lachen hörte. Hin und wieder hatten leise Gewissensbisse ihn im Schlaf der Erschöpfung aufgestört. Eigentlich, so hatte er gefühlt, hätte er auf den Beinen sein müssen, um den L'Toff dabei zu helfen, den Sieg, den er ihnen gebracht hatte, zu sichern. Mehrmals war er halb aufgewacht, und jedes Mal hatte er beabsichtigt, sich an die Entwicklung neuer Waffen zu begeben oder sein neues Flugzeug zu besteigen und den Feind in Angst und Schrecken zu versetzen. Aber jedes Mal hatte sein erschöpfter Körper ihm die Kooperation verweigert.

Das sollte nicht heißen, dass sein Schlaf ständig gestört worden wäre. Hin und wieder hatte er auch von Linnora geträumt, und das war sehr angenehm gewesen.

»Denniis!«

Einer der L'Toff-Offiziere grinste, als er ihn erblickte. Dennis starrte ihn einen Moment lang ratlos an. Mit so vielen Gesichtern hatte man ihn im dunstigen Licht der Dämmerung bekannt gemacht ... War das gestern Abend gewesen – oder vorgestern?

»Dennis! Ich bin's – Gath!«

Dennis blinzelte. Aber ja doch! Der Junge schien in den letzten zwei Monaten gewachsen zu sein. Vielleicht lag es aber auch an der Uniform.

»Gath! Habt ihr Nachricht von Stivyung?«

Der Junge grinste. »Vor ungefähr einer Stunde haben wir 'ne Botschaft erhalten. Ihm ist nichts passiert. Sein Ballon ist in 'ner königstreuen Baronie gelandet, und jetzt ist er mit 'nem Trupp Soldaten unterwegs, um sich an der Verfolgung Kremers zu beteiligen!«

»Dann ist Kremer ...«

Dennis verstummte mitten im Satz, denn der Prinz hatte sich umgedreht und kam herüber. Linsee war ein hochgewachsener, schlanker Mann mit einem Spitzbart. Lächelnd ergriff er Dennis' Hand.

»Zauberer Nuel. Schön, dass Sie wieder wach sind. Ich nehme an, Sie haben gut geschlafen?«

»Äh, jawohl, Hoheit – aber ich wüsste doch gern ...«

»Ja, ja.« Linsee lachte. »Meine Tochter, und Ihre Verlobte, wenn ich nicht irre. Nun, Linnora meditiert in einem Hain ganz in der Nähe. Man wird sie holen.« Der Prinz nickte mit dem Kopf, und ein junger Page sprang hurtig davon.

Dennis war froh. Es verlangte ihn heftig danach, die Prinzessin wiederzusehen. Am Abend der Landung war er so aufgeregt wie jeder junge Freier gewesen, als der Prinz auf sie zugekommen war und Linnora ihn vorgestellt hatte. Ein Stein war ihm vom Herzen gefallen, als Linsee mit Freuden seine Einwilligung zu ihrer Verlobung gegeben hatte.

Gleichwohl – was ihm im Augenblick auf den Nägeln brannte, war die Frage nach der Entwicklung des Krieges. An dem tumulthaften Abend der Schlacht hatte er aus der Luft gesehen, wie die graugekleideten Truppen des Tyrannen an allen Fronten zurückgewichen waren. Ihre buntgescheckten Verbündeten – Söldnertruppen und die Lehnsmannen anderer Barone – waren beim ersten Anflug seiner Maschine auseinandergestoben, und die Nordmänner hatten sich überstürzt und immer wieder nervös hinter sich blickend zurückziehen müssen.

Aber die grauen Kolonnen waren nur auf dem Rückzug gewesen – geschlagen waren sie nicht. Trotz ihrer Angst hatten sie sich geordnet zurückbewegt. Sie waren exzellente Soldaten, und sie hatten die nachsetzenden L'Toff erbittert aufgehalten, damit ihre Kameraden ungehindert entkommen konnten.

Als die Dunkelheit ihn und Linnora schließlich gezwungen hatte, das Territorium der L'Toff nach einem Landeplatz abzusuchen, hatte Dennis befürchtet, der Feind könne sich am nächsten Tage neu formieren.

»Was ist mit Kremer?«, fragte er.

»Keine Sorge.« Linsee grinste. »Kremers Bundesgenossen sind inzwischen samt und sonders zum König übergelaufen. Eine Armee aus Freiwilligenmilizen ist auf dem Marsch vom dichtbevölkerten Osten zu uns herüber. Kremer hat Zuslik geplündert und alles mitgenommen, was nicht niet- und nagelfest war, und jetzt ist er unterwegs in das Hochland seiner Ahnen. Leider befürchte ich, dass die Armeen des Königreiches, und täten sie sich alle zusammen, nicht einmal mit Hilfe Ihrer vielfältig summenden und schwankenden Flugungeheuer imstande wären, ihn aus diesen zerklüfteten Felsschründen hervorzuzerren.«

Ein Stein fiel Dennis vom Herzen. Er zweifelte nicht daran, dass Kremer eines Tages erneut Unruhe stiften würde. Ein so skrupelloser und brillanter Mann wie er würde Mittel und Wege finden, seinen Ehrgeiz zu befriedigen, und diese Niederlage würde er nur als zeitweiligen Rückschlag betrachten.

Aber vorläufig war die Krise vorüber.

Dennis war froh, Linnoras Volk geholfen zu haben. Aber am glücklichsten machte ihn die Gewissheit, dass kein Tyrann ihn mehr zwingen würde, Erfindungen zu konstruieren, für die diese Welt einfach nicht bereit war.

In Zukunft würde er darauf achtgeben müssen. Schon hatte er das Rad und den Leichter-als-Luft-Flug über Tatir gebracht. Und wahrscheinlich hatte Gath das Prinzip des Propellers inzwischen auch schon durchschaut, denn lange genug hatte er sich das Wagen-Flugzeug angesehen.

Dennis würde erst sehen müssen, was der Übungseffekt aus diesen Innovationen werden ließe, wenn sie in die Massenproduktion gingen, bevor er weiteres Hexenwerk auf diese Unschuldigen losließe.

Ein Page kam herbeigelaufen und blieb vor Prinz Linsee stehen. Linsee beugte sich zu ihm herab, um zu hören, was er zu vermelden hatte.

Dann wandte er sich zu Dennis. »Meine Tochter bittet Sie, zu der Wiese zu kommen, auf der Sie vorgestern Abend gelandet sind. Sie erwartet Sie dort bei Ihrer Wundermaschine. Niemand hat Ihren Gleiter angerührt, seit er dort steht«, versicherte der Prinz weiter. »Ich habe verbreiten lassen, dass jeder, der das große, grollende Drachenwesen anfasst, bei lebendigem Leibe verschlungen wird.«

An Linsees verschmitztem Lächeln erkannte Dennis, dass er

ebenso scharfsinnig war wie Linnora. Zweifellos hatte die Prinzessin ihrem Vater, während er, Dennis, geschlafen hatte, über alles, was ihr seit ihrer Gefangennahme widerfahren war, Bericht erstattet.

»Ach, das freut mich, Hoheit. Könnten Sie jemanden bitten, mir den Weg zu zeigen?«

Linsee rief eine junge Dienerin herbei. Das Mädchen trat vor und nahm Dennis bei der Hand.

2

Linnora erwartete Dennis auf der weiten Wiese neben dem schillernden Flugzeug. Sie saß mit gekreuzten Beinen in einem Lederanzug, wie ihn die L'Toff trugen, vor der Nase des Flugzeuges, und drei in fließende Gewänder gehüllte Zofen standen tuschelnd am Rande der Lichtung.

Während er sich zwischen den Bäumen der Lichtung näherte, entnahm Dennis einigen Gesprächsfetzen, die er aufschnappen konnte, dass die Zofen die soldatische Kleidung der Prinzessin nicht billigten – ganz zu schweigen davon, dass man nicht mit gekreuzten Beinen vor einer unbekannten Maschine auf dem Boden saß.

Die Damen schnappten nach Luft und fuhren herum, als Dennis ihnen einen guten Morgen wünschte. (*Guten Tag,* korrigierte er sich, als er sah, wo die Sonne stand.) Die Zofen verneigten sich und zogen sich zurück. Ihre Haltung war respektvoll, aber ihre Nervosität ließ gleichwohl erkennen, dass sie nicht überrascht wären, wenn ihm plötzlich Vampirzähne wüchsen oder er durch die Luft spazieren wollte. Offensichtlich waren die normalen L'Toff auch nicht sehr viel abgeklärter als der Durchschnitts-Coylianer.

Aber das würde sich ändern lassen, erinnerte Dennis sich, während er auf das Flugzeug zuging.

Dann runzelte er verdutzt die Stirn. In einer unglaublichen Verrenkung hatte Linnora den Kopf unter die Vorderseite des ehemaligen Wagens geschoben. Zwar bewunderte er die Gelenkigkeit, die dem Mädchen ermöglichte, sich in dieser Weise zu verbiegen, aber er fragte sich doch, was um alles in der Welt sie unter dem Fahrgestell suchte.

»Linnora!«, rief er. »Was machst du …«

Ein dumpfer Stoß hallte über die Wiese. »Autsch! …« Der Rumpf des Flugzeugs dämpfte ihren Schrei. Dennis errötete, als in schneller Folge eine Reihe von Schimpfwörtern ertönte, die Linnora nur aus einer einzigen Quelle gelernt haben konnte. Zum coylianischen Dialekt des Englischen gehörten solche Ausdrücke jedenfalls nicht!

Die Prinzessin kam unter dem Flugzeug hervor, setzte sich auf und rieb sich den Kopf. Aber ihr Fluchgemurmel versiegte, als sie sah, wer sie gerufen hatte. »Dennis!«, rief sie, und im nächsten Augenblick lag sie ihm in den Armen.

Schließlich, ein wenig atemlos, fand er Gelegenheit, sie zu fragen, was sie unter der Maschine gesucht habe.

»Ach, da? Oh, ich hoffe, das war nicht schlimm – ich meine, ich hoffe, dass ich nicht an gefährlichen Sachen herumgespielt habe, von denen ich nichts verstehe. Aber du hast so lange geschlafen, und irgendein Naseweis hat meinem Vater erzählt, ich hätte einen Kampfanzug an, und seitdem lässt er mich bewachen, um sicherzugehen, dass ich nicht losreite und Kremer die Ohren abschneide oder so was. Aber ich habe mich einfach gelangweilt! Ich hab' mich so sehr gelangweilt, dass ich mal sehen wollte, ob …«

Offenbar war sie über irgendetwas aufgeregt, aber für Dennis ging das alles ein wenig zu schnell. »Äh – Linnora, deine Damen scheint es irgendwie zu schockieren, wenn du da so unter dem Ding herumkriechst.«

»Oh!« Linnora schaute auf ihre lehmverkrusteten Knie. Sie fing an, sich den Schmutz von der Hose zu klopfen, doch dann hielt sie inne und zuckte die Achseln. »Tja, daran werden sie sich eben gewöhnen müssen, nicht wahr? Abgesehen davon, dass ich deine Frau werde, erwarte ich, dass man mir die Zauberei beibringt, musst du wissen. Und nach allem, was ich bisher gesehen habe, scheint mir das ein staubiges Geschäft zu sein.«

Das Zwinkern in ihrem Blick verriet ihm, dass es da einiges gab, was sie von ihrem hochwohlgeborenen Gatten erwartete. Nach einem Lehrling würde er jedenfalls nicht lange Ausschau halten müssen.

»Jedenfalls«, fuhr sie fort, »kam ich her und fand alles so vor, wie wir es nach der Landung verlassen hatten. Dein Krenegee war auch hier. Aber jetzt ist es anscheinend verschwunden. Vielleicht ist es auf der Jagd. Ich habe eine ganze Weile unter dem Flugzeug gelegen, und dabei habe ich vielleicht nicht gemerkt, wie die Zeit verging.«

Dennis bezweifelte, dass seine Herzliebste je zur Sache kommen würde. »Aber was hast du denn da unten *gesucht?*«, fragte er beharrlich.

Linnora hielt für einen Augenblick inne. Ihr Wortschwall versiegte, während sie versuchte, den Faden ihrer Gedanken wiederzufinden.

»Der Robot!«, erklärte sie plötzlich. »Ich habe mich gelangweilt, und da beschloss ich, mit diesem wundervollen Werkzeug-Wesen zu plaudern, das du von deiner Welt mitgebracht hast.«

»Du hast *geplaudert* mit …« Jetzt war es an Dennis, mit den Lidern zu klappern. »Zeig's mir«, forderte er sie schließlich auf.

Die L'Toff-Damen erlitten einen neuerlichen Schock, als sie sahen, wie der Zauberer und ihre Prinzessin zusammen durch

Gras und Lehm krochen, und sie schickten sich an, sich sittsam abzuwenden, falls ihre schlimmsten Befürchtungen sich als wahr erweisen sollten.

Schließlich seufzten sie erleichtert. So sehr hatte das Leben im Tiefland Linnora denn doch nicht verderben können. Aber was *taten* die beiden nur dort unten? Wieso krochen sie unter dem Ungeheuer herum?

Mit tiefem Bedauern erkannten die Damen, dass es nie wieder so werden würde, wie es einmal gewesen war.

3

Eigentlich wäre es gar nicht nötig gewesen, unter das Flugzeug zu kriechen, um den Robot zu untersuchen. Später begriff Dennis, dass er dem kleinen Automaten hätte befehlen können, den Propeller und den Flugzeugrumpf loszulassen und herauszukommen. Aber inzwischen war der Robot so sehr zu einem *Teil* des Flugzeugs geworden, dass Dennis daran überhaupt nicht gedacht hatte. Die Serie der machtvollen Übungstrancen, verstärkt noch durch die magische Kraft des Krenegee, hatte die Maschine so nachhaltig verwandelt, dass sie mit dem schimmernden Holzgleiter verwachsen zu sein schien.

Als Linnora erzählt hatte, sie habe mit dem Robot ›geplaudert‹, hatte sie damit natürlich gemeint, dass sie diejenige war, die wirklich gesprochen hatte. Der Robot hatte ihr mit seinem kleinen Display geantwortet.

Stirnrunzelnd betrachtete Dennis die Reihen der fließenden coylianischen Schriftzeichen auf dem perlmuttschimmernden Rechteck. Er konnte die fremde Schrift gar nicht so schnell lesen, wie sie vorüberflimmerte. Außerdem, fragte er sich, wo hatte der Robot eigentlich gelernt …

Natürlich! Bald ging ihm ein Licht auf. Beinahe seit seinem ersten Augenblick hier auf Tatir hatte der Robot Informationen über die Bewohner des Planeten gesammelt, weil er es ihm befohlen hatte. Selbstverständlich gehörte dazu auch die Schrift, die hier verwendet wurde.

»Doppelbild«, befahl er. »Coylianische Schrift links, terraenglische Übersetzung rechts.«

Der Text spaltete sich in zwei Versionen desselben Berichtes. Daraufhin mussten er und Linnora ein bisschen näher herankriechen, um es lesen zu können, aber so schmiegten sie sich umso dichter aneinander, und das empfand er nicht als Nachteil.

Sogleich bemerkte er etwas Interessantes. Obwohl die coylianischen Buchstaben zu einem Silbenalphabet gehörten, die englisch-römischen Buchstaben hingegen ein Lautalphabet bildeten, war den beiden Systemen ein gemeinsamer Stil zu eigen. Der ›th‹-Laut beispielsweise sah in der coylianischen Schrift aus wie ein miteinander verschmolzenes, leicht abgewandeltes ›t‹ und ›h‹.

Dennis entsann sich an einige der Berechnungen, mit denen er sich während seiner Gefängnishaft die Zeit vertrieben hatte. Seine Aufregung wuchs, und in ihm keimte der Verdacht, dass eine der Theorien, die er damals entwickelt hatte, möglicherweise stimmte.

Eine Zeit lang las er, was über den Bildschirm flimmerte. Es war eine Zusammenfassung der coylianischen Frühgeschichte. Sie stammte von einigen antiken Schriftrollen, die der Robot für kurze Zeit aus einem Tempel in Zuslik stibitzt hatte. Die Schriften hatten sich speziell mit dem Alten Glauben befasst, der einst auf Tatir weit verbreitet gewesen war, jetzt aber nur noch bei den L'Toff und einigen anderen Stämmen gepflegt wurde. Dieser Glauben schien größtenteils aus offenkundigen Mythen und Legenden zu bestehen, aber Dennis hatte das Gefühl, dass hinter diesen bunten Geschichten ein ganz bestimmtes Muster zu sehen war.

Dennis forderte den Robot auf, zu früheren Seiten zurückzugehen und dann wieder vorzuspringen. Fasziniert sah Linnora zu, und von Zeit zu Zeit wies sie auf Passagen hin, die sie vorher gelesen hatte. Gelegentlich hielten sie das Ganze an, und sie erklärte ihm die Bedeutung eines Ausdrucks, den er noch nicht kannte.

Lange Zeit verbrachten sie so unter dem Flugzeug, und sie lasen die korrelierte Geschichte einer Welt.

Dennis hatte einen Krampf im Nacken, als er zu dem Schluss kam, nun genügend Daten zu haben. Die Schlussfolgerung erschien ihm unwiderlegbar.

»Das hier ist nicht bloß ein anderer Planet!«, erklärte er. »Es ist die Zukunft!«

Linnora rollte sich auf die Seite und sah ihn an.

»Ja, für dich ist sie es, mein Zauberer aus der Vergangenheit. Ändert das etwas für dich? Willst du immer noch eine Frau heiraten, die vielleicht zu deinen fernen Nachkommen gehört?«

Dennis rutschte an sie heran und küsste sie. »Ich hatte keine starken Bindungen an meine Zeit«, erwiderte er. »Und zu meinen Nachkommen kannst du nicht gehören. Ich hatte nämlich keine Kinder.«

Linnora seufzte. »Nun, auch daran lässt sich etwas ändern.«

Dennis war im Begriff, ihr noch einen Kuss zu geben, was den Damen unter den Bäumen einen erneuten Schock versetzt hätte, aber in diesem Augenblick rief plötzlich jemand direkt über ihnen. *»Denniis! Prinzessiin!«*

Zwei dumpfe Schläge ertönten, gefolgt von zweistimmig gemurmelten Flüchen. Linnora und Dennis krochen unter dem Flugzeug hervor und rieben sich die Köpfe. Aber als sie sahen, wer sie erwartete, grinsten sie.

»Arth!«

Es war tatsächlich der kleine Räuberhauptmann. Eine Schar L'Toff hatte sich versammelt. Sie standen am Rande der Lichtung und beobachteten die Szene mit staunendem Schweigen, denn auf Arths Schulter saß ein schnurrendes Krenegee.

Dennis umarmte seinen Freund. »Prolls Männer haben dich also gefunden! Ich hatte schon Angst, wir hätten das Plateau nicht gut genug beschrieben und müssten dich mit dem Flugzeug holen! Wir haben uns Sorgen gemacht!«

Arth kraulte das schnurrende Koberkel unter dem Kinn. »Ach, mir ging's prima«, meinte er lässig. »Hab' mir die Zeit damit vertrieben, 'n paar Knüppel zusammenzuhämmern, um noch so'n fliegenden Wagen zu ›machen‹. Hätte das Ding auch zum Fliegen gebracht, aber dann kamen schon die L'Toff und Demsens Leute, um mich abzuholen.«

Der bloße Gedanke jagte Dennis einen Schauer über den Rücken. Er würde ein ernstes Wort mit dem Burschen reden müssen – und mit Linnora und Gath und allen anderen, die der Illusion erlagen, Erdentechnologie ließe sich so einfach ›zusammenhämmern‹. Übungseffekt hin, Übungseffekt her – manche Dinge mussten gleich beim ersten Mal richtig funktionieren!

»Na, wenn's dir nur gut geht.«

»Klar, mir geht's prima. Hab' Demsens Truppe eine Nachricht für Maggin mitgegeben und die alte Dame gebeten, von Zuslik raufzukommen und hier oben 'n bisschen Urlaub mit mir zu machen – mit Ihrer Erlaubnis natürlich, Hoheit.« Er verneigte sich vor Linnora. Linnora lachte nur und umarmte den kleinen Dieb.

»Ach, übrigens«, fuhr Arth fort, »ich weiß ja nich', ob ihr's schon gehört habt, aber ich schätze, es interessiert euch. Anscheinend haben Demsens Jungs in der Nähe des Nordpasses eine von Kremers Kompanien aufgegriffen. Und was glaubt ihr, wer bei ihnen war? Niemand anders als unser alter Freund Hoss'k!«

»Hoss'k!«

»Ja. Aber sie haben Pech gehabt – der Diakon is' ihnen ausgekniffen. Er hatte allerdings noch einen komischen Burschen bei sich, und den haben sie noch. Anscheinend war's 'n Gefangener. Er is' jetzt hinten bei Linsees Zelt. Und weiß du was? Er redet genau wie du, Dennis. Ganz komisch, hinten in der Kehle ganz offen – genau wie du mit deinem ulkigen Akzent. Und die Nordmänner, die sie gefangen genommen haben, behaupten, er is' auch 'n Zauberer!«

Dennis und Linnora sahen einander an. »Ich glaube, den sollten wir uns ansehen«, meinte die Prinzessin.

4

»Tja, Brady, also Sie hat Flaster ausgewählt, um nach mir zu suchen. Hat sich ja 'ne Menge Zeit gelassen.«

Der sandblonde Mann, der finster brütend auf dem Feldstuhl saß, fuhr herum und starrte ihn an.

»Nuel! Sie sind's! O Gott, ich bin froh, endlich einen Erdenmann zu sehen!«

Bernald Brady sah mitgenommen und erschöpft aus. Ein Bluterguss prangte auf seiner Stirn, und sein typischer, hämischer Gesichtsausdruck war verschwunden – er schien ehrlich erfreut und erleichtert zu sein, als er Dennis erkannte.

Linnora und Arth folgten Dennis ins Zelt. Bradys Augen weiteten sich, als er das Wesen auf Arths Schulter sah, und er wich zurück.

Das Koberkel schien ihn ebenfalls wiederzuerkennen. Es zischte unfreundlich und bleckte die Zähne. Schließlich musste Arth es hinausbringen.

Als die beiden gegangen waren, wandte Brady sich beschwörend an Dennis. »Nuel, bitte! Können Sie mir verraten, was hier los ist? Diese Welt ist doch verrückt! Zuerst finde ich das zerstörte Zievatron und Ihre merkwürdige Nachricht. Dann fängt meine gesamte Ausrüstung an, verrückt zu spielen. Schließlich gibt mir ein Fettwanst, der sich aufführt wie Minister Calumny persönlich, eins über den Schädel und lässt mich von einem Haufen Gorillas bis aufs Hemd ausrauben …«

»Sie haben Ihnen die Waffen weggenommen? Das hatte ich befürchtet.« Dennis verzog das Gesicht. Kremer hatte schon die Nadelpistole, und der Teufel mochte wissen, was für Waffen der stets vorsichtige Brady noch mitgebracht hatte. Und zweifellos hatte Brady bei seiner eigenen Ausrüstung nicht geknausert. Mit all dem Zeug konnte Kremer immer noch große Unannehmlichkeiten machen.

»Sie haben mir *alles* weggenommen!«, stöhnte Brady. »Von meinem Campingherd bis zu meinem Trauring!«

»Sie sind inzwischen verheiratet?« Dennis hob die Augenbrauen. »Mit wem denn? Kenne ich die Dame?«

Brady machte plötzlich ein banges Gesicht. Offenbar wollte er Dennis nicht vor den Kopf stoßen. »Äh … na ja – als Sie nicht zurückkamen …«

Dennis starrte ihn an. »Heißt das – Sie und *Gabbie?*«

»Äh … ja. Ich meine – Sie waren so lange weg. Und wir stellten fest, dass wir so viel miteinander gemeinsam hatten – na, Sie wissen schon.« Betreten schaute er an die Decke.

Auch Linnora machte besorgte Miene.

Dennis lachte. »Keine Sorge, Bernie. Zwischen uns lief sowieso nie was. Ich bin sicher, dass Sie besser zu ihr passen, als ich es je gekonnt hätte. Meinen Glückwunsch. Ehrlich.«

Brady ergriff unsicher die dargebotene Hand. Sein Blick wanderte zwischen Dennis und Linnora hin und her, und allmählich schien ihm zu dämmern, was hier geschehen war.

Aber diese Erkenntnis ließ ihn nur noch kläglicher dreinblicken. Der Bursche hatte nicht nur Angst und Heimweh. Er war verliebt.

»Na, wir werden dafür sorgen, dass Sie so schnell wie möglich zu ihr zurückkommen«, sagte Dennis tröstend zu seinem ehemaligen Rivalen. »Ich muss sowieso noch einmal zur Erde. Ich möchte gern ein paar einheimische Kunstgegenstände gegen ein paar Sachen eintauschen, die ich im No-Name-Market kaufen kann.«

Dennis hatte Pläne. Um beider Welten willen würde er dafür sorgen, dass Linsee das Zievatron unter strenge Bewachung stellte, und den Austausch zwischen den beiden Welten strikt begrenzen. Schließlich wollten sie ja keine Zeitparadoxien herbeiführen!

Aber ein begrenzter Handel würde wahrscheinlich beiden Realitäten nützen können.

Brady indes schüttelte den Kopf. »Selbst wenn wir aus den Teilen, die Sie vergraben haben, einen neuen Rückkehrmechanismus zusammensetzen könnten, würden wir ihn niemals rechtzeitig fertigstellen! Flaster hat mir nur ein paar Tage Zeit gegeben, und die sind beinahe um. Außerdem – als der Schleusenmechanismus zerstört wurde, waren auch die Eichjustierungen hin. Ich weiß ja nicht einmal die Realitätskoordinaten der Erde …«

»Aber ich weiß sie noch«, beruhigte Dennis ihn.

»Ach ja?« Ein Hauch von Bradys gewohntem Sarkasmus kehrte zurück. »Na, und haben Sie auch schon die Koordinaten für *diesen* verrückten Planeten ausgetüftelt? Zu Hause in Labor eins waren wir nie ganz sicher, sie zu kennen. Wir haben die Einstellung eher zufällig gefunden, und jetzt ist alles verstellt!«

»Keine Sorge. Ich kann alles berechnen. Wissen Sie, ich glaube, ich weiß nicht nur, wo wir sind, sondern auch, *wann*.«

Brady starrte ihn verständnislos an. Und Dennis fing an, es ihm zu erklären.

»Denken Sie mal an die wichtigsten Entdeckungen des zwanzigsten und einundzwanzigsten Jahrhunderts«, schlug Dennis vor. »Zweifellos die dramatischsten betrafen die Biotechnik und die Zievatronik. Im Jahre 2000 war die Physik in einer Sackgasse angelangt. Oh, es gab eine Menge abstrakter Probleme, aber nichts, was einen Weg zu eröffnen schien, andere Welten für den Menschen erreichbar zu machen. Das Sonnensystem war eine ziemlich unwirtliche Gegend, und die Sterne waren furchtbar weit weg. Aber mit der Entdeckung der rekombinierten DNS schien es plötzlich möglich zu sein, beinahe jede denkbare Lebensform, ganz gleich, zu welchem Zweck, zu synthetisieren. Als wir dort waren, hatte die Arbeit in Sahara-Tech und in anderen Instituten gerade erst begonnen, und sie schien in eine Welt der Wunder zu führen – Riesenhühner, Kühe, die Joghurt gaben, ja sogar Einhörner, Drachen und Greife!

Und dann war da das Zievatron, und es versprach, uns Wege zu den Sternen zu eröffnen, die uns durch die Relativität anscheinend für immer hatten versperrt bleiben sollen. Und jetzt«, fuhr Dennis fort, »stellen Sie sich diese beiden Trends in die Zukunft verlängert vor.

Als ungefähr hundert Jahre später der Ziev-Effekt schließlich perfektioniert war, reisten Scharen von Abenteurern in andere Welten, um sie zu kolonisieren oder um Raum für ihre eigene spezielle Lebensweise zu finden. Und zu jener Zeit nahmen sie keine umfangreichen Ausrüstungen mehr mit, sondern nur den Minimalbedarf, der auch in das Zievatron hineinpasste. Schließlich – wenn man maßgeschneiderte Organismen für jede Funktion herstellen kann, dann braucht man sich nicht mehr mit klobigen Metallapparaten zu belasten. Selbstreparierende, semi-intelligente Roboter aus lebender Materie fuhren die Menschen zur Arbeit, bestellten die Felder und hielten die Häuser sauber. Wandelnde Gehirne nahmen Mitteilungen entgegen und gaben auf Kommando Informationen jeglicher Art weiter. Glühend loyale, gewaltige fliegende ›Drachen‹ mit Laseraugen beschützten die neuen Kolonien vor beinahe jeder Gefahr. Alle diese spezialisierten Organismen wurden durch eine Nahrung ›angetrieben‹, die in speziellen Anlagen produziert wurde. In dieser Zukunft reisten die Kolonisten nicht mehr mit Raumschiffen durch das All, und sie schleppten auch kein kaltes Metall mehr mit sich herum. Weshalb sollten sie, wenn sie ganz einfach in ihre neue Welt gelangten, indem sie durch eine Tür gingen, und wenn sie dort Geschöpfe für jede Funktion fabrizieren konnten?«

Brady kratzte sich am Kopf. »Das ist ein Haufen Spekulationen, Nuel. Sie können ja nicht wissen, was in der Zukunft passieren wird.«

»Doch, kann ich.« Dennis lächelte. »Das ist sie nämlich, Brady. Das hier ist die Zukunft.«

Brady starrte ihn an.

»Stellen Sie sich eine Gruppe Kolonisten vor – eine Randgruppe mit maschinenfeindlicher Gesinnung«, sagte Dennis. »Sagen wir, diese Gruppe findet eine wunderbare Welt, die sie durch das Zievatron erreichen könnte. Die Leute sparen, bis sie die Transfergebühren zusammen haben, und dann verlassen sie die komplizierte Gesellschaft der Erde, um in ihrem Paradies zu leben, und sie verschließen die Tür hinter sich.

Anfangs geht alles gut. Aber dann, ganz plötzlich, fangen die komplizierten, biotechnischen Kreaturen, von denen sie abhängig sind, an zu sterben!

Schließlich finden ihre Wissenschaftler die Ursache. Es ist eine Seuche, geschaffen von einer anderen Rasse, die ebenfalls den Ziev-Raum bereist und mit der die Menschheit inzwischen schon seit mehreren Jahrhunderten im Zwist liegt. ›Blecker‹ heißen diese Feinde, und sie haben sich diesen isolierten

Vorposten der Menschheit erwählt, um ihre neue Waffe zu erproben. Die Blecker also hatten auf Tatir – so nannte man diese Welt – eine Krankheit in Umlauf gebracht. Diese Seuche war nicht imstande, eine Lebensform zu töten, die zu einer unabhängigen Existenz fähig war – die sich also auf eigene Faust in der Wildnis zurechtfinden und am Leben erhalten konnte. Aber sie zerstörte die synthetische Nahrung. Ohne diese Nahrung wiederum waren die empfindlichen Symbionten, von denen die Zivilisation der Kolonisten abhing, zum Untergang verurteilt. Die Wissenschaftler auf Tatir entdeckten die Natur des Angriffs zu spät, als dass sie ihn noch hätten aufhalten können. Das Sterben griff immer weiter um sich. Die Ersten aber waren die gewaltigen, doch empfindlichen Drachen, die den Planeten und seine Bewohner zu verteidigen hatten.

In ihrer Verzweiflung öffneten sie die Zievatronverbindung zur Erde wieder und baten um Hilfe.«

Brady saß auf der Kante seines Stuhles und lauschte fasziniert. »Was geschah dann?«, fragte er.

Dennis zuckte die Achseln. »Die Erde befürchtete, dass die Seuche sich ausbreiten könnte. Sie schickten einen starken Scrambler herüber, der die Zievatronstrecke nach Tatir für eintausend Jahre unpassierbar machte – bis man ein Mittel gegen die Seuche gefunden hätte. Als dieses Gerät seine Arbeit getan hatte, konnten weder die Menschen von der Erde noch die Invasoren zu dieser Welt durchdringen.

Aber ...« – Dennis hob einen Zeigefinger – »... bevor sie das taten, schickten sie noch ein Geschenk!«

Von draußen schallte Arths Stimme herein. »Ich glaub, das Biest hat sich beruhigt. Ich bring's wieder rein. Sitzt nur ganz still!«

Der Zeltvorhang teilte sich, und Arth trat ein. Das Koberkel saß auf seiner Schulter. Als es Brady sah, fingen seine Augen wieder an zu funkeln, aber es blieb still. Es spreizte seine Flügelmembranen, schwang sich zu Linnora hinüber und landete auf ihrem Schoß. Sie streichelte das kleine Wesen, und bald schnurrte es wieder.

Linnora flüsterte: »Wir, die L'Toff, haben das Geschenk von der Erde niemals vergessen, nicht wahr, mein kleines Krenegee?«

»Nein, ihr nicht«, bestätigte Dennis. »In den Jahrhunderten der Barbarei, die auf den unvermeidlichen Fall der Zivilisation von Tatir folgten, ging so gut wie alles verloren. Die wenigen Maschinen, die es überhaupt gegeben hatte, rosteten rasch und waren bald vergessen. Die am weitesten verbreiteten Verkehrsmittel waren Luftkissenfahrzeuge, und so kam es, dass sogar das Prinzip des Rades in Vergessenheit geriet. Die meisten der spezialisierten Tiere starben aus, übrig blieb nur das widerstandsfähigste Vieh, das von der Erde importiert worden war, sowie die heimische Fauna. Die Sprache begann sich zu wandeln, und buchstäblich die gesamte Kunst und Wissenschaft ging unter. Bald hatten die Menschen fast das Niveau von Tieren erreicht. Es dauerte eine Ewigkeit, bis die Legenden von einer geschriebenen Sprache irgendein Genie dazu inspirierten, die Schrift wiederzuerfinden.

Daheim auf der Erde hatten alle gewusst, dass es dazu kommen würde. Aber sie konnten den Kolonisten nicht helfen, ohne zu riskieren, dass sich die Seuche dabei auf der Heimatwelt ausbreitete. Deshalb öffneten sie das Portal einen Spaltbreit, bevor sie es für tausend Jahre verschlossen. Und durch diesen Spalt schickten sie das neueste Produkt ihrer großartigen Forschung – die Kulmination zweier konvergierender Gebiete: der Biologie und der Realitätsphysik.

Was sie da schickten, war ein Tier, das gegen die Krankheit immun war, weil es selbst für sich sorgen konnte. Aber es war auch ein Tier, das ein *Talent* in sich trug. Und das Talent würde diese Welt durchdringen und den Menschen hier eine Chance geben.

Mit der Zeit absorbierten die Menschen von Tatir einen Teil dieses Talentes. Diejenigen, die dem Tier am nächsten lebten, absorbierten das meiste davon, und sie wurden die L'Toff.« Dennis war beinahe am Ende. »Das Geschenk, das die Erde herschickte, war – aus unserer Perspektive des einundzwanzigsten Jahrhunderts betrachtet – ein Wunder. Es hat die Menschen dieses Planeten gerettet. Und wenn man sich vorstellt, dass ich es einmal für nutzlos hielt …«

Brady folgte Dennis' Blick.

»Dieses Ding?« Ungläubig deutete er auf das Koberkel. Das Geschöpf putzte sich und grinste den Menschen mit seinen nadelspitzen Zähnchen an.

»Ja. Kobi.« Dennis nickte. »Natürlich basiert dies alles auf zusammengestückelten Berichten aus Legenden, die über tausend Jahre alt sind. Aber ich bin ziemlich sicher, dass es sich so zugetragen hat.

Wie die Erde des vierzigsten Jahrhunderts aussieht, können wir nur ahnen – nachdem diese Krenegee seit Jahrhunderten dort herumschwirren. Vielleicht ist dort das Zeitalter der Biologie vorüber, und eine neue Ära der Werkzeuge hat begonnen – eine Ära von Werkzeugen, wie wir sie uns nicht vorstellen können. Darüber wäre ich froh, denn, ethisch betrachtet, fand ich die Biotechnik immer ein bisschen fragwürdig.«

Dennis stand neben Linnora. Sie und Kobi sahen zu ihm auf, und er lächelte. Dennis wandte sich wieder zu Brady und schloss: »Jetzt sind die Barrieren, die diese Welt versperrt haben, dabei zu fallen. Aus irgendeinem Grunde war ein rätselhafter Interzeitpfad zur Erde des einundzwanzigsten Jahrhunderts der erste, der sich wieder öffnete – vielleicht, weil unser

Zievatron das Erste von allen war. Aber bald werden sich weitere Pfade auftun. Und diese Menschen müssen bereit sein, wenn es so weit ist. Die Blecker sind wahrscheinlich immer noch draußen und warten nur auf eine Gelegenheit, hereinzukommen. Deswegen werde ich, glaube ich, hierbleiben, wenn wir den Rückkehrmechanismus repariert und Sie wieder nach Hause geschickt haben.«

Linnora griff nach seiner Hand. »Zumindest ist das einer der Gründe«, setzte er hinzu.

Brady war perplex. »Das ist eine ziemlich überzeugende Geschichte, Nuel. Bis auf eines …«

»Und was?«

»Sie haben mir noch nicht erzählt, was für ein ›Talent‹ es ist, das dieses grässliche kleine Biest da haben soll. Was war denn das Geschenk, das die Erde angeblich hergeschickt hat?«

Dennis zog ein überraschtes Gesicht. »Ach! Sie meinen, diesen Teil der Angelegenheit hat Ihnen noch niemand erklärt?«

»Nein! Und ich sage Ihnen, lange halte ich das nicht mehr aus! Da stimmt doch was nicht mit dieser Welt! Haben Sie den sonderbaren Technologiekontrast noch nicht bemerkt, der sich bei diesen Leuten in allen Punkten zeigt? Ich komme nicht dahinter, was hier los ist, und das macht mich wahnsinnig!«

Dennis musste daran denken, wie oft er sich in den langen Monaten auf Tatir geschworen hatte, sich an Brady zu rächen. Und jetzt hatte er den Kerl in der Hand – aber alle Bosheit, die er verspürt hatte, war verflogen. Er beschloss, sich mit einer winzig kleinen Rache zufriedenzugeben.

»Oh, daran sollen Sie sich mal allein die Zähne ausbeißen, Brady. Ich bin sicher, mit Ihrem Verstand werden Sie die Antwort schon finden, wenn Sie ihn nur eifrig genug üben.«

Bernald Brady blieb regungslos sitzen. Ihm blieb nichts anderes übrig, als stumm zu kochen, während Dennis Nuel lachte.

Die Frau, der kleine Mann, das Aliengeschöpf aus der Zukunft und sein einstiger Rivale grinsten ihn an, und Brady hatte das unbehagliche Gefühl, dass ihm dieser Lernprozess überhaupt keinen Spaß machen werde.